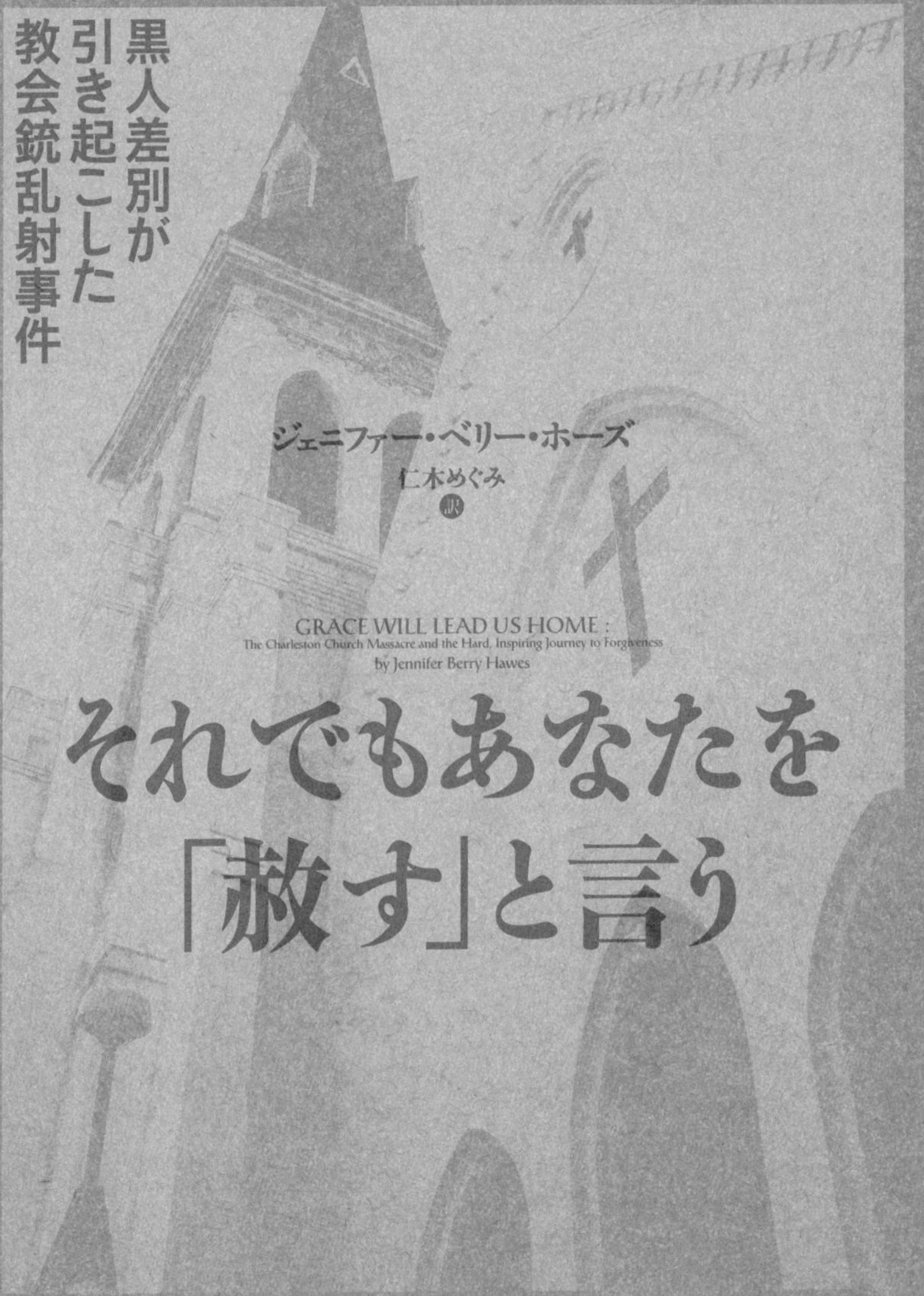

黒人差別が引き起こした教会銃乱射事件

ジェニファー・ベリー・ホーズ
仁木めぐみ 訳

GRACE WILL LEAD US HOME :
The Charleston Church Massacre and the Hard, Inspiring Journey to Forgiveness
by Jennifer Berry Hawes

それでもあなたを「赦す」と言う

亜紀書房

1816年にチャールストンの奴隷と解放された黒人住民の魂の自由の場所として創建されたAMEエマニュエル教会は、その歴史の初期に何度も悲劇を乗り越えねばならなかった。1822年、デンマーク・ヴィージーが率いたとされる奴隷の反乱の後、白人たちが教会を焼いたので、信徒たちは地下で信仰を続けねばならなかった。1872年、信徒たちは新築された木造の教会で礼拝を行ったが、この建物はわずか14年後に地震で倒壊してしまった

1891年に建てられた現在の建物もチャールストンの公民権の歴史の中で大きな役割を果たしている。1969年4月29日の夜、コレッタ・スコット・キング(写真前列右から四人目)はエマニュエル教会で3000人の人々を前に演説し、翌日ストライキ中の黒人の病院職員たちを率いてチャールストンの中心部を行進した。マリー・モトリー(同右から五人目)とロゼッタ・シモンズ(同右から三人目)がコレッタと腕を組んで歩いた。キングの夫、ドクター・マーティン・ルーサー・キング・ジュニア師はこの7年前にエマニュエル教会を訪れ、有権者登録をするよううながしている(写真:デューイー・スウェイン)

チャールストンはかつてのアメリカの奴隷貿易の中心地であり、南北戦争が勃発した場所であるという歴史と今も深く結びついている。サウスカロライナ州の住民の中には南軍を記念するものを強力に擁護している人々もいる。たとえばこの30メートルあまりの高さのジョン・カルフーン像。カルフーンは元副大統領であり、陸軍長官で、奴隷制について「現実的な利益」と発言したことがある。1896年に完成したこの像はチャールストン旧市街の中心地にあるマリオン・スクエアにそびえ立っている（写真：グレース・ビーム）

それとは対照的にデンマーク・ヴィージーの像は等身大と慎ましく、20年もの議論の末に2014年にようやく建てられた。カルフーン像とは違い、チャールストンの中心地から3キロメートルほど離れたハンプトン・パークにある。公園の名前の由来は、南部で指折りの大規模な奴隷所有者である（写真：グレース・ビーム）

聖なる街として知られるチャールストンには長い歴史をもつ優美な教会が多数あり、黒人、白人双方の住人たちの日々の生活の中心になっているが、それぞれが自分たちの教会に通っている。人々は今も日曜日の朝が1週間でもっとも人種が隔離されている時間だと言っている（写真：レロイ・バーネル）

2015年6月17日、エマニュエル教会の毎週恒例の聖書勉強会にすべり込むディラン・ルーフ。12人の参加者にまじって一時間ほど黙って座っていた後、締めくくりとなるお祈りの最中に立ち上がり、9人を射殺、警察が到着する前に逃走した

チャールストン警察の警官アンドリュー・ディレーニー。現場に最初に到着した警官たちのうちの一人。この時点ではまだ犯人の人数や襲撃が続いているのかどうかさえもわかっていなかった（写真:マシュー・フォートナー）

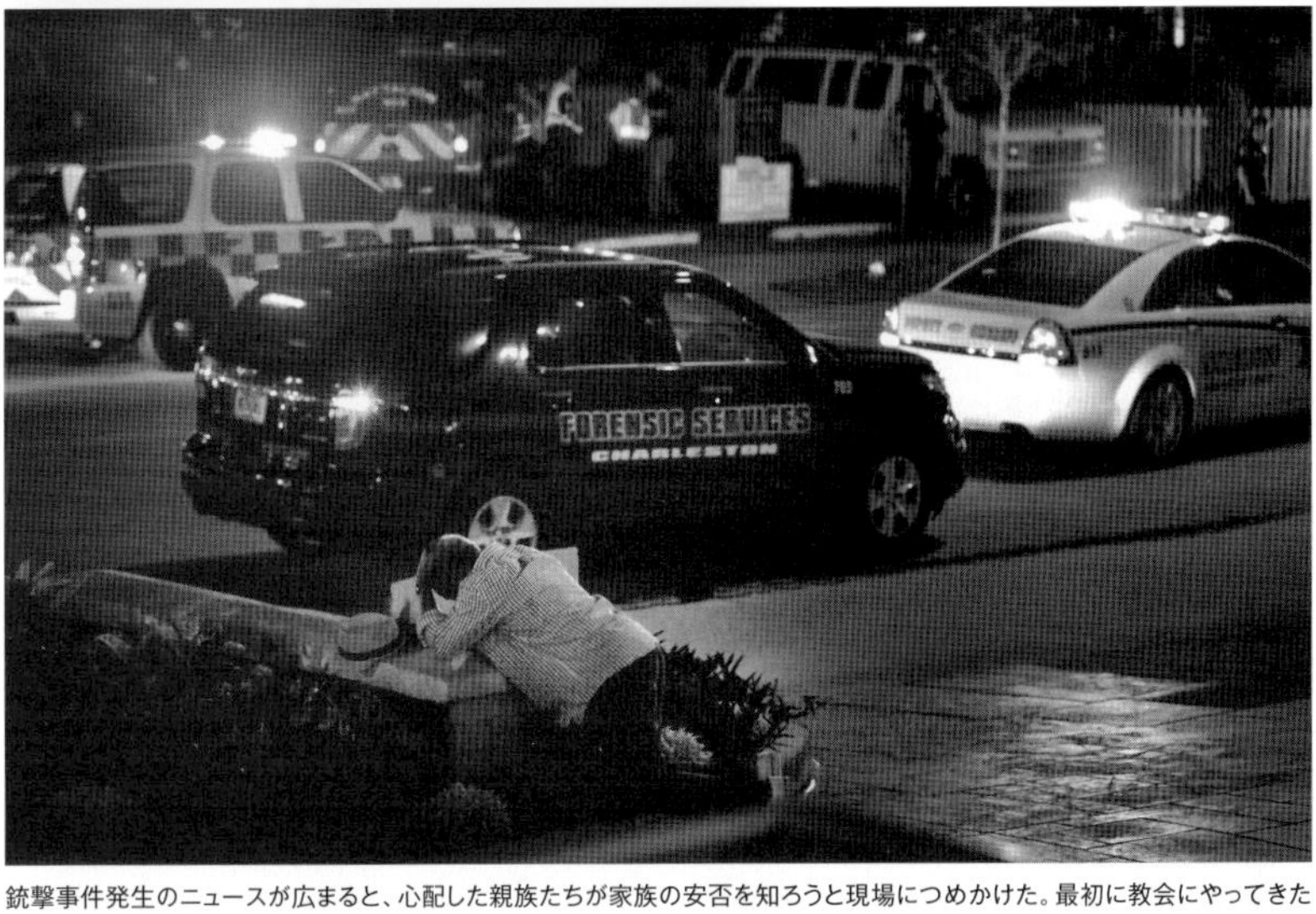

銃撃事件発生のニュースが広まると、心配した親族たちが家族の安否を知ろうと現場につめかけた。最初に教会にやってきた人々の中にアンソニー・トンプソン師もいた。トンプソン師の妻マイラはこの夜、聖書勉強会を主宰していた。彼女が死んだかもしれないと悟ったトンプソン師は道に崩れ落ちた（写真:ウェイド・スピーズ）

犯行の前、ルーフは自身のウェブサイトを作り、そこに人種差別思想を詳しく述べた犯行声明をアップしていた。「人種隔離は黒人を抑えるために存在したわけではない。彼らから我々を守るために存在したのだ」ルーフがアップした写真の中に南軍旗をもった自撮り写真が含まれていたため、サウスカロライナ州全体で南軍旗が象徴する意味について激しい議論が巻き起こった。ルーフが砂に書いた「1488」の文字は、「14」が白人民族主義者にとって重要な14の単語を、「88」がアルファベットの8番目の文字二つで「ハイル・ヒトラー（Heil Hitler）」を表している

チャールストンの街全体が追悼の場となった。地元住人たちと世界じゅうからの訪問者たちがエマニュエルに集まった（写真:ポール・ゾーラー）

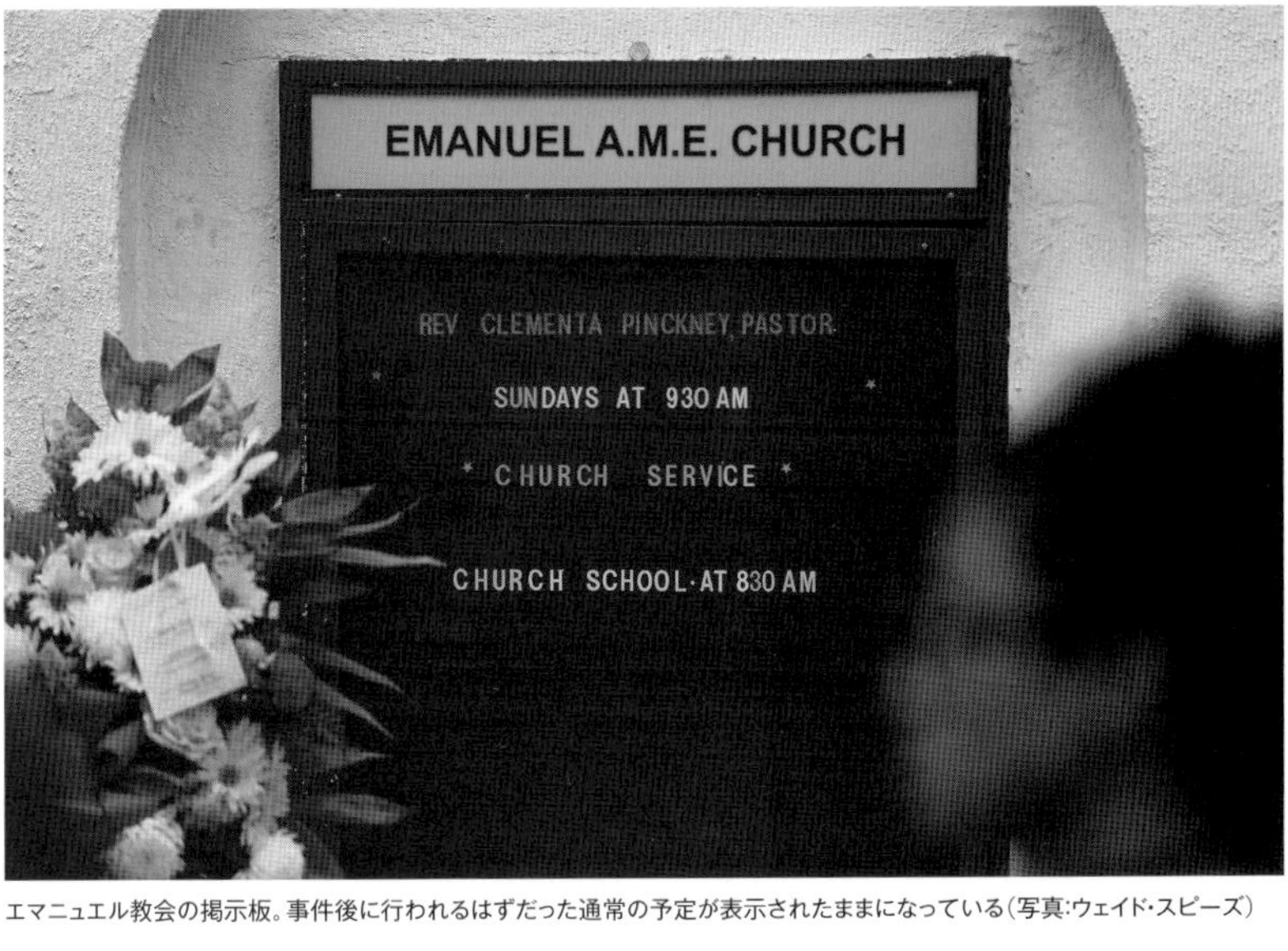

エマニュエル教会の掲示板。事件後に行われるはずだった通常の予定が表示されたままになっている（写真:ウェイド・スピーズ）

事件の翌朝、ノースカロライナ郊外の警察に一般の運転者からの通報があり、ルーフの居所がわかった。ルーフは抵抗することなく逮捕された

事件から48時間経たないうちにルーフの保釈審問が行われ、生存者や遺族たち、さらには恐怖に震えるアメリカじゅうの人々が殺人者の顔を見ることになった（写真:グレース・ビーム）

ナディーン・コリエール（左）は保釈審問で発言をするつもりはなかった。のちに、亡くなった母の魂に導かれてマイクに向かったと語っている。ナディーンはこう叫んだ。「あなたを赦します！ あなたは私からとても大切なものを奪いました。私はもう二度と母と話すことができません。母を抱きしめることもできません！ でも神はあなたを赦します。だから私もあなたを赦します」（写真:レロイ・バーネル）

生存者フェリシア・サンダースとその夫ティローン。フェリシアも何も発言しないつもりだったが、この事件をきっかけにさらなる暴力が起こることを懸念していた。「聖書勉強会で言ったように、私たちはあなたを歓迎した」彼女は犯人に告げた。「けれどあなたに神のお慈悲がありますように」（写真:レロイ・バーネル）

エマニュエル教会は事件のわずか4日後に再開した。教会の指導者のほとんどがいなくなってしまったため、ノーベル・ゴフ・シニア師が暫定牧師に任命された。ゴフ師はほどなくその指導力を賞賛されるようになる。しかし、その後数カ月のあいだの彼の生存者への対応や、エマニュエル教会と悲嘆に暮れる遺族に宛てて寄せられた寄付金の処理に関する不透明さを非難する人たちもいた(写真:ポール・ゾーラー)

再開後初の礼拝のあとの夕方、団結のためのマーチに参加するために何千人もの人々がアーサー・ラヴェネル・ジュニア橋の両端に集まり、橋の中央に向かって行進した。こうした象徴的な行動はこの街の社会全体に浸透している人種差別を見えなくしてしまうと懸念する人たちもいる(写真:グレース・ビーム)

エマニュエル教会の外。追悼のカードや花、テディ・ベア、サインがカルフーン通り沿いに長く並んでいる。ここで泣き、祈るためにやってきた人々の中にいたリンダ・ブランケンシップとコーネリアス・ブラウン師。二人はこのとき初対面だった(写真:ウェイド・スピーズ)

エマニュエル教会ではこの土曜日に三人の葬儀が行われた。シンシア・ハードの葬儀のすぐ後に、被害者の中で最年長のスージー・ジャクソンと最年少のティワンザ・サンダースの合同葬儀が行われた。二つの葬儀の出席者は突然の豪雨に打たれながらすれ違った（写真:グレース・ビーム）

エマニュエル教会の墓地でのエセル・ランス埋葬の際のシャロン・リッシャー師。シャロンはエセルの5人の子どものうちの第一子で、ダラスの病院でチャプレン（聖職者）をつとめていた。一家はこの突然の惨劇のあとに悲しみと怒りの中でばらばらになっていった（写真:グレース・ビーム）

ティワンザ・サンダースの埋葬。末っ子の死を悲しむ父ティローン（写真:グレース・ビーム）

ハイウェイパトロール儀杖兵が一般弔問のためにクレメンタの棺を州議会議事堂に運び込むのを見守るジェニファー・ピンクニーと二人の娘、エリアナとマラーナ。ジェニファーは世間の注目を避けて普段通りの生活を送ることを選んだが、このとき以降も何度もスポットライトを浴びなければならなくなる(写真:ローレン・プレスコット)

2015年6月26日、クレメンタ・ピンクニー師の葬儀に参列しようと日の出とともに何千人もの人々が並びはじめた。この葬儀では当時大統領のバラク・オバマが弔辞を読んだ。葬儀は5100名を収容できるTDアリーナで行われたが、地元の住人と世界じゅうからやってきた大量の出席希望者を収めるには足りなかった(写真:ウェイド・スピーズ)

次女マラーナとともに夫の葬儀に入場するジェニファー・ピンクニー。事件の夜、マラーナはルーフが9人を殺害するあいだ、薄い壁を隔てた隣の部屋でジェニファーと一緒に机の下に隠れていた（写真：グレース・ビーム）

クレメンタの長女エリアナを抱きしめるオバマ大統領（当時）とそれを見守るジェニファー。この写真は大統領が事件に個人的に強い感情をもっていることを示す象徴的なものとなった（写真：ポール・ゾーラー）

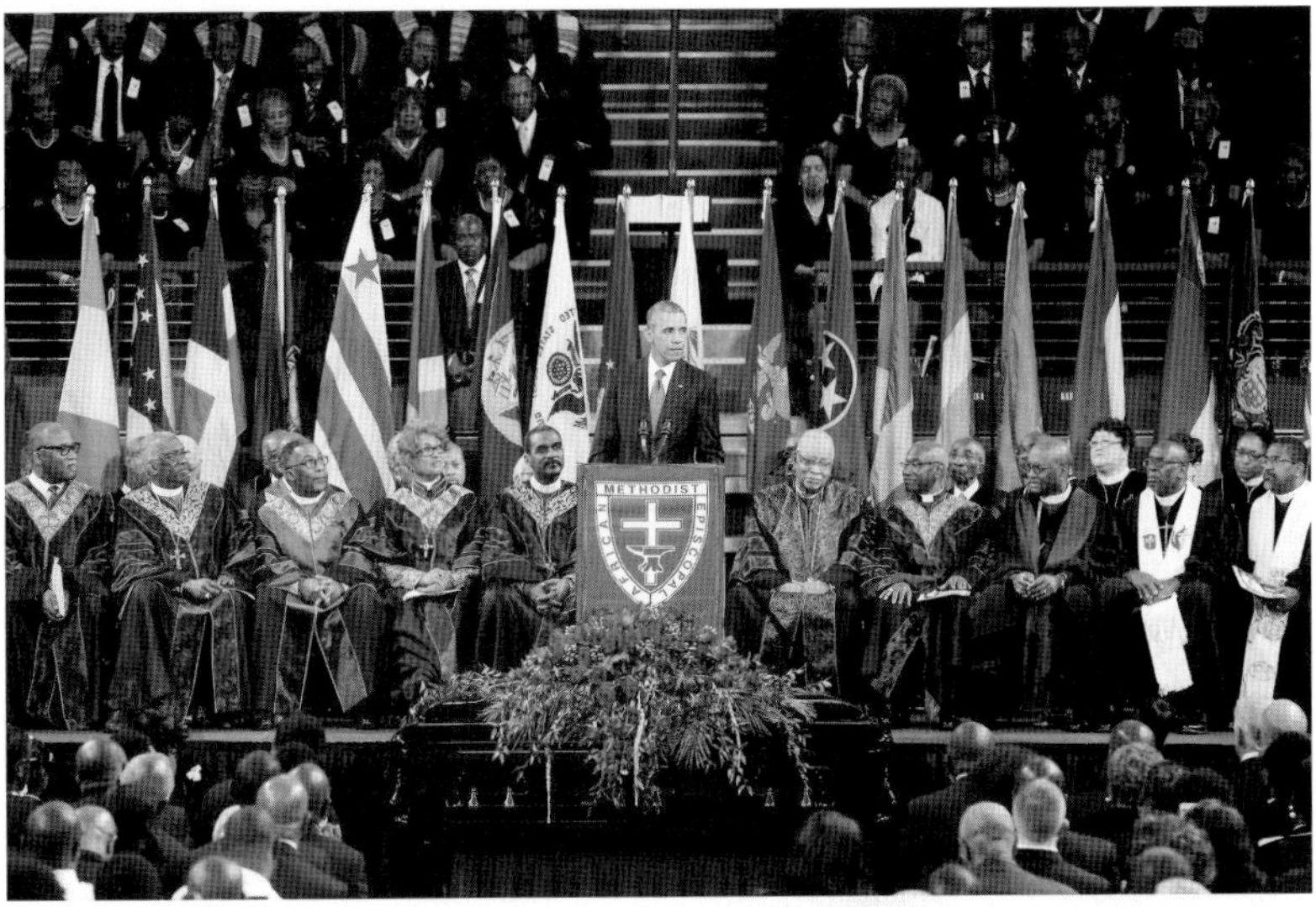

オバマ大統領はチャールストンに向かう飛行機の中で、妻ミシェルに葬儀で歌をうたおうかと考えているのだがと相談した。ミシェルは直感に従って決めるといいと助言した。人種差別、銃暴力、黒人教会の歴史的な役割とともに赦しについても触れた力強い追悼演説のあと、オバマは賛美歌「アメージング・グレース」を歌った。彼の大統領としての人気を定義するような瞬間になった（写真：グレース・ビーム）

州議会で議論が行われるあいだ、議事堂の階段で反対論者たちに向かって卑猥な言葉を叫ぶクー・クラックス・クラン（KKK）の支持者たち（写真:ポール・ゾーラー）

南軍旗反対派の人々もやってきて、静かに抗議の意を表明した（写真:ブレース ビーム）

クレメンタ・ピンクニー師の幼なじみカイロン・ミドルトン師は、ピンクニー師の遺された妻に付き添って上院の議場に入った。ピンクニー師の座席には黒い布のカバーがかかっている。上院はスムーズに南軍旗の撤去を可決した（写真:ポール・ゾーラー）

それに比べて下院では激しい攻防が行われ、数時間の議論のあと、ニッキー・ヘイリー知事自身が旗の撤去を求める思いをこめた主張をした。全員一致ではなかった。マイク・ピット上院議員は記者たちにヘイリーの発言のあいだは補聴器を外していたし、その後議会に南軍旗の支持者の多くと同じ意見を言ったと語った。彼は、南軍旗は南北戦争で「北軍の侵略」と戦った兵士たちの勇敢さを伝える南部の歴史の象徴なのだと述べたのだ（写真:ポール・ゾーラー）

13時間におよぶ討議の末、下院も投票に入った。最終的な結果は94対20で南軍旗は永久に撤去され、近くの連合国記念室および南軍博物館に移されることになった。2015年7月9日、子ども時代に人種差別を経験したヘイリー知事が、記者会見場で議案を法律的に有効にする署名をした（写真:ポール・ゾーラー）

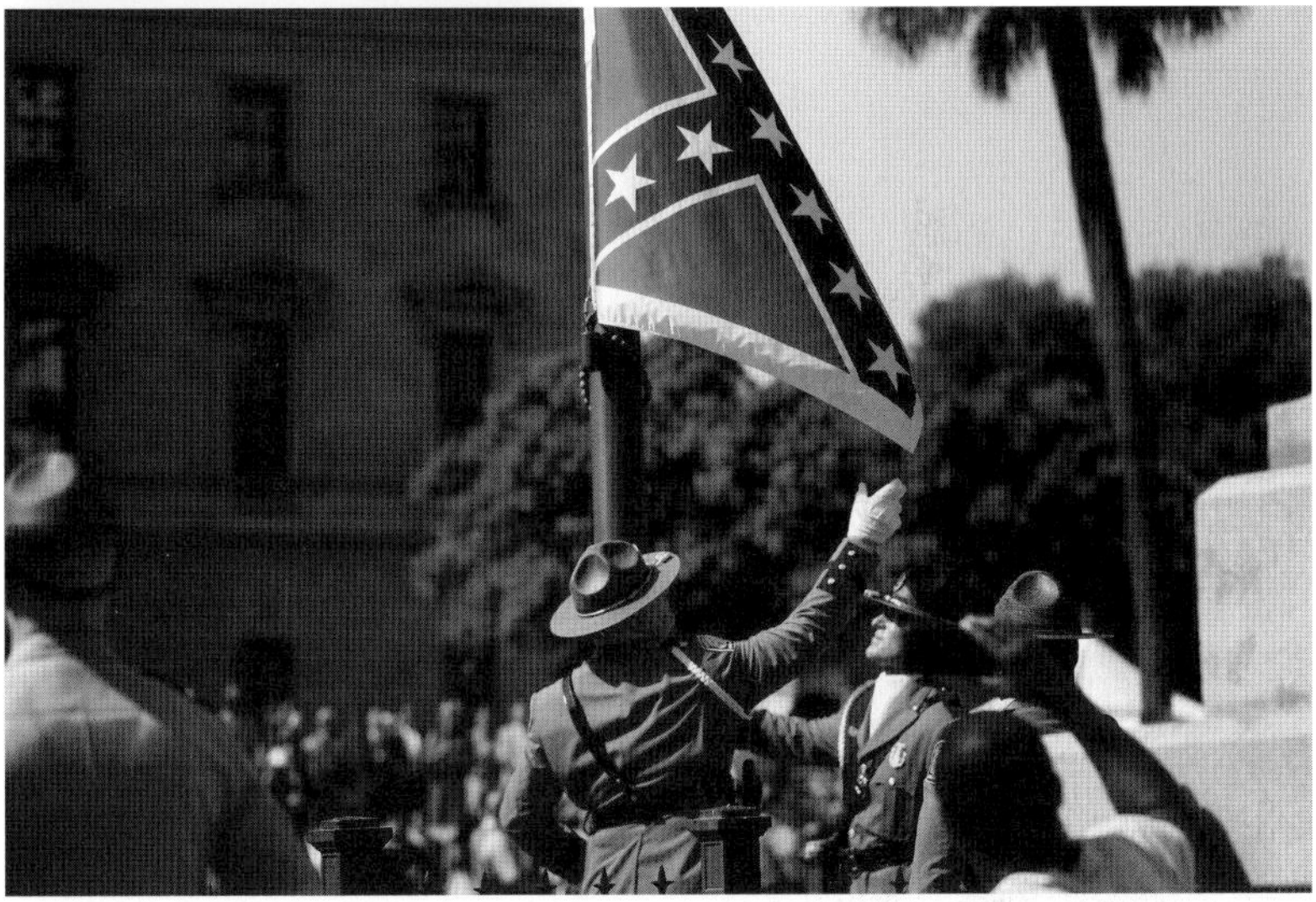

翌日、サウスカロライナハイウェイパトロール儀杖兵が南軍旗を下ろす際には、何千人もの人々が通りに並んで見守った。旗が下ろされると、群衆から歓呼の声が上がった。ある女性はこう叫んだ。「ついに自由になった。やっと自由になった。神様ありがとうございます。私たちはついに自由になった！」（写真:グレース・ビーム）

生存者ポリー・シェパードとフェリシア・サンダースは自分たちの体験をチャールストンの日刊紙「ポスト・アンド・クーリエ」に話すことにした。しかしこの記事のために写真を撮ろうとエマニュエル教会に行くと、教会側は彼女たちが中に入ることを拒絶した。二人とも何十年も教会を支えてきたのにだ。二人は教会の外に呆然と立ちつくした（写真:グレース・ビーム）

アーサー・ステファン・ハードは妻と暮らしていた家に一人きりで住み、妻のきょうだいと争い、不眠に悩み、妻が愛していた教会にひどく幻滅していた（写真:アンドリュー・クナップ）

エセル・ランスの娘たちは母の死に打ちひしがれ、ディラン・ルーフを赦すことに関する意見の相違もあり、母の墓石についても合意できなくなった。この二つの墓石はそれぞれ姉妹が別々に建てた（写真:グレース・ビーム）

1年半後、ディラン・ルーフの裁判がはじまり、生存者たちと被害者の遺族たちは再び顔を合わせた。通りを挟んだ建物では武器をもたない黒人男性ウォルター・スコットを射殺した元警官マイケル・スレジャーの裁判が行われていたため、暴力事件が起こるのではないかと街全体が緊迫した雰囲気にあった。写真のアンディ・サヴェジはスレジャーの弁護人であるとともに、エマニュエル教会銃撃事件の生存者フェリシア・サンダースとポリーシェパードの弁護士でもある（写真：グレース・ビーム）

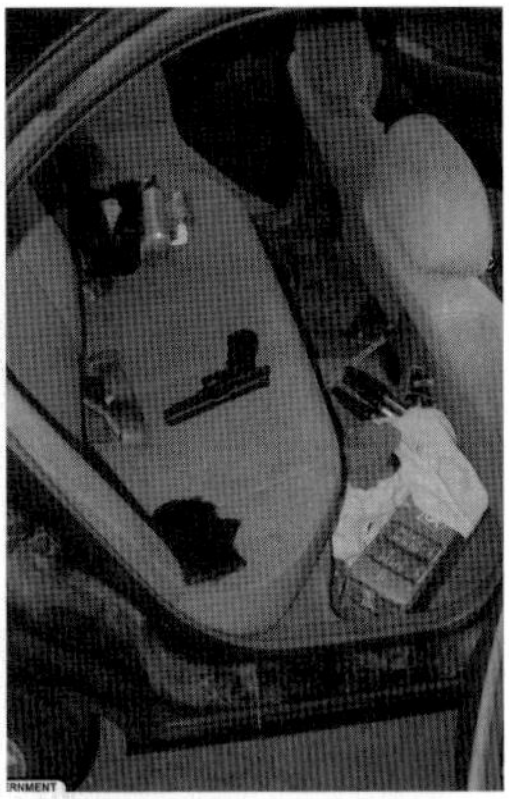

連邦の検察官たちが提出した証拠の中から。ディラン・ルーフの車の後部座席にある銃の写真

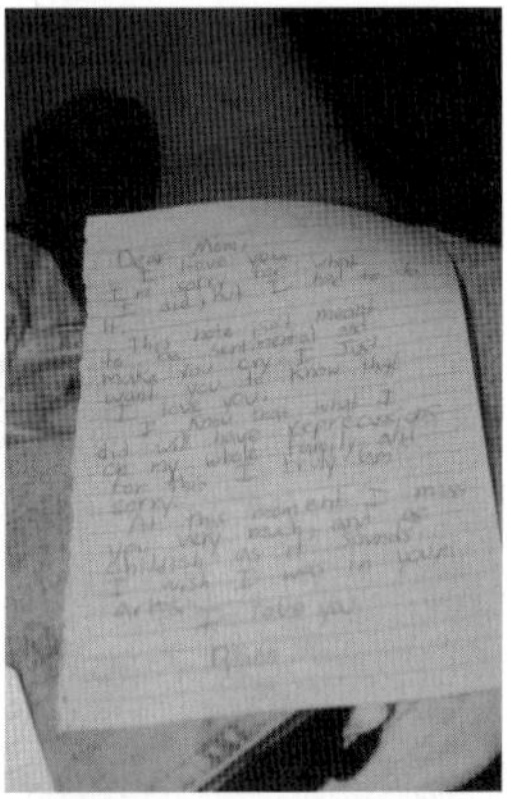

陪審員たちは事件後にルーフが母に宛てて書いた手紙を見せられた。「自分のしたことが家族みなに影響をあたえることはわかっている」「それは本当にすまないと思っている」この手紙を投函する前に彼は逮捕された

ルーフの車のナンバープレート

ルーフの有罪と死刑の評決の数カ月後、陪審長ジェラルド・トルゥースデールと陪審員の交代要員だったエミリー・バレットは、自分たちが助けになりたい気持ちを表すため、エマニュエル教会を訪れた（写真：ウェイド・スピーズ）

Sunday, June 21, 2015

The Post and Courier

IN REMEMBRANCE

Cynthia Hurd
54, a library manager whose life was dedicated to books, children and church

Susie Jackson
87, a mother figure to generations in her family and a renowned cook of collard greens

Ethel Lance
70, a church custodian who found strength in a gospel song to overcome life's challenges

DePayne Middleton Doctor
49, a minister whose angelic voice could heal troubled hearts

Clementa Pinckney
41, a pastor and state senator who lent his booming voice to the voiceless

Tywanza Sanders
26, a barber, poet and aspiring entrepreneur ready to take the world by storm

Daniel L. Simmons Sr.
74, a minister who served as a model of endurance and service to God

Sharonda Singleton
45, a pastor and coach who became her runners' biggest cheerleader, on and off the track

Myra Thompson
59, a builder of faith who worked to restore her beloved church's properties to their full glory

TO HELP THE FAMILIES
For details on how to contribute to funds to benefit those who lost loved ones at Emanuel AME Church, see Page A5.

TO COME TOGETHER
There are a number of events in the Charleston area to help a city in mourning grieve and honor those who lost their lives. For a list of prayer services, vigils and more, see Page A5.

INSIDE
A look at the lives of the nine victims, and a poem by Marjory Wentworth, South Carolina's poet laureate.

「ポスト・アンド・クーリエ」紙は事件後最初の日曜日に紙面1ページを使って、この追悼記事を掲載した（デザイン:チャド・ダンバー）

2015年6月21日　日曜日
ポスト・アンド・クーリエ

追悼

シンシア・ハード
図書館司書。本と子どもたちと教会にその人生を捧げた。享年54歳

スージー・ジャクソン
大家族のみなの母親的存在でカラード・グリーンの料理の腕は有名だった。享年87歳

エセル・ランス
教会の管理人。ゴスペルを歌うことで人生の困難を乗り越える強さを身につけた。享年70歳

デパイン・ミドルトン・ドクター
天使のような美声で多くの悩める人の心を癒してきた聖職者。享年49歳

クレメンタ・ピンクニー
牧師、上院議員。声なき者たちの代わりに力強く声をあげていた。享年41歳

ティワンザ・サンダース
理髪師であり詩人であり、起業を夢見て、世界の人の心をつかむ準備はできていた。享年26歳

ダニエル・L・シモンズ・シニア
聖職者。忍耐と神への奉仕の模範となってきた。享年74歳

シャロンダ・シングルトン
牧師であり陸上競技のコーチでもあった。トラックの中でも外でも選手の一番の応援者だった。享年45歳

マイラ・トンプソン
強い信仰を持ち、愛する教会をその一番輝かしい姿で維持するために力を尽くしていた。享年59歳

それでもあなたを「赦す」と言う

GRACE WILL LEAD US HOME

by Jennifer Berry Hawes

二〇一五年六月一七日に亡くなった九人に

プロローグ

私は家で寝る支度をしているときにそれを知った。チャールストンの大半の人たちがそうだっただろう。アフリカン・メソジスト・エピスコパル・エマニュエル教会（AMEエマニュエル教会）で銃撃事件が起きたと最初に知らせる同僚のツイートを見たのだ。ほんの二カ月前、私がつとめている「ポスト・アンド・クーリエ」紙に、黒人のウォルター・スコットが車を運転中、武器を所持していないのに白人警官から射殺された事件の記事が掲載されたばかりだった。事件がAMEの教会で起きていると知り、以前取材に非常に協力してくれたAMEの牧師に電話した。彼は教会の近くのホテルにいて、生存者や教会のスタッフ、信徒のケアをしていた。このとき彼とはほとんど話ができなかった。

私は最初の記事に、エマニュエル教会が南部で最初に創立されたAME教会であることや、デンマーク・ヴィージーとその失敗に終わった奴隷の反乱の精神的な拠り所であったことなど、この教会の公民権にまつわる複雑な歴史について書いた。記事は短いものだった。夜遅くの締め切りのために書いているうち、最初の被害者の名前の情報が入ってきた。クレメンタ・ピンクニー牧師。翌日、私は同僚とともにフェローシップホールで起こった事件の詳細をはじめて報じる記事を書いた。そしてそれから何カ月にもわたって、生存者や遺族に取材し、多くの記事を書いた。彼らのことを愛していた遺族のみなさんが語ってくれたおかげで、四年近く経った今は、亡くなった九人の人たちをみな知り合いのように感じる。本当に生前に知り合えていたらよかったのに。

私はいわゆる「外から来た」人間だ。この街の白人の住民たちは、自分たちこそ、この歴史ある地に深く根ざしていると感じさせたいときにこの言い方をする。私はチャールストンに二十年近く住んでいるのだが。うちの子どもたちはエマニュエル教会の向かい側にある学校に通った。私は二軒隣の図書館につとめていたこともある。チャールストンに来てからほぼずっと、地元の日刊紙の記者として働いてきた。事件が起こった二〇一五年六月一七日までは、この街の人権問題の波乱の歴史について書いてきた。けれど、この事件について書いていたときほどそれを身近に経験したことはなかった。

私は白人女性として、共感することと実際に同じ経験をすることとの違いについて考えてきた。ディラン・ルーフの裁判の取材の際、黒人の記者たちの多くと一緒に、法廷のメディア席に座っていた。そのうちの一人がコーヒーを飲みながら、この大量殺人事件の取材をする際にみな同じつらさを感じているのだと話してくれた。殺人犯が人種差別の暴言を吐いたときに、その言葉が自分や自分の家族に向けられたものだとわかっているんだよ、と。私も犯人の暴言を聞いたが、この記者と同じ経験をしたとは言えない。しかし私はこの州が人種と銃とキリスト教という三つの影響力のバランスの上に成り立っており、それぞれがどんな役割を果たしているかを伝えることはできる。それが本書で私が目指していることだ。チャールストンの状況と、この地でこの後も一生、このストーリーを生きつづける人々について、わかりやすく伝えられていることを願っている。

事件の生存者のうちの成人している人たちと、たくさんの遺族の方が私に長い時間を割いて話を聞かせてくださった。彼らの経験を忠実に伝えられるとともに、その苦しみに十分な配慮が行き届いているといいのだが。それから記者、編集者、カメラマン、デザイナー、管理部門をはじめとする、「ポスト・アンド・クーリエ」紙の数え切れないほどの人たちに本当に助けられた。この街も国も永遠に変えてしまったこの事件の真相と、その後の経過をその目で見て伝えたいという彼らの熱意がなかったら、この本は完成しなかった。

ジェニファー・ベリー・ホーズ

それでもあなたを「赦す」と言う　目次

第一部

邪悪な存在と目が合った

一　いばらの中に蒔《ま》かれた種

今日は帰りが遅くなるだろう。フェリシア・サンダースは使い込んだ聖書を手に取ると、蒸し暑い六月の街へと出ていった。彼女が今も我が街と呼ぶ奴隷制の長い歴史をもつこの街を、まだジム・クロウ法〔訳注（以降略）・主に黒人の公共施設利用を制限、禁止した南部諸州の人種差別的州法の総称〕が支配していたころから一家が信仰しているアフリカン・メソジスト・エピスコパル・エマニュエル教会（AMEエマニュエル教会）で、五時に委員会がある。まず会議に二つ出なければならない。一つは少人数の会議だが、もう一つは大人数の会議で、教会の日々の運営に必要なものだ。

その後にある今日の締めくくり、聖書勉強会は大好きだ。

フェリシアは黒のトヨタ4ランナーに乗り込んだ。車には急に案内係として教会に呼ばれたときのために、踵《かかと》の低い靴が置いてある。南部で一番古いAME教会であることから敬意をこめて〝マザー・エマニュエル〟と多くの人に呼ばれているエマニュエル教会、そこに顔を出さずに終わる日はほとんどない。教会の人たちはみなどんなときもフェリシアが頼りになることを知っていた。復活祭。母の日のプログラム。寄付金集めの活動。日曜学校。五七歳の美容師であり、孫にとってはおばあちゃんであるフェリシアは、さらに教会の理事であり、管理人であり、案内係の委員長でもある。ベジタリアンなのに、なんとフライドチキンを揚げる係まで買って出ているのだ。

それは神を愛し、教会の信徒たちを愛しているがゆえの行動だ。マザー・エマニュエルは彼女の家だった。

フェリシアは頬骨が高く、目鼻立ちの整ったふくよかな女性で、チャールストンの中心部の低所得者層の団地できょうだいとともに育った。母親が若くして亡くなったあとは厳格な祖母と一緒に教会に通った。フェリシアの夫ティローンもエマニュエルに近い、黒人労働者たちが住む地域で、強い絆に結ばれた家族に囲まれて育った。しかし二人は長年よく働き、子どもたちには郊外の木々が茂る芝生の前庭付きの二階建ての家という完璧な環境をあたえていた。そして彼女は今、その郊外の街から車で出発した。

フェリシアはチャールストンの中心部へと続く曲がりくねった道を走りながら、今夜末っ子のティワンザはエマニュエルに来られるだろうかと考えていた。ティワンザも聖書勉強会が好きなのだが、今日はかけもちしているうちの一つの仕事、「ステーキンシェイク」のシフトに入っているから、間に合わないかもしれないと言っていた。広い川を渡り、まばゆいばかりに白い船が停泊しているマリーナを過ぎ、チャールストンと細長い半島部にある中心地へと入っていくうちに、彼女の思いはとりとめもなく別のことへと流れていった。

堂々とした古い教会と保存状態のいい大戦前の家が建ち並ぶ細い通りには忙しく歩行者が行き交っていた。合衆国第七代副大統領であり、奴隷制度の熱心な支持者だったジョン・カルフーンに名前の由来をもつカルフーン通りは観光客で渋滞していて、フェリシアは何度も信号で止まらねばならなかった。黒人女性であるフェリシアがいま運転しているこの通りに面した新緑の街の広場には、全長三五メートルものカルフーンの像がそびえ立ち、あたりを見下ろしている。この像はすっかり広場の一部と化しているので、フェリシアはもうその存在をほとんど意識していない。フェリシアは像の向こうにある建物マザー・エマニュエルの屋外駐車場に車を入れると、歩いて教会の中に入っていった。これまで何千回もやってきたのと同じように。

フェリシアが先祖代々通っている教会に入っていったちょうどそのとき、一六〇キロメートル離れた場所では薄茶色のマッシュルームカットの髪の痩せ型の若い白人男性が、行き止まりの道路の入り口近くにある父親の家でキーボードをたたいていた。彼は夜この家のソファで寝ることもあったが、今日は違う予定があった。彼はせっせと自身のウェブサイトの仕上げの作業をしていた。サイトのテーマは「我々白人が直面している問題」。

二年前、彼はほぼ単なる好奇心から「白人に対する黒人の犯罪」というフレーズをグーグルで検索してみた。過激な白人至上主義者のウェブサイトが驚くほど大量にヒットした。彼はその中に、白人が重大な脅威にさらされているという主張を見つけた。白人に対する暴力行為がいたるところで行われていて、黒人の劣ったところが見過ごされ、しかもそのすべてを隠蔽するという巨大な陰謀が行われているという内容だった。そこからさらにサーチしていくうちに彼が今、生涯最大の真実の瞬間だったと思っていることが起こった。人種問題に目覚めたのだ。

彼のキーボードは軽く音をたてながら、これまでにどこかで読んできて、今や自分のものとなっている言葉をたたきだした。「私は黒人は白人に歴史を通じてひどい扱いを受けていて、白人はみな奴隷を使っていた者の子孫で、人種差別は邪悪で暴虐な行いであれば、どれだけよかったかと強く思う。もしこうしたことがすべて本当なら、私は現状をはるかに受け入れやすくなるからだ（ディラン・ルーフの文章は綴りや句読点などの間違いもそのまま再現している）」

彼は続ける。しかし真実は黒人たちが何の罪もない白人たちを虐殺し、白人女性をレイプし、国を乗っ取っている。それなのに誰も注意を払っていない。メディアはそれを無視している。友人たちも気づいていない。自分の家族ですらわかろうとしない。そして現状を理解している白人至上主義者やネオナチやＫＫＫ《クー・クラックス・クラン》の人々は、ネット上で不平を言うばかりだ。現状を変えるために実際に行動を起こす者は誰もいない。

「そう、誰かが、このことを現実世界で行う勇気をもたねばならない。そしてその誰かとはこの私自身ではないかと考える」

ここまでしか書けないのは申し訳ない。しかしもう行かねばならない。

色白で、身長一八二センチメートル以上もあるのに体重は五四キロをようやく超えた長身痩軀の身体という見かけのおかげで、人目を引かずに静かに行動することができる。午後六時一三分、彼は古ぼけた黒いヒュンダイ・エラントラに乗り込むと、この半年の間に獲物を探して六回も訪れた街へと向かった。彼が選んだのは善き人々が集まる場所だった。善人を殺せば注目され、激しい怒りを買うことができるはずだからだ。

白い漆喰《しっくい》で塗られたゴシックルネッサンス調のこの建物は一八九一年の建築だ。ところどころ漆喰がはげ、木枠はシロアリに食われているものの、今も壮麗にそびえ立っている。チャールストン中心部の黒人教会の多くは、地域住民の中流化や信徒の高齢化の影響を受けていて、フェリシアが愛するエマニュエル教会もその例外ではない。献金受け皿が回る範囲が昔より狭くなり、教会の建物も信徒のメンバーも若返ることはない。今では日曜日の礼拝は一度だけになり、その一度でさえ信徒席はがらがらだった。

正面玄関に向かって二つの階段が延びている。深紅色の聖域へと続くこの階段は伝統的キリスト教信仰においても、アメリカの公民権の歴史においても聖なる場所だ。信徒が千人に達していたころにはブッカー・T・ワシントンやマーティン・ルーサー・キング・ジュニアのような人々がここでスピーチを行った。しかし今日フェリシアはこの階段は上らなかった。

この日は日曜日ではなく水曜日だったから、隣の教会との境界がある、建物の向かって左側に進んだ。エマニュエル教会のこちら側には狭い駐車場があり、フェローシップホールに直接通じているドアが二つある。フェローシップホールというのは一階のほぼすべてを占めている広いホールだ。聖書勉強会の常連たちはこのホールで何時間も、日曜の礼拝よりも詳しく聖書の言葉を研究する。エマニュエル教会でもとりわけ熱心な信徒である数人が勉強会の中心メンバーであり、毎週水曜日の夜にやってきて勉強会を開いている。フェリシアもそのうちの一人だ。

フェリシアは建物の側面のドアの一つから中に入り、後から来るメンバーや訪問者のために鍵はかけないでおいた。彼女にとってもこのホールはこの仲間内の勉強会だけでなく、教会の会議やおばスージーの七〇歳の誕生日に盛大なパーティなどを行った部屋でもあった。キャラメル色の板張りの壁ややわらかいソファや掲示板があり、おばあちゃんの家のリビングルームと小学校の教室を足して二で割ったような雰囲気だ。部屋は長方形で壁沿いの一段高いところに小さな祭壇がある。分厚い聖書が載った聖書台の近くには装飾のある木製の椅子が三脚。赤いベルベッドのクッションがついている。祭壇の右側には、秘書室へ通じる短い廊下と外に通じるもう一つのドアがある。教会の裏側に近いドアだ。

ホールの両端には二階の聖域へと通じる華奢な階段が延びている。このレイアウトのせいで、年配のメンバーのためにエレベーターが必要なのだ。多くのメンバーはすぐ後の定例会議からやってくるのにフェリシアがこの時間にきたのは、エレベーター設置計画のためだった。この会議には大勢の人がやってくるはずなので、空の折りたたみ椅子が何列も並べられている。部屋のドアとは反対側の端には白い折りたたみの丸テーブルが四つ並んでいる。これはもう少し少人数の話し合いのための準備だ。そう、聖書勉強会の。

エレベーター委員会のメンバーはテーブルの一つに集まって何年にもおよぶ寄付金集め、計画、建設の進行状況を確認した。建設工事はもう少しで完了するので、祝うべきことだった。フェリシアは教会の年配の信徒たちのことを特に気にかけていた。ちょうど、そのうちの一人でもある、大好きなおばスージーが杖《つえ》をつきながら歩いてきた。

彼は図像学に引きつけられている。チャールストンへの一六〇キロメートルのドライブの道連れは、手に入れたばかりの四五口径のグロックとホローポイント弾を一一発ずつ装填した八本の弾倉だ。全部で八八発撃つことができる。八八という数字はアルファベットの八文字目であるHが二つ並んだところを象徴している。HH——Heil Hitler《ハイル・ヒトラー》だ。

一五年物のヒュンダイにはアメリカ連合国のナンバープレートと三種類の南軍旗がついているが、それが特に誰かの注意を引くことはなかった。かつての南部連合国の州の多くでは今でも玄関のポーチや飾りたてられたピックアップトラックに軍旗がひるがえっている。南部白人のプライドと、強い経済力と過ごしやすい気候を求めて南部に集まってきながらも伝統を馬鹿にしている北部のエリートへの批判のシンボルなのだ。

彼はノンストップでサウスカロライナ州のもっとも古い歴史をもつ街に向かって車を走らせつづけた。サウスカロライナ州は南北戦争の火蓋が切って落とされた州であり、合衆国から最初に脱退した州でもある。チャールストンはかつて住民のうち白人一人あたりに対する黒人奴隷の割合がアメリカ一高かった。アメリカの奴隷の四〇パーセントがこの街の港から上陸したと推測されている。だから彼はこの街を選んだのだ。この計画を練りはじめてから半年のあいだに六回チャールストンを訪れ、エマニュエルにも行った。ここに狙いを定めてから、信徒の一人に話しかけ、有益な情報を手に入れていた。この教会では毎週水曜日の夜に聖書勉強会が行われるというのだ。

完璧だ。聖書勉強会なら日曜の礼拝より少人数の集まりだろう。まったく警備されていないに違いない。それに黒人教会には白人が来ない。彼は白人を一人も巻き添えにしたくなかった。

彼が車を走らせていた州間高速道路《インターステート》を、その二時間ほど前に、エマニュエル教会の主任牧師クレメンタ・ピンクニーの車が走っていた。チャールストンと州都コロンビアをつなぐ道はいつも渋滞している。クレメンタとあの若い男は住んでいるところもそう離れてはいない。しかし二人が顔を合わせたことはなかった。

クレメンタはもう一つの仕事である州議会議員の仕事で忙しい一日を過ごしたばかりだった。毎年予算編成を行うこの時期、共和党の白人たちが圧倒的な権力を握っているこの州で、黒人の民主党員である彼は不満がたまる。エマニュエルまでの二時間の道のりのあいだじゅう、彼の携帯電話はひっきりなしに鳴りつづけていた。直属の上司である教区監督者と六〇人の信徒が定例会議のためにもうすぐ教会に到着する。そしてこの夜の議題は、まだよく準備されているとは言い難かった。

クレメンタの妻ジェニファーと六歳の娘マラーナが合流して、このところ忙しすぎる彼に家族の時間を味わわせてくれた。小さなマラーナからマクドナルドに寄ってアイスクリームを食べたいとねだられたが、時間がなかった。帰りに必ず寄ろう、クレメンタはそう約束した。

エマニュエルに到着するとすぐに教会秘書のアルテア・レイサムが駆けつけて議事をプリントし、コピーするのを手伝ってくれた。着任して間もない教区監督者ドクター・ノーベル・ゴフ師はもうすぐやってくる。アルテアがコピーを終えると、クレメンタは歩み寄って、彼女の左肩に手を置き、ありがとうと言った。

「これで私に借りができましたね」彼女はからかった。

「誕生日はいつだっけ？」彼は訊いた。

「ああ、誕生日はいいんです」彼女はそっけない口調で答えた。「一二月だからみなクリスマスのことで頭がいっぱいでしょ」

「じゃあ君は七月にクリスマスをすればいい！」

アルテアは微笑んでしまいそうなのをこらえ、まじめな顔で言った。

「その約束、守ってもらいますからね」

クレメンタはいつもきちんとしているが、今日は特にきれいな身なりをしているな、とアルテアは思った。髪は切ったばかり、上質な黒いスーツを着て、新しい靴には光沢があった。定例会議がはじまる時間になると、彼がマラーナに、ジェニファーと一緒に牧師室にいるように言い聞かせているのをアルテアは見た。クレメンタがキリギリスちゃんという愛称で呼んでいるかわいいマラーナは、彼のなめらかなズボンを穿《は》いた脚にしがみついていたが、最後にはお別れのハグをして、フェローシップホールへと消えていった。

集まっていた六〇人近い信徒の前に教区監督者ゴフが進み出た。クレメンタとともに新任の牧師二人を公認するという、長い任職式の最初の手続きなど、教会の重要な任務を行った。三人目は二度目の公認となるマイラ・トンプソンだった。今夜は彼女にとって間違いなく最高にうれしい夜になるはずだった。

数分後、マイラが初主宰する聖書勉強会がはじまるのだ。

午後七時四八分。若い男はチャールストンに到着し、まっすぐに教会に向かった。しかし駐車場にはたくさんの車が停まっていた。多すぎる。聖書勉強会より大規模ななにかが行われているようだ。

彼は悠然と待った。


会議が終わり、フェリシアは集まっていた人々のほとんどが暮れはじめた陽の中へゆっくりと出ていくのを見ていた。会議が延びたので、聖書勉強会の予定時刻をもう二時間も過ぎていた。いつも勉強会のメンバーを指導している七四歳の元聖職者ダニエル・シモンズ・シニアは延期できないだろうかと言った。自宅まで車で二時間近くかかるピンクニー牧師も同意見だった。

話し合いは行ったり来たりした。このままはじめよう。いや、やめよう。はじめよう。やめよう。

先ほど任職された二人の女性のうちの一人であるデパイン・ミドルトン・ドクターがこう言った。「三〇分だけやったらどうでしょう?」

みな賛成し、牧師のオフィスのすぐ前の祭壇のところに並んでいる四つの丸テーブルのほうへ向かった。それぞれのテーブルの周りには折りたたみ椅子が五、六脚置かれている。

今回聖職者に公認されたデパインは、ふだんは聖書勉強会にミルクシェークを手にした四人の娘を子ガモのように引き連れてやってきている。しかし今日は一人で祭壇のほうから二番目のテーブルに向かって歩いていた。

「お嬢ちゃんたちは？」フェリシアが訊いた。

デパインが娘たちは用事があって来られなかったと説明していると、退職した教員で教会の理事長であるマイラが部屋にやってきた。マイラはシンプルな黒いワンピーススーツを着ている。白髪交じりのサラサラした髪は肩までの長さで、ヘアバンドでまとめられている。マイラは期待で頬を紅潮させていた。はじめて主宰する聖書勉強会のために、準備しすぎるほどに準備してきていた。

みなが席に着いているとき、ピンクニー牧師は脇のドアのそばに立って、帰っていく信徒たちに挨拶をしていた。ほとんどが年配の女性で、外に出ると彼女たちのスカートが夏の風に揺れた。ピンクニー牧師はここに残ることを決めた。

ゴフ師は帰ることにした。ピンクニー牧師が帰る人たちにおやすみなさいと挨拶している脇のドアに一番近い駐車スペースに停めてあった黒いキャデラックに乗り込むと、教会を離れた。

シンシア・グラハム・ハードは地元図書館の司書で、人望が厚い。この日は三カ月に一度の定例会議で教会の歴史に関するプロジェクトを説明するためエマニュエルにやってきた。そして今、教会を出ようとしていたところでフェリシアに声をかけられた。二人とも幼いころからエマニュエルに通い、日曜の礼拝ではよく隣の席に座っていたのだ。フェリシアはこのまま残って勉強会に参加しないかと誘った。

「うーん、帰るね」シンシアは断った。今日は教会から数軒先の中央図書館で一日じゅう役職者会議に出て、さらに教会の定例会議にも出た。くたくただった。

「でもあなたのことは大好きよ、フェリシア・サンダース」シンシアは言い添えた。

「好きなら聖書勉強会に出てくれるよね」フェリシアは軽口を返した。

これにはシンシアも降参だった。シンシアは二番目のテーブルに行って、マイラ、デパインとその親しい友人で、もう一人の公認聖職者であるシャロンダ・コールマン＝シングルトンとともに席に着いた。引退した牧師ダン・シモンズも加わり、すぐにテーブルの上は聖書でいっぱいになった。

スージー・ジャクソンは三番目のテーブルに行った。杖にハンドブックがぶらさがっている。エマニュエルに来る人々には、八七歳の彼女がすきっ歯を見せてにっと笑う笑顔がおなじみだった。スージーの家はエマニュエルの信徒の中でも一番の大家族で、彼女はその中心だった。フェリシアとその一一歳の孫娘がスージーに合流した。スージーおばさんはフェリシアのごく親しい友人であり、もっとも献身的な祈りのパートナーでもあった。

フェリシアは少し前の午後六時五〇分に、末っ子のティワンザからメールを受信していた。「まだ聖書勉強会にいる？」彼はそう訊いてきた。二六歳の息子は勉強会が遅れたおかげで、自分も出席できるかもしれないと考えたのだ。ティワンザがやってくると、フェリシアの孫娘は長身でおしゃれなワンザおじさんを見てにっこり笑った。ティワンザは三番目のテーブルについた。

七〇歳の誕生日を間近に控えたポリー・シェパードは糖尿病の持病があり、空腹だったので、勉強会はやめておこうと思っていた。教会の理事である彼女は、今日は一日ずっと会議に出ていた。けれどさっき、フェローシップホールの女性用化粧室で、親友の一人であるマイラにばったり会ったのだ。マイラはぜひ勉強会に出てほしいと言った。それでポリーは今、四番目のテーブルに向かって歩いていた。心の中では帰ってしまおうという誘惑にまだ駆られていて、マイラが目を離す瞬間があったら抜け出せるかもしれないとひそかに思っていた。けれどこの広いホールを横切って、ドアまで見つからずにたどり着くのは難しそうだ。古くからの友人である教会の管理人エセル・ランスも近くに座っていた。

部屋の奥のピンクニー牧師のオフィスに通じるドアは開いていた。ピンクニー牧師は妻と娘と話すためにそちらに行っていた。フェローシップホールとの間の壁は薄いので、小学校の図書室の司書ジェニファーは、この部屋にいなければいけない今、いつもは元気いっぱいなマラーナが静かにスナックを食べながらアニメを観ているのをありがたく思っていた。

クレメンタが聖書勉強会に戻ろうとしたとき、ジェニファーが彼を呼び止めた。「ちょっと待って、旦那様。あなたのクレジットカードがいるんだけど」上の娘のダンスレッスンの月謝を支払わねばならなかったのだ。

「はい、どうぞ、奥様」

クレメンタはマラーナをぎゅっと抱きしめてキスしてから、ドアを抜けてフェローシップホールに入り、もっとも祭壇寄りのテーブルに一人で座った。隣の椅子は空いていた。

男は午後八時一六分まで待った。このころには教会の裏の駐車場には一〇台ほどの車しか残っていなかった。彼は開いていたゲートからバックで入ると、片側に数台分停められる細い帯状のスペースへと向かった。どの入り口から入るべきなのかわからなかった。建物の中に入ったことはなかったからだ。正面のドアから入るのはちょっと目立ちすぎる。二階の高さまで上ることになるし、混雑した四車線のカルフーン通りの車や歩行者からよく見えてしまう。そこで彼は建物の側面に二つ並んでいるドアのところに行った。教会の後ろ側の角に近い位置にあり、通りから離れている。

そこから一番近い駐車スペースは先ほどまで老ゴフ師のキャデラックが停められていた場所で、その後は空いていた。

男はそのスペースに慎重に車を入れて停め、ゆっくりと外に出た。むっとするような湿気と三二度をゆうに超えている気温にもかかわらず、男は長袖のグレーのシャツに黒っぽいパンツ、ティンバーランド風のブーツという服装で、腰には重そうな黒いウェストポーチを巻いている。

建物の脇の背の高い木製の二つのドアまで、男はちょうど一〇歩で到達し、まず右側のドアを手をかけてみた。ドアは動かなかったので、次に左を押した。今度はきしんだ音をたてて開いた。教会は神の言葉を求めてやってくる人々を迎え入れる場所であるため、このドアに鍵はかかっていない。中に入ると、羽目板を貼った廊下はただでさえ狭いのにワークブックの山や植物やコンソールテーブルがあるせいで、よけい狭苦しくなっていた。その廊下を進み、左側にあった誰もいないオフィスの前を通りすぎた。

短い廊下の突き当たりには出口を示す赤い看板と広い部屋につながるドアがあった。声のするほうに彼は引き寄せられた。そちらへ進んでいき、十戒のポスターの前を過ぎて、ホールへ入っていった。

二 訪問者

みながようやく聖書を開いたとき、白人の若い男がロビーからフェローシップホールに入ってきた。

「牧師様、お客さんです！」シャロンダが知らせた。

エマニュエルは夏のあいだ観光客であふれる街の中心にある有名な教会なので、はじめての人が勇気を出して入ってくることは珍しくない。白人でもだ。二ブロックの距離のところに今も拡張しつづけているチャールストン大学のキャンパスもある。そこから徒歩や自転車で出てくる何千人もの若者たちはほとんどが学生だが、その中には祈るためや教会が公民権の歴史の中で果たした重要な役割についてもっと知るために、ここに立ち寄る者もときどきいる。ピンクニー牧師は長身を伸ばして椅子から立ち上がると、訪問者を迎えるためゆっくりと部屋を横切っていった。

「聖書勉強会にいらしたのかな？」牧師は目の前にいる男を見下ろしながら言った。まだ距離が離れていたが、彼のバリトンの声はよくとおった。

訪問者はうなずいた。

ピンクニー師は男に聖書とマイラが作った研究ガイドを手渡した。それから自分の席の隣の椅子を引くと、男に手招きをして座るようにうながした。そして祭壇と牧師のオフィスに一番近い丸テーブルに二人だけで座った。訪問者は黙ってテーブルを見つめていた。

ポリー・シェパードは露骨にならないように気をつけながら、並んだテーブルの向こう側にいる訪問者のほうに目をやった。少年っぽいマッシュルームカット。大学生のように見える。とても従順でおとなしい感じだ。しかし彼女が驚いたのは男の目だった。うつろで生気のない目をしている。内気なだけなのかもしれないと彼女は思った。それとも傷ついているのか。あるいはドラッグをやっているのか。

なんにしても、神を求めてここにやってきたのなら、私たちが彼を導こう。

外では夏の夕日が暗く沈んでいったが、フェローシップホールは低い天井から吊るされた蛍光灯の光に満たされていた。マイラはｉＰａｄを立てかけ、この数週間準備してきたメモが見えるようにした。彼女は今日の午後家を出るそのときまで、今夜扱う聖書の文章を何度も読み返し、一節ごとに分析してきた。

マイラの正面に座っているのは引退した牧師ダン・シモンズだ。長身で堂々とした体格の元陸軍の男性で、聖書に造詣が深く、会う人みなに一目置かれる人物だ。何十年も前からこのあたりに住んでいて、主教選挙に出たのも一度ではない。マイラはシモンズが怠惰や無知を許さないことを知っていたので、彼にいいところを見せたかった。実りのある議論を戦わせるのが彼の生きがいであるのも彼女は知っていた。今日はその準備ができている。

各自聖書のマルコによる福音書第四章の種を蒔く人の寓話のページを開いた。育つのに適さない土壌に落ちた種について、イエスが弟子に話したストーリーだ。

あるとき種蒔き人が種を蒔きにいった
蒔いているとき道端に落ちてしまった種もあり
それは鳥が飛んできて食べてしまった
土の薄い岩場に落ちた種もあり
それは土が深くなかったのですぐに芽を出したが
日が高くなると日に焼かれ　根がないので枯れてしまった
いばらの中に落ちた種もあり
いばらが伸びてふさいでしまい

実をつけられなかった
良い土壌に落ちた種はたくさんの実を結び　ふえていった
三〇倍　六〇倍　一〇〇倍の実をつけるものもあった

部屋に熱気がこもって蒸し暑くなってきたし、先ほど決めた三〇分はあっという間にすぎてしまった。マイラの熱意に、みなそのまま勉強会を続けようと言った。マイラは、憎しみと世俗的な欲望によって無情になり、あまりに多くの人々が自分自身の中にもっている神の恵みの種を育てることができない罪の世について話した。キリストを信じる者は豊かな土壌を作らねばならないのだ。

マイラはこのストーリーを自分のことのように感じていた。一〇代でシングルマザーになったマイラは神の声を忘れずに教師になり、それから虐待を受けた子どものためのスクールカウンセラーにもなり、今や公認聖職者になった。

イエスは弟子たちに、聞くことのできる人でも聞いたことの意味を理解できるとはかぎらないと話した。マイラは説明した。同じように人は必ずしも神があたえてくれた教訓の意味を理解したり、実践したりするとはかぎらない。そういう人はしばしば、岩地に落ちてしまった種のように、神がもたらしてくれた贖罪の機会を逸《いっ》してしまうのだ。

隣のテーブルではフェリシアが誇らしい気持ちで耳を傾けていた。マイラのことは物心ついたときから知っている。フェリシアと同じようにマイラもいつも教会にいて、いつもいろいろな問題を解決してきた。フェリシアはマイラを「怪物」と呼んでいた。マイラがつねになんにでも首を突っ込んでは、みなを引き込むからだ。

シモンズ師も耳を傾けていた。椅子の背にもたれ、顔には笑みを浮かべている。そして積極的に議論に参加した。フェリシアの息子ティワンザは携帯電話でスナップチャットのアプリを立ち上げ、数秒の長さの動画を撮っていた。映像は訪問者が黙ってテーブルにかがみ込んでいる右手の奥から移動してきて、ボタンダウンシャツを着て満面の笑みを浮かべている〝パパ・ダン〟ことシモンズ師で止まる。立派な体格の彼は、以前は当時いた教会で拡声器をもち歩き、大音量で威厳に満ちた声を流して犯罪者を追い払ったこともある。それにいつも銃を携行していて、射撃訓練の経験もあった。今その銃は外に停めたメルセデスの助手席にタオルをかけて置いてある。

ティワンザがふざけて動画を撮っているのを見たフェリシアは首を振った。ティワンザにSNSに載せたいと言われたこともあったが、断っていた。そういうのは彼の世界だ。インスタグラムの「今のワンザ」のページに彼がアップする、心に訴えかけるミーム〔SNS上で模倣し拡散されるネタ〕や彼のスタイリッシュなファッション、顔からはみ出そうなくらいの笑顔を魅力的に伝える写真を二〇〇〇人もの人々がフォローしている。パパ・ダンが発言していると、ティワンザはスナップチャットの画面に「聖書勉強会で知識をあたえてくれる人」と打ち込んで送信した。

マイラは章句を分析しながら掘り下げつづけている。

「同様に、神の言葉という種は罪の習慣によって無情と化している心に落ちると、すぐに『悪魔』に奪い去られてしまうのです」彼女のメモにはそう書かれていた。

訪問者は勉強会が続けられるあいだ、一時間近くも何も言わずに座っていた。九時になるとみなで終わりのお祈りをした。

みな頭《こうべ》を垂れ、目を閉じた。

訪問者は目を閉じなかった。

のちに彼はこのときためらったと語っている。勉強会のメンバーはとてもいい人たちのようだったから。しかし自分には非常に重要な使命があり、これは白人の救済に必要不可欠な契機なのだ。

彼は華奢な手をバックパックにすべり込ませた。

グロックの冷たい握り手をつかむ指にぎざぎざの溝ができる。彼は練習通りのすばやい動きで重い銃を上げると、隣に立っているピンクニー師に銃身を向けた。そして引き金を引き、ピンクニー師の首を至近距離から撃った。ピンクニー師は祭壇のほうによろめいた。男はまたピンクニー師を撃ち、さらにもう一度撃った。打つたびに反動で細い手首が後ろに押し戻される。

ピンクニー師はリノリウムの床に倒れた。

フェリシアは最初、エレベーター設置工事の現場で変圧器が爆発したのだと思った。それから彼女は目を上げ、悲鳴をあげた。

「その人は銃をもってる！」

銃声があまりに素早く何発も続き、あまりの轟音だったため、フェリシアはマシンガンだと思った。周りの女性はテーブルの下に飛び込み、しゃがんで身を寄せ合い、祈っている者もいた。ドアから外に出るには折りたたみ椅子が並ぶ、隠れるもののない場所を横切っていかねばならない。それはあまりに遠く感じた。この白人の青年はピンクニー師を暗殺しにきたのだろうか？

みな銃撃が止むのを待っていた。暗殺者が出ていくのを待ったのだ。

テーブルの向こうでシモンズ師が立ち上がった。

「牧師を見させてくれ。牧師の様子を見なければ！」彼は強い口調で言った。だが訪問者は銃をそちらに向けると、また引き金を引いた。ホローポイント弾がシモンズ師の胸に突き刺さり、さらにもう一発命中した。シモンズ師はくるりと回転すると、血を流しているピンクニー師の身体と十戒のポスターの横をよろめきながら歩いた。なんとかロビーを抜け、出口の赤いサインの下を通りすぎることができた。

だが殺人者が入ってきたドアまではたどり着けなかった。このドアの向こう、外に駐車した車の中には銃があるのに。ドアの手前で倒れ込み、閉まっている秘書室のドアの前でうめき声をあげた。殺人者はもう一度、至近距離から彼を撃った。

牧師室ではジェニファー・ピンクニーが夫のオフィスとフェローシップホールの間の薄い壁ごしに銃声を聞いていた。誰かが「ああ！」とうめくのも聞こえた。椅子が乱暴に押しのけられる音も。

ジェニファーは立ち上がって、まだ少し空いていたドアの隙間から、なにが起こっているのかとのぞいてみた。けれどももう一度銃声が轟いたので、彼女は静かにドアを閉め、鍵をかけた。とにかくマラーナのことだけを考えていた。怯《おび》えるマラーナをもう一つのドア、隣の秘書室に通じるドアのほうへと連れていった。このオフィスのもう一つのドアはシモンズ師がいま倒れた廊下に通じているのだが、ジェニファーは彼が重傷を負って横たわっていることを知らなかった。ジェニファーは静かにこちらのドアの鍵も閉めると娘を机の下に押し入れ、怯えたささやき声で、静かにしなさいと叱った。

ドアの向こうの廊下からうめき声が聞こえた。

別の声も聞こえる。「俺は狂っているわけじゃない。これはやらなければならないんだ」

フェローシップホールではフェリシアの孫娘が悲鳴をあげはじめた。フェリシアは少女をつかまえるとテーブルの下の床に強引に伏せさせ、ささやき声で言った。「黙って死んだふりをしないさい。死んだふりをするの。死んだふりをするの」

「おばあちゃん、わたし怖い!」

殺人者は並んだテーブルを順に撃ちはじめた。

「何も言わないで」フェリシアは命令した。

銃声が再び轟き、どんどん近づいてくるなか、フェリシアは少女を胸にぎゅっと抱きしめた。

二人の隣の床にはスージーおばさんが倒れていて、動かない。フェリシアはスージーおばさんのことも引き寄せたくて仕方がなかったけれど、一人でみなを助けることはできない。彼女はさらに強く孫娘を抱きしめながら、窒息させてしまったらどうしようと心配だった。反対側にティワンザが倒れてきた。

「母さん、撃たれた」彼は言った。

首の傷から激しく出血している。フェリシアの脚があたたかい血で染まっていく。銃声は続いている。彼女には考えがあった。彼女はわざと脚を血に浸した。銃撃犯は孫娘を撃つ前に全員殺したと思うかもしれない。

男は弾を装塡し直し、リネンのクロスがかかったテーブルの周囲をしつこく歩きまわりながら、テーブルの下で身を縮めている女性たちに向けて至近距離から何度も何度も撃った。薬《やっ》莢《きょう》が床の硬いタイルに音をたてて落ちる。体の近くを弾が飛んでいったので、発射時の熱でフェリシアの皮膚が破れるほどだった。

殺人者は一発撃つごとに銃撃をやめて弾を装塡する。何度も何度も。

フェリシアの聖書がテーブルから落ち、一発の弾丸がそれを貫いた。

隣のテーブルの下に古くからの友人ポリーがしゃがんでいて、まだ撃たれていないことにフェリシアは気づいた。重いブーツを履いた殺人者の足がそちらへ進んでいく。

フェリシアは声を出さずに祈った。ポリーは声に出して祈った。

銃撃犯はポリーのところで立ち止まり、撃つのをやめた。死んだような目で彼女を見下ろし、ずっしりした黒いピストルを彼女の足に向けている。

「黙れ！」彼は短く言った。「お前をもう撃ったか？」

「いいえ」

「お前は撃たない。生かしておくから、このことをみなに伝えてくれ」

犯人がしゃべっているあいだ、フェリシアは完全に身動きせず、ティワンザと孫娘がまだ生きているらしいことを励みにしていた。彼女は声を押し殺して言った。

「じっとして、じっとして」

けれどティワンザはじっとしていなかった。銃撃犯がポリーに話しているあいだ、力を振り絞って身を起こし、男の注意を引いた。「どうしてこんなことをするんだ？」ティワンザは訊いた。

殺人者は振り向いてティワンザを見た。この部屋にいる自分以外の唯一の若い男だ。

「やらなければならないんだ。お前たちは白人の女をみんなレイプして、国を乗っ取っている」

ティワンザは懇願した。「こんなことしなくてもいいんだ。我々は危害を加えたりしない」

「俺は使命を果たさねばならない」

殺人者はティワンザを三回撃った。

フェリシアの心の中では一つの言葉が響きつづけた。「神様、神様、神様」

隣のテーブルの下に隠れているポリーはカチッという音を二度聞いた。弾がなくなったのだろうか？　また装填している？　彼が遠ざかっていく足音を聞き、彼女はあたりを見回した。

なんとかして助けを求めたかった。血塗れになった誰かの携帯電話が近くに転がっていた。それをつかむと911をプッシュし、発信ボタンを押した。

何も起こらなかった。電話はなぜかライトが点滅している。彼女はもう一度911を押した。「つながって。ああ、神様」彼女は声に出して祈り、恐怖のあまりうめき声を上げながら電話を見つめていた。

てきぱきとした女性の声が応答した。「911です。緊急事態が起こった場所はどちらですか？」

「お願いします。エマニュエル教会です。たくさんの人が撃たれました。誰か来て」ポリーは息を詰まらせながら、絞り出すような声で言った。「すぐに！」

「エマニュエル教会ですか？」

「AMEエマニュエル教会。カルフーン通り一一〇の」

「そこで複数の人が撃たれたのですね？」

ポリーはテーブルの下から周りをのぞいてみた。男がすでに逃走したのか、まだ室内にいるのかよくわからなかった。すぐ近くでティワンザが、テーブルの下に倒れて動かない年老いたおばのほうへとにじり寄っていこうとしていた。廊下の近くに見えるのは犯人の影だろうか？

「早く来てほしいんです。お願い！」ポリーは懇願した。

このまま切らないでください、とオペレーターが指示した。

「あの男が来る、来る、来る！」

ポリーはあえいだ。

「神様、私たちを助けて、お願いします。助けて、神様。お願い、イエス様、助けてください」

一メートルあまりのところでティワンザがもう一度うめいた。

殺人者はその場から出ていくことにした。途中でクレメンタ・ピンクニーの遺体の横を通りすぎた。それからバックルをはずしてウェストポーチをその場に落とし、ロビーの床に蛇のように丸まったままのベルトを残していった。彼はグロックに八番目の弾倉を装塡した。これが最後の弾倉だった。ダン・シモンズをよけながら狭い廊下を通り、一時間前に入ってきた脇のドアに戻ってきた。ダン・シモンズはまだ生きていたが、大量に出血していた。殺人者はドアを押して数センチを開けると、夜の暗闇をのぞき見た。

驚いたことに、外には誰もいなかった。

彼は教会の中で七〇発以上も銃を撃ったのだ。そしてこの教会は、市の中心の公園、公立図書館、教育委員会、三階建ての学校、ガソリンスタンドから二軒しか離れていない。だが今は平日の夜だ。周りの建物にはひとけがなく、通りも静かだった。

彼は外へ出ると、右手で銃を下に向けてもったまま、右を見て、左を見た。それから教会のドアが背後で勢いよく閉まるあいだに足早に車へと急いだ。古いヒュンダイのエンジンをかけ、バックで駐車スペースから出ると、アクセルを踏み込んで駐車場の裏口から通りに出た。左折するとスピードを上げすぎないように注意しながら静かな脇道を走り、右折して、チャールストン中心部の幹線道路である四車線のミーティング通りに入った。一・五キロメートルほど行ったところで州間高速自動車道にまぎれ込み、来た道を戻っていった。

三　隠れていたのは

テーブルの下でうずくまり、911のオペレーターとつながっている電話を握りしめていたポリーは声を聞いた。乱射犯が出ていったかどうかはわからなかったが、少なくともその声は犯人のものではなかった。

「ああ、神様」親友、マイラの声だった。

ポリーは室内を見まわした。近くのテーブルの下には血溜まりの中に倒れて動かない人たちがいる。空の薬莢が無数に散らばっている。聖書や賛美歌集や椅子やノートがそこらじゅうに落ちている。ポリーは、この部屋には誰もいないと思っていた。ただ強くはっきりと神の存在を感じていた。

その静けさを破ってうめき声がしたのだ。

二メートルも離れていないところでティワンザが、隣のテーブルの下に横向きに倒れたまま動かないおばのスージーのほうに手を伸ばしていた。ティワンザの傷口から流れ出た血が白いTシャツと白い床を赤く染めている。

「ティワンザ、落ち着いて。お願いだから落ち着いて!」

友人フェリシア・サンダースの声だった。

「スージーおばさん、スージーおばさん!」ティワンザはうめいた。

彼のすぐそばでフェリシアが懇願していた。「ティワンザ、じっと横になっていなさい。動かないで。動かないで」

「スージーおばさんのところへ行かなくちゃ」

でも息ができないんだと彼は言った。水を飲みたいとも言う。

「ティワンザ、愛してるわ。ティワンザ、愛してる」フェリシアは繰り返し言った。

「俺も愛してるよ、母さん」

遠くからパトカーのサイレンが響いてきた。ポリーはまだ911のオペレーターと話しながら、テーブルの下から這い出した。

「ポリー! 息子を助けて」フェリシアは引退した看護師であるポリーに言った。

教会の側面には先ほど犯人が出入りしたものも含めて二つのドアがある。今、大通りに近いほうのドアが開いた。女性たちはまた息をひそめた。

最初に入ってきたのは、がっしりとした体格のデイヴィッド・スチュワート巡査で、AR15のライフルを手にしている。彼はすぐ後ろにいるエドワード・ヘンダーソン巡査とここから五ブロックのところで食事をしていたので、すぐ駆けつけてきたのだ。二人のすぐ後にアンドリュー・ディレーニー巡査が続く。彼は警察官になってまだ二年目だった。

三人とも白人で濃い青色の制服を着て、銃を構えていた。教会に銃撃犯がいるとの連絡を受けたが、犯人の数も、犯人がどれだけ武器をもっているのかも知らなかった。彼らは自分たちもふくむ全員の生命が危険にさらされていると考えていた。

まずやるべき仕事は、危険を探し出して排除することだ。

以前なら銃撃犯がいるという通報で出動する場合、警官たちはまず建物を外から監視し、SWATチームが到着するのを待っていた。今はそうではない。最近の銃乱射犯は可能なかぎり短時間で、可能なかぎり多くの人の生命を奪おうとする。だから警官たちはすぐに建物に突入するように訓練されるようになった。

スチュワートは壁沿いに進んでいって、そのまま角を曲がった。ヘンダーソンは反対側の壁に沿って進んだ。フェリシアの中学生の孫娘が紫色のシャツを着て、部屋中央に横たわる数人の遺体の近くに、ショックで茶色の目を大きく見開き立ちつくしていた。その近くのテーブルの上には開いた聖書があり、その隣には弾倉があった。

「助けて！　助けて！」ティワンザの隣にいるフェリシアが叫んだ。ティワンザは苦しみに身をよじっていた。

しかし警官たちは、まず犯人がまだ建物内にいないかどうかを確認せねばならない。

「犯人はどこですか？」

フェリシアが答えた。「わかりません。あのドアから走って出ていったと思います」彼女は向かって右のドアを指差した。

ディレーニーが脇を走りすぎていった。床に倒れているティワンザが痛みのあまりうなる。

「助けてくれ」彼は懇願した。

しかしディレーニーは今は彼を助けることができなかった。まだ無理なのだ。まずはこの場所の安全を確認し、今いるみながこのあと殺されないようにしなくてはならない。それが済むまでは医療スタッフを建物内に入れることはできない。この部屋には隠れられる場所がそこらじゅうにある。

「すぐ戻ってくる」ディレーニーは約束した。

監督官であるジャスティン・ニース巡査部長が続いてドアから入ってきた。ポリーは立ち上がり、巡査部長のほうに歩いていった。その黒い目はショックのあまり虚ろだった。フェリシアの孫娘が遺体の間をうろうろと歩いている。

「お嬢さん、我々は助けにきました」ニースは安心させるように言った。

警官たちは壁にぴったりと身を寄せ、まずはフェローシップホールの空間を見まわしながら調べていった。彼らは司法機関に長くつとめているにもかかわらず、これほど残虐な犯行現場は今まで見たことがなかったと後に語っている。部屋の真ん中には黒いスーツを着たハンサムな男性が横向きに倒れ、その体から祭壇のほうに向かって血が流れ出している。丸テーブルの下には体を丸めた女性たちがじっと動かないでいた。そこらじゅうに弾丸や薬莢や弾倉が散らばっている。空気にはまだ鉄の匂いが残っていた。

ポリーは犯人の服装を懸命に思い出そうとした。グレーのTシャツだった。いえ、スウェットシャツだったかしら。でもグレーだった。そう、グレー。長袖の。そして銃、ピストルだった。ライフルじゃなく。彼女はそこははっきり覚えていた。

犯人は一人。白人の男性で若く、痩せていて、大学生のような感じの二〇歳ぐらい。

「小柄で華奢な白人の若い男」とフェリシアがはっきりと言った。

ジョン・ライツ巡査部長は警官たちに建物への突入を命じたあと、最後に入ってきて、部屋をくまなく見まわした。彼は警官を地域に割り当てる地域警備制度で、長年もっともこの街の危険な地域を担当してきた。中年で、父親のような物腰をしている。彼は部屋に入るとすぐに走りまわっている子どもに駆け寄り、それから横に倒れている男性を見つけた。胸を撃たれ、そこから多量に出血している。年配の女性が彼を見下ろしていた。

「息子です」フェリシアは言った。その声には抑揚がなく、ぼんやりしていた。

最初ティワンザは血溜まりの中に身動きもせずに横たわっていた。しかしやがて身じろぎをすると、空気を求めてあえいだ。

「撃たれました」ティワンザはライツ巡査部長に言った。ライツは彼の横に膝をついた。

ちょうどそのとき、部屋の反対端ではニースが反対側のドアのところに短い廊下から脚が突き出ているのを見つけ、走っていった。細長い緑色の絨毯の上に、シモンズ師が横たわっていて、その胸の傷から激しく出血している。彼の身体には四発の弾丸が撃ち込まれていた。彼はまるで外へ逃れ出ようとしたみたいに駐車場に通じるドアの近くに倒れていた。息をしようと苦しんでいる。

「もう少しだ、がんばれ」ニースが言った。

警官の一人が救急隊員を呼んだ。

「この部屋には犠牲者が何人いるんだ？」ニースが叫んだ。「人数を数えてくれ！」

フェローシップホールの反対端でライツが声に出しながら数えた。「一人、二人、三人、四人、五人、六人、七人」丸テーブルの向こう側でティワンザのそばに膝をついているニースのところからは、ダン・シモンズの姿は見えない。ライツは後で自分が血塗れになっているのに気づくが、このときはまだそんなことは気にしていなかった。ティワンザは老いたおばのカールした髪に触れようと左手を伸ばしていた。

ライツがもう片方の手を励ますように握ると、ティワンザは強く握り返し、彼を見上げた。この混乱の中で二人は目を見交わした。ティワンザは目の焦点が巡査部長に合うと、ほっと安堵の表情を浮かべた。手の力が弱まる。まるで眠りに落ちるときのように体から力が抜けていった。

フェリシアはライツの肩越しに身を乗り出した。彼女は一九年前、かわいい息子がこの世に生まれるのを見守った。そして今、その息子がこの世を去るのを見ているのだ。

「ティワンザが死んだ」彼女はつぶやいた。

彼女たちの周りでは警官たちがまだ部屋の中を動きまわっていた。無線が大きな雑音をたてる。フェリシアの声が大きくなる。

「私の息子が死んだ。息子が死んだの。いやー！」

ライツは悲しみに暮れる時間はないと知っていた。今は生存者たちをこの恐ろしい場所から逃さねばならない。すぐに。救急隊に教会内に入って生存者の手当てをしてもらうには、この場所の安全を確認しなければならない。彼はティワンザの手をその胸の上にそっと置くと立ち上がり、フェリシアに一緒に来てほしいと言った。警官たちはホール周辺を調べたが、みなの安全のためにはそれでは十分ではない。犯人は二階の聖域に隠れているかもしれないし、見逃したクローゼットやどこかの片隅に身を隠しているかもしれない。どこにでもいる可能性があった。

フェリシアはライツについていき、スージー・ジャクソンの体を迂回した。八七歳のスージーも亡くなっていた。

「私のおばです」フェリシアは生まれたときからずっとともに祈ってきた老いたおばを見下ろし、抑揚のない声で言った。

その場から離れるとき、倒れていたおばの近くに落ちていた携帯電話を片手で握りしめていた。美しい友人シャロンダ・コールマン＝シングルトンのものだ。先ほど訪問者に最初に気づいたシャロンダは、今は隣のテーブルの下に身動きもせずに横たわっている。部屋は警官たちで騒がしかったが、フェリシアは夫であり、スージーおばさんの甥でもあるティローンに電話することができた。

電話機を通して、彼の落ち着いた声が聞こえる。「ティローン、私の大事な子どもが死んでしまった、子どもが死んだの、子どもが死んだの」フェリシアは何度も言った。「それにスージーおばさんも、死んだ……」

警官が彼女に歩み寄った。「すみません、奥さん、安全なところにお連れします」

フェリシアと孫娘は警察に警護されながら教会を出て、カルフーン通りに向かっている途中で、ポリー・シェパードに追いついた。フェリシアはまだ電話で夫と話していた。

「スージーも牧師様も亡くなったの。みんな死んでしまった。マイラも亡くなった。みんな亡くなった……」

フェローシップホールにいるシャロンダにはまだ脈があった。三人の子どもの母であり、陸上競技のコーチとしてみなに愛されている。救急救命士たちはテーブルの下から彼女を引き出すと、仰向けに寝かせ、心電図計につないだ。しかしもう生命の兆候はなかった。シャロンダも亡くなった。

脇の廊下では救急救命士たちがダン・シモンズを担架に乗せ、数ブロック先にある医大病院の外傷センターへとすばやく運んでいった。

この騒ぎの中でライツがホール内の死者たちの見守りを引き継いだ。一晩じゅう遺体とともにこのホールに残ったのだ。現場保存のためにホールを監視して。目の前にひろがっている恐ろしい光景を誰の目にも触れさせたくなかった。見るのは自分だけでいいと思ったのだ。

外の通りに暗闇が降りてきて、周囲にある学校、銀行、バプテスト派の教会の建物を包んだ。警察は生存者たちを率いてカルフーン通りを渡った。赤と青の非常灯の光が木々に投げかけられ、誰のものかわからない人影が動く様がそこらじゅうに照らし出されていた。温まったアスファルトの上を歩いていくフェリシアは裸足で、ぴったりした黒いスカートは染み込んだ大量の血の筋で重かった。靴と聖書はフェローシップホールに置いてきてしまった。

通りを曲がるとき、巡査がグレーのシャツを着た年配の白人男性を捕らえ、地面に押さえつけた。

「違う、その人は犯人じゃない！」ポリーは振り向いて言った。「あの男はほんの子どもみたいに見えた」

教会から道路を挟んだところにあるコートヤード・バイ・マリオットホテルに近づくと、ホテルのガラスのドアが自動で勢いよく開いた。長い廊下を歩いて会議室に着くと、警察はフェリシアとポリーに、犯人についてもっと詳しく話すよう求めた。どんな車に乗っていた？　どちらの方向に走っていった？

みなが一番知りたいことは本当はこうだった。さらに人を殺すだろうか？

ジェニファー・ピンクニーはまだ教会の中にいて、秘書室の木製の机の下でマラーナとともに身を縮めていた。まだ警察に発見されておらず、犯人が建物内にいるのかどうかさえ知らずにいた。

「パパ死んじゃうの？」マラーナがひそひそ声で言った。

「静かにして、マラーナ」

ジェニファーは携帯電話を頬に押しつけ、いま電話に出たばかりの911の新しいオペレーターの声に必死で全神経を集中した。ジェニファーはあまりに多くの銃声を聞いていた。百発は超えていたのではないか。二人が隠れているところから二メートルぐらいの距離にある秘書室の壁を貫いて、部屋の反対側まで飛んだ弾丸もあったが、さいわいなことに二人には当たらなかった。

「911です。緊急事態があった場所は？」

ジェニファーは電話に向かって、不安定なかすれたささやき声で切れ切れに告げる。

「私がいるのは」うまくしゃべれなかった。「私がいる、のは、エマニュエル、マザー・エマニュエル」

オペレーターは慎重に、冷静さを保った張り詰めた声で、ジェニファーに警察が来て保護するまでそのまま静かに動かないでいるように指示をした。彼女は言う通りに、さっきマラーナが恐怖で悲鳴をあげませんようにと祈りながら鍵をかけたこの部屋に閉じこもった。

ライツ巡査部長はジェニファーがいる隣の部屋から牧師のオフィスのドアノブをがちゃがちゃと回した。鍵がかかっている。そう気づき、彼はドアを蹴破ろうとしたが、うまくいかない。続いてヘンダーソンが蹴ると、ドアはようやく開いた。

ライツが先に立って部屋に入った。彼は犯人がこの部屋にいると確信していた。現場のすぐ近くでまだ調べていない場所はもうここしかなかったからだ。警察は通報から非常に短い時間で到着したので、犯人がまだ教会内のどこかに残っている可能性は十分にあると思われた。通信指令係のオペレーターは女性と子どもの二人が牧師室にいると伝えていた。二人はまだ見つかっていない。

ライツは心の奥底では犯人はすでに二人を殺し、今は警察を待ち構えているのだろうと思っていた。ライツは銃を手に書斎をのぞき込んだ。中には誰もいないようだった。ライツは一歩足を踏み入れ、もう一歩進んだ。ヘンダーソンも彼に続く。クレメンタの机の向こうをのぞき込んだが、誰もいなかった。ライツのイヤホンにオペレーターの声が聞こえる。女性と子どもは生きていて、この隣の部屋、秘書室にいるという。

見てみると、隣の部屋のドアが暗い中にあった。警官たちが銃を手にしたまま部屋に入ると、木製の机があった。彼らは急いでその下をのぞいた。

怯えた女の子が彼らを見上げた。母親の膝の上にいて、母親にしがみついている。

「こんにちは、お嬢ちゃん。元気かな?」ライツが呼びかけた。

「元気よ」小さな声が答えた。

電話の向こうからオペレーターがジェニファーにまた話しかけた。「ピンクニーさん、もう電話を切って大丈夫ですね。通話を終わります。いいですね?」

「こっちへ出ておいで」ライツがうながした。

そして仲間の警官たちに向けて叫んだ。「二人を見つけた!　二人を見つけた!」

ジェニファーとマラーナはゆっくりと出てきた。ジェニファーは立ち上がってから向きを変えるとバッグを取りに牧師室に向かおうとした。ライツが彼女を止めた。

「そっちには行かないほうがいいですね。こっちへおいでお嬢ちゃん。こっちにおいで」

ライツは二人を秘書室のもう一つのドア、すぐ外に瀕死のダン・シモンズが倒れている、廊下へ続くドアのほうへ連れていった。女性警官が近づいてきて、マラーナに腕を差しのべた。「こっちにいらっしゃい。抱っこして連れていってあげる。お目めをつぶっててほしいんだけど、いいかな？」彼女は早口に言った。

ライツはジェニファーに約束した。「なんでも我々が取ってきます。だからどうか、こちらに来てください。いいですね？」

「ありがとう」ジェニファーは言った。彼女はライツについて脇の廊下に出た。シモンズ師はすでに救急車に運び込まれた後だったが、緑色の細長いカーペットには血溜まりがあり、救急処置に使ったものが生々しく散らばっていた。ジェニファーはそうしたすべてをまたいで越えた。遺体がある方向には警官が立ってジェニファーの視界をさえぎっていたので、廊下のすぐ向こうにある夫の遺体を見ることはなかった。

医大病院周辺のあちこちで、ポケットベルのはっきりとした鋭く早いベルが鳴り響き、スタッフにこう知らせた。外傷患者がやってくる。

ADULT TRAUMA A
GSW
BED1 UNKNOWN

病院のスタッフが救急処置室に続々と集まってきた。在籍する医師、研修医、看護師、呼吸療法士、CTの技師、薬剤師など、五〇人はゆうに超える人々が病院の青い紙製のガウンを着て、青い手術用のキャップをかぶって待機した。

TRAUMA A（外傷A）というのは、もっとも重症の外傷を表している。

GSWは銃で撃たれた傷（Gun Shot Wounds）の略だ。

UNKNOWN（不明）と書いてあるから、発信したスタッフもこれ以上はわからないということだ。

部屋を仕切る白い厚手のカーテンをさっと全開にし、処置室全体が明るい蛍光灯で照らされるようにした。車輪がついた医療用ベッドを運び込み、普段は三台並んでいるところに六台を詰め込む。救急救命センターのロビーのブラインドを下ろし、ドアのところの警備用に金属探知機を用意する。さらに公安の捜査官たちが到着する。チャプレン〔学校・病院・刑務所などに属する聖職者〕もやってきた。

ドアがヒューッと音を立てて勢いよく押し開けられた。救命士たちがどっと入ってきて、そのうちの一人が年配の黒人男性に胸部圧迫をほどこしている。彼らはダン・シモンズ師を担架からベッドに移した。

シモンズ師には脈がなかった。

この引退した牧師は胸部に大きな外傷を負っている。医療スタッフらは挿管し、服を切って胸を開き心臓マッサージをして蘇生させようとした。

そして三〇分努力しつづけた末に、彼の死を宣言した。


マイラ・トンプソンの夫アンソニーは、マイラに彼女の聖書勉強会を見にきてほしいかと訊いた。二人はこれまでに何時間も彼女が扱う寓話とそれが伝えるメッセージについて話し合ってきた。「いいえ、来なくていいわ」

「いや、行くよ」

「いいえ」彼女は折れなかった。アンソニーは別の教会の聖職者であり、自分の教会で数人の女性たちが揉《も》めているので、この夜はそれに対応しなければならなかった。行ってちょうだい。あなたの教会の人たちの面倒を見てあげて。彼はその通りにした。

アンソニーの教会、ホリー・トリニティ・リフォームド・エピスコパル教会はエマニュエルから数ブロックの、チャールストン大学の賑やかなキャンパスの真ん中にある。アンソニーは教会でのつとめを終えると、車でマイラと暮らす煉瓦造りの家に戻った。細長いチャールストン半島の市街地をほんの五分走るだけの道のりだ。

家は暗く静まりかえっていた。アンソニーは家に入っていきながら、マイラにシーフードレストランに寄って夕食を受け取ってくると約束したのを思い出した。今夜はマイラにとって大変な夜だから、きっと帰ってくるときにはお腹を空かせているだろう。

彼は元来た道を戻り、三〇分ほどで帰ってくると、あたたかい袋をキッチンに運び込んだ。

彼女の姿はまだない。電灯をつける。外は暑く湿度も高かったので腕まくりしていたボタンダウンシャツの袖を伸ばすと腰を下ろし、彼女から聖書勉強会の報告を聞くのを楽しみに待った。もういつ帰ってきてもおかしくなかった。

家の電話が鳴った。

「もしもし」彼は応答した。

「トンプソン牧師、奥さんに代わって。奥さんと話をしなくちゃいけないの！」

エマニュエルの信徒で彼も知っている女性だった。ぶっきらぼうで無遠慮な口調だった。

「アンソニー、マイラに代わって！」

「マイラはいないよ」アンソニーは少しむっとしながら答えた。

沈黙。

女性は優しい声になった。「教会に行ってください」

「いま教会から帰ってきたばかりだが」

「いえ、あなたの教会ではなくて。エマニュエルに行ってください」

「なぜ？」

「銃撃事件が起こっていると聞きました」

アンソニーの手から電話が落ちた。彼はドアから走り出る。

教会の近くの大きな交差点に来ると、警察がカルフーン通りへの交通を封鎖しているのが見えた。その先にはパトカーの大群が青い非常灯を点滅させていて、警官たちが大勢いる。それから通りに救急車がずらりと並んでいることに気づく。アンソニーは最近まで保護観察司と仮釈放指導官をしていた。だから現場のいくつかの状況を見てとった。多数の救急車は音を出さず、ライトを消して待機し、どこへも急行しようとしていない。

彼は恐怖にかられ、警官の一人に話しかけた。

「すみません、私は教会に行かなければならないんです。教会で発砲事件があったと聞きました。妻が教会にいるんです。だから行かなくては！」彼はパニックに陥り、一気にまくし立てた。

警官は答えた。「今は入れません。でも心配しないで。教会からたくさんの人がホテルに連れていかれましたから」警官は通りの向かい側のマリオットホテルを指した。

「ああ、ありがたい」

アンソニーは走って通りを渡ると、ホテルのロビーに駆け込んだ。

「みなさんはどちらへ？」挨拶で迎えてくれたホテルのスタッフに訊く。

アンソニーを見るスタッフらはどこか様子がおかしかった。

「みなさんあちらです」男性スタッフが長い廊下の向こうを指した。いつもは食事をする客が集まっている場所だが、今は静まりかえっている。

「ああ、神様ありがとう」

アンソニーは走り出し、左側の一番奥の扉の前で止まった。ドアに手を伸ばしながら、何度か深呼吸をして自分を落ち着かせる。エマニュエルでなにかあったのなら、マイラはこんな動揺した状態の私には会いたくないはずだ。アンソニーがいつも冷静でいることを好んでいる。呼吸が整うと会議室のドアを開けた。

部屋にはたくさんの人がいると思っていたが、実際には三人の姿しか見えなかった。長いテーブルの前にフェリシア・サンダースが子どもを膝に乗せて座っている。母娘は互いに相手の肩に頭をもたせかけていた。テーブルの反対側にはマイラの親しい友人ポリー・シェパードがいて、深く考え込んでいるかのようにうつむいている。それとも祈っているのか。

この三人しかいなかった。部屋はがらんとしている。

彼はフェリシアに視線を戻した。フェリシアと孫娘が顔をあげ、歩み寄る彼を見ている。いつもはあたたかい表情を浮かべているフェリシアの茶色い瞳は今は涙でいっぱいだった。アンソニーがなにか言う前に、フェリシアが静かに言った。

「マイラは亡くなったわ」

アンソニーは一瞬、その言葉の意味を考えた。でも、そんなことあるはずがない。

アンソニーは外へ走り出ると教会へ駆け戻った。とにかく教会の中へ入ってマイラを見つけるんだ。通りはパトカーと緊急車両に埋めつくされている。警官とＦＢＩの捜査官がそこらじゅうを歩きまわっている。アンソニーは彼らの間を走り抜けて、エマニュエルの脇の鉄の門に向かった。なんとかしてマイラのところへ行こうと門を抜けようとしたとき、背後から誰かに引き戻された。

「どこへ行くんだ？」警官が詰問した。アンソニーは息をつこうとした。話をしようと。恐怖を鎮め、言葉にしようとした。

「私は牧師のトンプソンといいます。妻がこの教会の中にいるんです。行かせてください。中に入って彼女のところに行かなくては」

「だめです。中には入れません」

アンソニーは放してくれと言った。今度は警官がかたわらに引っ張っていくと、前よりも優しく言った。「牧師様、中には入らないほうがいいと思います」

アンソニーは動きを止めた。

「みな中にいるのか？」彼は訊いた。

「複数の人がいるのはわかっています。けれど誰がいるのかはわかっていません」

「そうか、入れてもらえないのなら、中にいる人たちに出てきてもらうことはできないだろうか？」アンソニーは訊いた。マイラが中にいたらどうしよう。傷つき苦しんでいたら？　彼を必要としていたら？

「みな出てこられないと思います」

アンソニーは警官を見つめた。頭の中に恐怖がひろがっていき、自分を見失いそうだった。

彼はなんとか一つだけ訊いた。

「これだけは答えてくれ。中に生存者はいるのか？」

午後九時二五分、電話が鳴ったとき、チャールストン警察の署長グレッグ・マレンは妻とベッドに寝そべってテレビを見ていた。副署長からニュースがもたらされた。市中心部のマザー・エマニュエルで銃乱射事件が発生。被害者は複数。五五歳のマレンはエマニュエル教会とその歴史を知っていた。

「黒人教会で複数の死者」。マレンは恐ろしい銃乱射事のニュースを聞いて即座にファーガソン、ボルティモア、ニューヨークなどの都市で警官が黒人を撃った後に起きた暴動など、全米を揺るがせた事件を思い出した。彼はウォルター・スコットのことを思った。スコットは二カ月前にノースチャールストンの路上で白人警官に射殺された。この事件で人々は苛立ち、警察と地元社会との関係は非常に悪くなっていた。

マレンは白髪交じりの落ち着いた物腰の白人男性で、チームを率いるようになって九年近くになる。地域警備を堅く信じる彼は、黒人住民たちと警察の関係改善につとめ一定の成果をあげてきた。それがこの先数時間で危うくなるかもしれない。

マレンは急いで家を出る前に妻を振り向いて言った。「いつかわからないがまた会おう」

一三年の結婚生活と司法組織での三〇年にもおよぶ勤務の中で彼がこの言葉を妻に言ったのは二度目だった。前回は八年前だ。その夜、エマニュエルから八キロメートルほどの距離の住宅地にある彼の自宅近くの家具店ショールームで大きな火事があり、チャールストンの消防士たちは炎と戦った。マレンはこのとき消防士になってまだ数カ月だった。

九人の消防士が炎の中で死亡し、チャールストンじゅうに衝撃が走った。その火災が起こった六月一八日は明日だった。

アンソニーは教会に入ることができず、妻があの中で死体になって横たわっていることに打ちのめされ、路上にくずおれていた。「科学捜査班」と車体の横に印刷されている車が一台、エマニュエルの白い壁と彼の間の道に止まっている。暗闇の中あちこちで非常灯がぐるぐる回っていた。

第二長老派教会の温和な聖職者、スパイク・コールマンは、市の消防局長と歩いているときにアンソニーを見つけた。チャプレンと書かれたシャツを着たスパイクは、アンソニーに歩み寄るとひざまずき、苦しんでいるアンソニーの腕に触れ、自己紹介をした。アンソニーはゆっくりと立ち上がるとスパイクにしたがってマリオットのロビーに戻り、廊下を進んで会議室に入った。会議室の中ではポリーとフェリシアとその孫娘が座っていて、まだショックで呆然としながらも懸命に捜査員の質問に答えようとしていた。フェリシアの夫と姉妹もやってきていて、彼女に付き添っていた。アンソニーは後ろにあったテーブルの席によろめくように座り、テーブルの冷たい天板に頭をあずけた。苦しみのあまり、テーブルを拳でたたいた。

外では大掛かりな犯人追跡が行われていた。フェリシアとポリーの証言のおかげで、警察は犯人の特徴をはっきりとつかんでいた。白人男性、年齢は二一歳前後、体重六〇キロぐらい、髪は明るい茶色でマッシュルームカット。服装はジーンズ、グレーのシャツ、ティンバーランド風のブーツ。警察犬を連れた捜査員たちが大型のビルを、細い路地を、だだっ広い駐車場を、徹底的に捜しまわる。

エマニュエルは教会ビジネス街にあり、教会前の道路は普段は渋滞している。しかし一九世紀造の建物の裏手には戦前の住宅が狭い通り沿いにぎっしり建ち並んでいて、石造りの塀や錬鉄製の門の向こうに中庭や馬車置き場が隠れている。真夏の熱帯のような暑さの中で、藪や灌木の木立が、むこうが見えないほど生い茂ったライブオークの巨木やマグノリアの木が、あちこちに影を落としている。

犯人はどこにひそんでいるかわからない。

警察が塀を登ってみたり、ドアをノックしているあいだに、エマニュエルの信徒や被害者の親族が事件を聞きつけてさらに押し寄せ、そのままマリオットホテルへと流れていった。警察はこのままでは難しい状況になると悟った。マザー・エマニュエルはチャールストンの町じゅうから尊敬を集めていて、何百人もの信徒がいる。それだけの人々がパニック状態で押し寄せる可能性があった。その人々がそのままホテルになだれ込んだら、警察はとても対処できない。近すぎるのだ。保護している人々を別のホテルに移す必要があった。移動しやすい距離でありながら、事件現場のすぐ向かい側ではない場所に。

フェリシアと孫娘とポリー、そして最初にやってきた家族は、ひそかにマリオットホテルを出て、暗い夜の中を歩いていた。一列になってカルフーン通りを渡り、ミーティング通り沿いの歩道を、公園の向こう側にあり、街の一ブロックをほぼ占めているホテル、エンバシースイートへ向かっていた。恐怖と夜のむっとする湿気のせいで、じっとりと汗ばみ、衣服が体に貼りつく。警察が教会の屋上へ捜査員とブラッドハウンドを派遣したころ、フェリシアらはエマニュエル教会の裏の静まりかえった路地を歩いていた。所轄の警官、FBIの捜査官、州の法執行組織の捜査員、救急救命士、検視官が集結していた。まるでチャールストンは戦場になったかのようだった。

フェリシアは列の前のほうにいて、夫や姉妹とともに道を急いでいた。長老派のスパイクはアンソニーの横に並んで歩いていた。ポリーは一番後ろから、ゆっくりとついていく。血糖値が下がって頭がぼんやりしていたので、歩道のでこぼこした灰色の舗石の上を歩くときはつまずいて落ちないよう注意していた。すぐ後ろを歩いている警官が言ってくれた。

「ゆっくりでいいですよ」

彼女たちの右手にはマザー・エマニュエルの尖塔の屋根が暗い夜空に高くそびえ立っていて、教会の下部には事件現場を示す黄色いテープが巻きついていた。左手のマリオンスクエアという公園沿いに植えられたライブオークとマグノリアからサルオガセモドキが垂れ下がっていて、通りすぎる彼らに影を投げかけていた。昼の太陽の下では、公園に広がる草地で大学の学生たちが日光浴をしたり、フリスビーをしたりして、観光客は緑豊かな景色を眺めながら散策している。今は一番乗りのやじうまたちがぽつぽつと公園に入ってきはじめていた。

かつて南部の作家パット・コンロイが「まるでそのものがタイムトンネルのように取り憑《つ》かれている」と描写した通りがある街を、少数の生存者たちが、まだ気づかれずに歩いている。マリオンスクエアの中心近くを通りすぎるとき、高くそびえる柱の脇を通った。柱のてっぺんには元副大統領ジョン・C・カルフーンの銅像が建っている。奴隷を所有し、この暴虐な制度を必要悪ではなく「現実的な利益」だと言ったカルフーンは、腰に手を当てたまま眼下をとぼとぼと行きすぎていく生存者たちに顔をしかめているように見えた。

四　死の影

生存者たちとその家族たちはエンバシースイートに到着した。ここはそもそも一八二二年の未遂に終わった奴隷の反乱の後、街の少数派である白人を守るための兵器庫として建てられた。解放奴隷であり、マザー・エマニュエルの指導者だったデンマーク・ヴィージーは反乱を計画し、それが発覚して処刑された。今日でもチャールストンにおける人種間の緊張と白人住民の中に根強い恐怖感をもつ者がいることを思い起こさせる名前があるとしたら、それはこのヴィージーの名だ。奴隷として生まれ、奴隷同士で結婚した大工であるヴィージーは三二歳のときにくじに当たって自由を買うことができた。そしてのちに大規模な反乱を計画する。それは一八二二年六月一六日の真夜中、最終的に実行されるはずだった。ほぼ二〇〇年後の今、チャールストンの街は同じ時間を迎えようとしている。

ヴィージーの反乱は怖気づいた二人の奴隷によって密告された。非公開の〝裁判〟が行われた後、ヴィージーは三〇人近い共謀者とともに処刑された。当時、処刑は事前に告知されることが多かったが、ヴィージーの処刑場所は秘密にされた。一部の黒人住民たちの話によると、ヴィージーはチャールストンの半島部にある、長年リンチに使われてきた「処刑の木」で殺されたのだという。それから白人住民たちは教会に火を放ち、黒人たちを冷酷なやり方で恐怖によって支配するようになった。エマニュエルの信徒たちは南北戦争後まで地下にしか信仰の場がなかった。

街の為政者たちは兵器庫を建てた。当時市政は白人だけで行っていたが、奴隷の人々はチャールストン全体の三分の二を構成していた。兵器庫はのちに陸軍士官学校ザ・シタデルになり、ここの士官候補生が南北戦争、開戦の銃撃をした。今日では四階建ての化粧漆喰の壁と小塔が淡いピンク色に塗られたおかげで、メルヘンチックな外観になっている。

生存者たち一行は立派なホテルの正面玄関を通って、広々としたアトリウムへと向かった。アトリウムには椰子《やし》の木々と形のよい観葉植物があり、その真ん中に何段にもなった噴水の水が踊っていた。アトリウムのすぐ手前に、観光客でほぼ満室の五階分の客室に囲まれた広いスペースがあり、生存者たちは重い足取りで螺旋階段を上って二階へあがった。緑色のカーペットの上を歩いていったところにある静まりかえった棟には会議室が並んでいる。広々として、アーチ型の窓と白いシャッターがある植民地風のパーティルームに彼らは到着した。

ポリーがベルベットのソファに沈み込むと、先に到着して待っていた教会の信徒たちが駆け寄ってきた。

ポリー、大丈夫？　誰がこんなことを？　みな撃たれたって本当？　亡くなった人はいるの？

ポリーはトラウマと低血糖でぼんやりする意識と闘いながら、言葉にできないほどひどい状況を伝えようとした。聖書勉強会にいたメンバーを正確に思い出そうとしたが難しかった。誰が亡くなって、誰が生存しているのか、そもそも他に生存者がいるのかさえもわからなかった。

そのころ、フェリシアは一団の警官やＦＢＩの捜査員たちと座って、犯人特定のために情報を提供しようとしていた。彼女は聖書勉強会に出席していた全員の名前を挙げた。ただやはりショックを受けていたせいで、飛び入り参加だったシンシアのことをこのとき忘れていた。アンソニーは一人で座り、黙り込んでいた。エマニュエル教会はマイラの教会で、彼は信徒ではなかったし、彼の教会の人々はまだ事件を知らなかったので、このパーティルームにはまだ彼を知る人がほとんどいない。子どもたちも成人して遠くに住んでいるので、まだなにも知らなかった。アンソニーは引退後、あえて携帯電話をもたないことにしていたので、子どもたちに電話することもできなかったのだ。パーティルームに人が増えていくなか、呆然としていて、どうするべきかも考えられずにいた。

エマニュエルの信徒たち、友人たち、聖書勉強会の常連の親族、近くのＡＭＥ教会の聖職者たち、被害者支援のボランティア、チャプレンがやってきて、ＦＢＩ捜査員と警官もさらに増えた。全部で数百人の人たちがパーティルームにいた。泣いている者、祈っている者、歩きまわっている者。別の教会からピザが送られてきた。ホテルのスタッフがホットコーヒーと冷たい水と甘い紅茶をもってくる。のちに従業員のうちの二人が聖書勉強会に出席していた者と親戚だったことがわかった。チャールストンは近年人口が急激に増加したが、本質的には小さな町なのだ。

外のミーティング通りでは地元署の警官とＦＢＩの捜査官がそこらじゅうに集結し、歩きまわっていた。今、このパーティルームはチャールストン一安全な場所であるはずだ。でも本当にそうなのだろうか？

ある女性が最新のニュースを見ようとソーシャルメディアをチェックしていた。彼女は手を止めると携帯電話の画面を、集まった人々と警察の間の連絡係になっているチャールストン警察のジェニー・アントニオ警部補に見せた。それはマザー・エマニュエルに仕掛けられている爆弾について述べたものだった。爆弾は教会の大きな建物の、ホテルとは反対端にあるという。

「これは本当なの？」女性は訊いた。

勤続一七年目のベテラン、アントニオは静かな声で答えた。

「はい」アントニオは続けて女性に、怖かったらここを離れていいと言った。お気持ちはわかりますから、と。「でも私はここに残ります」そうアントニオは言った。

女性はうなずいた。彼女もホテルに残った。

午後一〇時三〇分、犯人だと名乗る男から地元テレビ局に電話があった。男は自分の名前を名乗った後、落ち着いた声で、教会の近くに取っ手がついた道具箱のようなプラスチック製の容器に入れた爆弾を仕掛けたと言った。午後一一時に爆発する、男はそう言った。

ジェニファー・ピンクニーは少し休んでからホテルに到着した。夫がいない今、誰に連絡したらいいのかよくわからなかったので、クレメンタの親しい友人で、同じAME教会の牧師仲間でもあるカイロン・ミドルトンに電話することにした。クレメンタはなにか助けが必要なときには、いつもカイロンに電話していた。

カイロンは携帯電話が鳴ったとき、ちょうど自分の教会の聖書勉強会を終えて帰るところだった。

「ピンクニーが撃たれたの！」ジェニファーの声が耳に飛び込んできた。カイロンが普段ピンクニーと呼んでいるので、彼女は夫のことをそう言ったのだ。

カイロンは考えた。撃たれた？　撃たれたなんて、水曜日の夜にクレメンタ・ピンクニーはいったいどこにいたんだ？　ジェニファーはカイロンにいたずらをするのが好きだ。クレメンタもだ。カイロンは電話を切った。

ジェニファーからまたかかってきた。ヒステリックな声が言う。

「クレメンタが、撃たれた、の！」

その声を聞いて冗談ではないのがわかった。

カイロンがチャールストンへ車を走らせているうちに、携帯電話が何度も着信で震えはじめた。チャールストンに住んでいる母からの着信にだけは応答した。

「カイロン、あなたに知らせる役は気が進まないんだけど……」

「知らせるってなにを？」

「マザー・エマニュエルでなにか恐ろしいことがあったみたいなのよ」

クレメンタのことなら、互いに痩せっぽちで不器用な小さな子どもだったころから知っていた。そのころでさえ、二人はそれぞれとても先を見据えた計画を建てていた。クレメンタは一三歳で聖職についた。カイロンは一六歳で高校を、一八歳で大学を卒業した。クレメンタは二三歳で州議会議員になった。行ったり来たりしながら二人は共通の信仰、愛情、それに競争を通して深い友情を築いてきた。

カイロンはホテルに到着し、パーティルームで身を寄せ合っているジェニファーとマラーナを見つけた。いつもは元気に騒いでいるマラーナが今は黙って彼を見ている。その目はショックで大きく見開かれていた。ハグするとマラーナもジェニファーも強く抱きついてきた。こんなにもぎゅっと抱きついてきた人は今までにいない。

彼はあたりを見まわし、やがて言った。「ピンクニーは？」

「もういってしまったと思う」ジェニファーがはっきりしない声で言った。

「いってしまったってどこへ？」

近くにいた誰かが聖書勉強会の出席者の一人が病院にいると話しているのが聞こえた。では我々はなぜ病院にいないんだ？　とカイロンは思った。クレメンタが負傷して病院にいるなら、病院に行かなくては。

クレメンタの議員仲間の一人が、クレメンタの長女と癌闘病中であるジェニファーの母を連れて現れた。クレメンタの父、姉妹らも到着した。

午後一一時が近づいてきたとき、ＦＢＩの捜査官が新情報を知らせにきた。検死官がやってくると、カイロンは身を乗り出して耳を澄ました。

「それでは全員のご家族と話します」

全員の家族ってどういう意味？


アーサー・ステファン・ハードは一万三〇〇〇キロメートル離れた港町、アラビア海のオマーンの街でベッドで横になっていた。彼がエンジニアとして乗り組み、冷蔵システムのメンテナンスをしている巨大な船は日の出の時分にドックに入った。みなにスティーブと呼ばれている彼は一一月に六カ月間の仕事の予定で、人望ある図書館司書の妻シンシアをチャールストンに残して出航した。しかし仕事が長引き、妻はまだ地球の反対側にいる。九時間の時差を考えて、朝オマーンからチャールストンにいる彼女に「おやすみ」という電話をかけるつもりだった。

まずは日課通りにメールをチェックすると、驚いたことに夜のあいだ彼女から何もメールが来ていなかった。そこで彼のほうからメールを送った。

「どうしたの？　メールなし？」とからかう。

返信はこない。

一一月、駅のプラットフォームで見送ってくれているシンシアのもとから電車が離れていくとき、もう会えないのではないかという不安を感じた。けれど悲劇が起こるとしたら、それは自分のほうだろうと想像していた。電車の事故や飛行機の墜落や海難事故で……。シンシアは家にいても図書館にいても教会にいても、いつも安全なはずだった。

昨日、彼女はメールをくれた。「電話して」と。

それを読んだスティーブは煙草に火をつけ、ダイアルした。

「声が聞きたいだけなの」彼女はそう応えた。

今は、電話をかけても彼女につながらない。スティーブは自分の母親に電話をした。母はエマニュエル教会にも近く、シンシアと彼が住む家からもほんの数ブロックのところに住んでいる。老いた母は四日後に迫ったシンシアの誕生日のプレゼントの計画をひそかに手伝ってくれてもいた。

「シンシアはどこにいるかな？」彼は訊いた。

母親は少し黙ってから言った。「教会で銃撃事件があったんだよ」

母親はピンクニー牧師が殺され、他にも死者が出ているだろうということを話した。今はみなエンバシースイートに向かっている。しかしスティーブは、昨夜シンシアが電話を切る直前に言ってくれた言葉しか考えられなかった。彼が船の機器の故障について不平を言うと、シンシアはこう言ったのだ。

「私はあなたの一番のファンよ。愛してる」

ナディーン・コリエールは夫とチャールストンの中心地で夕食をとり、ノースチャールストンの自宅へと車で帰っている途中、左目のまぶたがけいれんした。

「なにか悪いことが起こってるんだわ」

「ああ、君の目の血管はよくピクピクするな」

「違うの。なにかあったのよ！」

家に帰るとすぐに電話が鳴った。ダラスの大きな病院で聖職者として働いている一番上の姉シャロン・リッシャーからだった。ナディーンはそんなにうれしくなかった。二人は真ん中の姉をひどい癌で亡くして嘆き悲しんでいるときに、埋葬のことで大喧嘩して以来、この二年間ほとんど口をきいていなかった。

「ナディーン、ママと話した？」

「さっき話した」

「そう、今フィルからアジャに電話があって、アジャが私に電話をくれたんだけど、教会で銃撃があったんだって……」

「教会で銃撃？　どこの教会？」

「ママの教会よ！」

ナディーンは気になることがあった。どうして遠いテキサスにいるシャロンが私より先にそんな情報を聞いているの？　ナディーンは母エセル・ランスと一緒にエマニュエルに通っている。聖歌隊で歌ってもいるし、エマニュエルのことならシャロンよりもよく知っている。

チャールストンに残って母やきょうだいを助けているのは私のほうなのだ。だから、そんなニュースは私が最初に聞いて当然なのに。

「なにも聞いてない」

ちょうどそのとき女友達からメールが来た。「電話して。緊急事態なの」

ナディーンは母親が毎週水曜日の夜、必ず聖書勉強会に出席しているのを知っていた。エセルは一九七〇年代にエマニュエルの信徒になり、管理人をつとめてきた。教会が開いているときはいつでも中にいて、訪れる人にジョークやハグを提供しようと待機していた。

ナディーンと夫はすぐに車を飛ばして中心地に戻った。教会のほうに通じる脇道を曲がる。このあたりはかつては子どもがいる黒人家庭が多かったが、裕福な白人たちが家々をきれいに改築した結果、今ではすっかり高級住宅街になっている。前方に警察と非常灯が見えた。ナディーンは夫が教会裏の駐車場に停める前に車から飛び降り、教会に向かって走った。

「すみません、そちらには入らないでください」警官が彼女を呼び止めた。

ナディーンはお行儀良く落ち着いた口調で話そうとした。母が教えてくれた通りに。

「どうしてかしら？　母がこの教会の中にいるんですけど」

警官はこの問いに答えなかった。そして答えの代わりに彼女をミーティング通りの向こうのエンバシースイートホテルに連れていこうとした。ご家族はそちらに集まっています。彼はそう説明した。けれどナディーンはホテルに行くなんて意味がわからなかった。彼女は再び車に飛び乗ると、カルフーン通りを数ブロック行ったところにある、街で一番規模が大きい医大病院の外傷センターへと急行した。

救急処置室では四〇人近い医療スタッフが肩を並べて教会から負傷者がさらに運ばれてくるのを待っていた。最初の患者がこんなにも重傷だったのだ、今夜はこれからどんなことになってしまうのだろう。救急車の停車位置のすぐ前に待機している外科医はクリップボードを手に、複数の負傷者をトリアージ〔傷病者の緊急度によって治療の優先順位を決めること〕する覚悟をしていた。

四〇分が過ぎた。別件の急患などでポケットベルが鳴る。救急救命センターの前には診察を待つ病人の列ができた。

やがて主任看護師がやってきた。彼女はまだ若く、ここで扱っている不確かすぎる現実から身を守るかのように、わざと軽い口調で言った。

「これで終わりです。もう誰も来ません。全員死亡しました」

爆破予告のせいで被害者たちがまだ身元不明のまま横たわっているのに、科学捜査班の捜査員たちは作業をいったん中断しなければならなかった。マレン署長ら司法機関の長は、こんどは爆破予告に関する捜査をはじめた。

死亡者の身元確認は後でもできる。

警察はまだ犯人の所在をつかめていないことや、そもそも単独犯か共犯がいるのかさえわかっていないことで、さらに緊張感が高まっていた。犯人は犯行を重ねるつもりだろうか？現代の司法機関のマニュアルでは、目の前の犯罪現場を捜査するときは、つねにさらなる襲撃に用心しながら行わなくてはならない。

警察は教会の数軒隣のチャールストン・ゲイラード・センターに司令部を設置した。総工費一億四二〇〇万ドルの見事な装飾のあるこのコンサートホールは建設の最終段階にあった。豪華な建物で街に文化的な豊かさを添えることを期待されている。大規模なこけら落としのイベントが予定されていて、チャールストン管弦楽団がチェリストのヨーヨー・マを迎えて演奏することになっていた。ところが実際には、警察が現代サウスカロライナ州史上最悪の大量殺人に立ち向かうために最初に使うことになってしまった。

こうした初動捜査の段階では、手順通りに進めることがすべてだ。マレン署長は現場保存、周囲のエリアの安全、非常線の配置が確実に行われるように手配した。部下の巡査をサウスカロライナ州法執行部、FBI、ATFの捜査員と組ませ、全員が組になるようにした。指揮系統を統一したのだ。マレンは司法機関の仕事をするようになって三〇年になるが、これほどの規模の事件は扱ったことがなかった。しかし二年前、コネティカット州サンディフック小学校銃乱射事件の後にFBIが行った、大量に死傷者が出た事件・事故への対応の指揮についての上級トレーニングプログラムに参加していた。そのとき重要なことをいくつか学んだ。これからの数時間、彼はそのすべてを駆使するのだ。

その中でも彼は二つの難題に特に注力した。犯人を逮捕すること、傷ついている家族らを良い環境に置くことだ。彼らのために犯罪被害者などの代理人ネットワークなどに応援を要請し、エンバシースイートホテルに集まった百人以上の人々のケアのための家族支援本部を作ってもらった。皮肉なことに、最近の大量殺人の急増のおかげで司法組織では訓練がされていた。サンディフック小学校銃乱射事件と二〇一三年のボストンマラソン爆発事件で家族のケアを担当したFBIのチームがすぐに到着し、貴重なノウハウをもたらしてくれた。彼らは司法機関と打ちひしがれている家族の仲介役となる。この結びつきがのちに大きな意味をもった。

しかし今は、これほどの大惨劇の後には当然な恐怖がエンバシースイートホテルじゅう、そこからさらに外の立派な家々や、マレンが守るべき街全体にひろがっていた。真偽の疑わしい情報が拡散する。生存者一人が病院に運ばれた。いや、運ばれたのは二人だ。牧師は亡くなった。その姉妹もだ。エマニュエルに爆破予告があった。いや、爆弾があると予告されたのはエンバシースイートだ。外ではマリオンスクエアに続々と地元住民が集まってきて祈り、新たな情報を待っていた。

マレンは事件の概略を伝える記者会見を午後一一時に開くと知らせていたが、ちょうど爆発が予告されている時刻なので、会見は延期された。現場は静まりかえり、爆弾捜査班と警察犬が爆発物を探していたが、まだ見つかっていなかった。

午後一一時三〇分になる前には、捜査員らは屋内に撤収した。

マレンは現場を離れるとミーティング通りを渡ってエンバシースイートに向かった。マスコミに話をする前に被害者の家族たちと話をしなければ。彼は現場に着いてから手順通りに対応を進めていた。まだ人々の目に浮かぶ恐怖を見ていなかったし、その必死の祈りも聞いていなかった。だからこれからそれを見聞きしにいくのだ。

深夜〇時を少し過ぎたころ、マレンがホテルに到着すると、パーティルームにはおよそ三〇〇人もの人々がすし詰めになり、さらに何十人かが廊下にあふれていた。すすり泣く人も静かに祈っている人もいた。ベテラン市長のジョセフ・ライリー・シニア、FBIの捜査責任者、州警察の長官、AME教会の責任者も来ていた。検死官も加わっていた。

マレンにはこれからどうなるか予想もできなかった。

さいわいマレンはこの仕事に就いたときから、警察と街のアフリカ系住民の間に架け橋をかけようと働きかけてきた。黒人間の暴力行為が急増した二〇〇〇年代はじめにマレンの前任者でカリスマ性がありながらなにかと論議を引き起こしたルーベン・グリーンバーグは「黒人のくそったれの一人が別の黒人のくそったれを殺すたびに」責任を問われても困る、と発言して有名になった。自身も黒人であるグリーンバーグはチャールストンの黒人が多く住んでいたイーストサイドの目抜き通りであり、エマニュエルから数ブロックしか離れていないアメリカ通りにはびこっていた路上のドラッグ売買と暴力行為を減らそうと苦戦していた。マレンはこの仕事に就いて以来、この地域を担当する警察の特別チームを立ち上げ、ドラッグの取引を厳しく取り締まってきた。その一方で週末や休暇中の長い時間をかけてこの地域の通りを歩き、人々とおしゃべりをしている。ひそかに、あえて公表することもなく、友情や絆を築き上げ、署の同僚にも同じようにするよう勧めていたのだ。

それでもこの街の黒人コミュニティにはまだ警察を信用しない人々がいるのを、悲嘆に暮れる人々が集うエンバシースイートに向かうマレンはわかっていた。ほぼ一年前に白人警官が一九歳のデンゼル・カーネルを射殺した事件が起こってからは、特に不信感が増していた。警官は低所得者用のアパートから、暖かい日なのにフード付きのスウェットを着た若い黒人青年が出てくるのを見た。どう見ても怪しいと思ったのだ。二人は揉み合いになり、銃声が鳴り響き、カーネルが死んだ。州の捜査では揉み合いの間にカーネルが撃った弾丸が自身に当たったという結論が出たが、一つの疑問が残った。そもそもなぜ警官は彼を呼び止めたのか？

パーティルームで、マレンはさまざまなプレッシャーにさらされていた。殺人犯を捜し出さねばというプレッシャー。被害者の家族のケアをしなければというプレッシャー。すべての人の安全を守らねばというプレッシャー。みなの怒りに火をつけたり、混乱させるようなことを言わず、落ち着かせ、情報をあたえるような言葉を言わねばならないプレッシャー。

他のトップたちとともに苦しむ人たちの人々の間を抜けて、その前に立つと、全員の顔がこちらを向いた。あたりが静まりかえる。見渡すかぎりの人々が、彼らを見て、なにかを期待し、待っている。泣いている人もたくさんいる。ショックのあまり遠い目をしている人もいる。答えを待ちつづけて苛立ち、顔をしかめている人たちもいる。

マレンはまず自分が非常に悲しんでいることを述べた。この事件は彼にとっても他人事ではない。警察もまだ多くをわかっているわけではないが、熟練した専門家たちが一心に任に当たっている。我々は犯人を見つけ出し、裁きの場に連れていく。

マレンは言葉を切り、みなが口に出さずにいる疑問に答えた。

「九人が亡くなりました」

部屋全体が息を呑んだ。信じられないという思いが嵐のように吹き荒れる。そしてむせび泣く声が聞こえはじめた。床に崩れ落ちた人々のもとへチャプレンと被害者支援の担当者が走る。

マレンは検視官が話をできるよう、一歩退いた。女性である検視官は爆破予告の捜査が終わったので、これから再び教会に向かうところだと話した。爆破予告はさいわい、デマだった。爆破騒動のあいだライツ巡査部長がフェローシップホールを離れるのを拒否し、今もそこにいて、ここにいる人々の家族の遺体を守りつづけていることは、検視官は話さなかった。

検視官はこう話した。私はこれから被害者の身元確認を再開します。できるかぎり早く、ここへ戻ってきてみなさんに報告することをお約束します。

最後にノーベル・ゴフ・シニア師が話した。定例会議の後、聖書研究会に出るのをやめたおかげで九死に一生を得たゴフ師は、生存者や被害者の家族とともに祈るためここに戻ってきた。

ゴフ師は人々全体に語りかけた。あなたの信仰心を思い出してほしい。神が神を心から信じる者に救いを約束していることを思い出してほしい。神を心から信じる者は恐れや悪に直面しても、その信仰を失わないのだ、と。それからゴフ師はみなに集まって、手を握り合うよう呼びかけた。打ちひしがれて立てない人たちのために、人々はひざまずいて、両腕で抱きしめてなぐさめた。ゴフ師は声を張り上げて祈りの言葉を述べ、そこからさらに歌いはじめた。古い賛美歌の最初の節を歌うと、みなが歌に加わった。

我が身の望みはただ
イエスの血と正義にある
どんなに甘い企みにも迷うことはなく
ただイエスの名のみに依っている

みなが一緒に歌うと、ショックと悲しみという暗い川の中に何百人もの人の声が集まった。キリスト教徒であるマレンは神に感謝の言葉をつぶやいた。死の暗い影の中でも信仰をもつようにという神の言葉が、人々の間に伝わっていったようだった。

マレン署長は市長とともにその場を離れ、犯人捜索に向かった。エンバシースイートの向かい側のマリオンスクエアの一角では、記者とカメラマンたちが彼らを待ちかまえていた。ジャーナリストの列はいつもよりずっと多かった。ちょうど大統領選挙の予備選挙のキャンペーンの最盛期なので、候補者を追う全米の記者たちがこの街に集まっていたのだ。

マレン署長とライリー市長は彼らに近づいていった。黒人コミュニティのリーダー、牧師、不安に駆られてやってきた住民たちもマリオンスクエアに集まってきていた。マレンはこれからどうなるのかわからなかった。人種が原因の暴力行為が行われたアメリカの他の都市では暴動が起こっている。チャールストンはどうなるだろうか？

マレンとライリーはマイクの前に立った。聖職者や著名な黒人コミュニティの活動家ら数十人が、みな緊迫した真剣な表情でこちらを見ている。マレンの額に汗のつぶが浮かぶ。マレンは彼らのうちの多くを個人的に知っていたので、自分を信じてもらえればと思った。しかし彼らが怒り、傷ついていることは痛いほどわかっている。そしてなにより答えを求めていることも。

彼が話しはじめようとあたりを見まわすと、聖職者たちと活動家たちが彼の後ろに扇型に並んで立ってくれた。マレンは心の中で感謝の祈りをつぶやいた。

みな彼と一緒にカメラに向かってくれている。

マレンは口を開いた。九人が亡くなった。犯人の特徴を述べ、まだ逃走中であり、明らかに非常に危険であると言った。それから彼は銃撃そのものについて述べた。

「どんなコミュニティでも起こるべき犯罪ではありません」彼は言った。断固とした口調には強い悲しみもこもっていた。「愚かな犯罪であり、現代社会において、人々が祈りを捧げている教会に入っていって、彼らの命を奪うなんてとても理解できない」

地元のテレビ局の記者がストレートに訊いた。「これは差別による犯罪《ヘイトクライム》ですか？」

マレンはこのタイミングでこの件に言及するつもりではなかった。しかしなにも考えないうちに言葉が出ていた。

「ヘイトクライムだと確信しています」

エマニュエル教会には数台の防犯カメラが設置してある。しかしドアのほうに向いていたのは一台だけだった。そのカメラは偶然教会の脇の裏手に近い二つのドアを映していた。画像は秘書室にあるコンピューターに保存されている。警察が自宅にいるアルテアに連絡を取ると、彼女はすぐさまエマニュエルに来て協力することを申し出た。

いいえ、それにはおよびません。教会は犯罪現場ですから。

アルテアは警察にコンピューターのパスワードを教えた。

警察はすぐに秘書室に入ると、監視カメラの機材を発見し、取り外して持ち帰った。できるだけ早く注意喚起のメッセージを公表するために、この機器がどうしても必要だった。犯人が野放しになったたまま、夜明けが近づいていていた。

若い男は人種についての自分の考えを書きためた革張りの日記帳をもち歩いていた。両親に宛てて書いた手紙ももっていた。一通めは仕事に就けとうるさくいって彼を悩ませる父親宛で、数行で簡潔に愛していると伝えていた。

母親にはもっと長い手紙を書いていた。母は彼を理解しようとし、何年にもわたって彼の不安を軽くしようと試みていた。母は彼がハグされるのも、誰かに愛していると伝えることも嫌いなのを知っていた。しかし彼は、この手紙では母親に向けて愛していると書いている。

ママ

愛している。

俺のしたことは申し訳なかった。けれど俺はやらねばならなかった。

この手紙は感傷のためでも、母さんを泣かせようとしているわけでもない。ただ俺が母さんを愛しているということを知っていてほしいだけだ。

自分のしたことが家族みなに影響をあたえることはわかっていて、それは本当にすまないと思っている。

今とても母さんに会いたい。子どもっぽく聞こえるかもしれないが母さんの腕に抱かれていたい。

愛している。

彼は両親どちらにも自分の「やらなければならないこと」について説明しなかった。説明してもわからないだろうから。

ほとんどの人が理解してくれなかった。

つい先週も、ある人、ジョーイ・ミークに計画のことを話した。ジョーイは中学時代のスケートボード仲間で、数年前に父親と継母が離婚したあたりから音信不通になっていた古い友達だ。数週間前にフェイスブックでジョーイを見つけたのだ。そしてまた一緒に過ごすようになり、ジョーイの兄弟も一緒にジョーイが住むトレイラーで騒いだりした。ジョーイが住んでいるのはレキシントン南部の急速に発展している住宅地、レッド・バンクという街で、この郡のほとんどの場所と同じように、住民は白人が多く、かつては白人至上主義がはびこっていた。

ある夜、彼はジョーイとウォッカをがぶ飲みし、コカインをやって、すっかりハイになり、教会で黒人たちを殺す計画を話した。人種間戦争をはじめるのだと言った。

しかしジョーイは話がわからないようだった。今はわかっているだろう。

男が教会を出て、サウスカロライナ州を横切って北西に向かいはじめてから数時間が経った。彼はしばらく州間高速道路を走った後、畑や田舎の教会や小さな町らしい雑貨屋も兼ねているガソリンスタンドが並ぶ田舎の道を次々と走りすぎた。ノースカロライナ州との州境に近づくころには、自分がいなくなったことに気づいた者も、彼と事件を結びつけて考える者もいないだろうと推測していた。彼は携帯電話をもっていないし、仕事をしていないし、学校に通ってもいない。いつも離婚した父母の家を行ったり来たりしているし、ジョーイの家に泊まるときもあり、さらに自分の車で寝る日もある。

午前二時をすぎ、シャーロットに近づいていたころ、眠気が襲ってきた。このまま車内で仮眠しよう。ベージュのバスタオルとトランクいっぱいの衣服、トイレットペーパー一巻、洗面用具を入れた黒いバッグをもってきている。後部座席にある枕の下には弾をこめた銃を隠してある。運転席の後ろの床には三脚があり、隣に置いてあるウォルマートの灰色のビニール袋の中にはさらに二箱の弾丸が入っている。さらにその隣には棒付きのミニサイズの南軍旗がある。

前部の緊急ブレーキ脇のコンソールボックスには、銃のレーザー照準器が納められている。車の中はごちゃごちゃだった。くしゃくしゃのナプキンや紙の切れ端やスミノフアイスの空き瓶や冷めたフライドポテトの切れ端がこびりついた箱が散らばっていた。それでも寝る場所はある。

彼は車を停めた。

この夜、パーティルームにいた人々の記憶はそれぞれ違っている部分もある。検視官が入ってきて、被害者の名前を一人ずつ読み上げ、その家族を前に呼び出したという人がいた。一方で、嘆き悲しむ親族や友人たちが集まっているテーブルに検視官たちが回ってきたという人たちもいる。そしてみなが共通して覚えているのは、自分の大切な人が死者の中に含まれているのだろうかと恐れおののいていたことだ。

ハーバート・テモネイ師はダウンタウンの教会の牧師をつとめるとともに、司法機関を助けるチャプレンとして働いてきた。ここに集まっているAMEの他の聖職者たちと同じように、テモネイもこの夜、自分の教会で聖書勉強会を行っていた。もしも犯人がエマニュエルではなく、自分の教会にやってきていたらどうなっていただろう。

テモネイ師は検視官にまずピンクニー師の家族を捜してほしいと依頼した。ジェニファーと小さな娘が二人だけで静かに座っていたのを先ほど見かけ、近づいて挨拶をした。とてもかわいい六歳のマラーナはきれいな花模様のワンピースを着ていた。彼を見上げたその目を彼はずっと忘れられないだろう。

「パパは大丈夫？」マラーナは訊いた。

なんと答えればいい？

「パパの様子がわかったら知らせるからね」

そして今、テモネイ師はパーティルームに入り、ジェニファーが母親と二人の娘とカイロン、それに他の家族や友人たちと座っているのを見つけた。

「検視官が話をしたいそうです」大柄なテモネイは静かな声で言った。

ジェニファーは何の話だろうと立ち上がったが、心の奥底ではすでにわかっていた。娘二人を母親のところに残し、成人の家族数人と一緒にテモネイについてパーティルームを出ると隣の狭い会議室に入った。濃い茶色をした木製の楕円形テーブルのまわりに革張りの茶色い事務用の椅子が並んでいて、重苦しい表情をした数人の人が座っている。

そのうちの一人である女性が彼女に自己紹介をした。彼女は検視官で、ジェニファーにクレメンタの服装や身につけていた装身具や身元確認になるあざなどがないかを訊かねばならないと言った。ジェニファーはうなずいた。声を出せるかどうか自信がなかった。それでも、目を閉じてクレメンタのことを考え、心の中に彼の姿が満ちてくると、自分はちゃんと話せるとわかった。彼は彼女とともにいる。彼は彼女にこの人たちの助けになってほしいと望んでいる。

だから彼女は口から言葉を押し出した。

検視官はすぐに彼女になぐさめの言葉をかけた。それからクレメンタが死亡者の一人であることを認めた。ショックのあまり、まだ悲しみの深さは実感できなかった。その代わりジェニファーの思いは、すぐそこのパーティルームにいる娘たちのことに飛んだ。二人と話さなければ。他の誰かが話してしまわないうちに。周りで話している人の言葉から知ってしまわないうちに。

ジェニファーは二人を呼んだ。背が高くて落ち着いた長女と丸い頬の小さな次女が、この知らせを私以外の人から聞くことのないように。子どもたちがやってくると、自分の前に座らせた。

「マラーナ」彼女は下の娘に呼びかけた。「あなたはあそこにいたね。そしてママと一緒に銃声を聞いた」

それに応えて、無邪気な丸い目がジェニファーを見る。

その次の言葉を言うのは今まで話したどんな言葉よりもつらかった。ジェニファーは長女エリアナを見た。エリアナは父を尊敬し、慕い、いろいろな面で熱心に見習っていた。「パパはけがをしたの。パパは死んでしまったの。パパはこれからもいつも私たちと一緒にいる。だから私たちは大丈夫よ」

パーティルームでは、テモネイが次はスージー・ジャクソンとティワンザ・サンダースの家族を見つけだした。ジャクソン家とサンダース家はつながりのある大家族で、フェリシア・サンダースもいた。フェリシアもすでに、検視官がなにを言おうとしているのかを知っていた。

一人で立っていたアンソニー・トンプソンの耳に、誰かが妻の名前を呼ぶ声が聞こえた。

「マイラ・トンプソンさんのご家族はいらっしゃいますか？」

アンソニーはさっきフェリシアから話を聞いていたにもかかわらず、会議室に入り、検視官がドアを閉めたときに、まだどこか希望をもっていた。検視官はまずいくつか質問をした。奥さんの特徴を教えていただけますか？　今日の服装は？

「その質問は……遺体の身元確認なのですか！」

検視官は肯定した。

彼は呆然として会議室を後にすると、見知らぬ人たちばかりがいる廊下にしばらくとどまった。これからどうしたらいい？　あまりに打ちひしがれていて、人々が次の家族が呼ばれるのを待っているパーティルームに入る気力がなかった。彼の子どもたちは成人していて、二時間以上離れたところに住んでいるので、まだ到着していない。子どもたちには、自分の口からこのことを知らせたかった。フェイスブックがもう代わりに伝えてくれていたのだが、彼はまだそれを知らなかった。

彼にわかっているのは、誰もいない家に帰ることなど、まだとても考えられないということだけだった。

パーティルームではポリーの耳に次の名前を呼ぶ声が届いた。

「デパイン・ミドルトン・ドクターさんのご家族はいらっしゃいますか？」

ナディーンは夫とともに現場最寄りの医大病院で何時間も待っていた。ナディーンが知っているのは、撃たれた人たちの中に彼女の母エセル・ランスが含まれていたこと、病院に負傷者が一人運び込まれたこと、その二つだけだった。ナディーンの女友達の一人がエンバシースイートで待機していて、検視官が被害者の家族を順に呼びはじめると、ナディーンに電話で知らせてきた。「ナディーン、ピンクニー師も撃たれたのよ」

「そんな」

姪からも電話があった。姪もホテルにいる。

「おばさん、検視官がおばあちゃんの今日の服装を知りたいって」

ナディーンは検視官がなぜ母の服装を訊きたがるのかわからなかった。いや、今は頭が働かないだけなのかもしれない。「両膝に人工関節が入っていて、指輪をたくさんしている。額の横と腕に切り傷があって、髪は黒くて白髪交じりで、カールしてる。アクセサリーをたくさんつけていて……」ナディーンは次々と特徴を挙げた。

電話を切ると、夫に向かって言う。

「待っているのに疲れた。ねえ、ホテルに行きましょう。誰かになにか聞けるかもしれない」

車で数ブロックのエンバシースイートに向かっているとき、先ほどの姪からまた着信があった。

「おばさん？」

「ああ、ナジー」

車はカルフーン通りにいた。ホテルはもうそこだった。

「おばさん、おばあちゃんは亡くなったわ」

車がエンバシースイートに入るとき、ナディーンは叫びはじめた。

まだオマーンから動けないスティーブ・ハードは妻シンシアの携帯に電話をかけつづけていた。もう留守番電話がいっぱいになるまでメッセージを残している。父は海軍の軍人で兄弟が海軍にいるスティーブは、どんなに安楽な環境でもだらだらするような人間ではなかった。無駄のない確固とした信念をもつ彼は、なにかのきっかけで気分が上下しがちだった。

そしていま彼は妻の身になにが起こったのか、どうしても知らねばならなかった。

シンシアのきょうだいメルヴィンに電話をかけると、メルヴィンは教会からエンバシースイートに駆けつけたところだと言った。メルヴィンも病院で数時間待ったのちに、シンシアは病院にいないだろうと悟ったのだ。電話口から、スティーブの耳にメルヴィンが通りがかった人たちと話すのが聞こえてきた。メルヴィンは責任者を捜していて、ついに検視官補にたどり着いた。メルヴィンはその女性に自分の名前を名乗り、シンシアの名前も伝えた。

スティーブは電話ごしに必死で耳を傾けていた。女性は静かに話していたので、よく耳を澄まさなければ聞こえなかった。

「はっきりしたことはなにも言えないのですが、報告によると、彼女は教会にいたようです」

検視官はシンシアのもう一人のきょうだいと話したばかりだった。そのきょうだいはシンシアが飾りひもに鍵を吊るしたものをつけていて、歩くたびにかちゃかちゃ鳴っていたと話した。

スティーブの自制心がふっ飛んだ。

「信徒席の下を調べろ！」彼は電話に向かって叫んだ。「トイレを調べろ。クローゼットを調べるんだ。シンシアは隠れている。隠れて、俺が助けにいくのを待っているんだ」

メルヴィンが検視官に電話を渡し、スティーブと検視官は直接話をした。彼女はまだ一人身元不明の被害者がいるといって、その被害者の服装を説明した。黒いローファー、黒いパンツ、白いブラウス、ライムグリーンのセーター。

ライムグリーンのセーター？　違う。スティーブは思った。シンシアのものではない気がする。

五　憎悪《ヘイト》は加速する

コンピューターのスクリーンには、黒の二〇〇〇年型ヒュンダイが教会脇のドア近くの空いた駐車スペースに入ってくるのが映っている。車から降り立ったのは痩せ型の白人男性で、髪はマッシュルームカット、濃い色のジーンズを穿き、灰色の長袖シャツを着ている。黒っぽいミリタリー仕様のリュックを背負っていて、腰に巻いているなにかが長すぎて、ウェストのベルトの後ろにたくし込んでいる。五〇分後、彼が右手に大きなピストルを手に出てきた。車に乗り込み、バックで駐車スペースから出ると走り去っていった。

市警察の警官が足取りを追った数枚の静止画を確認している。これは手配書のポスターに使うのだ。

マレン署長は男が非常に若く見えることに衝撃を受けずにはいられなかった。こんな感じの痩せ型でぼさぼさの髪の男はチャールストン大学のキャンパス周辺をたくさん歩きまわっていて見分けがつかない。一つたしかなことがある。画質はマレンが望んだ通りにきれいなものだった。

警察は必ず犯人を見つける。

しかし犯人逮捕のためにはなにが必要だろう？　銃をもっていて、聖書勉強会に侵入して中年から年配の女性がほとんどの九人もの人間を殺すほど異常な男だ。警官を撃つのにためらうことなどないだろう。

マレンは画像を公開すればすぐに通報が殺到するだろうとわかっていた。他の大量死傷事件から学んだノウハウを活かし、一二回線のコールセンターを設置するのを手伝った。回線にはそれぞれ州警察の担当者がつき、本当の情報と精神的に不安定な者や注意を引きたいだけの者からの電話を責任をもって判別する。所轄署、州警察、連邦組織からなる一二の捜査チームが連携し、どこからの情報でも管轄組織の者が対応できる。

準備は万端だ。

午前六時、マレンはメディアに手配書を発表した。ついに殺人者の顔が世界に発表された。

全米の朝のニュース番組がほぼ同じ内容のニュースを流した。若い男が教会の木製のドアに手を伸ばしている映像からはじまり、黒いヒュンダイの映像、暗がりの中を壮麗な教会に急行してくる関係車両の映像、続いて当局の不吉な警告が流れる。「容疑者は武装していると思われ、危険です」

マザー・エマニュエルはコロンバイン高校、サンディフック小学校、ヴァージニア工科大学、コロラドの映画館などの、アメリカでもっとも死者の多い銃乱射事件の現場に仲間入りをすることになってしまった。

午後六時過ぎ、犯人の車はシャーロットの南にある大きなショッピングセンターの近くのガソリンスタンドから出た。三時間休むと、すぐにまた道路を走りはじめ、ガソリンを入れるために停まり、ガソリンスタンドの店内に入ってドリトスと飲み物を買った。このとき手もちの現金が足りず、デビットカードで現金を引き出した。ここから足がつくかもしれないと考えたが、ほかにどうしようもなかった。彼は淡々と支払いをすると、すぐに車に戻った。

次はどこに向かえばいい？　ナッシュビルがいいいかもしれない。そうだろう？　行ったことがないし。音楽を聴いたりしながら、田舎に隠れることができるかも。彼はなだらかに起伏するブルー・リッジ山脈のほうにハンドルを切り、シェルビーという小さな町に向かった。

前日の夜遅く、サウスカロライナ州知事ニッキー・ヘイリーは静かな寝室で、光っている携帯電話の画面をのぞいた。主席補佐官から銃撃事件があったという第一報がメールで届いたのだ。それから携帯電話は州司法長官マーク・キールからの着信で震えた。銃撃があったのは、州上院議員クレメンタ・ピンクニーが牧師をつとめる教会だ。

しかしこのときヘイリーは、クレメンタが現場チャールストンにいたかもしれないとはまったく思わなかった。クレメンタは一日じゅう、予算関係の仕事で州議会議事堂にいた。それから車で二時間かけてコロンビアからチャールストンまで帰ってはいないだろう。

ヘイリーはすぐに電話を切ると、クレメンタに電話をした。彼女は共和党で、彼は民主党だから、特に親しいわけではなかった。彼は銃規制派で、彼女はそうではない。彼は医療扶助事業メディケイドの拡充推進派で、彼女は反対派だ。しかしクレメンタのことは知っていたし、尊敬していた。政策や党派は違っても、有権者の生活を向上させようという彼の信念に一目置いていた。

ヘイリーはノースカロライナ州初の女性知事であり、強硬なケインズ主義の保守派だが、クレメンタ同様、キリスト教を深く信仰している。インド系移民の娘として生まれ、シーク教を信仰する家庭で育ったが、成人してから夫マイケルの宗派であるメソジストに改宗していた。

彼女はクレメンタのことを考えた。見上げるほどの長身だが柔和で、成人したばかりのころから、州議会に欠かせない人物だった。彼の選挙区はロードアイランドほどの広さの無計画にひろがった郊外の町で、住民のほとんどが黒人であり、ノースカロライナ州でも最下位に近い貧困郡を含む。そこは州でも忘れられた地域で、「分離学校」つまり私立学校には白人住民が入学し、公立学校は今でも生徒のほとんどが黒人で占められ、困窮家庭の子どもも多い。

四一歳のクレメンタは二七歳という若さで上院議員になってからずっと党内のことに貢献するよりも自分の地域の経済的な可能性をひろげることに時間を費やしてきた。州議会でも上院でも共和党の白人議員が圧倒的に力をもっている。そんな状況で、クレメンタは偉ぶることなく、ウォルター・スコット射殺事件の後、上院議会に呼ばれて警官が身体にカメラをつけるよう義務づけるべきだという重要な主張をしたが、それ以降も彼は変わらなかった。法案は可決し、ヘイリーも署名をした。

そして今、ヘイリーがかけた電話はクレメンタの留守番電話につながった。信徒への対応で忙しいのだろうと思い、彼女はメッセージを残した。

「ニッキーです。銃撃事件のことを聞きました。州法執行チームを急行させます。電話をください」

彼女はすぐに自分の勘違いを知ることになる。クレメンタは上院を出た後、エマニュエル教会に行ったのだ。ニッキーは非常に緊迫した思いで、さらなる情報を待った。

午後一一時一五分、午後一一時二五分、深夜〇時、午前一時二〇分、午前二時四五分。夜じゅう何度も、州司法長官と連絡を取るうちに、恐ろしい状況が少しずつわかってきた。電話が入るたび、新たな死者や情報がわかるたびに、腹を思い切り蹴られるような衝撃だった。

夜明け前、マレン署長が記者会見を召集し、犯人の写真を公開した。ヘイリーは死亡者が九人であることを知った。ピンクニー。年配の女性。若い男性。聖職者が三人。引退した牧師。犯人が聖書勉強会に集まった何の罪もないキリスト教徒に人種差別発言をしながら銃撃していたことも知った。

ヘイリーの夫は軍の訓練で街を離れていたから、ヘイリーは一七歳と三歳の子どもたちを置いて家を離れるのは心配だった。しかしチャールストンに行かなくては。彼女は着替えをすますと、それぞれの子ども部屋に行った。二人にとっては何の心配もない夏の一日になるはずだったから、ヘイリーはそれを壊したくなかった。けれど子どもたちがほかの誰かから銃撃事件のニュースを聞くことになるのも避けたかった。だから彼女は一人ひとりに、これから自分は出かけることとその理由を説明した。

一三歳の息子がほとんどの質問をした。自分は教会に行っても安全なのか、それから犯人はもう捕まったのかと。どうしてそんなに憎しみをもてる人がいるのかと彼は知りたがった。ヘイリーはできるかぎり説明をした。「憎しみは教えられるものなの。憎しみは経験から生まれる。憎しみは育ってしまう」

午前八時ごろ、ヘイリーは州の飛行機に乗ってチャールストンへと飛び立った。


ヘイリーがチャールストンに向かった数時間後の午前三時ごろ、ジェニファー・ピンクニーと二人の娘はコロンビアの自宅に到着した。ジェニファーのトヨタ・ハイランダーは現場の一部であるし、死んで横たわっている夫がキーを身につけているので動かせず、クレメンタの同僚議員が自分の車で送ってくれた。ジェニファーは子どもたちを寝かしつけると、自分も寝ようとしたが眠れない。日が昇るころ、彼女は上の娘エリアナが午前九時からダンスの集中レッスンに参加する予定なのを思い出した。

ジェニファーはエリアナの部屋に入り、ベッドに座った。一一歳のエリアナはクレメンタにとてもよく似ているとジェニファーは思う。父譲りの集中力と生来の落ち着き。歴史や文化に強い興味をもっているところも同じだ。

「ダンスの集中レッスンがあるよね……」ジェニファーは必死で落ち着いた声を出しながら言った。

「そうだね。私、行きたい」

ジェニファーは、泣いてもいいんだよ、休んでおうちにいてもいいんだよと言った。

「泣きたいわけじゃない。パパは私と一緒にいるってわかってる。これからもいつもずっと一緒にいてくれるのを知ってるから。私、行きたいの」

エリアナの言葉を聞いてわかったことがあった。このすさまじい衝撃と悲しみの中にいる今、子どもたちにはできるだけいつも通りの生活を送らせてやることが必要なのだ。これからの毎日、それがみなにとって重要だ。クレメンタは彼女たちの父親で、ジェニファーの夫だっただけではない。エマニュエルの牧師と州の上院議員という公的な立場にもあった人物だ。ジェニファーは彼に対する世間の注目からは身をひいて、静かに暮らしてきたが、クレメンタがこういう亡くなり方をして、家族みなの生活がさらに日常からかけ離れつつあった。

ジェニファーは立ち上がり、身支度をしにいった。エリアナにはダンスの集中レッスンに行くことが必要だ。

チャールストンからほぼ一万三〇〇〇キロメートル離れた地にいるスティーブ・ハードには、まだ妻シンシアの安否について当局からなにも知らせがなかった。シンシアはライムグリーンのセーターなどもっていない。あるいは、どうしてもそう思いたかった。彼女はどこか別の場所に行っていて、それを誰にも伝えていないのかもしれない。誰か負傷者と一緒に病院にいるのかもしれない。携帯電話が壊れたのかもしれない。

スティーブは輝くような笑顔の妻の写真を見つめた。世界の反対側にあるチャールストンの図書館が開くのを待つあいだ、時計の進み方さえ遅くなった気がした。シンシアの上司か誰かに連絡をとって、昨夜の彼女の服装を訊けるかもしれない。

チャールストン時間の午前九時少し前、スティーブは郡の中央図書館に電話した。シンシアはエマニュエルに行く前に、ここの月例会議に出席したはずだ。館長ダグ・ヘンダーソンに電話がつながった。

スティーブは単刀直入に言った。「私はいま家から一万キロメートル以上離れたところにいる。シンシアの隣の席の人か、一緒に会議に出た人に、彼女の服装を聞きたい……」

「私は彼女の隣に座っていました」ヘンダーソン氏がさえぎった。彼はしっかりした人物だったが疲れていて、シンシアの服装をはっきり思い出せなかった。ほかに誰がいた？　覚えていそうな人はいるだろうか？　ちょっと待ってください。図書館には監視システムがあります。図書館員がシステムを起動した。そしてちょうどその時間の映像を映し出した。ヘンダーソンはシンシアが映っているのを見つけた。

「シンシアはにこにこしています。笑っている」ヘンダーソンはスティーブに言った。

「妻の服装は？」

黒のローファー、黒のパンツ、白いブラウス、そしてライムグリーンのセーター。

六　命の血

フェリシア・サンダースは重い足取りで自宅の玄関前の階段を上った。この二階建ての家でティローンと一緒にたくさんの子どもを育ててきた。二人の子どもたち、孫、子どもの友達、姪、甥。フェリシアは昨日の服のままだった。まだ血のにおいがする。

昨夜は一睡もしていない。なにも食べていない。

自宅に入ると、電話が鳴った。背後ではドアベルも鳴る。記者が現れた。この家の子どもたちとその友達が、歴史に残る悲劇が起こったことも知らずに家の中で遊び回りはじめる。フェリシアはいつもなら、子どもたちがたてる音や声が好きだった。けれど今はどこまで耐えられるかわからない。

息をつく時間がほしくて静かに階段を上り、二階の寝室に行く。その後ろでまたドアベルが鳴った。電話が鳴っているのも聞こえる。朦朧とし、怒りに駆られたフェリシアは古い友人である弁護士アンディ・サヴェジに電話をした。サヴェジはチャールストン一著名な刑事弁護士であり、二カ月前に運転中のウォルター・スコットを射殺した白人警官マイケル・スレジャーの弁護も担当していた。

アンディは昨夜、体調を崩してベッドに入っていた。だからエマニュエルの銃撃事件のことを知らず、弱々しい声で電話に出た。フェリシアが昨夜の恐ろしい出来事を説明しているあいだも、彼女の電話はひっきりなしに着信の知らせで鳴りつづけた。

「アンディ、ひどすぎるの。こんなのもう耐えられない」

「心配しないで。なんとかするから」

アンディの決まり文句だ。

「すぐに行くよ」彼はさらに言った。

フェリシアは電話を切った。ふくらはぎには血のかたまりがついていて、浴室へ向かう彼女のスカートは血が染み込んでいて重かった。鏡を見ると、昨日家を出たときのままの服装をしている。このままなにも脱ぎたくなかった。最後のつながりなのだ。ティワンザとの。スージーおばさんとの。いとこのエセル・ランスとの。シモンズ老牧師との。美しいシャロンダとの。みなとのつながりなのに。

みんな死んでしまうなんて。

フェリシアは服を脱ぐと注意深くたたみ、丁寧に重ねた。この服はずっととっておこう。絶対に洗わない。シャワーを浴びると、堅く層のようになっていた肌が流れるお湯であたたまり、なめらかさを取り戻した。息子とおばの血はお湯とともに渦を巻いて排水溝に消えていった。銃乱射男にみなが殺されてからはじめて、フェリシアは泣いた。

ノースカロライナ西部から四〇〇キロメートルほど離れた場所で、デビー・ディルズは花屋の仕事に遅れていた。彼女は昨夜、南部バプテスト教会を出てから、チャールストンのニュースを見て深い悲しみにおそわれた。ハイライトを入れた金髪で、青い目と明るい笑顔のデビーはキリスト教を深く信仰している。昨夜は寝る前にAME教会の人たちのために祈った。

デビーは小さな町キングスマウンテンを西に向かって、ノースカロライナとサウスカロライナの州境の山地を走る四車線の混んだハイウェイ七四号線を走っているあいだも祈っていた。信号で停まったとき、ふと隣に停まった古い型の黒いヒュンダイに目がいった。どこかで見たことがある車だ。知っている人の車なのか？　運転者をじっと見る。若い白人男性で、髪はマッシュルームカット。

彼女は慌てて視線をそらした。今朝ニュースで犯人の写真を見た。そこにいるのはその男だろうか？

彼女は信号が青に変わるのを待って、ゆっくりとハイウェイを離れると、上司でありいい友達もあるトッド・フラディに電話をかけた。そうしながら神にうながされているような気がしていた。信仰の場で九人の人を撃ち殺した男が近くにいるのなら、そのまま逃がすわけにいかない。まださらに人を傷つけるつもりでいたらどうする？　彼女はハイウェイに戻ると、黒い小型車に追いつき、隣町シェルビーまでついていった。十分に近づくと、ナンバープレートを読んだ。

午前一〇時三二分、トッドはデビーと電話をつないだまま、警察にも電話した。女性が対応した。きびきびした声だった。「シェルビー警察署です」

「キングスマンウンテンのフラディ花店のトッド・フラディです」トッドは早口に切り出した。自分の店の運転手の一人の車の前を、チャールストンの銃撃犯が走っているのかもしれない。彼はデビーの現在地と彼女がまだ尾けている車のナンバーを伝えた。

「その若い男の髪型はマッシュルームカットだ」トッドは付け加えた。

デビーが犯人らしき男を追跡しているあいだ、マレン署長は犯人の捜索に走りまわっていた。午前六時に犯人の画像を公開してから四時間、情報がどんどん寄せられてきた。

容疑者の家族が画像を見て通報してくるのは珍しいことではない。自分が通報しないでいたら容疑者が自分や他人、あるいはその両方を傷つけてしまうのではないかと心配して通報してくることが多いのだ。乱射犯の写真を公開して一時間経つころには、ホットラインに何本か重要な電話が入っていた。まずは犯人の友人。画像の男は二一歳のディラン・ルーフだと言った。それからすぐにルーフのおじ、姉妹の一人、父親と続いた。

ルーフの姉妹は警察に彼が黒いヒュンダイで寝泊まりしていると伝えた。父親はルーフが四五口径のピストルをもっていると言った。友人はルーフの車には南軍旗のイラストが入った飾りナンバープレートがついていること、ルーフが人種差別発言をし、人種間戦争を起こすのだと語っていたことを話した。彼らが捜査チームに送ったルーフの画像が教会のカメラの映像と一致した。

午前中のうちに、ある銀行の行員がホットラインに電話してきた。彼女も容疑者に見覚えがあった。ディラン・ルーフはよく彼女の支店にやってきていた。彼の口座の金が午前六時一五分にシャーロットの近くで引き出された記録があった。

これが犯人の足取りの最初の確かな情報だった。

シェルビー警察署の巡査部長マイケル・マイヤーズはこの日、シフト前のスタッフミーティングで町に起こっている事件の情報を聞いてから、午前六時四五分に職務を開始した。どういうわけか午前六時のニュースではルーフの名前と写真が流れなかったので、ミーティングでもその話は伝えられなかった。

長身で強い南部なまりがあり、ゆったりした物腰のマイヤーズはシェルビーの町を隅から隅まで知りつくしている。生まれも育ちもシェルビーで、若いころに警察に就職し、一九年後の今は二万一〇〇〇人ほどの住民みなをなんらかの形で知っていた。二時間ほどパトロールをしていると、指令センターから無線が入った。チャールストンの事件の犯人と思われる車が近くにいるというのだ。その地点からマイヤーズのいる場所までは三キロメートルしか離れていない。彼は急行した。

マイヤーズは国道七四号線に入ると黒いヒュンダイに追いつこうと車の列を縫って進んだ。すでにパトカーが二台、同じ目的で走っているのが見える。三台のパトカーが待機し、ほかにも近くに警官の車がいるなか、パトカーの一台がすっとヒュンダイの真後ろに入り、ナンバーを確認すると無線で問い合わせをした。

しかし、ナンバーを入力した者が間違えたらしく、マツダ車の情報が戻ってきた。

パトカーが近づいていくと、ヒュンダイは右に車線変更し、大型のトレイラートラックのすぐ後ろを走りはじめた。逃げようとしているようには見えない。マイヤーズは左車線に並んで車の逃げ道をふさいだ。もうすぐカンガルー社の広いガソリンスタンドと信号がある交差点にさしかかろうというときにパトカーはいっせいに非常灯をつけた。

ヒュンダイの運転手はすぐにウィンカーを出し、車のいない右折車線を横切り、空き家の砂利道のドライブウェイに入った。三台の白いパトカーが追跡し、ヒュンダイの右折のウィンカーがまだ瞬いているうちに彼の進路をふさいだ。今のところ犯人は激することなく、警察に停車を命じられたときのルール通りに動いている。本当にこの男が犯人なのだろうか?

マイヤーズは確信がもてなかった。市民からの通報はけっきょく何でもないことも多い。しかしマイヤーズとチームは危険の可能性があると考えながら、停車を指示した。警官側はみな車を降りて昼近い日射しの下、ヒュンダイに後ろから近づいていった。ダン・バーネット巡査が銃を抜いて、開いていた運転席側の窓に近づいていく。車の中をのぞき込むと運転席に痩せた若い男がいたので、両手をハンドルに置くよう指示した。男は従った。バーネットは銃をホルスターに納め、慎重に運転席側のドアに近づき、武器がないかと見まわしたが、男の膝にあるGPSしか目にとまらなかった。

バーネットのパートナー、アフリカ系アメリカ人のジョー・バリス巡査は音もなく助手席側のドアに回っていた。スコット・ハムリック巡査はリアウィンドーから銃を向ける。マイヤーズは長年現場で警官を指揮してきた。ハムリックに背後から歩み寄ると、後部のウィンドーシールドから中をのぞき込んだ。運転手はフロントガラス越しに外を見つめながら、両手を警官たちに見えるようにハンドルの上に置いている。容疑者が銃をもっている可能性がある場合、警察は両手が見える状態にさせておきたいのだ。

「右手をゆっくりと動かして、エンジンを切れ」バーネットが指示した。

男は従った。容疑者が協力的なことがわかり、ハムリックはピストルをホルスターに納めた。

「車から降りろ」

運転者はゆっくりと車から出てきた。慎重に指示に従っているように見える。白い無地のゆったりしたTシャツを着て、黒いディッキーズのパンツを膝の下までロールアップしてはいている。ティンバーランド風のブーツを履いていて、黒い靴下から出ているふくらはぎは細かった。服も髪もやや乱れているように見える。車での長旅の後かベッドから出たばかりのように見えた。

運転席側のドアにいるバーネットは男の肩に手を置き、車のほうを向かせると、もう片方の手で男の身体を軽くたたいて身体検査をした。ほかの警官たちは車の後部にアーチ型に並んで立っていた。彼らの背後を車が忙しく通りすぎていく。マイヤーズが男に近づいた。

「名前は？」彼は質問した。

「ディラン・ルーフ」

マイヤーズは身分証明書はあるかと訊いた。男は後ろのポケットにあると示した。

警察無線から声が聞こえた。「注意。報道によると、その自動車は問題の車だ」

バーネットはルーフに逮捕すると伝え、男の背後で細い両手首に手錠をかけた。

マイヤーズはルーフになぜ停められたか知っているかと訊いた。

ルーフは無表情にうなずいた。

「車内に危険物はあるか？」爆発物や武器など、人に危害をあたえるようなものは？

「ある。後部座席の枕の下に銃がある」

マイヤーズはこの男がわずか一三時間前に教会で九人の人を殺したとは信じられなかった。男には緊張している様子も動揺している様子もない。ほっとしていて、少し疲れているようにしか見えなかった。マイヤーズはルーフをハムリックに引きわたし、警察署に連行するよう指示した。パトカーで向かうあいだ、ルーフは虚ろな表情で前を見つめ、黙っていた。

残った警官たちが車を調べると、ルーフが言った通り、後部座席のやわらかい枕の下に重いグロックの拳銃を発見した。問題の男を確保したと確認された。容疑者は連行され、証拠も見つかったのだ。警官たちはほっとした。笑顔になり、ハイタッチをする。黒人警官であるバリスは誇らしげに三度、手をたたいた。

七　互いを思い合う

ヘイリー知事はスタッフとともに数時間前にチャールストンに降り立ち、マレンらがいる捜査本部を訪れてから、エンバシースイートを回った。その後、早めのランチをとりながら態勢を立て直していると、サウスカロライナ州司法長官から電話が入った。

「奴を捕らえたと思います」彼はヘイリーに言った。

彼女はみなを連れてまた蒸し暑い戸外にまた出た。彼女は犯人の身柄を拘束したことを発表し、住民を恐怖から解放するための合同記者会見に出席しなければならない。ヘイリーの車は警察の黒い車の後についていった。警察の車は青い非常灯を点けていたが、木曜日の昼近くだというのに警告すべき車はいなかった。中心部の道路はこの時間はいつもなら車や自転車や歩行者で混み合っているのに、今日は不気味に静まりかえっていた。

午前一一時四五分、ヘイリーは蒸し暑い倉庫でマレン署長、ジョセフ・ライリー・ジュニア市長、AME教会のノーベル・ゴフ師と一緒に立っていた。

広い部屋の中は、記者が取材の準備をし、人々が、マイクが並び、まぶしいほど明るく照らされた演台の前に集まるにつれて、さらに暑さが増していった。みなの顔は汗で光り、スーツや警官の制服の下にも汗が流れていた。

最初にマレン署長が話しはじめた。

「非常によいお知らせです。本件の容疑者を逮捕いたしました」

署長が逮捕の説明をするのを聞きながら、ヘイリーはこのつらい事件による一番の試練はまだ先にあると考えていた。事件の前でさえ、いま立っているここからわずか数キロメートルの場所でファーガソンとウォルター・スコットの射殺事件が起こって以来、人種間の関係は緊張していた。そこに今、史上まれにみる残虐な殺戮事件が起こった。さらなる暴力の連鎖が起こる可能性にさらされた危険な状況にあるこの州を、彼女は治めなければいけない。経験豊富な洗練された話し手である彼女は、いつもはマイクの前で堂々としていた。進歩してきたとはいえ、まだまだ男性社会で、男尊女卑が横行する州の女性知事として、強面な態度が身についていた。

しかし今、自分の話す番が近づいてくると、ヘイリーの頭の中は真っ白になった。人々の苦しみを癒し、これから発表されるルーフの人種差別を背景とした計画犯罪の詳細を知る前に、心の準備をしてもらうために、なにを言えるだろう。

マレン署長が話し終えると、ヘイリーはマイクの前に進み出て、居並ぶ記者たちを見た。

「今朝、目覚めると……」と彼女は話しはじめた。その声は震えていた。そして彼女は黙り込んだ。部屋じゅうが静まりかえった。彼女はまるでメモを探しているかのように、なにも持っていない手を見下ろした。いつもは非常に落ち着いている知事が涙を必死にこらえている姿をサウスカロライナじゅうの人々が見ている。一瞬の沈黙の後、彼女は続けた。

「サウスカロライナの心は打ち砕かれました。だから我々は嘆き悲しみます。痛ましいことが起こりました。私たちはそれを乗り越えなければいけません。子どもをもつ親御さんたちは、我が子に安心して教会に行けるように説明をしなければなりません。こんなことをしなければならないなんて、考えもしなかったことです」

ヘイリーはすぐに、自分が一瞬感情を見せてしまったことを悔いた。ヘイリーは強い母に育てられた。母親ラジ・ランドハワはインド系の弁護士で、女性が判事になるのは不適切だと家族が考えていたせいで判事になるチャンスを逃した。ラジはサウスカロライナ州バンバーグに住んでいるとき、町で唯一のインド系の一家の子どもはいじめられても泣いてはいけないと娘に教えた。泣いていないでやるべきことをやりなさい、母はそう言っていた。

男性ばかりの政治の世界で働くうちに、つねに強そうに、意志が強く見えるように振る舞うのが大切だというヘイリーの意識はさらに強くなった。それなのに大勢が見ている前で感情的になってしまった。彼女は州全体を失望させた気がした。自分に失望した。

しかしそのことを考えている時間はなかった。トップたちはエマニュエルと並ぶ歴史的なAME教会で行われる徹夜の祈りに向かおうと気を揉んでいた。ヘイリーがそこへ向かうことに集中すると、支援者たちのソーシャルメディアは褒《ほ》め言葉でにぎやかになった。支援者たちは驚かなかった。カメラの向こうのヘイリーが話しかけることのできるリーダーであり、彼らがつらい状況にあるときは大丈夫かと尋ねてくれると知っていた。しかしいつもの彼女の完璧な振る舞いを知っている一般の人たちにとっては、これは彼女の新しい一面だった。恐怖と苦しみを知っている、弱く、とても人間的な知事の姿だった。

シェルビー警察がディラン・ルーフを逮捕し、ヘイリーが国じゅうに向かって呼びかけていたころ、コロンビアにあるルーフの父親の黄褐色の壁の家に捜査員たちがやってきた。ベン・ルーフの家は、木々が陰を作り、雑多な家々が建ち並ぶ中流の住宅地の路地の突き当たりにあり、サウスカロライナ州の州会議事堂から五分と離れていない。州会議事堂の正面の柱には南軍旗がひるがえっている。しかしベンの家にはなかった。玄関にはアメリカ国旗が掲げられていて、その隣にはバスタオル数枚が干してある。この通りでこの家だけ向きが違うので、周囲とは隔絶した感じに見える。

警察が行くと、ベンは彼らを待っていた。彼はすでに当局に、犯人は自分の一人息子だと通報していた。二人の娘と両親がいる自宅で、彼はルーフの居所は知らないと説明した。あえて言うなら、息子はジョーイ・ミークという友人と一緒にいるのではないかと思うと彼は言った。ディランはベンの家のソファで眠ることもあるし、週末には自分の都合次第で洗濯物をもってやってきたりするという。この家に自分の物をいくつか置いてもいた。

捜査員はそれを見たいと言った。

ベンは彼らを家に招き入れると、ハローキティの絵が描かれた背の高い黒いファイリングキャビネットを指した。ここに息子の黒いジャケットがしまってあるという。捜査員がジャケットを引っ張り出してみると、右胸に二つワッペンがついていた。両方とも旗のワッペンで、片方は南アフリカ、もう片方はローデシアの旗だった。どちらもアパルトヘイトを最後までやめなかった国だ。ベンはこのワッペンが示すメッセージを気にしていないようだった。それどころか、その意味を理解もしていないようだ。彼はただ、このジャケットが家の床に落ちているのを見てむかむかしたとだけ言った。

捜査員たちは家じゅうを捜索しはじめた。すぐに一〇代の人種差別主義者についての映画『メイド・イン・ブリテン』のDVDや、チャールストンのライブオークの古木の前で黒ずくめの服装をしたディランがカメラをにらみつけている写真を数枚発見した。写真の中の彼はこの黒いジャケットを着ている。捜査員たちはすぐにディランが白人至上主義のシンボルを好んでいると知った。しかし彼らのこの時点での一番の関心事はディラン・ルーフが殺人犯であるかどうかを見極めること、そして犯人であるなら単独犯か、それとも共犯がいて、さらなる凶行を計画しているのかということだった。

捜索の結果、ディランが両親とジョーイ・ミーク以外の人間と多くの接触をした様子は見られなかった。浮かび上がってきたのは一匹狼タイプの犯人像だった。しかし捜査員たちは、いくら白人至上主義を信奉していたといっても、二一歳の若者が教会に入っていって、聖書研究の場で九人の人を射殺したとはにわかには信じられなかった。

捜索を開始して間もなく、シカゴなまりのFBI特別捜査官クレイグ・ジャヌチョースキは、ベンが数カ月前にディランに贈ったバースデイカードを見つけた。カードの表面にはかわいい茶色のカワウソの絵が描かれている。カードを開くと、ベンの息子への手書きのメッセージがあった。

二一歳おめでとう！　相棒、愛しているよ。
四万ドルまでならピストルとCWP代を出してあげよう。
愛してる！
（仕事に就いたらね！）

ジャヌチョースキはCWPが「銃携帯許可証」の略なのを知っていた。そしてベン・ルーフは息子がグロックを買ったと言った。サウスカロライナでは、父親が成人した息子に最初の銃を買う金をあたえるのは非難されるべきことではない。それにベン・ルーフは息子を仕事に就けるためのエサとして使ったようでもある。そしていま重要なのは、容疑者が残虐な凶行で使用されたのと同じ銃を所持していたらしいということだ。

ジャヌチョースキがルーフの家を出るとすぐに電話がかかってきた。ディラン・ルーフが抵抗せずに逮捕されたという知らせだった。

ルーフは警察に向かう車中でシェルビー警察の警官スコット・ハムリックと一言も話さな

かった。警察署に着くと、警官数人でルーフを「図書室」と呼ばれている小さな会議室に連れていった。この会議室には楕円形のテーブルがあり、その周りに六脚のオフィス用の椅子が置かれている。

「椅子に座れ」警官の一人がテーブルの片側を指した。ルーフは言われた通りに座ってから、両手が後ろ手に手錠をかけられているので、少し前に体を傾けた。両脚もつながれている。

警官二人が近寄って、両手両足の拘束を解き、腰の鎖を外す。部屋じゅうに金属がひねられるカチャカチャという音が響いた。それから両手を前にした状態で手錠をかけ直す。後ろ手より負担が少ないはずだ。それからルーフとマット・スタイヤーズ刑事を残して、警官たちは部屋を出た。スタイヤーズはスキンヘッドの白人男性で、制服を着ておらず、ボタンダウンのシャツとスラックスという服装だ。スタイヤーズはテーブルのルーフの前にペットボトル入りの水を置いた。

「水をどうぞ」スタイヤーズは言った。彼の口調も態度も表情も信頼と同情を表していた。

「くれるのか？」ルーフは訊いた。警察署についてからはじめて発した言葉だった。華奢な体型や学生っぽい髪型の印象にはそぐわない抑揚のないダミ声だった。

スタイヤーズはサウスカロライナから車でやってくる二人のＦＢＩ捜査官が到着するまでルーフを警備することになっている。容疑者をくつろがせ、供述に備えさせることが彼の仕事だ。彼はペットボトルをルーフのほうにすべらせた。

「最後に食事をしたのはいつだ？」

ルーフは身を乗り出した。「えーと、今朝ポテトチップスを一袋食べた」まだ午前一一時を回ったところだった。ルーフがエマニュエルを去ってから一四時間が経っている。

「腹は減ってる?」

ルーフはこの申し出に気をよくしたのかかすかに微笑んだが、なにも言わなかった。

「しばらくここにいることになる。ハンバーガーかなにか食べるか? もってこられるぞ」

ルーフは今度は椅子の背によりかかると、信じられないという顔でにやりとした。この申し出が彼のことを思ってというより、警察側の作戦なのだと気づいているのだろう。

「わかった。ハンバーガーを食べよう」ルーフは少し笑いながら言った。

スタイヤーズはテーブルの端の椅子をぐっと引き出して座り、若い容疑者の顔をのぞき込んだ。ルーフはテーブルを見つめている。革張りの大きな椅子に座っているので、痩せたルーフは小さく見える。ルーフはもうなにも言わなかった。

そのまま一三分が経つと、別の警官が入ってきて、ルーフの前にバーガーキングの袋を置いた。紙袋からワッパーのにおいがたちのぼってくる。ルーフは黙ったままそれをがつがつ食べた。

食べ終わると、また椅子の背にもたれて、前を見つめた。二時間三七分のあいだ、スタイヤーズは昨夜九人の人を殺したばかりかもしれないこの男がじっと無表情に座っていられることに驚いていた。ルーフはハイになっている様子も、酔っている様子も、薬をやっている様子もなかった。動揺している様子も、不安を感じている様子も、後悔している様子もない。ただまるでなにも考えていないかのように無表情だった。

午前一時三八分、ついにジャヌチョースキがFBI捜査官マイケル・スタンスバリーとともに入ってきて、沈黙は破られた。二人はサウスカロライナで捜査を続けているときにルーフの身柄確保の知らせを聞き、事情聴取のためシェルビーに急行してきたのだ。スタンスバリーは黒いゴルフシャツとカーキ色のパンツという服装で、まずシェルビーの刑事と握手をした。それからまるでバーで新しい友達と知り合ったときのようにさりげない様子でルーフと握手すると、名前を名乗った。ボタンダウンシャツをすそを出して着ているジャヌチョースキも同じようにした。スタイヤーズとスタンスバリーとジャヌチョースキの三人は慎重に落ち着いた態度を装いながら、立ったままルーフを見下ろしていた。

コロンビア地方局を管轄する特別捜査官補であるスタンスバリーはこの一〇年間、ギャングや麻薬の売人や暴力犯罪などの捜査を行ってきた。スタンスバリーとジャヌチョースキが会議室に入ってくると、スタイヤーズ刑事はルーフのバーガーキングのゴミを回収し、部屋を出ていった。

ジャヌチョースキは「よく冷えてるぞ」と言いながら新しい水のボトルを渡すと、ルーフの膝の上でそっと手錠をはずした。自供させることができるか試してみる時間だ。

「プライバシーが欲しければ……」スタイヤーズは戸口に立って訊いた。

「そうだな」ジャヌチョースキが答えた。

ドアは閉められ、部屋にはルーフと捜査官二人だけになった。捜査官たちは楕円形のテーブルに歩いていき、スタンスバリーがテーブルの短辺の前に、ジャヌチョースキがルーフの向かい側に座った。

「少し聞きたいことがある。なんの話だか、もうわかっていると思うが」スタンスバリーが切り出した。テーブルの上の用紙を使って説明しながら、ルーフの権利を読み上げる。ルーフは身を乗り出し、突然積極的になった。熱心とも思える様子でイニシャルと名前を書いてサインする。

「この権利すべてを念頭に置いた状態で、自供したいか？」ジャヌチョースキが訊いた。

「ああ、もちろん」積極的に供述する協力的な容疑者の典型のようだった。

スタンスバリーはまず、ルーフを安心させ、口を開かせるために世間話をした。出身はどこ？ ルーフは答えた。サウスカロライナ州出身で、高校を中退し、オンラインスクールを中退し、GED〔高校卒業と同程度の学力を証明する認定資格〕は取ったが就職できず、仕事は芝刈りしかしたことがない。話し方を聞いていると、知性に問題はなさそうだ。ルーフはコロンビアの中心地に近い田舎町イーストオーバーにある交際相手の家に住む母親のもとにいることが多いが、父親の家に泊まることもあると説明した。

スタンスバリーはこんなに自分から話したがる容疑者は見たことがなかった。だからすぐに本題に入ることにした。

「そうか、昨夜なにがあったか話してくれるかな？」

ルーフは横を向くと、しばらく黙っていた。捜査官たちは身を乗り出した。

「えーと、あの、いいよ。その、俺はそう、チャールストンの教会に行って、それで、ああ、その、俺は、うーん」彼は一、二秒間を置いて言った。「俺がやった」

「やったって、なにを？」

ルーフは音を立てて息を吐くと、まるでなにかを盗んだり、学校をさぼったりしているところを見つかった子どものように、困惑した表情でにこっと笑った。

「はっきり言うのは……ちょっと大変かもしれないね」スタンスバリーが同調するように言った。

ルーフは小さくうなった。「犯人だと思われたくないから言えないわけじゃない。本当にただ、口に出したくないだけなんだ」

「ときにはこういう風に現実に向き合わなきゃいけないものだよな？」スタンスバリーは椅子の向きを変え、膝がルーフからわずか数十センチのところまで近づいた。まるで彼とは友達で、打ち明け話をする間柄であるみたいに。

ジャヌチョースキも援護した。「君に無理になにかを言わせたくないんだ……」

「えーと」ルーフは認めた。「俺がやった。俺があの人たちを殺した」

取り調べはたっぷり二時間かかった。ルーフが犯行を認めたことに加え、故意に何の罪もない黒人の人々を狙った単独の犯行であるという供述を引き出した。取り調べが終わると、送還の問題があった。ある州で犯罪を犯した後、別の州に逃走した容疑者の取り扱いに関する法的な手続きだ。被告の中には送還をいやがる者もいるが、ルーフは終始従順でサウスカロライナ州に送り返されることに文句はないようだった。

ディラン・ルーフは聖書勉強会の席に着いてから二四時間経たないうちに、マザー・エマニュエルから二〇キロメートル弱のところにあるチャールストン国際空港に降り立った。午後七時二八分、チャールストン郡拘置所に囚人〇〇〇一五一八六八〇号として収容された。コンクリートの要塞のような建物で、一四〇〇人近い囚人がいる。拘置所の戦術チームがルーフを独房に連れていった。ほとんどが黒人であるほかの囚人たちから彼を守るためだ。

頑丈なコンクリートの壁に囲まれ、それぞれの棟は孤立し、相互に連絡はできないようになっている。それなのに、教会の銃乱射事件のニュースは即座に広まった。受刑者たちはラジオのニュースで聴いたのだ。

「信じられるか？　狂ってる！」

そして新たな情報が流れる。

「逮捕されたらしい！」

「ここにやってくるぞ」

独房に連れてこられたときのルーフは脚には足かせをはめられ、腰に鎖が巻かれ、両手に手錠をかけられた姿で、とぼとぼと中に入った。警官たちは棟の端を通るようにルーフを歩かせ、看守のデスクを過ぎて最初の角にある独房に入れた。白いドアの向こうにいる顔の見えない受刑者たちが、彼の姿を見ると罵詈雑言を浴びせかけた。ルーフは向きを変えると新居に入った。幅一・八メートル、奥行き二・五メートルほどの独房だ。白く硬い床の上にはフレームが灰色の金属製ベッドがあり、細長いマットレスと薄い毛布が載っていた。ベッドだけで部屋の半分が占められている。その隣には床にボルトで留められたスツールがあり、その近くには机代わりの台が壁に据え付けられている。ドアの近くにある金属製の設備はシンクとトイレ両方の役割を果たすものだ。

看守が独房の重い扉を大きな音を立てて閉めた。食事は映画の中のように四角い穴から受け取ることになる。ドアにある細い窓から外をのぞいてみると向こうに共用部分が見える。房に囲まれた広いなにもないスペースに四角いテーブルが数台置いてあるだけだ。彼の独房は端にあるので隣人は一人しかいない。

その唯一の隣人とはマイケル・スレジャーだった。彼はノースチャールストンの元警官で、ブレーキライトが故障している車を停車させ、運転していた黒人のウォルター・スコットを射殺した事件で起訴されている。アメリカじゅうに吹き荒れる人種差別と銃による暴力を突きつめた二つの事件の犯人が、隣り合う独房にいたのだ。

八　神はあなたを赦す、だから私もあなたを赦す

チャールストン北部の工業地帯にある保釈審問裁判所は、保釈金の額を決める治安判事の前に被告が次々と引き出されてくるという決まりきった処理が行われる場所だ。弁護士や警察関係者のほかは、たまに被害者が来るぐらいで観客を集めることなどまずない。しかしエマニュエルでの銃撃事件の二日後の今、駐車場にはテレビ局のトラックが並び、狭い法廷は警察関係者とまだショックで呆然としている被害者の遺族でいっぱいだった。

「全員起立願います！」

黒いローブを着た治安判事がベンチの後ろのドアから入ってきて席に着いた。年配の白人男性で髪は銀色だ。治安判事は眼鏡越しに人々を見まわした。

「次の被告を連れてきます」と声がした。「ルーフです」

部屋の前部には大型のスクリーンがあり、厳重に武装した拘置所の黒人係官が鋼鉄製のドアの向こうから現れ、その後ろに灰色のストライプ柄の囚人服を着て、手錠と足かせをされた若い男、さらに白人の警官が続く様子が映し出される。ルーフはカメラの前に立った。防犯カメラの映像より顔が長く、髪が油っぽく、ぺたっとして見えた。彼は唇をなめ、下を見ていた。カメラのシャッター音が響く。紙をめくる音もする。

「本日は二〇一五年六月一九日。チャールストン郡保釈裁判所。チャールストン郡治安判事ジェームス・ゴスネルです。これからディラン・ルーフの刑事事件を扱います」

地球の反対側のドバイではスティーブ・ハードが金属製のタラップを駆け下りてアスファルトに降り立ち、空港のターミナルに向かっていた。妻シンシアが聖書勉強会にいたという恐ろしい事実が確認されてしまってから、彼は必死に家に帰ろうとしていた。ラクダやロバしかいない、砂が舞い飛ぶ砂漠を車で六時間かけて越え、ドバイ行きの飛行機に一時間乗ってきた。アトランタ行きの便まで五五分待つあいだ、彼はバーに入って、ビールをちびちび飲んでいた。テレビが目に留まる。ニュース番組をやっていて、縞模様の囚人服を着た白人の若い男が映っていた。

「この若い奴はなにをしたんだ？　シンナーでも吸ってウォルマートに車で突っ込んだのか？」

彼は思った。

すると画面にテロップが流れた。

「サウスカロライナ州チャールストンの保釈審問法廷」

スティーブは立ち上がると指さした。

「あれだ！」彼は叫んだ。「こいつがオレの妻を殺したのか？」

ディラン・ルーフは保釈審問を取り仕切る黒衣のゴスネル治安判事の横の壁に設置されたテレビのスクリーンから法廷じゅうを見つめていて、その様子を世界じゅうが見ていた。

「みなさん、審問に入る前に私の意見を述べさせてもらいたい」ゴスネルが言った。「この事件には被害者がいます。九人です。しかし反対側にも被害者はいるのです。この若い男の家族も被害者なのです。彼らが放り込まれた以上の混乱の渦はないでしょう」

ルーフはカメラのほうを向いていて、無表情だった。

治安判事はさらにルーフの家族について述べた。少し怒っているように聞こえるぐらい強い口調だった。生存者や射殺された被害者、そしてその遺族の受けたあまりに大きな苦しみを思うと、その主旨も言葉もかなり配慮を欠いているように感じられる。被害者側のことはまだほとんどなにも述べられていないのに。

ゴスネルは話し終わると、この事件に関係した警察や法律関係者への賛辞を述べてから、ルーフに基本的な質問をはじめた。スクリーンに映った男が静かな声で「はい」と答えた。

ここでようやくゴスネルは被害者の名前を読み上げはじめた。一人ひとり名前を呼び、遺族に発言を求める。三人目の被害者となった七〇歳のエセル・ランスの名前を呼ぶと、末娘ナディーン・コリエールが立ち上がった。後ろのほうの席に座っていたナディーンは、なにも言わないつもりだった。それなのにいま立ち上がって、混雑した部屋の前に出ていこうとしている。前のほうに向かって歩いているとき、警告する母親の声が聞こえた気がした。「今日はお前の早口のおしゃべりを聞くつもりはないんだよ。生意気なこと言うんじゃないよ」

長年教会の管理人をつとめていたエセルは、末娘の性格をよく知り、そこを愛していた。ナディーンは意志が強くて情熱的で、辛辣なユーモアのもち主だ。本当のところ、いつもはなにも考えなくても口から言葉が出てくる。けれどこの保釈法廷では、一歩進むごとに、くすんだ緑色のサマードレスが足首の周りで揺れるたびに、これから自分が言おうとしているのは母親の言葉だと確かに感じた。ゴスペルを愛するエセル・ランスのあたたかい魂に満たされていたせいで、ナディーンはマイクの前に立ったとき、自分の名前を一瞬思い出せなかった。

「あなたはどういうご関係ですか?」治安判事が訊いた。

「エセルの娘です」

「娘さんですね」ゴスネルが繰り返した。「聞いていますから、私にお話しください」

しかしナディーンはゴスネルではなく、画面の中のルーフのほうを見た。

「みなさんに、そしてあなたにどうしても知ってほしいんです。私はあなたを赦します! あなたは私からとても大切なものを奪いました」ハスキーな声が押し殺したすすり泣きでとぎれる。「もう二度と母と話すことはできません。二度と母を抱きしめることもできません。それでもあなたを赦します! そしてあなたの魂に神様のお慈悲がありますように。あなたは、私を、傷つけた! たくさんの人を傷つけた」強い口調になるたびに、きつくカールした黒髪の下でゴールドのイヤリングが揺れた。

「でも神はあなたを赦します。だから私もあなたを赦します」

ナディーンはそれだけ言うと、向きを変えて、元の席に戻った。

ルーフは無表情に前を見つめている。

ゴスネルは次の名前を呼んだ。マイラ・トンプソン。

マイラの夫アンソニー・トンプソン師もなにも言わないつもりだった。保護観察司や仮釈放指導官の経験があるので、保釈審問は何度も見たことがあり、どういう手順で行われるかも知っていた。成人した二人の子どもにもなにも言わないようにと警告していた。なにも言う必要はない。なにか言っても子どもたちが動揺するだけだ。

けれど今、マイラの名前を聞いて、彼は立ち上がった。子どもたちがいぶかしげに彼を見る。

「あとで説明するよ」彼はささやいた。彼のほっそりとした身体が聖書台に近づく。そして立ち止まって、一瞬ルーフを見た。アンソニーの心の中ではみなの姿は消え、ルーフと自分しかいなかった。まるで犯人の独房の中に立っているかのように二人だけしかいなかった。アンソニーの声は最初とても小さかったので、ゴスネルがもう少し大きな声で、と言った。

「あなたを赦します」アンソニーは先ほどより大きな声で言った。「私の家族もあなたを赦します。しかし我々はこの機会に悔い改めてほしいと思っている。悔い改めてほしい。真実を話してほしい。もっとも大事な存在、イエスにあなたの命をゆだねてほしい。イエスはあなたの人生を変え、これからなにが起ころうとも、あなたを変えることができるのだから」

アンソニーはスクリーンに目をやり、ルーフの目を見ようとした。彼に一瞬でも立ち止まり、自分の言葉について考えてほしかった。悔い改める。実際にほんの一瞬、ルーフの視線がわずかに動いたので、アンソニーは彼の注意を引けたのだろうかと思った。アンソニーは向きを変えて座席に戻りながら、男のあの空虚な目の奥深くに希望があればいいのだがと願った。悔い改め、救われるという希望が。

フェリシア・サンダースは次に息子の名前が呼ばれるのを聞いた。

フェリシアも、なにも言うつもりはなかった。けれどティワンザの名前を聞いたら、彼女も気が変わった。フェリシアはファーガソンやボルティモアのような黒人に対する暴力の後に暴動が起こった場所のことを考えた。他にも息子を亡くした母親がいるのだ。神に後押しされ、彼女は立ち上がり、片手に丸めたティッシュを握りしめたままマイクの前まで歩いていった。自分の声が他人のもののように聞こえてきた。

「水曜日の夜、聖書勉強会にやってきたあなたを私たちは歓迎しました。あなたは私が知っているもっともすばらしい人たちを殺しました。私は体の隅々までつらく苦しいです！」彼女は吐き出すように言った。「もう二度と前の私には戻れない。ティワンザ・サンダースは私の息子だけど、私のヒーローです。ティワンザは私のヒーローよ！　でも聖書勉強会で言ったように、『私はあなたを歓迎しました。でも、神のお慈悲があなたにありますように！』」

彼女の声は悲しみに震えていたが、口調はあたたかく力強かった。彼女は思った。今、ルーフの運命は神の手にある。だが私の運命を決めるのは私だ。犯人を赦さなかったら自分はどうなる？　天国へ行けない。天国で大事な息子が待っているのに。どうしても天国に行かなければ。

彼女の後の遺族たちも同じように、キリスト教の精神をもって言葉を述べた。悔い改める、愛、慈悲、赦し。法廷には人々のすすり泣きが響いた。マレン署長は畏敬の念に打たれていた。保釈審問はわずか一三分で終わったが、その反響はチャールストンじゅうに、さらにはアメリカじゅうに広がっていった。

大統領専用ヘリコプター、マリーン1はカリフォルニア上空を爆音とともに飛んでいた。バラク・オバマ大統領とスタッフ四人は銃による暴力の統計データについて話し合っていた。銃乱射事件が多発していることに世間の注目を集めたかったのだ。最近もチャールストンの黒人教会で銃乱射事件が起こっている。銃乱射事件はオバマが大統領に就任してから五年間に二三件発生していて、少なくとも五人が亡くなっている。

保釈審問が終わった直後、携帯電話で最新のニュースを読んでいたオバマの報道官補は、遺族の赦しを報じた見出しに目を留めた。彼は遺族の言葉を読み上げた。

「神はあなたを赦します。だから私もあなたを赦します……」

みな動きを止めた。急に静かになったので、ヘリコプターのプロペラの音が響く。

最初に口を開いたのはオバマだった。

「統計はおいておこう。その言葉にスポットライトを当てたい」

九　早すぎる

シャロン・リッシャーはエセル・ランスの五人の子どものうちの一番年上で、五人のうち一人だけチャールストンに住んでいない。遺族たちが保釈審問にみな出席していたころ、シャロンはダラスのマンションで荷造りに集中しようと努力していた。真ん中の妹エステルが悲しみに打ちのめされていることはわかっていた。耳が不自由で母の助けに頼っていた弟もそうだろう。シャロンは一番下の妹ナディーンとはわだかまりがあって、最近はあまり話をしていなかった。

シャロンもきょうだいたちも二年前に次女テリー・ワシントンを亡くした悲しみからまだ立ち直れずにいた。テリーは五二歳という若さだったから、子宮頸癌と宣告されたときには一家はみな衝撃を受けた。テリーの埋葬の直後から、一家にはよくないことが続いた。エセルとその子どもたちが集まったとき、みなが抱えている尽きせぬ悲しみが、くだらない、ちょっとした議論で済むはずの話し合いのときに形を変えて噴き出してしまった。その結果、金切り声ののしり合いが勃発した。小づきあい。辛辣な言葉の応酬。そして今もそのときのうらみが残っている。

ダラスの家で、シャロンはこれからどうするのかまだほとんど考えられずにいた。彼女は五七歳で、医大病院の外傷センター付きのチャプレンをつとめているが、まさか自分に突然暴力的な死の影が落ちてくるなんて想像したこともなかった。今日の夜遅くに飛行機でチャールストンに向けて出発する。マンションの部屋で歩きまわり、たばこを吸いながら、あとはなにをもっていけばいいかと考えていると、テレビから全国ニュースが大音量で流れてきた。そして突然、リビングルームにナディーンの震える声が響いたのだ。

「みなさんに、あなたに知ってもらいたいんです。私はあなたを赦します」ナディーンはそう叫んだ。

なんなの？

シャロンは音のほうに角縁の眼鏡を向けた。ほかの被害者の遺族たち、シャロンのいとこのフェリシアも、ナディーンと同じ主旨の発言を続けた。シャロンは呆然としたまま聞いていた。ナディーンは保釈審問のことなどなにも言っていなかった。警察もだ。どうして私には言ってくれなかったの？

この場面が終わると、スタジオにいるニュースキャスターやゲストたちは遺族の赦しの言葉に驚嘆していた。フェリシアはさらに数回、ナディーンの声を聞くことになった。「もう二度と母を抱きしめることはできません。それでもあなたを赦します！」

シャロンはこの言葉に激怒した。まだ二日も経っていない。母の埋葬さえ済んでいない。彼女は銃撃事件の詳細はほとんど知らなかった。犯行の詳細も頭に入ってこなかった。もちろん、シャロンもいつかは犯人を赦したいと思う。神はそれを命じている。シャロン自身が救われるかどうかはそれにかかっている。ちゃんとしたやり方で赦しを考えるには、もっと事件のことを知らねばならない。怒り、泣き、なにが起こったのかを理解しなければならないのだ。

「ママを殺したばかりの男をどうして許せるの？」シャロンはテレビに向かって叫んだ。

これはシャロン一人だけではなかった。保釈審問を聴いている遺族の中には同じ怒りを感じている者たちがいた。シャロンはチャールストンは昔となにも変わらないと思った。黒人はどんな侮辱を受けても、たとえ殺されても、礼儀正しい言葉を口にし、微笑みながら黙って耐えなければいけない。一九七六年にシャロンがチャールストンを離れ、その後戻らなかったのは、これが大きな理由だった。街を離れないと、「あなたは自分の場所にいなさい、私は私の場所にいる」から逃れることができなかったのだ。

シャロンは自分の場所にいることなんて興味がなかった。彼女にもナディーンと同じく、父に育てられた通り、喧嘩っ早くて強気なところがある。だから、そのほうが簡単だったり、いい人っぽく聞こえるからという理由でなにかを言ったりはしない。人を赦すことに関してだってそうだ。しかし彼女は人々の暮らしの隅々まで神の御業が届いていることを信じてもいる。だから保釈審問のことをさらに考えているうちに、神は自分が保釈審問のことを知るのを赦してくれなかったのだと思った。チャールストンの人々もアメリカ全体もそのことを知らされる必要があった。人々の正当な怒りを和らげ、最近ファーガソンやボルティモアで起こったような暴力事件が発生しないようにするために。

シャロンはすぐにダラスの空港に向かい、チャールストンへ帰る長旅をはじめた。シャーロットで成人した二人の子どもと合流し、その後聖なる街チャールストンに到着すると、ホテルにチェックインしてからナディーンの家に向かった。到着したとき、シャロンはナディーンに歩み寄って、自分よりずっと背の高いナディーンをハグしようと背伸びをしたが、相手からはそれほどあたたかさが返ってこなかった気がした。

ナディーンはあたたかい態度を取ろうなどとはまったく思っていなかった。シャロンがチャールストンに帰ってくるまで三日もかかった。親が殺されたというのに、そんなに長く帰ってこない人なんているだろうか？ ナディーンにはわかっていた。シャロンが成人した子どもたちを引き連れてやってきて、すべてを取り仕切り、ナディーンには何もさせないつもりでいることを。シャロンはテリーが亡くなったとき以来、一度も帰ってこなかったくせに。母の埋葬とか母の仕事のこととかなにを知っているというの？

さらに悪いことに、エセル・ランスは遺言書を残しておらず、資産をどうしてほしいか姉妹になんの指示もあたえていなかった。

シャロンはナディーンにどうして母のアパートに入れてもらえないのかと詰問した。あなた、なにか隠しているの？ それとも全部自分が仕切りたいだけ？ どうして私は鍵をもらえないの？ あなたがしているように、アパートに出入りできないの？ 今あなたはアパートに入って、誰にも監視されずに好きなものを取っていくことができるじゃない。

全米は遺族たちの赦しの言葉に驚嘆しているのに、姉妹たちが互いに優しい気持ちになるのは難しかった。どこの遺族でも、この悲劇の大きな衝撃が事件前からあった痛みや嘆きを何百万倍にも増幅することになった。エセルの死を嘆く者同士が互いにすぐには許せないようなことを言い合うようになるまで長くはかからなかった。

一〇 新種

一匹狼

本人の安全のために刑務所の隔離セクションに入れられているルーフは、一日二四時間のうち二三時間は独房に閉じ込められていた。刑務所のこのセクションの囚人たちは割り当てられた一時間の「レクリエーションタイム」のあいだ、房を出てシャワーを浴びたり、ユニットの共有エリアを歩きまわることができる。共有エリアはほかの囚人たちの房の金属製のドアに囲まれたなにもない長方形の広場で、白一色に塗られている。それどころか、二階建てのユニット全体が真っ白に塗られていて、つねに蛍光灯が点けっぱなしなので、昼夜の感覚や時間の経過がわからなくなる。

囚人たちは房から出ているあいだ、房の硬い金属製のドアの細い窓越しにほかの者と話すことが許されている。この機会に人付き合いをする者もいる。一方で、ほかの囚人のドアを強くたたいたり、房の外にある電灯のスイッチをつけたり消したりして嫌がらせをする者もいた。さらには少数ながら、自分からはまったく外に出ようとしない者もいた。

このユニットに収容されている男性の約三分の二が黒人だった。ルーフのレクリエーションタイムはいつも単独で設定されているが、その時間に彼が房から出ると、差別的な侮辱の言葉を叫ぶ者たちがいた。自分たちが簡単にボロボロにできそうな痩せこけた男に向かって脅しの言葉を投げかける者もいた。大半の者にとって、ルーフはここでもっとも有名な人物だ。そしてここは刑務所で無限にも思える時間がのろのろとしか過ぎていかない。彼は興味を引きつけた。ほとんどの者は彼の人種差別主義思想がどれほどのものなのかを知らなかったし、ルーフ自身もそのことはあまり話さなかった。

彼が外に出ると、自分のドアのところに呼ぶ受刑者たちもいた。彼らはルーフがなぜあんなひどいことをしたのか、彼がどんな人間なのかを探ろうと会話をもちかけようとする。驚いたことに彼を脅す者は少なかった。

そのかわり、たくさんの者がこう訊いた。「なぜやった?」

「やらなければならなかったんだ」彼は必ずそう答えていた。そしてそれ以上はほとんどなにも言わなかった。

言うべきことがなかっただけなのか、用心していたのかはわからない。弁護士にしゃべらないように注意されていたのかもしれない。単調なある種の妄想の世界にこもっていたのかもしれない。受刑者たちは知らないが、彼は長年引きこもっていたから、ベッドのある部屋に一人でこもっているときが一番幸せなのだ。

ウォルター・スコット殺害容疑で隣の房に拘留されている元白人警官マイケル・スレジャーとはときどき話をしていた。二人とも間の壁に設置されている、トイレとシンク兼用の設備の上に乗って、通気孔越しに話をするのだ。ルーフの犯罪やスレジャーの犯罪、白人優位主義や警官による銃撃について話すことはなかった。

話題はほとんど単なる刑務所への不満や売店で買ったものについてだった。ルーフはラジオを買った。安っぽい小型のラジオでクリアケースに入っている。イヤホンがついてきたので、音楽や公共放送NPRとともに、マイケル・サヴェジがホスト役をつとめる右翼のラジオも聴いていた。ゴルフ用の鉛筆とメモ帳も買った。新たに思いついたアイデアを書き留めておかねばならないからだ。ルーフは犯行前、最後にサイトに残してきた言葉がそれほど乱文ではなく、誤字脱字も少なければいいがと心配していた。それでは恥ずかしいから。

なんといっても彼の頭の中では自分はヒーローであり、白人の真の守護者なのだ。白人の民族主義者の中には彼の行動を非難して、自らの臆病さをさらしてしまった者もいる。これは予想通りだ。そしてほかの者たちは沈黙している。もし彼らが勇気を出して立ち上がることができれば、自分を救い出してくれるかもしれない。そうすれば、赦免され、革命後の政府で高い地位をあたえられ、ひょっとしたら知事かなにかになれるかもしれない。

しかし一番ありそうな今後は、このままここに政治犯のように囚われていることだ。彼は自分のことを、自分の主義のために戦う聖戦士《ジハーディスト》のようなものだと考えていた。ユダヤ人を殺してイスラエルの刑務所に入れられているパレスチナ人のような。少なくとも、彼は自分の任務に成功した。白人全体のために自身の自由を犠牲にしたが、それはごく小さな犠牲だ、と彼は思っている。そして自身のサイトには全白人に向けて訴えかけるマニフェストを残してきた。きっともうすぐ、サイトを訪れた人が見つけてくれるだろう。

ルーフは車でエマニュエルに向かう前に、父親のコンピューターの前に座り、人種差別的な持論を打ち込んでいた。もとは茶色の革張りの日記帳に書いた文章だ。自分が目覚めた経緯を説明し、ほかの白人たちに白人全体に迫る底知れぬ脅威について警告したかったのだ。それから彼は打ったテキストを自身のウェブサイト lastrhodesian.com にアップした。みなに自分が人を殺さなければならない理由を知らせるためだった。

彼の望み通り、あるブロガーがルーフの保釈審問のすぐ後にサイトを発見し、彼の主義主張を世界に紹介してくれた。ルーフのホームページには不気味な画像が載っていた。スキンヘッドの人物の死体で、口から流れた血が白いTシャツを染め、岩だらけの海岸の濡れた砂の上に横たわっている。だがこれは本物の画像ではない。ラッセル・クローの映画からとった画像だった。

写真の右側には「写真」と「テキスト」というリンクのボタンがある。この「テキスト」に、ある種の宣言のような二四四四語の文章がアップしてあった。このサイトのことがニュースになって拡散し、彼が「人種問題への覚醒」だったと考えている内容を世界じゅうの人たちが知った。痛々しいほど内気で不安を抱えていた青年が人種差別主義の殺人者へと変貌していく様子をかいま見ることになったのだ。彼の覚醒のきっかけになったのは、フロリダで自警団員に殺された黒人の少年トレイボーン・マーティンの事件だった。ルーフはなぜこの事件をめぐってアメリカじゅうで被害者と加害者の人種が問題にされるのか、どうしてこの事件がこんなにも注目されるのかわからなかった。そこで調べてみようと、インターネットのウィキペディアのこの事件のページをクリックした後に、「black on white crime（白人の犯罪における黒人）」というキーワードをグーグル検索してみた。

そこで現れた結果を読むうちに、白人至上主義の世界への門をくぐってしまったのだ。彼は白人保守会議（ＣＣＣ）のウェブサイトをクリックした。ＣＣＣとは、元は一九五〇年代に白人市民会議だった組織で、かつて学校の隔離廃止の裁判所命令に反抗する妨害活動をしていたこともある。彼らは白人の尊厳と地位を守るという目標を掲げており、「アップタウンクラン」と呼ばれることもある。

ＣＣＣのサイト管理人カイル・ロジャースは三八歳のコンピューターエンジニアで、最近南部貧困法律センターの「要注意人物三〇人」の一人に指定された。これは名誉なことではない。陰謀論や人種差別のプロパガンダを大多数の人々に向けて展開する、「何度も復活してくるアメリカの極右派」の新世代の過激派の一人だと書かれているのだ。ロジャースのサイトに似たものは、読者を獲得するために従来の右派の政策に近いことを書いている。そうしたものなら共感するが、あからさまな白人至上主義には警戒心をもつ人たちを誘い込むためだ。興味を引かれた読者たちは、膨大な数の白人が被害に遭っているが、大手のメディアは決して報じないという主張を読まされることになる。

ロジャースもサウスカロライナ州出身者だ。エマニュエルから三〇分ほどのところ、チャールストン郊外のサマーヴィルで、目立たない茶色い煉瓦貼りの農場を営んでいる。ロジャースはルーフを非難し、彼のことは知らないと言ったが、ルーフがロジャースと個人的に知り合いでなくても影響を受けることは可能だ。昔のようなクランの集会は廃れ、新たな形の集まりに代わった。人種差別主義者たちは白いシーツで姿を隠す代わりに流行っているウェブサイトのホストとしてユーザーネームで身元を隠す、とすぐにルーフは学んだ。「デイリー・ストーマー」もそういうサイトの一つだった。ナチ党の新聞から名前をもらったサイトで、設立者のアンドリュー・アングリンは、ナチは「極右派」政党の一つだと考えている。

こうしたサイトはエマニュエル銃撃事件の前日、ドナルド・トランプが大統領線に立候補を宣言したことで大いに勢いづいていた。アングリンはトランプをすぐに支持し、「デイリー・ストーマー」を「アメリカでもっとも信頼できる共和党の新情報」のページだと書き直した。トランプの移民に対する考え、アメリカ、それも特にアメリカの白人のパワーが失われているという意見を支持する読者をつかむために、あえて自分たちの信念と違うことを書いたのだった。それにだまされてサイトをのぞいた読者は、白人が黒人の暴力の犠牲になっているというフェイクニュースとそれに対するコメントを読むことになる。このプロパガンダがルーフを洗脳し、行動に移させてしまった。しかしそれは彼一人ではない。

銃撃事件の一年前、南部貧困法律センターが発表した報告によると、ルーフも読んでいた最大のヘイトサイト「ストームフロント」のメンバーによって百件近い殺人が犯されている。センターはこうした殺人犯によく見られる特徴を挙げている。「不満を抱えた無職の白人男性で実家の母親と住んでいる。実績を積んだり、職を探したり、学校に通ったりしようとせず、社会に対する不満をつのらせ、現実生活での自分の行動や選択に関係のないことを言い訳にするためにインターネットで探している」

無職の白人男性で母親と住んでいるルーフは、座って自分の考えを書くとき、ずっと読んで楽しんできた人種差別のサイトで読んだ言葉を使った。こんなふうに。

まず自分が現実生活でもっとも関わったグループからはじめるべきだと思う。アメリカ国民にとって最大の問題でもあるグループから。

黒人は愚かで粗暴だ。それと同時に非常にずるがしこくもなれる。黒人はすべてを人種のレンズを通して見ている。彼らが出来事を人種のレンズを通してしか見ないことを知るのが人種問題への目覚めだ。彼らはつねに自分が黒人であることを意識している。

それが彼らがすぐに怒り、白人が人種のことなどなにも考えていないときに、それは自分たちへの差別のために行われたのだと考える理由の一つだ。もう一つの理由はユダヤ人による黒人の扇動だ。

黒人はほぼ生まれたときから人種を意識しているが、平均的な白人は日々の暮らしの中で人種について考えることはない。そしてこれこそが我々の問題なのだ。考える必要があるし、考えねばならない。

これが「真実」だ、と彼は説明した。

黒人はＩＱが低く、衝動を制御する力が弱く、男性ホルモンが多い。つまり暴力には最高の組み合わせだ、と彼はキーをたたいた。自分が計画している暴力への冷酷な皮肉になっていることにも気づかずに。

私にはこれしかできることがない。私が単身スラム街に乗り込んでいって戦っても仕方がない。チャールストンを選んだのは、私が住む州でいちばん歴史のある街であり、さらにかつては全米でもっとも白人一人に対する黒人の割合が高かった場所だからだ。今はスキンヘッドも、本物のＫＫＫもいない。みなになにもせず、インターネットでおしゃべりしているだけだ。そう、誰かがそれを現実世界のものとするために勇気ある行動を取らねばならない。そしてその誰かとは私だと思う。

彼は急いでいることをわびた。自分の考えの大半は永遠に書かれることはないかもしれない。けれど今は行かねばならない、と。

誤字脱字があったら許してほしい。チェックする時間がなかった。

そう言いながら彼はわざわざ時間をさいて、白人至上主義者としてポーズをする自分の写真のうちお気に入りの画像六〇枚を圧縮して収めたダウンロード用フォルダーをアップしている。ある写真ではサリバン島のビーチでベンチに座り、砂に書いた最近好きな数字「1488」のほうにかがみ込んでいた。この数字には意味がある。14は好きな白人民族主義社のスローガン「我々は我々の種族の存続と白人の子どもたちの未来を確かなものにしなくてはならない(We must secure the existence of our people and a future for white children)」の単語の数だ。88は「Heil Hitler《ハイル・ヒットラー》」のそれぞれの単語の頭文字であるHが第八番目のアルファベットなので、8を二つ並べているのだ。

別の写真では丸いサングラスの上からこちらをにらみ、上半身裸でシャツの跡が残る日焼けをさらし、ピストルをカメラに向けている。背景は母親の家の、ベッドが乱れている以外ごくふつうに見える寝室で、彼の様子とは対照的で奇妙に感じられる。さらに別の写真ではチャールストンの有名なプランテーションに並ぶ奴隷小屋の前で一人ポーズを取っていた。

写真の中の彼はいつも一人だ。「一匹狼」。当局は彼のようなタイプの殺人犯をそう呼ぶ。新しい危険なタイプのテロリストだ。指導者はおらず、どんな組織の支援も受けず、自分自身で行動を決める一匹狼は司法機関の警戒の目を逃れてしまいやすい。ルーフもそうだった。差別に満ちたインターネットの文章を読んで過激化した一匹狼が、反政府運動や白人至上主義のプロパガンダや暴力行為において目立った役割を果たすことが増えているという。彼らを追跡するのも、その犯罪を予防するのも非常に難しい。

ルーフがアップした数十枚の写真には本人以外まったく登場しない。しかし南軍旗が写っている写真は数枚あった。南軍旗という象徴を好む人がいる深南部では、このことだけで人種問題の論争に火がつくには十分だった。

六月一七日、ルーフが州都の近くの家を出たとき、南軍旗、それもサウスカロライナ版である北ヴァージニア軍旗は州の議事堂の正面のポールにひるがえっていた。一五年前までは横長のタイプのものが、もっと目立つように議事堂の銅葺きのドームのてっぺんに掲げられていた。一九六〇年代に議員たちが南北戦争の百周年記念の行事の一環としてここに掲げたのだ。

この旗がどんな意味を表し、どんな「遺産」を、誰に向かって示しているのかと厳しく対立した後、議会は二〇〇〇年に旗を低い位置に移動させるという妥協点に達した。ドームの上のポールから、州会議事堂の前にある、交通量の多い道路沿いの南軍戦争記念碑の場所に旗を移動したのだ。そして今ルーフが、その旗を差別犯罪のエンブレムのようにして掲げていた。

二　赦す力

日曜の午後遅く、保釈審問の赦しのストーリーが全米の家庭に広まるころ、エマニュエル教会の秘書アルテア・レイサムはダウンタウンの高校の会議を終えていた。この会議で彼女は事件後はじめて、教会の人々と集まり、泣き、祈り、前に進むための計画を立てた。あまりにも破壊的な喪失と悲しみの中にあって、少しでもなにかの秩序が必要だった。教会の聖職者の大半が死亡し、地域の監督は腎臓移植を受けた状態なので、簡単ではない。残された唯一の教区監督者はノーベル・ゴフ師で、七カ月前に牧師と監督の間のミドルマンになったばかりだ。ゴフ師はベテラン聖職者だが、集まった人たちの中に彼を知る人は少ししかいなかった。

ゴフ師はそれでも彼らを導びかなければならない。そして必要な計画を立てた。まずすべてのメディアやリクエストは彼を通すこと。それから彼と管理委員会のメンバーは土曜日にすべての被害者のチャールストン在住の直接の家族のもとを回る。月曜日には遺族たちに集まってもらい、彼と葬儀の相談をする。しかしエマニュエルはまだ犯罪現場として扱われているので、明日朝の日曜日のミサに間に合うように中に入れるかどうかわからなかった。もし入れなければほかのAME教会が受け入れてくれるだろう。

アルテアはゴフ師のやり方はワンマンではないかと感じた。みなが感じている圧倒的な悲しみを思うと、教会はつねに信徒のためにあり、聖職者には必要とする人がいつでも会えるということを強く伝えるメッセージを発しなければならない。けれど同時に、この混乱のさなか、事態をコントロールしてくれる人がいてありがたい気持ちもあった。教会のオフィスの電話を自分の携帯電話に転送していたのだが、ずっとひっきりなしに鳴っている。アルテアが会議を後にすると、また鳴り出した。電話に出ると親切な刑事の声がした。

「もしもし、アルテアさん。みなさんは教会に入りたいですか?」

警察は三日間集中的に作業を行い、現場の捜査を終えていた。清掃会社のスタッフが中に入って、惨劇の痕跡をすべて消し、フェローシップホールの床にモップをかけ、血塗れになったものを処分するなど、最大限の働きをしていた。信徒は家である教会に戻れる。

アルテアはすぐにゴフ師に電話をした。彼はエマニュエルで会おうと言った。

脇のドアから教会に入っていくと、蒸し暑い廊下には湿っぽい鉄のような血の匂いが残っていた。アルテアのオフィスのドアの前でシモンズ師が倒れていたところだ。弾痕で床が小さなへこみだらけになっている。アルテアは生きているクレメンタ・ピンクニーを最後に見たオフィスに入っていき、ジェニファーと小さな娘が隠れていた机の前で立ち止まった。机の上にある、電灯のスイッチカバーの近くの壁の羽目板を一発の銃弾が貫通し、窓ガラスに当たっていた。隣接する牧師のオフィスとの間のドアは警官に蹴破られている。

アルテアは長くはそこにいなかった。次の場所にはどうしても行かねばならない。

アルテアはフェローシップホールに入っていった。以前はあたたかく居心地のいい場所だったが、今は背筋に寒気が走る。ここで起こったことは想像したくないのに、床の弾痕の上を歩くと、どうしても頭に浮かんでしまう。白い折りたたみ椅子にはもっとたくさんの弾痕があるのを見て、涙で目が熱くなる。彼女は椅子をたたみ、信徒の目に触れないところに片づけると、白いテープをもってきて、床の弾痕を隠すように貼った。

すぐに教会のリーダーたち数人が彼女に加わった。ゴフ師もいて、なによりも必要な祈りを主導してくれた。それからゴフ師はしっかりとした声で、明日、この教会の聖域で通常の日曜の礼拝を行うと付け加えた。エマニュエルの会衆たちは二〇〇年の歴史を通じて、奴隷制も人種隔離も戦争も大地震も絞首刑も、人種差別主義の白人たちによる放火も乗り越えてきたのだ。エマニュエルは甚大な被害を受けたが、完全にだめになったわけではない。それを今こそみなで世界に示すのだ。

この聖なる場所に悪がやってきたが、エマニュエルはそれでも「神は我らとともにある」ことを示すのだ。

日曜日、太陽がのぼると、人々は荘厳な白い教会の外に列を作り、大量の巨大な花や鮮やかな色の風船やテディベアで埋め尽くされた正面の歩道を縫うように進んでいた。ただ立ち止まって祈ったり、話をしたり写真を撮っている人たちもいる。礼拝を行う聖域内に入れる人数をはるかに超える何千人もの人々だ。単に教会が再開したことを喜んでいるだけではない。信仰の場がなくならなかったことを祝っているのだ。

最初にエマニュエルの信徒たちが入場を許され、続いて訪問者が中に入った。カルフーン通りは通行止になっていて、午前九時三〇分の礼拝の時間になると、四車線の道路が人でいっぱいの巨大な聖域に変貌した。地元チャールストンの人々にとっても過酷な暑さのなか、大勢がともに歌い、手を取り合って祈った。

私はかつて道に迷ったが　今は見つけられ
かつては盲目であったが　今は見える……

信徒たちはいつものように礼拝用の晴れ着を着てやってきた。チャールストンには今でも黒人と白人の住民の間に大きな教育や経済の格差が存在しているが、エマニュエルの信徒名簿には弁護士や教師や公務員や看護師が並んでいる。フェローシップホールの床は彼らの足元の通りと同じ高さにある。女性化粧室の場所を示す矢印の近くに、主の祈りの額入りの大きなポスターが掲げられている。毎週日曜日、会衆たちは祈りを暗誦する。

我らの日々の糧を今日もあたえたまえ
我らに罪をなす者を我らが赦すごとく
我らの罪も赦したまえ

上階では定員約八〇〇人の聖域に千人以上の人々が詰め込まれていた。黒人も白人もいる。警官たちが警備に立っている。爆弾探知犬が周辺をくまなく嗅ぎ回っている。巨大なパイプオルガンの近くの聖歌隊席のスージー・ジャクソンの席には彼女のローブがきちんと置かれている。前部の高いところにある祭壇にはピンクニー師の黒いローブがかけられていた。

生存者は一人も来ていなかったし、遺族も少なかった。遺族の中にはこんなにも早く教会が再開したことで、失った自分の大切な人の尊厳が軽んぜられたように感じた人もいた。まだ教会内に入れない人もいた。一方で州の政治関係者は勢揃いしていた。正面の信徒席はヘイリー知事とその家族、連邦の上院議員ティム・スコット、カリフォルニア州の女性議員マキシーン・ウォーターズ、ノースチャールストン市の市長、チャールストン市長などのＶＩＰで埋まっていた。

あの赦しの言葉で有名になったエセル・ランスの娘、ナディーン・コリエールはエマニュエルに行っても母がいないことがどうしても理解できなかった。案内役としてドアのところで迎えてくれないなんて。聖歌隊にまた行っても、スージー・ジャクソンのソプラノを聴けないなんて想像もできなかった。そして彼女は考えていた。こんなにも早く教会を再開するなんて配慮が足りないんじゃないだろうか。エマニュエルから誰かがナディーンに意見を求める電話をかけてくることもなかった。街にテレビカメラがたくさんいることも関係しているのではないかと彼女は思った。

この日は日曜日で、シンシア・ハードの五五歳の誕生日になるはずだった。父の日でもあった。ティローン・サンダースにとってこの二一年間でもっともさみしい父の日だ。二一年間、旅の相棒であり親友であったかわいい息子ティワンザがいないからだ。ダン・シモンズ・ジュニアにとってははじめての父のいない父の日だ。クレメンタ・ピンクニーの娘たちも、これから何度も迎えねばならない父のいない父の日を、今日はじめて経験するのだ。けれど教会に詰めかけている何千人もの人たちも、さらに多くのテレビを見ている人たちも、この日曜日は驚異的な赦しの行動を目撃する機会になった。

ＡＭＥ教会の紫と黒のローブを着たゴフ師が説教壇に立った。六〇代のベテラン牧師であるゴフ師はマイクに近づくと、木製の聖書台にかがみ込み、重たげなまぶたの奥の目で厳かな表情をして膨大な人数の聴衆を見遣った。

七カ月前に昇格するまで、彼は州都の大きな教会で一〇年間牧師をつとめてきた。出身はサウスカロライナだが、聖職者としてのキャリアの大半をニューヨークとコネティカットで過ごしてきた。ＮＡＡＣＰ（全米黒人地位向上協会）での公民権問題の活動で有名になった。イーストマン・コダック社に昇進や給与面で人種差別をしていたのを認めさせたのは特に注目された。二児の父である彼はいま新たな苦境に立たされていた。おそらくこんな状況はまったく予期していなかっただろう。エマニュエルの叙任聖職者と公認聖職者のほとんどは死んでしまったので、監督はショックを受けている信徒たちを導く役目を彼に任せた。彼は知っている信徒もごく少数だったし、生きている公認聖職者といえば、彼よりも後から来た者か重病で助けを期待できない状態の者だけだった。

膨大な数のエマニュエルの信徒と何列にも並ぶトップたち、それにあふれかえっている訪問者たちが魂の救済を求めて彼を見ている。

彼は話しはじめた。「非常につらいことが起こった。非常に暴力的なことだ。激しい怒りを感じている者もいるだろう。けれどそのすべてを通して、神は我々を支え、励ましている」ゴフ師は増してくる暑さに額をぬぐいながら、祈りの言葉やメールや悲しみの言葉のカードを送ってくれたたくさんの人々に礼を述べた。アメリカじゅうのメディアが彼の言葉を世界へと発信している。

「我々がおかしなことをしたり、暴動を起こしたりすると予想している人たちがたくさんいます」彼は少し考えるように間を置いた。「しかし、そういう人は我々のことを知らないだけだ！」

同意を示す歓声が湧き起こった。

「彼らは我々を知らないのです。我々には信仰があります。我々が力と知恵を一つにして共通の神のために働くのなら、イエスの名において達成できないことなどなにもない！」

人々は勢いよく立ち上がり、彼の言葉を熱狂的な歓呼の声で迎えた。ゴフ師はまた額をぬぐった。エマニュエルのエアコンは調子が悪く、外のむせかえるような暑さと内部のこんなにも多くの人々の体温による熱気にとうてい太刀打ちできなかった。

ゴフ師は警告した。忘れないで、思い出してほしい。神を忘れるな。神の約束を忘れてはならない。

それからゴフ師は世界を驚嘆させたキリスト教の赦しの伝統について触れた。「ニュースメディアのある人から『どうして九人の被害者の遺族たちはみな赦しを口にし、悪い思いを心にもたないのだろう』と言われたのを思い出します。今日は父の日です。だから九つの家族の父親について知りましょう！」彼は言った。聴衆がそれに応えると、ゴフ師は力を得たように、説教壇で少し跳ねた。「九つの家族の九人の父親のことを知れば、子どもたちの行動が理解できるはずです！」

保釈審問での遺族の発言は外の世界の人たちを驚かせたかもしれないが、エマニュエルの人々にとって、すなわち何世代ものアメリカの黒人キリスト教徒たちにとっては、その信仰の伝統や魂の存続に欠かせない一部なのだ。黒人解放神学の父、神学者故ジェームズ・コーンは教会の赦しとは「魂の深い抵抗」の一形式だと述べている。奴隷制、人種隔離、抑圧などの冷酷な現実に苦しめられて生きねばならないこの世での生命が終わった後の救済を確実にするためだけではない。無力なものに力をあたえる。赦す者を抑圧者への憎しみから解放する。憎しみが魂をむしばむのを防ぐ。キリスト教徒としてもっと高みにのぼることができる。そしてディラン・ルーフの保釈審問で赦しの言葉を口にした人たちがそこに立っているのを世界は驚嘆し眺めているのだ。

チャールストンの他の市民たちにとって、この街の問題の多い人種の歴史の中において、この赦しにはもっと複雑な意味があった。

保釈審問の朝、地元の白人の母親たち数人がフェイスブックに「AMEエマニュエル教会で亡くなった人たちを追悼する」ミーティングの参加者を募る投稿をした。中心部の旧市街と富裕層が住む東部地区を結ぶ白く長い橋がその舞台だ。通常は車やジョギングする人で混み合っている八車線の道からは、チャールストン波止場と尖塔がそびえ立つ地平線がパノラマのように一望できる。アーサー・ラヴェネル・ジュニア・ブリッジというこの橋の名前の由来は、長年チャールストンに欠かせない政治家だった人物の名なのだが、みなは認識していないか、忘れているのか、このラヴェネルは隔離学校とともに南軍旗を擁護した人物なのだ。二〇〇〇年の南軍旗賛成集会でラヴェネルは全米黒人地位向上協会のことを「全国精神遅滞者協会」だと暴言を吐いて問題になり、のちに障害をもつ人々に謝罪をしている。

エマニュエルが再開した次の日、夕日が橋の白いワイヤーをかすめて落ちていくなか、母親たちの投稿を見てやってきた何千人もの人たちが五キロメートル近くある橋の両端に集まった。聖歌隊が歌う。楽器も演奏された。「チャールストン・ストロング！」のコールが人々のあいだから自然に湧き上がった。チャールストンにしては驚くほど違う人種が混ざり合ったグループは、あんなにも残虐非道な事件の後だからこそともに集まりたいという願いを強調していた。多くの人が手作りのポスターを持参していた。「愛は負けない」、「赦しこそ団結の鍵」などという言葉もその中にあった。

橋の両端から、人々は互いを目指して進みはじめた。広い自転車専用帯を歩き、道ゆく車はクラクションを鳴らして応援した。橋の真ん中で両グループが合流すると、歓喜の叫び声があがった。白人が黒人を抱きしめ、黒人が白人を抱きしめる。手を握り合い、祈り、歌う。ほとんどが九人の被害者とは会ったこともない推定一万五〇〇〇人の人々が、一本の鎖のようにつながった。

全国のニュースメディアは赦し、団結するコミュニティを褒めた。ショッキングな事件の後で、歴史ある美しい街は新たな模範を示した。赦しのストーリーは確固たるものになった。そして世界に伝えられた。疲れたアメリカに、それどころか全世界に、人々が勝ち取った美徳の証を示したのだ。

しかし前向きな雰囲気の一方で、こうしたわかりやすい行動をすることで、現代の人種差別について深く考える動きが止まってしまうかもしれないと懸念する黒人指導者たちもいた。チャールストンはかつてアメリカの奴隷売買の中心地であったが、そのそもそもの罪を公式な形で謝罪したことは一度もない。それどころか地元のプランテーションは豊かな土地と歴史的な建物と「アフリカ系アメリカ人の職人たち」のエピソードを観光資源として何百万人もの旅行客を楽しませている。このようにこの街をその血と技術で築いた奴隷の人たちのことがぼかして語られる場面は珍しくない。南北戦争が近づくころには、四分の三の白人家庭で奴隷を所有していた歴史があるにもかかわらず、白人の住人たちは自分の家系と奴隷制を結びつけて考えようとしない。白人たちは現実をわざわざ探ろうとはしないが、白人住民も黒人住民も、かつての最大の奴隷所有者たちの姓を名乗っているのが、その関係を示す証拠だ。

エマニュエル銃撃事件の少し前にチャールストンに引っ越してきた歴史家二人が『デンマーク・ヴィージーの庭』という本の中でこう振り返っている。中心地の戦前の美しい建物の一階の部屋を借りようと問い合わせたときのことだ。大家はその部屋には「使用人」が住んでいたと説明した。さらに質問をすると、彼女はここに住んでいた人たちは奴隷だったわけではないと主張した。しかし歴史家たち、イーサン・カイトとブレイン・ロバーツは、実際にその家が人間を所有していたことを突き止めた。著者らはそれからすぐに、彼らが会うチャールストンの白人住民の多くが奴隷制が存在したこと自体を認めようとしないことを知った。「彼らは誤った表現をし、優しく接し、利益をもたらしてあげていたとさえ言う」と彼らは書いている。

いま赦しをあたえ、団結を求めることを、黒人はどんな悲しみも感じよく受け入れて耐えるものだというかつてのプランテーション時代の考え方と同じだと感じる人もいる。作家タナハシ・コーツはツイッターに「ISISが人質の首をはねたあとに『愛』や『赦し』のキャンペーンがあった記憶はない」と投稿している。

三　どちら側か決めて

コロンビアでは一日の仕事を終えたヘイリー知事が知事公邸への帰路、数週間のナショナルガードの研修を終えて帰ってきたばかりの夫にメールを送った。

「家に着いたら話がしたい。いま考えていることがあって、それが正しいかどうかを知りたいの」

ヘイリーには計画があった。自らの政治生命を危うくするかもしれない計画が。

亡くなった九人の葬儀への出席はもう決まっていた。遺族たちを慰めるのだ。ノースカロライナ州をこの痛手から立ち直せるために全力を尽くすと約束していた。彼女はディラン・ルーフのマニフェストを読んだ。彼のサイトに挙げられている、公然と南軍旗を振っている彼自身の写真を見た。KKKなどの白人至上主義者たちはずいぶん前から南軍旗を自分たちのシンボルとして使っている。ディラン・ルーフがはじめたことではない。しかし彼はその恐ろしい意味をさらに増幅している。

ヘイリーはシンボルの力も、肌の色で判断されることについてもよく知っていた。ほとんどが白人であるサウスカロライナ州の共和党員たちとは違う目でルーフの写真を見た。ヘイリーは黒人と白人が隔離されている州で「ブラウンの」少女として育った。共和党の上院議員に「ターバン野郎」と言われたこともある。人種を問われたときには最後のカテゴリー「その他」に収まることに慣れてもいた。

ヘイリーの両親ランドハワ夫妻はインドのパンジャブから呼ばれてアメリカに来たが、ヘイリーが生まれる前にサウスカロライナ州南部の田舎町に引っ越していた。父親が歴史的な黒人大学で生物学を教えるため、その近くの小さな町バンバーグに住み着いた。バンバーグのような小さな町ではよくあったことだが、町は人種により線路の両側に二分されていた。最初、両親に部屋を貸してくれる者はいなかった。やっと借りられた部屋でも、アフリカ系アメリカ人を部屋に招くことはできないと契約書に明記されていた。バンバーグの住民の多くは新参者の一家を歓迎してくれたけれど、他人の子どものベビーシッターをよくやっている隣人の一人はランドハワ家の子どもを見るのを断った。

ヘイリーの母ラジは、バンバーグにやってきたころはまだ色鮮やかなサリーを着ていた。父親アジトはシーク教徒の伝統であるターバンを巻いていた。どこへ行っても目立ってしまい、好奇の目にさらされた。父親がレストランや店に入ると、人々は指差し、ひそひそとなにかをささやき合った。ヘイリーもきょうだいも子どもたちにからかわれた。ヘイリーは人々が父親の優しさや知性よりもターバンの物珍しさに注目してしまうのを悲しく思った。

三年生のとき、ヘイリーがひどくいじめられたので、父親が学校に行って教師と話し合いをした。母親はクラスで子どもたちに話をした。インドのこと、インドの伝統、どうしてインドの男性はターバンを巻き、女性はサリーを着ているのか、バンバーグのような外国の小さな町にやってくるのはどういうことなのかなど。母はインドのお菓子も配った。新しい一家を前より理解した子どもたちの態度は変わった。ヘイリーにもっとも嫌がらせをしていた子どもたちの中には、その後いい友達になった子もいた。

ヘイリーはこのころに、自分が目立ってしまう場所に溶け込む術を覚えた。これはのちに政治の世界に入ってから役に立った。知事への道を模索していたころ、子どものころの休み時間の出来事を思い出した。学校のキックボール場に行くと、クラスを人種でチーム分けした試合に誘われた。

「どっちのチームに入るか決めて。あなたは白人なの？　それとも黒人？」ボールをもっている少女にそう訊かれた。

若き日のヘイリーは胃が痛くなった。彼女はいつもなんとかどちらの人種も選ぶことなく、境界線上にいるようにしてやってきた。一九七〇年代のサウスカロライナ州の郊外では、学校の人種隔離廃止はまだ目新しい新奇なことだった。なんと答えればいい？

ヘイリーは答えないことにした。

「どっちでもない。私は茶色！」ヘイリーはボールをつかむとフィールドに走っていった。すぐに少女たちはみな一緒にプレイしはじめた。しかし彼女のアイデンティティへの疑問とどの人種に忠誠を誓っているのかという問題は、知事になってからも彼女につきまといつづけている。

自宅に向かいながらルーフの写真について考えていたヘイリーは、はじめての知事選の選挙運動中に、父がよくイベントの際に後ろのほうに立っている理由に気づいたときのことも思い出した。父は自分の外見で人々が差別的な考えをもち、そのせいで娘が成功するチャンスを損なうことを恐れたのだ。そして今、白人男性が、熱心に教会に通う敬虔で親切な九人の黒人を殺した。その理由はただ一つ、見た目だ。肌の色が濃いからというだけだった。

ヘイリーと夫はその夜遅くまで彼女の考えについて話し合った。彼女はそれまでは南軍旗について強硬な反対姿勢を取ってはいなかった。二〇〇〇年に、州議会議事堂のドームから正面のポールに南軍旗を移動するという妥協案が出た際もほとんどの質問をはぐらかしていた。昨秋の選挙のディベートの際にも、相手の民主党候補が南軍旗の撤去を求める意見を否定した。

「三年半のあいだ、私はこの州に雇用を呼び込むためにCEOたちと長い時間電話で話してきた。正直なところ、どのCEOとも南軍旗についての話は一切しなかった」このとき、ヘイリーはそう言った。

ディラン・ルーフが状況を完全に変えてしまった。南軍旗が南部の伝統を表していると主張するのはもう難しい。黒人九人を殺した白人至上主義者が、南軍の星が描かれた十字《サザンクロス》の旗についてなにか別のものを表していると考えていたからだ。ヘイリーと夫が話しているあいだに知事公邸のメール受信箱は、全米から殺到した「サザンクロス」を下ろすよう求めるメールでいっぱいになっていた。

「世界が見ている」あるメールに書いてあった。

南北戦争勃発の地であり、かつてアメリカ一の奴隷港があったサウスカロライナ州が先頭に立って、アメリカ全体の人種間の関係の修復を進めることができるだろうか。ヘイリーのスタッフが延々とかかってくる電話に対応し、議事堂の周りをTV中継のトラックが走りまわっているのを見ているあいだに、彼女はそれは可能だと感じた。

夫マイケルも同じ意見だった。ただし、それには大きなリスクが伴う。

残虐な犯行の詳細とルーフが信じる人種差別が知れわたると、サウスカロライナの住民のほとんどが彼の犯行と吐き出したヘイト発言への嫌悪感を共有し、一つになった。知事のオフィスには遠くはアラスカやハワイからもメールが押し寄せ、電話はひっきりなしに鳴りつづけていた。箱単位で届く郵便のほとんどがヘイリーに南軍旗を撤去するよう求める手紙ばかりだった。あるルイジアナの女性はメールで「私は白人で父はＫＫＫの団員でした！　だからあの旗が白人至上主義者にとってどんな意味をもつのか知っているんです！　そして正直言って、あなただってわかっているんでしょう。しらばっくれるのはやめて。今すぐ旗を下ろして」

旗の撤去を求めるメッセージの中には、九人の人が殺される前に撤去しようとしなかったのは知事として指導力不足であり、殺人の共犯だと責めるものもあった。カリフォルニアの女性はこう書いている。「州の議事堂に南軍旗を掲げていることがどんな醜いことをほのめかしているのか、よく考えてみるべきです。あなたが率いる州政府はなんて不愉快で汚らわしいんでしょう」

もちろん、旗の撤去を望む者ばかりではなかった。強硬な擁護派は、南軍旗は彼らの歴史と南北戦争で命を落とした連合軍二六万人以上の人々を表しているのだと今でも主張していた。その多くが戦死した自分の家族を引き合いに出し、北軍を侵略者だと言った。彼らにとってこの問題はとても個人的なものであり、家族に関わるものなのだ。「どうぞ南軍旗を下ろしてください……そんなことをすれば白人はもっと黒人を嫌いになりますよ」ノースカロライナの住人からヘイリーへの手紙にあった文章だ。

アメリカ最年少の州知事であるヘイリーは対応を考えた。サウスカロライナでは政治手腕をかなり発揮できるとわかっていた。二期目の選挙はほぼ一五ポイント上回って当選したのだ。女性で人種的にマイノリティで、初当選時の就任演説で「奴隷制は恐ろしい差別」だったとの認識を示した上で、サウスカロライナ州がどれだけ変わってきたかを訴えたヘイリーを全米のニュースメディアは「新しい南部《ニューサウス》の顔」と呼んだ。保守的な党の方針通りに投票するときも、彼女はうまく無関係のふりをしていた。

二〇一二年の大統領選の候補者だったミット・ロムニーはヘイリーを副大統領候補に望んだが、彼女は州知事の一期目の任期を満了したいからという理由で断った。二期目に入って六カ月が経った今、彼女は企業寄りで、反規制主義で、反増税の政策に必ず投票するグループに属し、熱心なティーパーティーの共和党員という立場を堅持している。医療保険改革オバマケアに反対し、移民法の強化を支持している。また、投票時に運転免許証などのような写真付きの身分証明書の提示を必須化する法案にサインしている。これは低所得者や黒人の有権者の投票にだけ影響をあたえるのではないかと疑問を唱える者もいる法案だ。彼女は黒人と白人の子どもたちの間で「ブラウン」の少女として育ったと感じているが、大人になった彼女は政治的に明らかに黒人よりも白人寄りの立場を取っている。

しかしヘイリーは仲間の共和党議員たちがつねに彼女をチームの一員とみなしてくれないことに憤りを感じてもいた。道路予算の改正で州議会と衝突した際には、フェイスブックで自分の党に公然と反抗した。「共和党議会は来年、あなた方の税金を三万六五〇〇ドル値上げします」という言葉に各議員がどちらに投票したかを見られるサイトへのリンクをつけて投稿したのだ。

ヘイリーは政治の風向きを見る勘が鋭く、またその風を操る術も知っていた。悲劇的な死を迎えた九人の葬儀を控えている今、州内全域からあふれ出てくる善意にいい道筋をつけなければならないと考えていた。それに、州外から争いを求めてやってくる活動家たちを鎮静化する必要がある。州議会が再開する一月を待たずに旗の問題に取りかからねばならない。

それに、一方的に南軍旗を撤去することもできなかった。

二〇〇〇年に議員たちが州議会議事堂のドームの上から旗を下ろして建物の正面に移動した際、議会は意図的に再び旗を移動するのが非常に困難になるように定めていた。妥協案の一つとして、法制議会の三分の二以上の賛成票が必要だという法律が可決していたのだ。ヘリテージ法というこの法は南北戦争を「州同士の戦争」と定義し、その条項によると、ヘイリーは南軍旗を南部のプライドの聖なる象徴として掲げている田舎の地域の議員たちを招集しなければならない。

六カ月前の二〇一四年一一月、ウィンスロップ・ポールは定期調査の中で州議会議事堂の敷地内に南軍旗を記念して南軍旗を掲げることに賛成かと尋ねた。全体の六五パーセントが賛成と回答した。その割合が人種によって非常に違っているのは意外ではない。白人の七七パーセントが旗を掲げることに賛成で、アフリカ系アメリカ人の六九パーセントが反対だった。

しかしそれは残虐な事件が起こる前の話だ。日曜日、チャールストンの市民たちは橋の上で手を取り合ったのだ。ヘイリーは主力のスタッフを呼んだ。

翌朝までに州議会の知事室で四つの会議が開かれた。民主党との会議、共和党のリーダーたちとの会議、行政の長たちとの会議、サウスカロライナ州選出の連邦議員たちとの会議。どの会議の出席者も理由を知らされずに召集されたが、ほとんどは見当をつけてきていた。みなそれぞれ南軍旗について、その意味と未来について話し合っているようだった。

ヘイリーのスタッフは午後四時に知事がコメントを発表する予定だとメディアに告知した。なんについてのコメントか知らされなかったため、ヘイリーが会議をしているあいだ、憶測が飛び交った。それぞれの会議でヘイリーは連携して自分の計画を支援してほしいという基本的な言葉を繰り返した。そして湧き起こるだろう反発について述べた。「私と同じ立場に立ってくださったら、ずっと感謝します。けれど反対の立場を選んでも根にもったりしません。あなた方を尊重し、この部屋の中にいる誰が反対だったかは誰にも言いません」

彼女は公務員たちに、自分は歴史を消そうとしているのではないと断言した。州内には連合軍に関するモニュメントが多数あるが、サウスカロライナじゅうのあちこちの南北戦争に関するものをすべて消そうとしているわけではない。ただ南軍旗だけは話が違う。まるで生き物のように風にはためいていて、我々の歴史の最悪の部分の生きたシンボルになってしまっている。これは正しいことではない。肌の色にかかわらず、すべての子どもが州議会議事堂にやってくるのを歓迎されていると感じるようにしなければならない。彼女はそう主張した。

最後の会議、州選出の連邦議員たちとの話し合いが終わったのは記者会見の予定時刻のたった一時間前だった。

多くの人が南北戦争のころからずっと、南軍旗が議事堂に影を落としてきたと思っている。実際に旗が立てられたのは、ディラン・ルーフがパソコンの前に座ってマニフェストを打った日から五四年前なのだ。「人種隔離は悪いことではない。防衛の手段に過ぎないのだ」とルーフは打っている。

一九六一年四月、名目上は南北戦争の百年祭の祝賀行事の一環として、役人たちが州議事堂の敷地内に旗を立てた。しかしこの年は偶然、公民権運動の活動家のグループ「フリーダム・ライダース」がサウスカロライナ州も含む南部の州での人種隔離に抗議する活動をはじめた年でもあった。当時、チャールストン市の住所氏名録には、白人以外の人は白人住人の後に「有色」という別の項目で載っていたし、公立学校はまだ人種によって分かれていた。

白人の州議会議員で、第二次大戦の帰還兵であるジョン・アマサ・メイが旗を設置しようという運動をまず展開して、翌年にドームのてっぺんに永久に立てておこうと主張した。「ミスター連合軍」として知られているメイは南軍の制服を着て州議会にやってきて、南北戦争百周年の大規模な行事を監督する委員会の長をつとめた。

メイは当初、旗は南北戦争で重要な役割を果たしたものだから、百周年記念行事の主宰都市であるチャールストンの働きを讃えるために掲げようと主張していた。当時はこの動きはあまり注目されなかったようだ。少なくとも地元の新聞では。サウスカロライナ北部の短大で黒人学生のグループが白人専用のランチカウンターに座った廉《かど》で刑務所に入れられた「フレンドシップ・ナイン」という事件が起きた、たった一カ月後だったのにもかかわらず大きく扱われていない。

百周年行事から六カ月後、メイはチャールストンで開かれた連合軍の娘たちの会のサウスカロライナ支部大会で、奴隷の所有者たちは奴隷を冷酷に扱ったりしなかったと主張した。「南部の人たちは所有している黒人《ニグロ》たちの面倒を見ていた。互いの人種への敬意を感じていた」と述べた。

しかしその後何十年か経つうちに、政府の建物の敷地に南軍旗が存在することを疑問視する声があがった。建物内で働く人たちの給料となる税金を支払っている人々の多くが人種差別の象徴とみなしている旗だ。論争の末、二〇〇〇年に妥協点が定められた。しかしその後も敷地内からなくなったわけではないので、多くの人がとても不快に感じつづけていた。全米黒人地位向上協会（NAACP）は、サウスカロライナ州への経済的ボイコットをはじめた。全米大学体育協会（NCAA）は重要なスポーツイベントを行うことを禁止した。

それにもかかわらず、共和党の白人たちは今後旗を追放するための運動がさらに起こったときのために、政治的障壁を作っておいたのだ。ルーフがマザー・エマニュエルに入っていったとき、州議会議事堂の正面にひるがえる南軍旗は、黒人の住民たちに議会の権力を握っているのは誰かを思い知らせていた。

午後四時のヘイリーの記者会見が近づいてくると、集まった記者たちは、明るい灰色の石造りの巨大な建物で、四三フットのコリントス式の列柱がある州議会の外側にキャンプを張った。赤地に白い星を散りばめた青色の大きなXが描かれた旗は、彼らの頭上で午後の熱風にはためいていた。

ヘイリーは張りつめた思いでいた。夫もやってきていた。身近なスタッフも来ている。西棟の彼女のオフィスの外の大理石が並ぶ廊下に到着した人々の声が響く。彼女は知事室を出て、州選出の共和党の連邦上院議員に挨拶をした。一人は白人男性のリンゼイ・グラハム。もう一人は南北戦争後、南部一一州がアメリカ連邦に再統合されて以降、州全域での選挙活動でアフリカ系アメリカ人としてはじめて当選したティム・スコット（ヘイリーが最初に任命した上院議員でもある）だ。ヘイリーは二人のことをよく知っていたし、二人は来てくれると確信していた。共和党議員であるトム・ライスと、前知事でヘイリーの若き日の師でもあるマーク・サンフォード議員、それに年配の黒人民主党員でヘイリーがよくその政策に反対しているジム・クライバーンも加わった。

州議員も続々とやってくる。いい兆候だが、まだ確実ではない。記者会見のために二階に移動したら、他に誰がいるだろう。

ヘイリーは通常はこうしたイベントは一階の知事室前のロビーで行っているが、この記者会見は二階の州議会や上院とつながっているもっと広くて立派な部屋で行うのだ。西棟に集まった出席者たちが二階へ向かっても、ヘイリーは夫と数人の側近、それにグラハム、スコット、クライバーンとともにしばらくそこに残っていた。彼らはあえて個室に入って記者会見に入場するときを待った。淡いピンク色のツイードのスーツを着たヘイリーは胸の前でぎゅっと腕組みをし、うつむいて唇を固く噛み締めている。みな硬い表情で立っていた。クライバーンが電話を取った。スコットとグラハムは目を見交わしていた。

時計が音をたてて時を刻む。緊張感がふくれあがる。このすべてがどうしたら受け入れられるだろうか?

サウスカロライナ州の議員は、ほとんどが白人で保守派の共和党員ばかりなのだが、午後四時が近づいてくるにつれ、ヘイリーと同じ派閥の彼らはほとんどやってこないことがわかった。来なかったメンバーの中にはトレイ・ゴウディ、ジェフ・ダンカン、ジョー・ウィルソン、ミック・マルバニーも含まれた。マルバニーは翌日、欠席したのは根本的に間違っていたと述べるメッセージを発表した。欠席であることが目立ったもう一人、ヘンリー・マクマスターは共和党の州副知事で前サウスカロライナ州共和党委員長であり、早い時期からドナルド・トランプを支持し、長年南軍旗を守ろうとしていて、次の知事の座を狙っている。

立法審議会の両院の間をステンドグラスが飾っている。広く開けた場所で、有名な戦いの絵とサウスカロライナ出身の有名人の胸像と連邦脱退令の大理石彫刻がある。ヘイリーが男性たちの後に続いてロビーに入るとそこは満員で、バルコニーに続く二本の階段の上まで人がいた。人々の話し声が小さくなり、部屋中の人たちの目が自分に向けられているのを感じた。記者たちは地元メディアも全国メディアも一緒に前部正面の木製縁台の周りに何重にもU字型に並んで立っていて、その後ろには議員たちが二、三列の長い列を作っている。驚いたのは特に保守的な地域の共和党議員も数人来ていたことと、長年連邦上院議員をつとめていた故ストーム・サーモンドの息子で州上院議員のポール・サーモンドがいたことだ。先代のサーモンドは家のメイドである一〇代の黒人の少女との間に子どもを作り、それを七八年間も隠していた。

ヘイリーは厳しい表情でマイクの前に進み出ると、すばやく人々を見回した。その両脇には二人の黒人議員スコットとクライバーンが立っている。右肩のところには共和党全国委員会の議長レインス・プリーバスが立っている。チャールストン市長ジョセフ・ライリー・ジュニアとこの瞬間のために何十年も戦ってきた民主党の黒人議員たちが一緒に立ち、人々のほうを向いて、このきわめて異例な支援に加わっていた。

「では」ヘイリーはきびきびした声で話しはじめた。

用意された原稿を読む彼女の声はいつもどおりに落ち着いていて実際的だった。

「今は私たちの州にとって非常に大変なときです。悪が出現し、祈りを捧げる善き人たちがもっとも聖なる場所で殺された事件を目の当たりにしました。傷つき、打ちひしがれている我々には回復が必要です。その第一歩として我々を分断するものについて話し合うのではなく、死者を追悼したり、隣人を抱きしめたり、亡くなった人たちを讃えたり、ひざまずいて祈ったりするべきです。我が州は嘆き悲しんでいるのです」

彼女はエマニュエルの再開について触れた。それから嘆き悲しむ遺族たちがディラン・ルーフに向けて言った言葉についても触れた。

「彼らの信仰と赦しの表現にははっとさせられました」

サウスカロライナ州の人々がウォルター・スコットの射殺事件の後に冷静でいたことを彼女は讃えた。暴動を起こしたり、互いに危害を加えたりしなかった。その代わりに黒人と白人の議員たちが一緒になって、アメリカではじめて、警官にカメラをつける法案を可決した。近年、サウスカロライナ州は大きく変わってきた。それでもまだ偏見はある。それを思い出させるものはもういらない。南軍旗を大切に思う人たちには個人的に自分の所有する場所に掲げる権利はある。ずっとサウスカロライナ州の空気と土の一部として存在しつづける。

「けれど州議会議事堂は違います」と彼女は続けた。「そしてこの一週間に起こった出来事によって、我々は南軍旗に対する見方を変えざるを得ませんでした」

それから彼女は言った。

「今こそ議事堂の敷地から旗を撤去するときなのです」

湧き上がった歓声にさえぎられ、彼女は話を止め、あたりを見まわした。この数日ではじめて、彼女は微笑みを浮かべた。歓声は彼女が片手を上げて人々を鎮めるまで続いた。

「私の希望は我々を隔てるシンボルを撤去することです。そうすれば我々の州を調和の州として前進させ、今は天国にいる九人のすばらしい魂を讃えることができるのです」

「州議会は今週休会に入ります。けれど今は異常事態なので議会を召集することができます」

議員たちがこの夏、旗についての議論を確約しないのなら、彼女がする。今がきわめて異常な状況であることに異論を唱える者がいるだろうか？

ヘイリーは演壇を離れる前に、まず右を向いて七五歳のジム・クライバーンを抱きしめた。一八九七年以来はじめてサウスカロライナ州選出議員として当選した黒人なのだ。ヘイリーは次に満面の笑みを浮かべているティム・スコットを抱きしめた。黒人の共和党員で、ヘイリーと同じ有望な若手議員だ。

一三 安らかになれない

記者会見の後、遺族たちが葬儀の準備をしているあいだ、ヘイリーの発言に反応した南軍旗擁護論者たちの声が彼女に襲いかかってきた。何千通ものメールがヘイリーの受信箱に押し寄せてきたのだ。そのうちの多くはきちんとした言葉で戦場で果たした歴史的な役割を述べて南軍旗を擁護している。しかしヘイリーを裏切り者だと非難する文面もあった。そういうメールの主は、今回の彼女の行動をインド系の出自や異国の宗教を信仰していることに結びつけていた。多くの人がヘイリーがヒンドゥー教徒だと勘違いしているが、そもそもヘイリーはキリスト教徒で、両親もシーク教徒であってヒンドゥー教徒ではない。

そんなことにはおかまいなく、彼らが伝えたいことははっきりしていた。ニッキー・ヘイリーはちゃんとした白人でなく、ちゃんとした南部人でもなく、ちゃんとしたキリスト教徒でないから、サウスカロライナ州における南軍旗の位置づけがわからないのだと言いたいのだ。

「地獄のような第三世界からやってきた移民一世に子どもが生まれて、その娘が移住先の国の住人たちの祖先に泥を塗るという事実は本当に情けない」ジョージア州の住人からのメールだ。

ヘイリーはフェイスブックのヘビーユーザーで、このときまでは自分の家族に関する投稿や、建物の起工やスポーツチームの勝利やこれから行われるイベントなど州内のよい出来事に関する投稿についたコメントはよく読んでいた。しかし、彼女の反対勢力はあからさまにひどい言葉を使うようになってきた。

「見下げ果てたやつ！」ある人物が彼女のページに残したコメントだ。「お前の国に帰って、そっちの国の伝統をめちゃめちゃにしてろ!!! お前がこの州を悪くするのは国全体で人気取りをしたいからだ。ターバンを巻いて魔法の絨毯に乗って、サウスカロライナから出ていきやがれ。もう我々からは一票も票を得られないからな!!!」

また別のメールには、

お前は南部の人々と歴史に最悪の侮辱をした!!!!! お前が連合軍旗撤去のサインをしたせいで、俺は気分が悪い!!! お前は連合国にルーツがないだろ!!!!! お前は恥だ……

それでもさらに寄せられた人々の強力な支援の力が彼女を立ち直らせた。ミシュランからボーイングまでの主要な企業のトップも南軍旗を近くの連合国記念室および南軍博物館に移そうという署名運動をした。公益企業大手の経営者が他のトップの支援を求め、新聞に全面広告を出した。市民団体は旗の撤去を求める五万人以上の署名を届けた。アマゾン、ウォルマート、イーベイ、エッツィーはみな、南軍旗関連の商品の販売を取りやめると発表した。

大統領選の予備選挙の真っ最中のこの時期に、ヘイリーの全国での人気はかつてないほどに輝いた。記者たちが競ってヘイリーに質問した。副大統領候補として身元調査をされている？ しかしこれほどの支援があっても、ヘイリーは不安をぬぐいきれなかった。サウスカロライナはシアトルでもカリフォルニアでもない。前知事は共和党員だが、旗の移動を推進した結果、次の選挙で負けたのだ。彼女はそれをあまりによく知っていた。

ヘイリーの記者会見からちょうど二週間後、九人の葬儀も終わってから、州議会は南軍旗問題に乗り出した。州の両院に今、感情的な論議を呼んでいる旗を議事堂前から撤去する法案が提出され、議員一人ひとりがイエスかノーかの投票を迫られることになった。

知事室の上の階には優美な上院のデスクに黒い布がかけられている。この部屋はクレメンタ・ピンクニーが州に仕えるために一五年間通っていた場所だ。サウスカロライナ州の歴史上有名な上院議員たちの額に入った写真に見下ろされて座っている議員たちは、外でひるがえっているシンボルに対する長年のよく知られた価値観を並べはじめた。ほとんどの議員が南軍旗がサウスカロライナ州の歴史に欠かせない部分を表す遺物であると認めた。

しかしそれが表しているのはどんな歴史なのかについては意見が分かれた。名誉と勇敢さ？あるいは奴隷制と抑圧の歴史？

クレメンタ・ピンクニーの隣の席の白人民主党議員ヴィンセント・シーハンがこの議論をはじめた。彼は長年南軍旗の撤去案を推し進めていて、現在の撤去法案も彼が提出したものだった。「これは伝統の問題ではない。これは差別の問題だ。長い年月をさかのぼる傷を回復させる問題だ」彼は訴えた。彼にとっても、クレメンタの近くで働いていた他の議員たちにとっても、南軍旗の撤去は議会ができる、倒れた同僚の墓にたむける花のような行動なのだ。

反論するのは著名な上院主流派のリーダー、ハーベイ・ピーラーだ。「州議事堂から南軍旗を撤去することが歴史を変えると考えるのは、家族の遺体からタトゥーを除去すれば、その人が送った人生を変えられると思うようなものだ」

上院内の自分の事務所に南軍旗を飾っている共和党のリー・ブライトは、撤去は「スターリン主義者のパージ」のようなものだと主張した。それに、問題の旗はアメリカ政府の南部連合州の旗ではない。この旗は戦場に携行された、広く普及していた陸軍旗だ。サウスカロライナの白人の多くにとってこの旗は戦死した男たちの勇気の象徴であり、奴隷制についてなんらかの政治的な主張をするものではない。

両論はあるが、いつかは撤去すべきだという点では出席した議員のほぼ全員の意見が一致した。ただしそれはみなが突然歴史を新しい目で見るようになったからではなかった。多くの人が南軍旗の表す意味が、ディラン・ルーフのような人種差別主義者に乗っ取られていると認識したからだ。それに南軍旗の存在が、今この議論をこの部屋の隣で聞いているジェニファー・ピンクニーのような人たちに多大な苦痛をもたらすこともわかっていた。

長年南軍旗擁護論者だったラリー・マーティン議員はクレメンタの命を奪った銃撃事件以来、考えが変わったと発言した。人々は歴史に正直に向き合わねばならない。南軍旗が掲げられたのは南北戦争の百周年記念行事のためだったかもしれないが、そのまま掲げつづけることで、学校における人種隔離の廃止などを含む公民権に反している。白人共和党議員であるマーティンは自分の知っている人たちが当時、人種の平等を強いられたと嘆いていた様子を覚えていると語った。「気持ちのいい光景ではなかった。今またそれを繰り返してはならない。当時、黒人の子どもたちと同じ学校に行くことになることに関して言われた言葉を繰り返してはならない」

南軍旗が今となってはなにを象徴しているのかを理解しなければならない。マーティンは付け加えた。「我々の未来の一部ではない。我々の過去の一部なのだ」

ジェニファーは大きなテレビでこの経過を見ていた。不安で落ち着かない気持ちだったが、それは投票結果を心配しているせいではなかった。クレメンタの同僚たちは最終的には撤去に賛成してくれるだろうと彼女は信じていた。けれど議場の近くにいて、何千人もの人々に見られるのは自分とは完全に別世界のことだと感じていた。クレメンタと一緒になってから、家族の中で公の場に出るのはいつも彼だった。彼女はいつも裏方に徹し、娘たちを育て、図書館の司書という生涯の仕事を静かにこなしてきた。これからもこのままやっていこうと思っている。

生きていくために他のことは考えないようにしようと決めていた。ルーフの保釈審問には行かなかったし、夫に起こった出来事の詳細を知ってしまわぬよう、ほとんどのニュースを見聞きしないように避けていた。注目を浴びたいと思ったことはないし、それは今も変わらない。けれどこれからこの部屋を出て、クレメンタの同僚議員たちの前に立たねばならない。彼らに失ったばかりのものを思い出してもらい、南軍旗について立ち上がってくれたことの礼を言うのだ。クレメンタのためにそうする。

投票はほぼ全会一致で決まった。議員四〇人のうち三七人が旗を撤去するほうに投票したのだ。欠席した議員は五人だった。反対票を投じた三人、ピーラー、ブライト、ダニー・ヴァーディンはみな、特に強固に保守的な白人有権者の多い州北部に選挙区をもつ共和党議員だった。

投票が終わると、ジェニファーの出番だった。彼女は静かに脇の部屋を出ると、クレメンタの親友で、事件の夜にジェニファーが電話した聖職者カイロン・ミドルトンと議場に入った。二階席まである議場は、彼女が入っていくと静まりかえった。ジェニファーはクレメンタの葬儀以来、ほとんど公の場に姿を現していなかった。今、シンプルな黒いワンピースを着て、肩までの長さのカールした黒髪を後ろになでつけた彼女は、ほんの数週間前には不可能だと思っていたことを可決したばかりの上院議員たちに対面した。議員たちはみな起立して拍手した。ジェニファーはその間、カーペットを見つめていた。

カイロンは安心させようとジェニファーの背にそっと手を置いていた。

それから、黒人の民主党議員で、クレメンタの友人であり弁護士であるジェラルド・マロイ上院議員が前の演壇に進み出た。彼はジェニファーの弁護士にもなり、これから数カ月、さまざまな事柄からの防波堤役をつとめてくれることになる。彼は彼女と娘たちを守る強い意志のこもった目で、まっすぐにジェニファーを見た。彼女はまだ目を上げることができなかった。まだ。

「サウスカロライナ州全体がピンクニー上院議員を愛していました」カイロンは言った。ジェニファーは彼の力強い声が珍しく震えたのに気づいた。「そしてサウスカロライナ州全体があなたとお嬢さんたちを愛している。ピンクニー家のみなさんを愛しているんだ。我々はずっとあなたたち一家を守りつづけます。私たちのきょうだい、クレメンタに我々ができる最低限のことです」

クレメンタのために。その言葉を聞いたジェニファーは目を上げて彼を見た。彼女は感謝のしるしにうなずいた。

上院議員たちは中年以上の白人男性がほとんどの集まりだが、すぐに彼女の前に長い列を作った。一人ひとり、クレメンタの盟友であり同じ政治的な悩みを抱えている者たちが彼女に言葉をかけた。

上院で投票が行われているころ、南軍旗への怒りが首都にもおよび、旗以外の連合国のシンボルも撤去すべきかという議論が巻き起こっていた。チャールストンから海岸沿いに八〇〇キロメートル北上し、内陸に入ったところにあるワシントンD.C.では連邦議会議事堂に飾られているものも含め、連合国を象徴するものを再検討するよう求められた。ミシシッピ州の議員たちは南軍旗のX型十字がデザインに組み込まれている州旗を変更するよう求めた。そして国立公園や墓地での南軍旗の展示、販売を守ろうという動きと衝突した。

サウスカロライナ州では南軍旗をめぐる論争は上院から下院会議室に移っていた。地元メディアの調査では南軍旗を撤去するために必要な三分の二という絶対多数の票は集まっているはずだったが、白人、男性が圧倒的に多いので、上院に比べ結果は流動的だった。数人の議員とその選挙区の有権者たちはヘイリーの記者会見以来、勢いが非常に弱まっていた。下院は共和党の拠り所であり、いわば最後の砦《とりで》だった。

書記の机の上には南軍旗の法案に関する二〇以上の修正案が積み上げられていた。その中には、いま南軍旗がひるがえっている場所に州花であるカロライナジャスミンを植えるべきだというものもあった。別の案では南軍旗を現在の場所のすぐ横の銅製ケースに納めようというものもあった。さらにこの件の可否そのものを住民投票で決めようという案もあった。

議場の壁は歴史的な人物の肖像画で飾られ、ジョン・カルフーンや連合国の将軍で南部じゅうで紳士であり戦士だったと崇拝されているロバート・E・リーの肖像もあった。リー将軍自身は「戦争の傷をひろげつづけてはいけない」と言って、戦争に関するモニュメントに反対していたのだが。この言葉を知る人は少ないし、リーの元奴隷のウェズリー・ノリスが将軍が厳しい目で見守る中で受けた特にひどい鞭打ちについて語った回想もみな知らない。

議場内には議員ほぼ全員である一二四人が集まった。チャールストンの州選出議員たちが最初に進み出た。中心にいるのは黒人の民主党議員でクレメンタ・ピンクニーの友人であり、銃撃事件の夜に教会に駆けつけたウェンデル・ギリアードだ。エマニュエルは彼の選挙区内なのだ。彼はまず亡くなった九人の名前を読み上げ、それから恵みと赦しについて話した。

「それでいま私たちになにができるだろう？　我々みなの目から鱗が落ちた。我々は真実が見えなくなっていた。そのせいで我々を隔てるものが掲げられていることがわからなかった。そして今、なにが必要なのかがわかった。今するべきことは〝癒し〟と呼ばれることだ。過去をそっと眠らせ、未来への希望の道を築こう」

議員らは立ち上がって拍手をした。亡くなった人たちへの敬意を示すために立ち上がった人も、南軍旗を下ろすことへの賛同を示して立ち上がった人もいた。

次に話すために前に立ったのは下院の南軍旗擁護の先頭に立っているマイケル・ピッツ下院議員だった。引退した警官で銃所持の熱心な擁護者である彼は、南軍旗撤去法案の可決を妨害するために多数の修正案を提出していた。いつもは臆面もなく大声で発言する議員だが、今は静かな口調で話しはじめた。

「チャールストンのみなさん、みなさんの悲しみはよくわかります」

ピッツはクレメンタ・ピンクニーの笑顔を思い出し、彼は紳士だったと語った。続いてエマニュエルの信徒たちに、キリスト教が悪と対峙しても愛と赦しを失わないことを世界に示したことへの感謝の言葉を述べた。さらに暴動を起こさなかったチャールストンの住民たちに感謝した。

暗い灰褐色のスーツを着た禿頭のピッツはそれから歴史の話、というより彼の歴史観について話した。彼は子どものころ、南部連合の祖先たちのサーベルで遊び、南軍旗を名誉のしるしとして振っていたと振り返った。彼の一族は自信家で誇り高きアパラチアン山脈の住民だった。一族にとっても、彼にとっても、南軍旗は侵略してくる北部人から自分の土地を守った喧嘩っ早い南部の農夫たちの象徴だった。彼の先祖たちは家族を守るために猟銃をつかんで戦争に行ったのだ。南軍旗は奴隷制を象徴するものではないし、黒人住民に対して否定的なメッセージを表すものでもない、と彼は主張した。南軍旗は戦地から送られてきた大叔父の手紙を読んでくれた祖母を思い出させるものなのだと。

「州と州の戦争だったという者もいる。南北戦争と呼ぶ者もいる。私の育った家庭では、『北軍による侵略戦争』と呼ばれている。ここは北軍が南軍を襲撃した場所だ。子どものころからそう頭に刻み込まれてきた」彼は説明した。ピッツは奴隷制が南北戦争の主な原因であったことは認めた。しかし合衆国政府の過干渉から南部の州の権利を守るための戦争でもあったとも主張した。

ピッツが着席すると、黒人議員たちが交替で演壇に立ち、エマニュエルの惨劇のずっと前から、南軍旗が象徴するものはまったく違っていたと感情をこめて発言した。奴隷制とその名残の根深い人種差別だと。しかし彼らの懇願にもかかわらず、ピッツ率いる中核グループの考えは変わらなかった。さらに反論が打ちたてられる。勢いは衰えていく。疲れが忍び込んでくる。

議事堂の一階では知事室のデスクでヘイリーがすべてをテレビで見ていた。三時間後、議会は休憩に入った。ヘイリーが所属する共和党の議員たちは集まるために、近くの別の建物に向かった。彼女はそこに合流することにした。そしてある話をしようと決めた。

共和党の下院議員たちは、よく集まっては議会のあいだの休憩や食事に使っている場所で顔を合わせた。エアコンが効いた、マスコミからも一般の人々からも離れた室内の蛍光灯の下に並ぶカフェテリア式のテーブルの列の周りの席に着いている。共和党の下院議員七〇名のうち女性は一〇人だけだった。そのうちアフリカ系アメリカ人は一人だけだ。

ヘイリーはすばやく前部に進み出ると、話しはじめた。彼女は子どものころの話をしたかった。父親と小さなバンバーグの町から今いる州議会議事堂にやってきたことがあった。父はいつものように、目につくシーク教徒のターバンをしていた。いつものように、それは視線を集めた。その日、コロンビアから家に変える途中、ヘイリーと父は道路脇にある農家の野菜即売スタンドに立ち寄った。

父がバスケットに商品を詰めはじめると、レジのあたりがなにか騒がしいのにヘイリーは気づいた。スタンドのもち主夫妻が互いになにか不安そうな身振りをしていて、やがて夫が電話を手に取り、どこかにかけた。数分後、パトカーが二台やってきた。やってきた警官たちはスタンド主に歩み寄ると言葉を交わし、それからヘイリーの父を見た。父アジトはまったくその騒ぎに気づいていないようだ。アジトは商品を選び終えると、スタンド主と握手をし、やあこんにちはと言って、代金を払った。

それから、ありがとうと言うと、警官たちの前を静かに通りすぎた。幼いニッキー・ランドハワも同じようにした。

家に帰る四五分のドライブのあいだ、父は一言も話さなかった。のちに彼はヘイリーに、彼女には見せたくなかったと語ったという。けれど彼女は見た。そして、それがどういうことなのか察していた。

「彼らが呼ばれた理由はわかっていました。父もそれをわかっていました」ヘイリーは耳を傾けている七〇人ほどの党員集団に説明した。彼女は「人種」という言葉を使わなかったが、みな彼女の言っている意味がわかった。

彼女の話を聞きながら数人がうなった。ピッツは後ろのほうに腕組みをして立っていた。

下院議員たちの中に最初から自分をよく思わない者たちがいるのをヘイリーは知っていた。知事に選出される前、彼女も彼らの一人だった。主流派を支持することが多い議員の一人だったのが、突然知事候補に擁立されたので、長年ずっとサウスカロライナの有権者のために議員として汗を流しつづけてきた議員たちは面白くなかった。彼女が支持するティーパーティー運動の考え方には賛成するが、彼女自身のことを自分の利益を追求していると考える者は多かった。自分たちの身を任せるほど彼女を信頼してはいない。

彼らは、ニッキー・ヘイリーはニッキー・ヘイリーのためだけに動いていると考えている。そして少なからぬ人が、彼らの見方によると、容姿端麗な女性のマイノリティであるニッキーは、議席を埋めているたくさんの白人男性全員を合わせたよりも多くの注目を集められるのでは、と思っている。

ヘイリーはエピソードの重要なところについて話しつづけた。野菜即売スタンドは今も同じ場所にある。空港に行くときにいつも目にしている、と彼女は説明した。「あの即売スタンドの横を通りすぎるたびに、お父さんが大好きだった女の子のことを考えます」彼女の声は震えていた。涙がこみ上げてきて目が痛い。

サウスカロライナは昔よりよくなっている。ミス・ブラック・バンバーグとミス・ホワイト・バンバーグの美人コンテストはもう行われていない。だから子どものころのヘイリーと姉妹たちのように「ブラウン」だからといって、どちらのコンテストにも出場資格がないとされる子どももはもういない。けれどあの即売スタンドの前を通りすぎるたびに、そう今日でさえ、つらい思いをする、と彼女は語った。象徴とそれが表すものも同じだ。ヘイリーは集まっている人々に州議会議事堂はすべての人のものであり、この場所のせいでつらい思いをしたり、歓迎されていないと感じる子どもが出てはいけないと思い起こさせた。

彼女は力強い口調に戻って言った。「ここは団結の場所になるべきです」

ヘイリーは「エマニュエル・ナイン」の人々に触れ、彼らの信仰や気高さを思い出してほしいと語った。亡くなった九人に敬意を表してほしい、南軍旗がみなさんの祖先の勇気を象徴しているのだとしたら、掲げるのはそれぞれ個人の敷地にしてほしいと呼びかけた。

「私たちがこの建物を出るとき、全員が曇りない心をもっていられることを願って祈っています」と彼女は付け加えた。

ヘイリーの物語に心を打たれた者もいた。しかしそうでない者もいた。ピッツはのちに、記者に対して、彼女の話のあいだ、補聴器を外していたと語っている。彼女のスピーチが不必要だと思った者もいた。多くの人はすでに南軍旗の撤去に賛同する投票をすることを決めていた。ヘイリーに教えてもらう必要も、評価してもらう必要もなかった。

議会が再開すると、再び修正案についての議論になった。

ピッツはさらに次々と修正案を提出しつづけた。それを下院の少数派のリーダーはすぐに「修正案のフィリバスター」と呼んだ。

ピッツが提出しつづけているあいだに、ジョエル・ニールが立ち上がって発言した。長年下院議員をつとめている黒人の牧師で、クレメンタ・ピンクニーの親しい友人であり、銃乱射事件の夜、ピンクニー師の長女をエンバシー・スイートに連れてきたのは彼だった。ニールは南軍旗を、家族を失ったチャールストン市民の「頭痛の種」だと表現した。ピッツへのメッセージも述べた。

「あなたが自分のルーツを愛し、支持しているのはわかっています。しかし気高さを求めるのなら、私のルーツも愛し、支持してくれなければなりません。一方通行ではないのです。私のルーツは鎖につながれてこの地に連れてこられた人々からはじまっています。彼らは侮辱され、扇動され、リンチされ、殺されました。参政権も奪われていた。家族をもつ権利さえ奪われていた」彼は訴えた。

しかし修正案は提出されつづけた。日が沈んだ。通常の執務時間は過ぎた。感情が煮えたぎってくる。それなのに議会はまだ法案を通す前に投票を何度もしなければならない。六七の修正案を聞いたあと、チャールストンの近くの町に選挙区をもつ白人共和党員ジェニー・ホーンの堪忍袋が緒が切れた。本当にこれ以上耐えられなかった。

ホーンは前に進み出た。彼女はもううんざりだった。マイクの前に立つと、涙を流しながら四分間にわたって議員たちの行動力の無さに対する怒りを激しい言葉で訴えた。

「私は信じられません。我々の体の中にはヘイトの象徴を今週の金曜日に撤去するというような、意味のあることができるハートが入っていないのでしょうか」彼女は同僚議員たちに向かって叫んだ。「修正案のためにに投票をしていたら、あの旗を金曜日よりも後までひるがえらせつづけることになるんですよ。それはピンクニー師の未亡人と遺された二人の幼いお嬢さんたちの苦しみに侮辱をあたえることになるでしょう。私はそんなことには手を貸しません！この法案を修正するのなら、チャールストンの人々に『あなた方のことは考えていません。この旗をヘイトの象徴に使っている者が、神を崇拝している無実の人たちを残酷に殺しても、私たちはなんとも思っていません』と言っていることになるんですよ！」

真珠のアクセサリーとピンクのスーツを身につけた金髪の女性議員、ホーンは続けた。「伝統の話はもうたくさんです」

ホーンの攻撃をやりすぎのスタンドプレーだと感じる者もいたが、ニュースメディアやソーシャルメディアによって、彼女の言葉は世界じゅうを駆け巡った。彼女の演説動画はネット上で急速に拡散した。人々は彼女の熱い思いに応え、ホーンはこの議論の行方を見守る全米の人たちにとって代表的な顔になった。

七〇件近い修正案のほとんどを提出したピッツは流れが変わったのを感じた。修正案が否決されると、彼はアポマトックスで率いていた連合国軍を降参させるときのロバート・E・リー将軍のような気持ちになったという。

真夜中が近づいていた。しかし下院議員たちは仕事を終えずに議会を休止することを拒否した。一三時間近く議会は続けられていた。そして午前一時すぎ、ついに歴史的な三つの投票が行われた。最終的な投票結果は九四対二〇で、南軍旗を永久に連合国記念室および南軍博物館に移動する命令が可決された。

ヘイリーは五日以内にサインすることになっていた。彼女は一五時間後にそれを行った。

翌日の午後四時、州議会議事堂のロビーにまた人々が集まった。今度は署名のセレモニーを見るためだった。任期中に南軍旗の撤去を試みながらも果たせなかった前知事と前々知事が彼女の後ろに立ち、満面の笑みを浮かべていた。黒人議員たちもエマニュエルで家族を失った人々も笑みを浮かべていた。外では州議会議事堂の階段に人々が詰めかけていた。南軍の旗は容赦ない暑さの中、ほとんどはためいていない。

「知事がサインした！」女性が叫んだ。

黒人の牧師が階段を下りながら叫んだ。「ハレルヤ！　ハレルヤ！」

人々は顔から汗をしたたらせて拍手をし、歓声をあげ、歌った。彼らはアメリカの国旗を振っていた。向こうの混雑した通りでは車がクラクションを鳴らす。

南軍旗は翌日の朝一〇時に撤去された。

差別主義の白人男性が銃をもってエマニュエル教会に入ってから三週間後、ぱりっとした灰色の制服を着たハイウェイパトロール儀杖兵がポールに掲げられていた旗を下ろすと、二回折りたたみ、それですべてが終わった。彼らは旗を巻物のように巻くと周りにリボンを結んだ。白い手袋をしたアフリカ系アメリカ人の騎兵が南軍博物館に運んでいった。

「ついに自由になった。ついに自由になった」ある女性が大声で言った。「全能の神様、ありがとうございます。私たちはついに自由になった!」

カメラに映らないところで、フェリシアとポリーは他の遺族たちと一緒に群衆に加わっていた。九人の死がこの瞬間を可能にしたのだ。歓喜する約一万人の人々が州議会議事堂の周りに厚い輪を作り、この瞬間を目撃した。さらにテレビの画面越しにアメリカじゅうで何千人もの人たちが見ていた。抗議者も多少やってきた。南軍旗擁護派の人々は、厳しい顔で敗北を見守っていたが、大多数の人は歓喜に沸いていた。

しかしこの祝福の裏で、緊張感はまだゆるんでいなかった。南軍旗は重要な象徴だったが、けっきょくは象徴に過ぎない。人種差別の傷はまだ残っている。恨みは消えない。AMEの教区監督者でチャールストンのNAACPリーダーであるジョセフ・ダービーは、苦い思いでこうつぶやいていた。

「九人の死がなければこれは実現しなかったのか」

一四　世界の注目

サウスカロライナ州の人々が旗をめぐって論争を展開し、九人の被害者の遺族たちが静かに葬儀を計画しているあいだ、赦しの言葉は国じゅうの人々の心を動かし、ホワイトハウスにまで届いた。オバマ大統領は側近のヴァレリー・ジャレットを呼んだ。ピンクニー師の未亡人にはもう連絡をとったか？　オバマはピンクニー師と近しかったわけではないが、知り合いだったので、弔辞を述べたかった。それに黒人教会で差別主義者が起こした銃撃事件についてはいくつか言いたいことがあった。

ジャレットはジェニファー・ピンクニーに連絡を取った。

大統領がご主人の弔辞を述べたいとおっしゃっていますが、いかがでしょうか？

「光栄です」ジェニファーは返答した。

それから数日のあいだにオバマ大統領は妻や身近なスタッフに自分が述べようと思っていることを話した。彼はすでにあまりに多くの銃撃の被害者の弔辞を述べていた。大統領に就任した三カ月後にニューヨークの移民センターで一三人が殺された。それからテキサス州フォート・フッドで陸軍の精神科医に一三人が射殺された。一年後、アリゾナのスーパーマーケットで銃乱射男が六人を殺した。そしてコロラド州の映画館で男が一二人を殺した。コネティカット州では男が二〇人の小学一年生と大人六人を殺した。

止まるところを知らない死と悲しみ。

オバマはクレメンタ・ピンクニーと彼が象徴するものを讃えたかった。それに遺族たちの赦しと慈悲の言葉に喝采を送りたかった。誰でも受け入れるエマニュエルの方針を讃えたかった。エマニュエルはアメリカという国と同様に、恐怖に直面しても壁を作らないのだ。銃による犯罪について、アメリカにおける人種問題についても話したかった。

一つの弔辞にそのすべてを盛り込めるだろうか？


クレメンタ・ピンクニーの葬儀はエマニュエルから数ブロックのところにあるチャールストン大学のTDアリーナで執り行われた。普段はバスケットボールとバレーボールの試合が行われている場所だ。この葬儀はチャールストンの住民にとって、黒人も白人も、教会に通う人もそうでない人もみなが一緒に死者を悼む大きな機会だった。五四〇〇席のうちかなりの数が遺族とVIPと教会の信徒と聖職者、その配偶者のために取っておかれていた。残りの席は先着順で、だから人々は早くから並んでいた。早朝から焼けつくように照りつける太陽をさえぎるために日傘をさしている人もいた。

最初の人は午前三時半にやってきた。そして日が昇るころにはアリーナの正面のドアからミーティング通りをすぎてマリオンスクエアまで、三ブロック分の幅の広い列ができていた。白いカラーをつけた牧師たちと羽根つきの帽子をかぶった夫人たちが、もっとずっとカジュアルな服装の人々と混ざり合って立っている。老いも若きも黒人も白人も、敬意を表したい気持ちと、アメリカ初の黒人大統領の話を聞きたいという気持ちは同じだった。

チャールストンの市民たちはもち前の行儀のよさを発揮し、最初は横入りをする者がいても横目で見ているだけだった。しかし時計が進み、群衆がふくれあがると、みな中へ入れないかもしれないと心配になりはじめた。暑さとともにいらいらが募る。熱指数はすぐに一〇〇度に達し、シャトルバスから下りた人々が列の前のほうに並んだことで苛立ちは頂点に達した。年配の黒人男性が暑さと人ごみに耐えきれずに倒れ、担架で運ばれていった。

エマニュエルから数軒離れたところで、信徒たちはぎらつく日射しを逃れて葬儀の準備のために集まっていた。不意に彼らが集団で教会から出てきて、AMEの聖職者たち数百人がその後に続き、カルフーン通りを通ってミーティング通りに折れ、アリーナに入った。

午前一時四〇分、中へ入るために並んでいる人々の間にこんな噂が流れた。建物内の座席はもうほぼ満員で、警察が正面のゲートを閉めようとしていると。不満な群衆は前に押し寄せた。

「下がって！」警官が叫んだ。

その言葉に従っているときに、前のほうにいた教会用の盛装の黒人女性が歩道に倒れた。暑さにやられ、しゃくりあげている。救急隊員が来るまで、通行人が彼女のほうに冷たい水をかけてやっていた。

到着した人々は葬儀のプログラムを受け取った。クレメンタと家族の写真とともに、二人の娘が書いた詩が載っていて、葬儀がはじまる前にそれを読んだ多くの人が涙を流した。

長女エリアナの詩――

あなたを愛してくれる人は
そこにいないときでさえあなたのことを考えてくれている
成功し、どんな夢でも信じられるように
あなたを励ましてくれている

マラーナの詩――

教会で撃たれたのは知っている
そして天国に行ったのも
パパ、大好き！
パパが私を愛しているとわかっている
それに私がパパを愛しているのをパパが知っているのもわかっている

マラーナは「パパの大切な娘、キリギリス」とニックネームで署名していた。
ジェニファーは悲しみをストレートに表現していた。「あなたは私を置いていかないと約束してくれたのに。これから長い年月、ずっと一緒だと約束したのに！　子どもたちが成長して、結婚して、子どもをもつのを二人で見守っていこうと約束したのに！　一緒に歳を取って、教会や州の仕事がなくなった晩年を一緒に過ごそうと約束したのに！　私は奪われ、だまされ、急におしまいにされたように感じている」

人々はクレメンタの棺を見ようとやってきた。棺は高くなった大きなステージの上で、演壇の下の大量の赤いバラに囲まれて横たえられていた。ステージの上ではノーベル・ゴフ師とサウスカロライナを教区内にもつリチャード・フランクリン・ノリス監督がいて、そのほかにAME教会の指導者たちが何列にも並び、みな教会の厳かな黒と紫色の衣装を着ていた。その後ろには旗が一列に並んでいて、中心には紫色の布がかけられた演台があった。紫はクレメンタが好きだった色だ。

ゴフ師はマイクの前に立った。「まず、今日はたくさんの人たちが来てくださっていることをお伝えします」

ゴフ師が話しはじめたころ、エアフォース1は空軍と海軍の作戦基地であるチャールストン統合基地への最終着陸態勢に入った。オバマ大統領は妻ミシェルに、このすぐ後に行う弔辞について相談した。彼には一つ考えがあったが、ミシェルの意見を聞きたかった。

「私が歌ったら、ぜったいにみな一緒に歌ってくれると思う」彼は思い切って言った。

ミシェルはぜひ歌うといいと言った。ただし、その場の空気に合っていると感じた場合だけ歌うようにと。

着陸すると、長い葬儀は開始からすでに二時間が経過していて、大統領一行は車で二〇分ほどかかるTDアリーナへ急行した。到着するとすぐ、ステージの右手に通じるドアを通って壇上に登場する。オバマ夫妻は沈痛な面持ちで幼い娘たちに挟まれているジェニファーの後ろについていった。ジェニファーは黒ずくめの服装で、花を飾った略式の帽子を斜めに傾けてかぶっていた。

アリーナは大喝采に沸き、聖歌隊の歌がかき消された。オバマ大統領は自分の座席の前で立ち止まると、唇をかたく結んでいたものの音楽に合わせて手をたたいた。通路を挟んだ隣では白いワンピースとピンクのセーターを着たマラーナが座席の端にちょこんと座り、好奇心いっぱいの目で見ていた。大統領の右側にはファーストレディのミシェル、副大統領のジョー・バイデン夫妻、ライリー知事、ヒラリー・クリントン、ヘイリー知事、グラハム議員とスコット議員、さらにVIPとその配偶者が並んでいた。シークレットサービスが後ろから目を光らせている。

葬儀が何時間も進行したのち、ダークスーツを着た大統領が演壇に進み出た。彼は話しはじめる。クレメンタ・ピンクニーの特別さは若いころからみなに知られていたと。

「一三歳で教会に入り、一八歳で牧師になり、二三歳で議員になった。若さゆえのうぬぼれや不安定さなどまるで見せなかった」

それどころかクレメンタは教会のために働き、献身的な信徒たちとともに命を落とした。

「善き人々よ。慎みのある人々よ。神を畏れる人々よ」

「はい！」

「走るべき道のりを走った人よ」

「はい！」

殺人者はエマニュエルがアメリカの歴史の中で特別な黒人教会だったことを知っていたのだろうか、とオバマは言った。もちろん犯人は自分の犯行が火炎瓶やリンチや放火など、特定の人種の人々を攻撃する暴力の長い歴史に連なるものだとわかっていたはずだ。間違いなく彼は「我が国の原罪」、奴隷制にさかのぼる人種間の溝をさらに深めることになるのをわかっていたはずだ。

オバマはヘイリー知事が南軍旗を下ろすよう呼び掛けたことを称賛した。そして嘆き悲しむ国じゅうの人々に人種差別やヘイトの原因を深く探るよう求めた。これは一夜にして起こることではないのだ。

「こういうことが起こるたびに、人種についてもっと対話が必要だと言う者が出てくる。人種についてもうたくさん話し合っているのに！」

「その通り、その通り」

「近道はない。もう対話は十分だ！」

聴衆は飛び上がるようにして立ち上がり、オバマに歓呼の声で応えた。火炎瓶の事件を覚えている年代の人々は目を閉じてこの瞬間を味わっていた。たくさんの人が手を高く挙げ、まるでそこにある神の顔に触れようとしているみたいに振っていた。オバマは続けた。今週はずっとグレースというものについて考えていた。神の恵み《グレース》。家族の情《グレース》。クレメンタが説いていた慈悲《グレース》。ある賛美歌に出てくる恩寵《グレース》。

「アメージング・グレース！」

もう一度、静かに、「アメージング・グレース」。

彼はきっちり八秒間黙ったまま、準備したスピーチの続きをやるかどうか考えながら、演壇の上でみなを見渡した。

やるべきだろうか？

彼の声が響いてきた。一語一語、ゆっくりと大事に口ずさんでいる。

「アメージーーング・グレース……」

オバマの後ろでゴフ師と監督が笑みを浮かべ、聴衆は喜びの叫び声を上げた。オバマがこれからしようとしていることに気づき、感動のあまり圧倒されている人もいた。

大統領はみなを見まわすと微笑んだ。

　なんと甘美な響き
　私のような哀れな者を救ってくださった

驚きのあまり呆然としていたオルガン奏者が慌てて大統領に合うキーを探しはじめた。

かつては迷っていたが
今は見つけられ
かつては盲目だったが
今は見える

突然に信仰の本質が音楽とともに示される、これこそが教会、黒人教会だ。そして少なくともこの瞬間はアリーナ中のすべての人が、チャールストンの街全体が、さらには国じゅうで中継を見ている人たちが、一つになっていた。オバマは殺された九人の人々の名前を呼ぶことで弔辞を締めくくった。

「クレメンタ・ピンクニーは恵みを見つけた」

「シンシア・ハードは恵みを見つけた」

「スージー・ジャクソンは恵みを見つけた」

「エセル・ランスは恵みを見つけた」

「デペイン・ミドルトン・ドクターは恵みを見つけた」

「ティワンザ・サンダースは恵みを見つけた」

「ダニエル・L・シモンズ・シニアは恵みを見つけた」

「シャロンダ・コールマン＝シングルトンは恵みを見つけた」

「マイラ・トンプソンは恵みを見つけた」

背後に並んでいる教会の指導者たちが立ち上がると、オバマは最後に言った。

「神の恵みに導かれて彼らが天国に行きますように」


葬儀が終わると、オバマ夫妻は遺族や生存者たちとそれぞれ面会した。

エセル・ランスの娘、ナディーン・コリエールは障害をもつ子どもたちのためのキャンプを立ち上げようと計画していることを大統領に話した。生存者のポリー・シェパードは死亡者たちだけでなくルーフのためにも祈った。メルヴィン・グラハムは今は亡き姉シンシア・ハードの代わりに大統領をハグした。グラハムときょうだいたちは大統領夫妻と写真を撮った。その中でオバマ大統領の手はメルヴィンの肩に置かれている。ミシェル夫人は癌と診断されたばかりのメルヴィンのもう一人の姉妹の手を取っている。

シモンズ師の遺族はオバマ夫妻に一枚ずつ、彼らが立ち上げた「ヘイトは勝利しない」という運動のロゴ入りTシャツをプレゼントした。数時間後、大統領夫妻は自分たちの写真を撮った。二人はまだ喪服を着ていて、プレゼントされたTシャツの一枚を手に掲げていた。大統領はこの写真をツイッターに上げ、「シモンズ家の人たちをはじめ、チャールストンの被害者の家族みなさんの気高さ《グレース》にとても励まされた」という言葉を添えている。

第二部

癒しを求めて

一五　死の騒しい沈黙

銃撃事件の後、悲しみを吐き出し、地域が一体になったことは遺族たちの心の慰めになった。しかしこうした悲劇がもっと大きなものの象徴になっていく場合よくあるように、事件の被害者全体に対しての支援の言葉は、彼らがもっとも必要としている実際の支援につながるとはかぎらない。遺族たちはそのことをすぐに知った。多くの遺族が葬儀の段取りに苦労し、がらんとした家の重苦しさや生き残ったことへの罪悪感から逃れられず、押しつぶされそうになっていた。

フェリシア・サンダースは息子ティワンザとおばスージーの合同葬儀を大好きなエマニュエルで執り行いたいと思っていたが、それを実現するためには誰に相談すればいいのかがわからなかった。ピンクニー師は亡くなった。シモンズ師もだ。他の公認聖職者たちのことはほとんど知らないし、彼らは教会の運営や電話の応対や心配した訪問者たちを受け入れるので手いっぱいだった。ゴフ師について言えば、彼は教区監督者でエマニュエルの暫定牧師になっているが、銃撃事件後すぐに立ち寄ったときに葬儀について話し合って以来、電話をしても折り返しかけてきてくれなかった。

エマニュエルが漂流しているあいだ、フェリシアは自分の悲しみとショックに耐えながら、なんとか計画を立てようと苦労していた。今やチャールストンは世界じゅうからやってきた弔問客でいっぱいで、祈りの集会は満員になり、エマニュエルの前はごったがえしていた。フェリシアはあふれた人を収容できる場所が必要だとわかっていた。夏のうだるような暑さと、教会と一族の女家長だったスージーを悼んでやってくる年配の弔問客のことを考えると、しっかりエアコンの効く場所が必要だ。

できればその場所をキリスト教関係の施設に見つけたかった。土曜日なら多くの教会の信徒席は空いているのではないだろうか。チャールストンのあちこちで由緒正しい壮麗な教会が空に向かってそびえ立ち、街を見下ろしている。マリオンスクエア周辺だけでも三軒の教会が通りに面して建っている。そのうちの一軒であるエマニュエルの隣の大きな黄色い建物のバプテスト教会が場所を貸しましょうと言ってくれた。しかし土曜日は午後二時に結婚式の予定が入っていて、フェリシアがティワンザとスージーの葬儀を予定しているまさにその時間にあたっていた。

他の場所を探さねばならない。

彼女は友人のアンディ・サヴェジに助けを求めた。このところよく彼に頼っている。アンディは刑事弁護士でフェリシアの一家とは甥がトラブルに巻き込まれたとき以来、もう何十年もの付き合いだった。じっさいアンディはエマニュエルの被害者の多くとつながりがあった。チャールストンは最近急激に成長しているものの、本質的には小さな町であり、古くからの住民たちは互いに何重にもつながりがあった。アンディは公選弁護人ではないのに、住民全員を何らかの形で知っているかのように見えることがよくある。アイルランド系のカトリック教徒である赤ら顔のアンディは南部にやってくる前はニューヨークでタクシー運転手をしていた。それから数十年のあいだに、無視できない存在に自分を築き上げたのだ。彼は容疑者を素手で殴り殺した警官を無罪にする評決を陪審に出させたことがある。もっと最近ではアルカイダの潜入スパイだという容疑をかけられたアリ・アルマーリを弁護した。アルマーリは現在、母国カタールで自由を謳歌している。

しかしアンディは依頼人にとって単なる弁護士ではなかった。人々は司法機関によって悪人であるという容疑をかけられる、人生最悪のときに助けを求めて彼のところにやってくる。じっさい、フェリシアが銃撃事件のあとに助けを求めようと電話したときに彼はウォルター・スコットを射殺した白人警官マイケル・スレジャーの弁護を担当していた。彼は人気のない案件を無料で引き受けている。それは法の手続きの正しさを心から信じているからだ。

また、彼は依頼人やその家族と依頼された法的な仕事が終わっても、個人的な付き合いを続けていることが多い。たとえば今はポリー、フェリシアとその孫娘という生存者三人とともにエセル・ランスの喧嘩中の娘たちをはじめとする死亡者の遺族たちの弁護を引き受けていた。

あふれた人を収容する場所が必要だという問題をフェリシアから聞いたアンディは、チャールストン市長を長年つとめているジョセフ・ライリー・ジュニアに電話して、なにかいいアイデアはないかと訊いた。ライリーはこの街のほとんどの人が生まれる前から市長をつとめているので、町じゅうほぼどこにでもつながりがある。彼のアドバイザーの一人が第二長老派教会はどうだろうと言った。エマニュエルのすぐ裏にある教会だ。アンディ、あそこのクレス・ダーウィン師を知っているかい？

アンディはフェリシアを車で連れていき、ダーウィン師に引き合わせた。

どちらも立派な教会であるエマニュエルと第二長老派教会は、二世紀前からほぼ背中合わせに立っているが、大西洋を挟んでいるかのように互いに遠い存在だった。チャールストンは信仰に関してもとても隔離されている都市で、二つの教会もその例外ではなかった。フェリシアは一ブロックしか離れていないところで育ったのに、第二長老派教会のほうには一度も足を踏み入れたことがなかった。そこは白人の教会で、彼女は黒人の女性だからだ。彼らには彼らの教会があり、彼女には彼女の教会がある。

クレス・ダーウィンはアンディとフェリシアをあたたかく迎えた。元俳優で整った顔立ちをしていて、ラジオのアナウンサーのようななめらかな声のダーウィン師はアンディと同じくニューヨークからチャールストンにやってきた。ただしダーウィン師がやってきたのは一〇年ほど前と時期は違うが。白人の男性である彼は人種混合の活気ある教会を実現したいと願うようになったが、それは彼が想像していた以上に難しい仕事だった。彼の教会の周りはフェリシアが育った家も含む、強い絆で結ばれた黒人住民たちの住む地域に近かったが、すぐに高級住宅地に変わってしまったので、今も信徒のほとんどが彼のような白人だ。

ダーウィン師はやってきたアンディとフェリシアを案内して、黒っぽい巨大な木製の二枚扉を抜け、ひとけのない聖域に連れていった。フェリシアは聖域に足を踏み入れるとすぐに立ち止まった。聖域はバルコニーも含めた全体が輝くような白色に塗られている。祭壇に向かうように敷かれている絨毯は濃い紺色だ。祭壇の上には壁いっぱいに巨大なステンドグラスがあり、描かれたキリストが彼女に向かって両手を伸ばしている。

彼女はつぶやいた。「ここに来るべきだった気がする。ここにいるのはなんだかものすごく正しい感じ」

ダーウィン師は笑みを浮かべた。「そう、正しいですね」

「私はここに来ることになっていた。ここにいるととてもしっくりくる感じがする……」彼女は繰り返した。この場所の本質を理解するにつれ、彼女の注意は他にそれていった。

アンディはティワンザとスージーの葬儀について説明し、エマニュエルに入りきらなかった人々にライブ配信を見せる場所がほしいと伝えた。ダーウィン師は必要なことはなんでもすると明言した。「ここの聖域には九〇〇席の座席があり、チャペルには一〇〇席あります。フェローシップホールは立ち席のみです。それから外にスピーカーを設置することができます」

フェリシアは会話に入った。「案内係を派遣したほうがいいですか？」

「いいえ、私が電話を一本かければ案内係たちが来てくれます」

「水やなにかを送らせたほうがいい？」

「いいえ、こちらですべて用意します」ダーウィン師は言った。「すべてです」

二つの葬儀が終わり、ピンクニー師の弔辞を述べたオバマも街を去ったが、まだ六人を天国に送る儀式が待っていた。翌日、司書シンシア・ハードの遺族が、彼女が生涯信仰した教会に集まった。その後すぐにティワンザとスージーの合同葬儀が続く。五列に並んでいる人々にどんよりとした空気が漂う。彼らは教会内の会場に入ろうと熱望しているが、ほとんどが入れない。群衆の数がどんどん増えていくなか、ポリー・シェパードが背の高い白い建物を目指してやってきていた。彼女の後ろではあきらめた数百人の人々が映像で葬儀を見ようと、第二長老派教会に向かいはじめていた。

しかしポリーは三四年間信仰してきて、理事もつとめている彼女の教会に入ろうと決めていた。自分はあの事件の生存者でもあるのだ。

彼女は事件以来、エマニュエルに足を踏み入れていなかった。これまでに行われた葬儀ではこの難題にぶつからずにすんでいた。教会の管理人だったエセル・ランスと高校の陸上コーチであり三人の子どもの母親だったシャロンダ・コールマン＝シングルトンの葬儀は他の教会で行われたからだ。クレメンタ・ピンクニーの葬儀はアリーナで行われた。

ポリーはエマニュエルの正面の階段を上り、厳重に警備された正面玄関に到着した。エマニュエルの信徒は優先席に座れるはずだったが、入り口に立っていた人が彼女を止めた。信徒席はいっぱいだったし、建物内はどこも弔問客ですし詰めになっていた。シンシアのきょうだいは前の席に座っていた。船員である夫はシンシアの巨大なポスターから二メートルほどのところに座っていた。ポスターは二枚あり、バラ色の布がかけられた棺の両側に立てられている。ヘイリー知事、ライリー市長、連邦下院議員ジム・クレイボーン、連邦上院議員ティム・

スコットらのVIPも前の席に座っている。

誰もポリーのために席をとっておくことを思いつかなかったのだ。

幸い、長年の信徒ウィリー・グリーが彼女を見つけた。長身で年配のリンカーンを思わせる雰囲気の彼はいそいでポリーのところにやってきた。ポリーは動揺しながら、中に入れないのだと説明した。ウィリーはなんとかしてやりたいと思ったが、席はもうフェローシップホールにしか残っていない。ホールに行っても大丈夫か？

ポリーはうなずいた。ありがたい気持ちで彼のあとについて横のドアに向かった。彼女はすでに満員のホールに勇気を奮い起こして入った。あのとき犯人から身を守ろうと隠れたプラスチック製のテーブルの近くだった。悲しみや恐怖や怒りなど、なにかの感情に圧倒されるだろうと思っていた。しかし、麻痺したようになにも感じなかった。

オフィスなら座って、聖域での様子をライブ音声で聴ける。彼女はオフィスに行こうとして、そこらじゅうにエマニュエル・ナイン宛に送られてきた手紙や寄付の品が入った箱が積み重ねられているのを見た。自分のことを考えるのはよくない気がした。なんだか利己的な気がする。特にこんなときには。けれどそこが、あの夜一二人が集まった場所であることも知っていた。

しかし祈りと音楽がはじまると、彼女は考えるのをやめた。人々がシンシアは本が好きだったこと、子どもたちに積極的に関わっていたこと、エマニュエルが再開した日が彼女の五五歳の誕生日だったことなどを語るのを静かに聞いていた。人々はシンシアの笑顔を思い返し、彼女が地元の住宅供給委員会で低所得者の住居探しの手伝いをしていたことを語った。クライバーン議員はシンシアは自分の娘の親友だったと語った。ライリー市長は地元のアイスクリーム屋で働いていたころのシンシアに会ったことを回想した。彼はエマニュエルでの大虐殺は歴史上、一九六三年にアラバマ州で起こった、四人の黒人の少女が亡くなった一六番通りのバプティスト教会の爆弾事件に並ぶだろうと述べた。

スティーブ・ハードは一番前の端の信徒席で、やはり静かに話を聞きながら、広い肩をいからせ、眼鏡越しに宙をにらみつけるようにじっと前を見つめていた。そのうちに体を前後に揺すりはじめる。スティーブの姉妹シーリア・ケイパーズは悲しみを抑えようと苦しんでいる彼の手を握り、膝に触れながら、背中をそっとたたいた。

元ノースカロライナ州上院議員で、シャーロットに住んでいる、シンシアの末の弟マルコムがマイクの前に立った。彼はシンシアに電話するたびに彼女が人々の近況を教えてくれたと語った。最初はいつもスティーブの話だった。すごく働いている。彼は海に出ているのが好きなの……。

マルコムはそれからスティーブを見た。強い個性をもつ二人の男性はあまり目を合わせることはなく、葬儀の打ち合わせ中もそうだった。シンシアの兄弟たちとスティーブはどこの葬儀場を使うか、シンシアはどんな色の棺がいいと思うだろうかとか、誰に弔辞を述べてもらうかで言い争いになった。シンシアの兄弟たちはスティーブのことをそれほど好きではないし、それはスティーブのほうでも同じだった。それでもシンシアの生前は彼らはみなうまくやろうとしていた。彼女のためだった。

マルコムは義理の兄に目をやり、そのしかめた顔や噛み締めたあごに、自分と同じ怒りと混乱を見てとった。

「スティーブ、シンシアはあなたを愛していた」マルコムは言った。

マルコムは間を置いて、最後の力を振り絞るとスピーチを締めくくろうとした。

銃撃事件がなぜ全米の話題になるのか、なぜ話し合うべきことなのかがわかったと述べた。しかしそれと同時に、集まった人々に、シンシアの家族のことも思い出してほしいと言った。

「テレビカメラがいなくなると、議員や役職者はいなくなってしまって、あとに残るのはスティーブと私とジャッキーとロバート……」

マルコムの声が震えた。彼はそれ以上話しつづけられなかった。

スティーブは信徒席で押し黙って耳を傾けていた。シンシアに対する優しい言葉に感謝しながらも怒りが混じっていた。それは前で話をしている人たちも、彼の後ろの信徒席を埋めている人たちも、彼のようには、夫が妻を知るようには、彼女を知らないからだった。誰一人いまの彼のように彼女の手の感触を思い出したり、そのせいでさらにつらくなったりはしないのだ。誰一人、葬儀の後この教会を出て、前庭にシンシアが植えたバラがまだ咲いていて、本棚に彼女の本が並んでいる生気のない家に帰る者はいないのだ。そして彼は確信していた。誰一人、シンシアを失った彼の苦しみの深さをわかる者はいないのだと。

しかし多くの意味で、それをわかる男性がいた。アンソニー・トンプソンはスティーブの二日後に妻の葬儀を行った。アンソニーとスティーブは、二人ともがらんとした家と、もうすぐ引退して新生活をはじめようと計画していたのに空っぽになってしまった人生に直面していた。マイラとシンシアはともに五〇代で、勤勉で、信心深いキリスト教徒で、人を助ける仕事に情熱を注いでいた点も同じだ。シンシアは図書館司書で、マイラは教師とスクールカウンセラーをしていた。しかし夫たちは非常に違っていた。

アンソニーはキリスト教を深く信仰する家庭に生まれ、保護観察官を引退した後、聖職者になった。スティーブは厳しい軍人の家庭に生まれた商船員だ。アンソニーが優しく安定した人柄である一方、スティーブはタフで容赦ない性格だ。アンソニーは話し好きだが、スティーブはぶっきらぼうだ。

アンソニーは犯人を赦した。スティーブは赦していない。

スティーブが妻を埋葬した二日後、アンソニーも妻を埋葬した。

アンソニーとマイラが出会ったのはもう四〇年近く前だった。二人は二時間ほど離れたところにある歴史ある黒人大学の社会人学生だった。アンソニーはある日キャンパスでマイラが必死の表情をしているのを見かけた。彼は彼女を呼び止めて訊いた。なにか助けがいるか、と。マイラはシングルマザーで、まだ小さかった息子ケヴィンが待つ家に帰るためのバスに乗り遅れてしまったのだ。そして二人ともこれからチャールストンに帰ることがわかった。

アンソニーは送ろうと言った。マイラは疑いの目で彼を見た。

しかしアンソニーはどこか無害な感じがして、彼女は彼を信じた。彼はくすくす笑う。話し方が穏やかで屈託のない笑顔のもち主だ。彼は悪態をつかない。共通の知り合いもいた。だから彼女は彼の申し出をありがたく受けることにした。けれど変なことはなしね、と付け加えた。彼女はケヴィンを育てながら勉強していた。彼女はなににも止められなかった。

それからしばらくのあいだ、互いに車で送り合ったりしたが、そのうちに別の道を歩み、それぞれ別の人と結婚して離婚し、長い年月が経ってから再会した。そのときは事情が違っていた。二人は恋に落ちた。マイラはアンソニーの聖職者への転職を応援し、自分も聖職叙任を目指しはじめた。前年のクリスマス前にマイラははじめての説教を行った。彼女は人生のもっとも困難なときに神があたえてくれた土壌のことを話した。「神とは幼いころに母が私の心の中に植えてくれた平安の種であり、生涯私をケアしてくれる」彼女は会衆にそう語った。

マイラの父は彼女がまだ幼いころに彼女の人生から姿を消し、母親はアルコール問題と戦っていて、子どもを省みる余裕がなかった。だからマイラは、親しい友人であり、彼女の訃報の記事に「親代わりに愛情を注いでくれた」と書かれたコークリー夫妻の家に移ったのだった。しかしマイラのたくさんいる生物学上のきょうだいたちはさまざまなところから支援を受けているうちにばらばらになってしまった。晩年になってから、マイラはきょうだい全員を見つけるという仕事に乗り出した。アンソニーは地域をくまなく探し、公共図書館で彼らの行方の手がかりを探す手伝いをした。マイラには一二人の兄弟と三人の姉妹がいたのだから並大抵のことではなかった。マイラは生前に全員を見つけていた。

六カ月後のマイラの葬儀の日、一族は二台のリムジンとバスに分乗するほどの数になっていた。

マイラは亡くなった後の今でも彼らの面倒を見ている。被害者の中では珍しく、彼女は遺言書を遺し、葬儀について明確な指示をしていた。エマニュエルに弔問にやってきた人が見るのは、マイラが望んだ通りの光景なのだ。棺はマホガニー製で赤いバラと白い蘭で覆われている。アンソニーはキリスト教の十字架の模様のネクタイとポケットチーフを身につけて、娘デニース・クエールと一緒にいた。マイラとアンソニーが結婚したときにはよちよち歩きだったデニースは今は三〇代前半になっている。人々は、マイラが教会のシャンデリアの電球が切れたときやトイレが故障したときにみなが助けを求めるような、有能な人だったと語った。

マイラら亡くなった九人はエマニュエルの「Aチーム」だったと語った人がいた。チャールストン市議会議員でマイラの親しい友人だったウィリアム・ダドリー・グレゴリーは、「神はもっともよく熟した実を必要とされた」と言った。

アンソニーは妻が生涯の仕事をやり終えていたことを悟った。神には計画があり、ずっと忠実なしもべだったマイラはその中での役割を果たし終えていたことがわかり、彼は救われる思いがした。けれど彼女がいなくなった今、彼は想像しがたいほどの孤独に直面している。

たった一人でどうやって進んでいけばいい？

葬儀の後、人々は彼に教会の仕事から少し離れ、ゆっくりと悲しむ時間を取るといいと勧めた。けれどアンソニーにはそれこそもっともつらいことだとしか思えなかった。がらんとした家の中で、なにもせずに過ごすなんて、考えただけでも耐えられなかった。人種差別のテロでみながひどく苦しんでいる今、彼は自分の教区の人たちにいつも通りの姿を見せる必要があった。ルーフの保釈審問で、神は彼に発すべき言葉をあたえた。そして彼がこの言葉を発しつづけることを誰も止められはしない。

アンソニーは次の日曜日に演壇に戻った。

マイラを埋葬してから数日後、彼はノートと黒いペンを手にして、彼女が亡くなってからはじめての説教を書いた。四ページにわたって途中で何度も止まってはまた書きはじめ、線を引いて文字を消したり、矢印を入れて言葉を足したりしながら、彼の考えは固まっていった。どのページでも悲劇のときにおける神の計画について、赦しと悔い改めることの大切さについて、そして慈悲を受け取ることについて述べられていた。そして最後は「神はあなたや私に用意しているのと同じ計画をディランにも用意している」と締めくくった。

スティーブ・ハードも妻の葬儀の後、がらんとした家に帰ってきた。彼も空っぽの未来に直面している。けれどアンソニーと違って、彼はすぐに仕事に戻り目的や日常を取り戻すことができなかった。商船員である彼はもともとこの時期は長期間家で過ごすことになっていた。シンシアと一緒に過ごし、彼女の誕生日を祝い、釣りをし、どのテレビ番組を見るかを言い争うはずだった。それなのに現実には仕事の合間の長い無為な時間、彼女を思い出し、彼女が死んだ夜、フェローシップホールで起こったことを考えてつづけて過ごすことになってしまった。

七月のある暑い日、彼はエマニュエルに立ち寄ることにした。妻が死んだ場所に行きたかったのだ。

彼は教会に行くこともときどきはあったが、仕事で一年のうち八カ月は海の上にいるので、エマニュエルの人たちにはあまり知られていなかった。彼は脇のドアのところに到着し、秘書室を通りすぎて、フェローシップホールに入った。エマニュエルが再開して以来、信徒たちがつねにたくさん通っていて、今でさえ人々が歩きまわっていた。スティーブはじっと立ち尽くし、あの夜シンシアはどこに座っていたのだろうとか、誰か彼女を守ろうとしたのだろうかなどと考えていた。

遺族の多くが、もしあの夜自分も教会にいたらどうしていたかと考えたことだろう。スティーブもその例外ではない。気が強く、屈強な彼は、痩せっぽちの白人の若造にタックルして殴るか、シンシアや他の人たちの代わりに自分が弾を受け止める様子を想像した。そこに立っているあいだに心の中でいくつかのシナリオが上演された。どれも結末はシンシアが助かり、ディラン・ルーフが死ぬものだ。

スティーブは現実に立ち返ると、牧師室の近くのテーブルを前に三人の女性が座っているのに気づいた。彼女たちの横には毛布やろうそくや十字架など、被害者の死を悼む人々がエマニュエルに送ってきた品々であふれた箱がいくつも置いてあった。女性たちは袋に詰められた封筒を選り分けているようで、一通一通開封している。現金が入っていると、引き出して別の山に重ねる。小切手は二つ目の山に。手紙は三つ目の山だ。スティーブに気づいたのか、彼の存在を気にしていたのかどうかはわからないが、女性たちはなにも言わなかった。

スティーブはその様子をしばらく見た後、教会を出た。手紙や寄付の金よりも頭の中でまだ上演されているシナリオのほうが気になっていた。教会のスタッフがすべて対応しているのだ、と彼は推測した。彼はシンシアと住んでいた煉瓦造りの平屋建ての家に帰った。今では息が詰まるほど静まりかえっている。どうして帰るはずだったときに家に帰らなかったのだろう？　五月に家に戻るべきだったのだ。しかし船にはまだ仕事が残っていた。他のエンジニアに仕事を渡したくなかった。

だからあの日、彼は家にいなかった。シンシアを守れなかった。

一六　見知らぬ人々の善意

ハリウッド映画の中では、悲劇の生存者には助けてくれる人々がいて圧倒されるほどの支援を受ける。聖職者は聖職者の役割を果たし、姉妹は姉妹を支え、近所の人たちは料理をもってきて、一緒にいてくれる。もちろん、現実の世界ではそうはいかない。期待に応えてくれることもあるし、がっかりさせられることもある。

全国規模のメディア関係者と他の街からやってきた弔問客がチャールストンを去っても、なにか支援をしたいという見知らぬ人々からの寄付はどんどん届いていた。くる日もくる日も世界じゅうからの郵便が詰められた巨大な袋や箱がいくつも配達されてくる。すぐにフェローシップホールの周りの部屋は、寄付で少しはつらさをなだめたり、一人ではないと思ってもらえたりするのではないかと考える善意の人々からの小包や封筒でいっぱいになった。そのほとんどにいくらかの現金が入っていた。ボストンのヘッジファンドのマネージャーからは一万ドルの小切手が送られてきた。小学生は箱にカードと一緒に四七ドルを入れて送ってきた。

教会宛の封筒が多かったが、その中に「エマニュエル・ナイン」の遺族を支援するために寄付したいと書いている手紙が入っていることもあった。さらに、AMEエマニュエル教会宛の封筒でも、「注意：ティワンザ・サンダースの遺族に」とか「ジェニファー・ピンクニーに」などのように特定の遺族宛と考えられるものもあった。

教会側は葬儀や動揺している信徒のケアだけでも手いっぱいで、押し寄せてくる寄付金の処理を優先する余裕はなかった。そのことを教会の秘書アルテア・レイサムは心配していた。現金と手紙を別にしてしまったら、送り主が意図した相手に届けられないかもしれない。マニュアルをつくるとか、誰かが管理するとか、大金だから外部の誰かが監視するとかしたほうがいいのではないだろうか？　それに送られてくるのはお金だけではない。カードや絵や十字架や聖書など、ありとあらゆるものが届いている。

こうしたものにどれだけの価値があるか誰がわかる？

ある朝、アルテアは長い一日になるので早く仕事をはじめようと午前八時に教会に出勤した。教会の郵便投入口に投げ込まれたものを受ける箱は、彼女が昨夜空にしたにもかかわらず、もういっぱいになっていた。これでは処理しきれないと感じた彼女は、エマニュエルの財務担当者に不安を訴えた。

「あまりにも多くのお金が送られてきています。記録を取る人を置く必要があります」彼女は言った。しかし彼女の懸念は無視された。それどころかこのことを訴えるたびに冷たい態度を取られている気がした。考えすぎだろうか?


アルテアはチャールストン周辺の人たちが「エマニュエル・ナイン」のための基金を集める活動をしているのを不安な思いで見ていた。詩人は詩を書く。画家は肖像画を描く。キルト製作者はキルトを縫う。シェフは食欲をそそる料理を作る。音楽家は曲を書き、トリビュートコンサートを開いた。賛美歌を書いた牧師までいた。ゴフ師は集まりつづけている寄付の受け入れ先として、教会は「ムービング・フォワード・ファンド」という口座を開設したと発表した。主な目的は遺族が必要とする「経済的、宗教的、精神的な」支援を確実に行うためとのことだった。アルテアは教会にどれほどの金額が流れ込んできているかを知っているだけに、その言葉どおりになればいいと思った。

一方でチャールストンでは半ダース以上もの基金が誕生し、その中にはチャールストン市が設立した「ザ・ホープ・ファンド」もあった。さまざまな基金に個人や企業から何百万ドルもの寄付が投ぜられた。寄付した個人には富裕な人もそうでない人もいたし、寄付した企業はボーイング、ブラックバウド、フットボールのカロライナパンサーズ、スターバックス、グーグル、ダイムラー、ボルボなど多数だった。ピンクニー師の名前を冠した、遺族らエマニュエルに関係する人々が対象の奨学金制度には、州外の匿名の人物から三〇〇万ドルが寄付された。

事件の一ヵ月後、ゴフ師は世界じゅうの善意の人々から二〇〇万ドル以上が直接エマニュエルに寄せられたと発表した。さらにその寄付金のほぼ全額は教会そのものに宛てたものなので、一二四年前に作られた聖域のシロアリによる損害の修復やエレベーターの完成工事や教会所有の家の維持費用の一部にあてると続けた。遺族にどれだけの金額を回すつもりなのかについてはなにも言わなかった。

事件から二ヵ月経っても、遺族たちのもとには寄付金をどのように、いつ分配するかについてゴフ師からの連絡はなかった。遺族や生存者たちは待っていた。支払いはたまっていき、緊張感は増していた。疑いも募っていた。なぜこんなに秘密主義なのか？

地元のジャーナリストたちは寄付の詳細についてさらに訊いたが、教会の新しい弁護士はゴフ師は今も三〇近い教会を監督しながら、このような大惨劇の後のエマニュエルも運営することになって非常に負担が大きいのだと説明した。弁護士ウィルバー・ジョンソンは時間がかかりすぎているせいで不安を招いていることは理解しているが、必ず答えるので辛抱強く待ってほしいと付け加えた。

「教区監督者としてのつとめもあるのに、暫定牧師になるよう頼まれて引き受け、それぞれトラウマになるような大きな事件を経験した信徒たちがいるので、手が回っていないことがたくさんある」と彼は言った。「教会がそうしたことに対応できるようになるまで、もうしばらく時間がかかっても私は驚きません」

ゴフ師は悲しみとトラウマで混乱した今の状況に優先順位をつけようとしていた。しかし、それを行うのに、攻略本も、神学校の研修も、同じ経験があって相談できる同僚もいない。牧師が亡くなり、他の聖職者たちのほとんども殺されてしまった教会をどうやって運営していけばいい?

まず彼は殺到している公共機関やメディア、被害者の死を悼む人々からの注目への対処を学ばなければならなかった。その対応の中でも九回の葬儀がまずは最優先だった。しかし彼は毎週の礼拝を自分が執り行おうと決めてもいた。エマニュエルのすべてが変わってしまったように感じられる今、信徒に混乱の中でも変わらないものがあると感じさせられる人物が説教壇に立つことが必要だ。ピンクニー師は亡くなった。シモンズ師は亡くなった。マイラもスージーもエセルもシンシアもティワンザもデペインもシャロンダも、みな亡くなってしまった。それでも変わらないと感じさせるのは容易なことではない。経験豊富な者でなければならないだろう。事件がこれほど有名になってしまったおかげで信徒席に新しい人々がたくさんやってきていた。日曜日の礼拝や水曜日の聖書研究会には聖域に世界じゅうから訪問者が詰めかけている。テレビ局のクルーやチャールストン周辺、サウスカロライナ州、国からのVIPもやってくる。

ゴフ師は事件の夜に公認されたブレンダ・ネルソン師にも聖書勉強会を担当してもらうことにした。聖書勉強会はさらに訪問者が増えて一大イベントになっているので、福音を広めるいい機会だ。これこそイエスの指示通りだ。前に進み、信者を増やせ。神は我々に福音を説き、キリスト教を広める大いなる機会をくださったのだ。だからその通りにしよう。

ゴフ師は水曜日と日曜日の準備の合間に、エマニュエルのために、あるいはエマニュエルでイベントを開催したいと相談するために際限なく流れ込んでくる人々のために牧師室のドアを開け放したままにしていた。追悼行事。公衆衛生のイベント。銃暴力に関するイベント。チャールストンの近くで行われる人種関係や銃暴力、公民権などについての大規模なディスカッションにエマニュエルの運営者として参加してほしいという者もいた。選挙で選ばれた役職者たちは彼と話がしたいと言ってきた。人々は彼に会いたがっていた。そしてノーベル・ゴフはスポットライトを浴びることが嫌いではないということが、みなわかってきた。

ゴフ師はこのすべてに対応し、さらに教区監督としての通常のつとめも果たさねばならなかった。スケジュールが詰め込みすぎになってしまうことが多く、彼が生存者の家庭を再び訪れることはなかった。しかし日曜の礼拝には必ず説教壇に立っていた。

八月、ジェニファー・ピンクニーは銃撃の数週間前、夏休みのために離れた赤煉瓦造りの小学校校舎に戻ってきた。校舎は何も変わらず、静かな地域の奥に建っていて、休みに入って以来、世界にはなにも起こっていないかのようだった。ロビーに入っていくと、壁に描かれた沼地の植物と小鳥の絵が彼女を迎えてくれた。教室に続く長い廊下のカナリアイエローと図書館の壁のレゴブルーから、前に進むように、いま死ぬほど必要としている日常に戻るように、誘われている気がした。壁にある前と同じ言葉が彼女を迎えてくれた。「今日の読者《リーダー》は明日のリーダー」

他の教師たちは彼女を見かけると、ほとんどが近づいてきてハグしてくれたり、悲しみの言葉をかけてくれたりした。なかにはこれまで彼女に注意を払っていなかった人もいた。ある人は笑顔を浮かべてジェニファーに駆け寄ってきた。

「旦那さんが上院議員だったなんて知らなかったわよ！」

ジェニファーは礼儀正しく微笑んだ。しかし心の中ではこうつぶやいていた。それがなんだというの？

彼女は本棚の並ぶ居心地のいい図書館に逃げ込むと、静けさの中に身を潜めた。それも長くは続かなかった。生徒たちが学校に戻ってくると、そのエネルギーは子どもサイズの椅子には収まらない。ジェニファーはガラス張りのオフィスのドアを開けて中に入り、コンピューターを起ち上げた。ここで日常に戻るのだ。自分の生活を守るため、いや、それよりも二人の娘たちの生活を守るために、できるかぎりいつもの暮らしに戻るのだ。

今となってはチャールストンから二時間離れた場所に住んでいることがありがたかった。なにがあったのかをつねに思い出す状態は避けられるし、普段通りの感じをいくらかでも得られるからだ。二人の重要な人たちの助けも得られる。クレメンタの葬儀以来、ジェニファーはクレメンタの同僚の上院議員で弁護士のジェラルド・マロイに寄付に関する面倒な法的な手続きなどで頼るようになっていた。それからカイロン・ミドルトン師にもエマニュエル関連の対応で助けられていた。特に彼が定期的にエマニュエルに立ち寄って郵便など彼女宛てのものを取ってきてくれることには感謝していた。おかげで彼女は行かないですむ。

ある日、彼から郵便の袋を届けにいくとメールが来た。帰宅して袋を開けてみると、アメリカじゅうから来た祈りとお悔やみの言葉が書かれた手紙やカードが何十通も入っていた。そのあたたかいメッセージにジェニファーは感謝の気持ちでいっぱいになった。

しかし何通かの封筒については気になるところがあった。彼女に宛てたものだがエマニュエルに送られているか、持参されている。これは手紙の送り主が彼女の連絡先を知らなかったからだ。ディラ・ルーフの家族や友人があまりに近くに住んでいることがわかっているので、彼女は自宅の住所を明かさないようにしていた。関係者がその近さを知った上で関わってくるとしたら嫌だったからだ。ルーフの差別思想がどのくらい彼らのあいだに届いていたのかわからない。ジェニファーはルーフが夫ピンクニーを狙って殺しにきたのではないかと強く疑ってもいた。まだ若く世間知らずに見える彼が単独で凶行を犯せるだろうかと思ってもいた。

彼女はカイロンに電話をした。「封筒が開けられているのはなぜ?」

「わからない」

カイロンは袋を開けずに彼女に届けていたからだ。

手紙が開封されていたのはジェニファーだけではなかった。遺族のほとんどがそうだった。こうした封筒が入っている大袋には誰かの字で「空」と書いてあった。被害者の親族はみなすでに寄付金の処理の透明性について疑いを抱いていたが、今やそれが噴出した。八月になっても、教会から寄付の総額や遺族に分配する時期についての回答はなにもなかった。

数日後、エマニュエルの信徒で、いつも教会のゴシップ情報を教えてくれる友人から電話があった。

「ねえ、信じられない話よ！」

ゴフ師が最近クレメンタの秘書を解雇したというのだ。

ジェニファーはアルテア・レイサムが好きだったし、クレメンタも彼女を気に入っていた。アルテアは事件のあと数日間、教会の事務の電話を個人の携帯電話に転送して対応してくれていた。警官もニュースメディアも事件を悼む人も、みなエマニュエルに電話をしてきていた時期だ。ジェニファーが電話すると、アルテアはいつも折り返しかけてくれた。

電話してきた友人の話によると、その日の朝アルテアが教会に出勤すると、一人の女性にエマニュエルの人事委員会からの手紙を渡された。会長である女性のサインがあり、ゴフ師と教会の理事たちと管理人たちにも同送メールで送られていた。内容は簡素で冷たいものだった。この文書はすぐに効力を発する。アルテアとの雇用契約は更新されない。理由はなにも書かれていなかった。アルテアは六三歳で子どもはまだ大学生なのに、職を失ってしまった。

ジェニファーは信じられなかった。エマニュエルはどうなっているの？

一七「聖書を取り戻したい」

重苦しい衝撃の波が去ると、フェリシア・サンダースは数字、それも特に一二という数字について分析しはじめた。キリストには一二人の使徒がいた。聖書にはイスラエルの一二の部族について書いてある。フェリシアは一二歳で母を亡くした。そしてあの夜、聖書勉強会に集まったのは一二人だった。もしティワンザが間に合わなかったらどうなっていただろう？　神を信じる者が一一人しか集まらず、不完全な数字になっていた。

彼女は日付についても考えた。主に六月一七日について。もちろん聖書勉強会で九人の人が亡くなった日だ。六月一七日の二四時間前には、地元の化学プラントが爆発している。彼女の夫ティローンはそのプラントで働いていたが、その日は休みを取っていた。

プラントでも九人が亡くなった。

そして聖書勉強会の翌日六月一八日には、フェリシアの自宅からほんの数キロメートルのところにある大規模な家具店で火災が起きている。ここでは九人の消防士が命を落としている。

それからここでまた、彼女の人生にデンマーク・ヴィージーが登場する。公式の「裁判」の記録によると、白人の為政者たちに奴隷の反乱を企てているとかぎつけられたヴィージーは、即座に実行の日を日曜日である一八二二年六月一六日の真夜中に繰り上げた。時間がなかったので、実際に反乱が蜂起したのは日付が変わった六月一七日になってからだった。

これらすべてにはどんな意味があるのだろう？　神は彼女になにかを伝えようとしているのだろうか？　いつかそれがわかるかもしれない。確信はないし、それを訊くべき聖職者もいない。事件から二カ月後の今、彼女はいまだに聖書勉強会に行けなかった。日曜の礼拝には出るようになったが、その前には飲食を控えるようにしている。フェローシップホールの後ろの隅にある化粧室に行かなくてすむようにするためだ。

信仰上の助けがほしかった彼女はゴフ師に電話をした。聖書勉強会に復帰したかった。「でも事件があったあの部屋に入りたくないんです。二階の聖域に場所を変えてもらえませんか？」

ゴフ師は検討すると言った。しかしそれより前にやらねばならないことが山積していた。多くの信徒たちが、フェローシップホールで行われる聖書勉強会のような教会の日常的に変わらない部分にすがりついていた。事件後に再開した当初からホールはいつも通り、定例のイベントやミーティングに使われた。それを変えてしまったら、つらい思いをする人たちがいるからだ。変わらずに続けることで悪に負けていないと彼らに示せる。また、毎週何百人もの訪問者たちがやってきているので、これから信徒になるかもしれない人々に神の言葉を広めるいい機会でもあった。

ゴフ師は複雑な状況にいた。もし彼が折り返し電話をかけ説明していたら、フェリシアは彼の立場を理解できただろう。しかし彼は電話をせず、彼女はずっと、聖書勉強会の会場を聖域に移動する件についての連絡を待って過ごした。しかし何週間経ってもそれは来なかった。さらに悪いことに、フェリシアが後に日曜日に教会に行った際、ゴフ師は聖書勉強会は新たにやってくる人で大幅に参加者が増えていると熱心に話していた。

「ご友人を連れてきてください！」ゴフ師はそう誘っていた。

これ以上ないほどの侮辱に思えた。エマニュエルは派手な見せびらかしや教会自体のことばかり考えすぎていて、信徒のケアを十分に行っていない。最近聞かれた被害者の追悼行事でも、座席案内係はフェリシアとティローンを後ろのほうにある「予約席」に座らせた。そこからでは息子のためのキャンドルがほとんど見えなかった。物心ついてからずっと忠実に信仰し、税を納め、ボランティアをし、礼拝してきた彼らがいま教会を求めていることなどまるで意味のないものであるかのようだった。

フェリシアの胸に怒りが忍び込んだ。彼女はそれが何よりも怖かった。もしもルーフを赦さず、ゴフも許さず、神の言葉という種を植えるべき肥沃な土壌を用意できなかったら、彼女は天国に行けない。そして天国とはティワンザに会える場所なのだ。


事件の後、警察が回収していた被害者の身につけていたものは、検視官事務所から返却された。事務所の女性がフェリシアのバッグを見つけ、きれいに洗ったうえで届けてくれた。フェリシアは彼女にとても感謝したが、本当に取り戻したいのは聖書だった。

「お返しできるような状態ではないの」その女性は警告した。

「いるわ。取り戻したいの」

「あなたがあれを欲しがるとは思えない」

「他のものはなにもいらない。私の聖書を返してほしいの……」

しかしその聖書は、遺族に返すには損傷がひどすぎると思われるものと一緒に処分に回されていた。

このやりとりを知ったジェニー・アントニオ警部補は、フェリシアの願いを無碍《むげ》にはできないと思った。ジェニー自身が敬虔なカトリック教徒であり、悲嘆に暮れる母にとって聖書がどれほど大事かをわかっていた。それに彼女は以前、FBIの緊急対応チームと仕事をしたことがあった。緊急対応チームとは、被害者が多数出た事件で地元警察や被害者支援の手助けをするために駆けつける人々だ。チームのメンバーはサンディフック小学校銃乱射事件などを扱い、そこで多くを学んでいた。子どもが犠牲になって打ちのめされている人々のなかには、バックパックや絵など子どもの持ち物を、どんなに破損していてもいいからと欲しがる人が多かった。彼女は、血が染みついたほとんどのものを元に戻すことができるテキサスの会社も知っていた。

だから事件の五日後、ジェニーはFBIの担当者に電話をし、車で倉庫に向かった。エマニュエルの遺品のうち、感染などの危険があり清掃スタッフが処分に回したものを収めている倉庫は二つある。そのうちの一つの倉庫で、九人の生と死の証が詰まった蓋付きの大きなプラスティック容器を見つけ、引っぱり出した。息が詰まるような暑さのなか、ジェニーは手袋をして、暗赤褐色のシーツのようなものにべっとりとくっついている紙類をかきまわして探した。

そして血が染み込んだ黒っぽい革装の聖書を見つけた。聖書には弾丸が突き刺さっていた。表紙を開き、くっついているページをそっと剝がしていく。ページとページの間に破れた小さな紙片があった。それは領収書のようなもので、名前が書かれている。フェリシア・サンダース。

ジェニーは聖書を注意深く包装するとテキサスの会社に送り、二カ月後に郵便小包が警察宛てに送られてきた。

曲がりくねった道を車で飛ばし、ジェニーはサンダース家の玄関のドアをノックした。フェリシアの瞳は悲しみに曇っていたが、歓迎のしるしに微笑んでくれた。捜査関係者から彼女の存在を知った近所の見知らぬ人や、突然現れる遠い親戚や友達の友達まで、際限なく訪れる人々と話をしなければいけないことが生存者にとって大きな負担になることをジェニーは知っていた。だから手早くすませることにした。

包みを受けとったフェリシアは中を開け、薄い紙をそっと横へのける。そこには黒ずんだ聖書があった。彼女が「この世にいるあいだのマニュアル」と呼んでいる聖書が。表紙を開くと、中のページの薄い紙はうっすらとピンク色に染まっていた。誌面の大きな破れ目から、何ページ分もの紙を弾丸が貫いていたのがわかる。しかし、弾丸を浴びても、血塗れになっても、そして洗浄された後の今でも、神の言葉は黒くはっきりとした太い文字で、彼女のためにそこに並んでいた。

神は今も彼女とともにいる。

ある日ポリーはフェリシアの自宅を訪ねた。二十年来の友人である二人は神と教会、善と悪、過酷な試練を経験した後に抱いたたくさんの信仰上の疑問について話し合った。聖書勉強会のことや、あの男が七〇発以上の弾丸を撃ちまくったのに自分たちが生還できたのはどれだけ奇跡的なことだったのかを話しているうちに、ポリーは旧約聖書の火についての話を思い出した。黄金の彫像を崇拝するのを拒否した三人のユダヤ人たちが業火に包まれるという話だ。焼き殺される危機に直面しても神を信じる三人の心は揺らがず、そしてもちろん、炎の中から無傷で生還した。

ポリーはテーブルの下で、声に出して同じ神に祈った。彼女は今でも、あのとき際限なく鳴り響いた銃声とルーフが何度も何度も弾丸を装塡しているときの音が耳から離れない。しかしポリーとフェリシアとその孫娘には、弾は一発も当たらなかった。

「私たちは炎の中にいた」ポリーは床を見つめながら静かに言った。

「それなのに私の被害は脚がひりひりしただけ」フェリシアが付け加えた。彼女は至近距離で爆発する弾丸の熱さを今も感じることができた。「私たち三人は傷一つなく帰ってこられた」

けれどそれは一体なにを意味しているのだろう？　フェリシアはセラピストに相談した際に自分の疑問を話した。

「私ができるのは医学的な支援なので」女性セラピストは答えた。自分にできるのは薬を処方し、セラピーを受けてもらうことだけだと。「だから信仰上のことではお役に立てません。そういう相談をできる人が誰かいますか?」

　いなかった。今まではスージーおばさんや、亡くなった五人の聖職者たちに相談していた。今となっては誰に訊けばいい?

　ゴフ師は葬儀の前に訪問してくれたが、その後来ていない。フェリシアはどうしても誰か聖職者に「神はあなたを見捨てていない。神は今もあなたとともにある」と言ってもらう必要があった。それだけでよかった。神がこの試練を乗り越えさせてくれると保証してもらうだけでよかった。けれどそう言ってくれる人をどこで探せばいいのかわからなかった。ゴフ師のことはよく知らない。彼のほうも彼女を知らない。フェリシアは自分のために何かしてほしいと強引に頼んで目立ってしまうのがいやだった。それが聖職者に自宅を訪問してほしいという願いであっても。

　だからある日、彼女は親しい友人で弁護士のアンディ・サヴェジに電話をした。アンディは話を聞いてくれた。それから彼女に、ティワンザとスージーの葬儀の際に収めきれない弔問客を収容する場所を探して第二長老派教会へ行ったとき、どんな感じがしたか思い出してごらんと言った。あの教会は、なんというか、しっくりくる気がしたと彼女は答えた。アンディは彼女のために第二長老派教会の牧師クレス・ダーウィンに電話をかけてくれた。

　第二長老派教会の前をそれまでに何千回も通っていたのに、フェリシアは中に入ったことがなかった。それと同じように、クレス・ダーウィンもエマニュエルに入ったことはなかった。

けれど、彼はすぐにフェリシアの相談に乗ると言った。もちろんフェリシアのことを覚えていて、彼女にまた会えるのを喜んでいた。

そして二人はダーウィン師の牧師室で再会した。ダーウィン師は木製の大きな机の向こうから本がぎっしり詰まった本棚の前を通って、彼女をソファと椅子がある応接コーナーに案内した。そこで二人は座り、話をした。二人で泣き、そして祈った。

その後も同じ場所で会った。それからもう一度。すぐに水曜日の朝は彼女の疑問について話し合う時間になった。フェリシアはダーウィン師にかつてなかった印象を抱くようになった。それまではいつも自分の教会の聖職者に対してきちんとした話し方をしてきた。AME教会は厳格な階級制度のある組織だった。聖職者たちは階位が上がればそれだけ深く尊敬されたし、フェリシアは教会の権威をとても重んじていた。

それが今は消えてしまった。トラウマのせいで彼女はそうした飾りにはかまっていられないほど傷ついていた。それに、そもそもダーウィン師は彼女の教会の牧師ではないのだ。本当に。

エマニュエルは今も彼女の家だ。

けれどダーウィン師は信頼できて博識だった。彼は彼女に電話をくれる。毎週面会の約束を守ってくれる。彼女を心配している様子を示してくれる。だから彼女は牧師室で泣きじゃくり、怒り、我を失った。

あるとき彼女はこう叫んだ。「自分の人生の目的がなにかなんて知らないわ!」彼女は、そのうちわかるだろう、十分に祈れば神はそのとき示してくれるとダーウィン師が言うものと思っていた。しかし彼は身を乗り出して訊いた。「あなたは、自分が人生において期待されていることをすでにしている、と考えたことはあるかな？」

エマニュエルで起きたことは人々に行動を起こさせ、無意味なことがきっかけになって意味のあることがなされることを実証した。彼女が口にした赦しの言葉が銃乱射事件の後の平和を守る助けになった。さらにその言葉はアメリカじゅうを刺激し、神の愛は銃乱射男の邪悪さよりも強いことを知らしめた。彼女はこれからも赦しの言葉を言いつづけられる。

神は彼女の人生に目的をあたえていた。あとはそれに気づけばいいだけだ。

しかしダーウィン師の言葉は、フェリシアが望む言葉ではなかった。彼女は、人前に出て赦しや人種の平等など社会的な大きなメッセージを宣伝するつもりはなかった。注目を浴びるのは好きではないのだ。それは本来ティワンザがするべきことだった。満面の笑顔と大きな心、大きな夢をもった彼にはぴったりの役割だ。人々に話をするのが好きだったし、人々は彼の話を聞くのが好きだった。

フェリシアは帰宅すると、亡くなった九人の写真を手にとり、彼らの笑顔をじっと見つめた。彼らがもっていた才能と信仰に関する知恵を思った。私なんかよりずっとふさわしい。世間に出ていって、みなに神や赦しについて語る準備が彼らにはできていたはずだ。

フェリシアはエマニュエルの指導者たちからの連絡を変わらず待っていたが、ついぞ音沙汰はなかった。だが、そのあいだにヘイリー知事から驚くような依頼があった。

「お宅にうかがってもいいですか？」

ヘイリーはフェリシアに会わずにはいられなかった。直接話して、彼女の苦しみすべてを自分がどれだけ悲しく思っているかをどうしても伝えたかった。事件後、死亡者にはたくさんの善意が向けられていたが、ヘイリーは生存者たちが心配だった。ある意味、自己中心的な行動であるのはわかっている。けれどどうしてもフェリシアの無事を確認したかった。

それに、人種差別により人を殺した男を赦した女性のことを知りたかった。自身もキリスト教を信仰しているヘイリーはこう思っていた。自分だったら同じことができただろうか？

フェリシアはヘイリーを自宅に招くことを了承した。

数日後、ヘイリーはスタッフ二人とSPを伴い、黒いSUVでフェリシアの自宅へ向かった。住宅街を貫ぬく二車線の通りを曲がり、建ち並ぶ家々の前を通りすぎたときポーチに南軍旗を掲げている家が一軒あった。その後、二本の大きなライブオークの木に挟まれたサンダース家の長い私道に入った。

ヘイリーはSUVから蒸し暑い夏の空気の中に降り立った。知事として、母親として、なによりもこの家の中にいる想像もできないような惨劇から生還した女性を心配する者としてやってきたのだ。正面玄関の階段を上り、白い柵のある長いポーチを進んだ。フェリシアと夫のティローンが玄関のドアを開け出迎えた。

ヘイリーはティワンザの葬儀に参列していたので、フェリシアとティローンをそのとき見ていたし、南軍旗を撤去する式典の際にも見かけていた。けれど今回のようにちゃんと対面したわけではなかった。フェリシアはヘイリーを、玄関を入ってすぐのリビングに通した。ソファと椅子が二脚に、ティワンザの写真がある。フェリシアが、お好きなところに座ってくださいと勧めると、知事はフェリシアの正面に座り、ティローンも加わった。

サンダース夫妻が来訪に感謝の意を伝えた。しかしヘイリーは、二人は自分を警戒しているだろうと考えていた。知事がどうしてうちに来たのだろう？　ここに来ることでどんなメリットを期待しているのか？　そう思っているのではないかと。

ヘイリーはフェリシアに、南軍旗を撤去する法案に署名した九本のペンのうちの一本とともに、きちんとたたまれたアメリカ国旗を差し出した。ティワンザを記念して州議事堂に掲げられていたものだ。サンダース夫妻は少し緊張を解いた。フェリシアはテレビから銃声が聞こえると、あの恐ろしい瞬間が蘇ってしまうことを語った。

フェリシアが悲しみに暮れ、打ちひしがれているように見える一方、ティローンはいらいらして、荒れているように映った。ヘイリーは一瞬、悲しみに対する反応が人によってここまで異なることに思いを巡らせた。

そして、二人にティワンザの話をもっと聞きたいと言った。

フェリシアはにっこりと笑った。息子の詩や冗談や夢の話をした。スキンヘッドで屈強な体格、堂々たる声をしたティローンは、ライオンキングの歌を聞くとかわいい息子のことを思い出さずにいられないと認めた。ティワンザは彼のシンバだった。それから孫娘の話になった。あの現場から生還したかわいい小さな女の子にできるかぎり普通の生活を送らせようと、どれだけ努力しているか。この家は長年のあいだにたくさんの子どもを受け入れてきた。自分たちの子ども、家族の子ども、友人の子ども、そのほかの人の子ども。フェリシアはどの子のことも愛し、救いたかった。それなのに自分の息子を救えなかった。

涙を流すフェリシアにヘイリーがティッシュを差し出した。知事が泣くと、こんどはフェリシアがティッシュを手渡した。

「どうしたらあなた方の助けになれるのか教えてください」最後にヘイリーが訊いた。

フェリシアは、ヘイリーが今までに見たこともないほどの悲しみを浮かべた目で見返した。フェリシアの返答は政治にも、銃規制にも、人種間の関係にも、ヘイリーがよく聞くような事柄とは何も関係がなかった。フェリシアは信仰面での指導がどうしても必要なのだと言ったのだ。夫妻はなぜ息子がフェリシアの目の前で、教会、それもずっと信仰してきた自分たちの教会で、みなを守ろうとして死んでしまったのかを知りたかった。この惨劇における神の意図を知らねばならないと思っていたのだ。

一時間以上話した後、ヘイリーはそろそろ帰るべきだと感じた。歓迎に甘えて長居しすぎたくなかった。互いに別れの挨拶をし、ヘイリーはSPが控えている正面のポーチに出た。車にもう少しで着くというところで、背後のポーチからフェリシアの声が聞こえた。

「私はあの子に愛していると言ったんです」彼女は大声で言った。「そしてあの子は俺も母さんを愛していると言ってくれたんです」

銃乱射事件から二カ月が過ぎた八月の半ば、エマニュエルが秘書アルテア・レイサムを解雇したほんの数日後、フェリシアはゴフ師に手紙を書くためパソコンに向かっていた。彼女はもともと騒ぎを起こすのは好きではなく、できるかぎり争いを避けてきた。教会の序列は尊重している。それでもどうしても助けてほしかった。だからこう書いた。

ゴフ牧師様

牧師様がお気づきでないかもしれないことをお知らせするためと、AME教会に対する私の気持ちをお伝えしたくこの手紙を書いています。まず、わかっていただきたいのは、私がどれだけ見捨てられたと感じているかです……。

六月一七日の聖書勉強会で、私はとても多くのものを失いました。教会の仲間九人を失い、そのうちの三人は私の家族でした。その喪失に加え、私と私の孫娘はその場にいました。八月一五日現在、マザー・エマニュエルとAME教会の聖職者の方々は誰も連絡をくださっていません。祈りや言葉をかけてくれるために、電話してくれた人が一人もいないのです。私はとてもつらいときを過ごしています。

自分は神を愛していると説明した。彼女は忠実な信徒なのだ。これまでにエマニュエルでつとめてきたたくさんの役割のリストが書かれている。理事、管理人、案内役の委員会。乳癌と闘病していた時期だって、階段を上れるようになるとすぐ教会に戻ってきた。教会にずっと仕えてきて、今は教会の助けを必要としている。ゴフ師はたくさんの牧師たちを監督しているのに、そのうちの誰かが電話をくれたり、訪ねてきてくれたりもしないのはどうしてだろう？

「牧師様への敬意がないというわけではありません、ただ三一の教会の副牧師の誰一人、私に手を差し伸べてくださらないことが信じられないのです。私は息子の死を悲しみ、そのほかの八人の信徒たちを亡くしたことを悲しみ、さらに私の教会とのつながりを失って悲しんでいます」そう彼女は綴った。

さらに、聖書勉強会に復帰できないつらさについても書いた。どうしてもまた出席したいのに、今も会がフェローシップホールで開催されているので行けない。その件についても誰からも連絡がない。

愛している教会とAMEの宗派に裏切られたと感じ、とても落胆しています。今も生きている生存者、特に私フェリシア・サンダースとその孫に対する配慮のなさ、信仰上の導きや福祉のなさが理解できません。

彼女はこう問いかけて手紙を締めくくっている。「私の教会に頼れないなら、誰に頼ればいいのでしょう？」そして署名は「忠実な信徒　フェリシア・サンダース」だった。

フェリシアはこの手紙をエマニュエルに送った。そして彼女とティローンは、教会のオフィスにもコピーを自ら届けている。

ゴフ師はその翌朝電話をかけてきて、手紙を受け取ったと言った。フェリシアは魂の導きを必要としていることをあらためて訴えた。彼自身でなくてもいい。監督している教会の牧師の誰でもいいから助けてほしいと。

「いや、私が相談に乗りましょう」彼は約束した。日時を決め、電話越しにともに祈った。

もう一度、フェリシアは希望を感じた。彼が自宅にやってきて、神について、悪について、私と苦しみについてのたくさんの疑問について話し合うときが来るのを再び待った。

しかしまた、彼はやってこなかった。


事件後ずっと、ティワンザの寝室には鍵がかけられていた。そしてあるとき、孫娘が鍵をなくしてしまった。フェリシアがゴフ師の来訪を待っていたのに来なかった日、彼女とティローンは鍵の業者に電話することにした。息子の存在をまた感じることが必要だったからだ。業者の男性がドアを勢いよく開けると一枚の紙が舞い上がってひらひらと床に落ちた。

ティワンザが書いた詩だった。題名は「人を閉め出す理由」。

部屋じゅうに彼の書いたものが貼られている。二六年間の人生が終わった後も永遠に彼の考えは消えはしないのだ。彼は理髪師であり、社会意識の高い詩人、サンダース夫妻の末っ子「ワンザ」だった。夏に孫たちが訪ねてくると、ティワンザは子どもたちが一日じゅう家でじっとしていなくていいように、夏のキャンプをはじめる。子どもたちを外に連れ出してサッカーをし、外が暑くなりすぎると家の中で算数や英語を教えた。
昨年の夏の終わり、彼はインスタグラムに三人の女の子がにこにこしながら彼に身を寄せている写真を載せた。「Camp@fresh-wanzaは終了しました」と書き、眉間にしわを寄せた顔の絵文字を添えた。彼はこの女の子たちを褒めて、きっと将来すごい学校に行くと書いている。この投稿には、彼の人生観がよく表れたハッシュタグがいくつもつけられていた。#grindovermatter #ambition #determination #moneymotivatemoney #success #believe #giveGodcredit #thankyou
「他人の人生に影響をあたえない人生など重要ではない」インスタグラムのアカウントはジャッキー・ロビンソンの言葉の引用を最後に、もう更新されることはない。
業者が帰った後、フェリシアとティローンは息子の存在をひしひしと感じる寝室の真ん中に座っていた。ティワンザの詩、文章、彼の古い自転車、本、楽器。ティワンザの人となりを感じられるものがそこらじゅうにあって、まるで彼が家族のためにそこに置いていったかのようだった。フェリシアとティローンは部屋を出ると再び鍵をかけた。ティワンザの魂を外の世界から守るために。

八月が九月にその場を明け渡すころ、ポリーとフェリシアはそろそろ自分たちの経験をメディアに話そうと心を決めた。チャールストンに住む人々、いや全米の人々があの恐ろしい聖書勉強会でどんなことがあったのかを詳しく聞きたいと思っている。話せるのは大人の生存者である自分たちだ。二人は地元の新聞「ポスト・アンド・クーリエ」の記者と話をし、その翌日の昼ごろにエマニュエルでカメラマンと待ち合わせて、〝我が家〟である教会で写真を撮ることに了承した。

フェリシアは午前一一時に教会に到着した。外は焼けつくような暑さだったが、きちんとした黒いパンツスーツにライラック色のシャツという服装だった。なめらかな髪はボブにカットされ、悲しみに曇った目を眼鏡が守っていた。彼女はほぼ三カ月前にディラン・ルーフが入ってきたドアから教会に足を踏み入れ、これまでに数えきれないほど歩いた廊下を意を決して進んだ。すぐ前には秘書室のドアが開け放されている。

その向こうにはあのフェローシップホールがある。彼女はそれ以上奥には行かなかった。ポリーがそこに立っていた。鮮やかな色のブラウスとターコイズのネックレスを身につけている。フェリシアの夫のティローンもすでに教会の中にいて、フェローシップホールのほうから近づいてきた。彼もいつもエマニュエルにいるのだ。三人は教会の事務員たちに、今日やってきた理由とこれから二階に行って静かな聖域で写真を撮るつもりだということを伝えた。

事務の女性たちはそれはできないと言った。事前の約束が必要だと。ゴフ師が不在で、彼の許可がないと誰も入れられないという。

フェリシアとポリーは呆然と立ち尽くした。教会は正式な信徒であればいつでも訪れていいというルールになっていた。ポリーの場合は数十年、フェリシアとティローンにとっては生まれてこのかたどころか何世代も前から、それがあたりまえだった。三人ともこの教会の建物に何百回、何千回と出入りしてきたが、これまで誰かの許可が必要だったことなどない。ここは彼らの教会であり、ゴフ師の教会ではない。残虐な殺戮を生き延びたのはフェリシアとポリーであってゴフ師ではない。ここで家族や友人を亡くしたのは彼らであって、ゴフ師ではない。

フェリシアは踵《きびす》を返すと入ってきたドアから出て、ティローンとポリーが事態を解決してくれるのを待った。もちろん、教会の中で写真を撮れるはずだ。なんてばかばかしい。彼女はあの日犯人が歩いたのと同じように駐車スペース沿いを歩き、ゆっくりとエマニュエルの正面の階段に近づいていった。教会の白い漆喰の壁に真昼の強い日差しが反射して照りつけている。正午のカルフーン通りを人や車が行き交っている。

事件後、教会の広報責任者になった女性からフェリシアの携帯電話に着信があり、カメラマンと一緒に中に入ることは認められないと繰り返し告げた。ゴフ師は彼女たちの訪問を認めていないし、約束もしていないのだからと。フェリシアは観光客や背後の通りを行き交う人々の前で泣き出した。「私はこの教会で家族を亡くしたのに、来ちゃいけないとあなたは言うの？あなたたちはみな私たちの家族の血でいろいろなものを手に入れたのに、私は来ちゃいけないの？」

フェリシアは女性に、自分がどれだけ長いあいだエマニュエルの信徒であるのか、六代前から信徒だったことを伝えた。それに私の息子はここで死んだのよ。エマニュエルは私やポリーの話を公にさせてはくれないの？　どうしてゴフ師の許可がいるの？　これは私たちの記事で、彼のじゃない。

女性は約束が必要だと繰り返した。フェリシアは電話を切った。

旅行者たちが、今や象徴的な存在となった教会の写真に撮っているあいだに、フェリシアは誰にともなく何度もつぶやいた。「教会はなぜ私を中に入れてくれないの？」神に向かって言っていたのかもしれない。

フェリシアは前にある柵に寄り掛かった。またもや新たに傷つけられた。きれいなサマードレスを着た旅行者が微笑みながら歩道をこちらに向かって歩いてくる。

「ここの信徒の方ですか？」彼女はフェリシアに声をかけた。

「ええ」

女性は本物の信徒と一緒に写真を撮りたかったのだ。フェリシアが誰かは知らなかった。断るのは失礼になるかもしれない。フェリシアは教会正面の壁に近づくと、教会の名前が入った小さな看板の前でぎこちなく姿勢を正す。笑みを浮かべようと努力した。女性は自撮りモードにした携帯電話をかざすと、フェリシアが画面の中心に来るようにして写真を撮ったあと、彼女をハグして去っていった。

するとポリーが教会のオフィスを出てやってきた。怒りに満ちた様子で古くからの友人の隣に立った。自分で鍵をもっていて中に入れたらどんなによかっただろう。フェリシアは理事だ。教会の建物を監督する立場なのに。夫ティローンは三代続く信徒で、日曜学校でもう何十年も教えている。

ティローンもオフィスから出てきた。彼女と同じように怒っている。

「この教会に金も信仰もさんざん捧げてきたのに、約束が必要とはどういうことだ？」ティローンはフェリシアとポリーのところまでやってくると言った。「停止ボタンを押してやる。それで俺はかまわん。俺の妻だって同じぐらい長くこの教会にいるし、俺が教会に入ることを誰も止められやしない」

「あの人たちが入ってきてほしくないと言うのなら、私は行かないわ」ポリーは言った。

みなこれ以上エアコンがない場所にはいられなかった。自分たちだけになれるところと気持ちを落ち着かせる時間も必要だ。そして写真を撮る場所も、前に進むことも必要だった。みなエマニュエルの前で写真を撮りたくなかった。いま自分たちを拒絶した教会の宣伝を手伝う必要があるだろうか？　彼らは教会裏手の駐車場を横切り、その向こうにある第二長老派教会に行った。カメラマンも一緒だ。

玄関でクレス・ダーウィンが彼らを迎えた。薄い灰色のスーツにライラック色のネクタイをしている。フェリシアのシャツの色と同じだった。二人とも合わせようと思っていたわけではないのに。彼はフェリシアをハグした。彼女は身を離すときには笑顔になっていた。

ダーウィン師は黙って彼らを中へ招き入れた。横の階段を上り、誰もいないバルコニーへと案内する。見下ろすと数十人の聖職者たちが長老派の会議のために集まっていた。新聞のカメラマンがその場でエマニュエル教会銃乱射事件の生存者二人の写真を撮っているあいだ、会議では最前列の牧師が、より多様な信徒を迎えるためにさらに手を差し伸べようと発言していた。

一八 教会の中の金

数週間後、市当局は生存者と遺族たちのために説明会を開いた。エマニュエル近くの消防署に集まった大勢の人たちは、市が事件の数日後に設置したザ・ホープ基金をどのように分配するかの説明を受けた。これはエマニュエルが設置した基金とはまったく別物だ。

遺族はアメリカじゅうに散らばっているので、今回の説明会に出席できなかった者はスピーカーフォン越しに参加した。弁護士も同席した。チャールストン市長のジョセフ・ライリーはまず自身の深い悲しみを述べて、続けた。世界じゅうの人たちが同じように悲しみ、たくさんの人がその気持ちを形にするために財布を開いて寄付をしてくれた。五〇州すべてと四カ国から合わせて二八〇万ドルが、あまりに大きなものを失った人々へのお悔やみの気持ちとして送られてきた。それ以来ボランティアの弁護士たちと市職員がその配分を決めるために法律と家系図を詳細に調べて検討を重ねた。被害者の大半は遺言書を遺していないので、それぞれの家族への分配は州の「無遺言死亡者の相続」の法律に則って行われる。これは死亡者が遺言書を作成していなかった場合の資産分配に遺言兼任裁判所が用いる方法だ。

弁護士たちが原則を説明した。被害者の遺族が質問をする。答えが返ってくる。弁護士たちは算定した額を伝えた。

その一方でエマニュエルは?

一カ月、二カ月、三カ月、四カ月が経った。教会が受け取った寄付の総額についても、その分配計画についてもいまだに連絡がない。遺族の弁護士たちは、この先の予定でもなんでもいいから提示してほしいと求めた。しかしなにも返答はなかった。

サウスカロライナじゅうの人々がこのニュースを追っていた。遺族からあがった透明性に関する不満の声が、ゴフ師が以前いた教会の信徒たちのグループの耳にも入った。そして彼らは、どこかで聞いたことがあるような話だと思った。

ゴフ師はサウスカロライナの州都コロンビアにあるレイドチャペルという教会で一〇年間牧師をつとめていた。その在職期間の終盤、レイドチャペルのある信徒が教会と教会学校のローン借入が六〇万ドルにも及んでいることを発見した。ゴフ師の家を買うためのローンも含まれていて、その家は教会の牧師館よりも大きかった。

この信徒はなにかがおかしいことに気づいた。会計責任を確認しておくため、AME教会の規則ではローンを組む際、その可否を問うために二つの大きな教会会議で投票を経なければならない。しかし彼はレイドチャペルの管理委員会の一員なのに、この借金のことを今まで知らなかった。このままでは、会衆がこの負債を返さねばならないことになるので、信徒のグループは教会の財務関係のデータを見たいと要求した。しかしそれは提示されなかった。

そしてそのすぐ後に、監督ノリスがゴフ師を州の教区監督に昇格させた。こうしてゴフ師はマザー・エマニュエルを含む地域の教区監督になったのだ。

エマニュエルの遺族たちがゴフ師の透明性に問題があると不満を述べている今、レイドチャペルの会計データを求めている信徒たち数人は「ポスト・アンド・クーリエ」紙に自分たちの調査の結果を話した。

そしてわかったのは、ゴフ師の金銭的な不透明さはコロンビアどころか、サウスカロライナ州に来る前からはじまっていたということだ。ゴフ師には以前にいた教会の女性信徒から借りた金とその他さまざまな費用を返済するように、という命令をニューヨークの裁判所から受けていた。十年後、ゴフ師は今は亡き彼女の資産をまだ返していない。

「ポスト・アンド・クーリエ」紙がこのことをすべて記事にして掲載すると、ゴフ師はなにも違法行為はしていないと強く否定した。人々が自分たちの利益のため、彼の評判を貶めるために作り話をしていると主張したのだ。

この記事が掲載された翌日、シンシア・ハードの夫スティーブはエマニュエルに寄せられた寄付の完全な会計報告を求める訴訟を起こした。これまでの状況の完全な調査が終わるまで、寄付金の凍結命令を出すよう裁判所に要望したのだ。訴訟の申立人はスティーブになっているが、同じように感じている被害者の親族や生存者はたくさんいた。教会が寄付をエマニュエルのものだと思っていることに対して、誰もが非常に不満を感じていた。シモンズ師の息子は寄付を「愛を贈ってくれたもの」と呼んでいた。スティーブが訴訟を起こしたすぐあとに、判事は金を凍結することを認めた。

論争が起こったことにより、エマニュエル内部にも亀裂が入った。ある信徒たちはゴフ師が着任以来、月間の会計報告を一度も提出していないのはなぜなのかといぶかしみ、教会秘書を解雇した理由にも疑問をもった。教会が大混乱に陥っている今、単に会計報告まで手が回らないのだろうと考える信徒たちもいた。こんなときに金のことで騒いで教会の名前に泥を塗っていると恨む者もいた。彼らは教会の指導者たちを支え、エマニュエルが悲劇を乗り越えることだけを考えていた。

翌日、ゴフ師は寄付金についての記者会見を開いた。

ティローン・サンダースは生涯信仰を捧げている教会に一人でやってきて、マスコミやAMEの牧師たちなど信徒席の周りに集まっている人たちから外れて隅のほうに静かに座った。金の話を聞きにきたのではない。なぜ悲嘆に暮れる信徒の家族をケアしないのかとゴフ師に訊きたかったのだ。どうしてフェリシアとの約束を何度もすっぽかすのか？　そしてどうしてフェリシアとポリーが長年信仰してきたこの場所で写真を撮ることを許可しなかったのか？

ゴフ師はイエスが描かれた二階分の高さのステンドグラスの窓の下で、ほとんどがAMEの牧師である支持者たちに取り巻かれていた。牧師のカラーを身につけた彼はエマニュエルの聖域の前部に進み出た。彼は聖域をできるかぎりの支持者で埋めていた。そして、寄付金について話すのではなく、自分の記事を載せた新聞を「悪魔的だ」と攻撃する熱弁をふるいはじめた。ついには、その記事を銃撃事件と同じくらいひどいとまで言った。

「一〇月四日、日曜日にもう一度エマニュエルと私を揺るがすもっとも邪《よこしま》な悪が出現しました。まるで開いた傷口に塩を塗り込むようなものでした」彼はそう言った。彼のことを悪く書いた言葉は「悲しい不満だらけの人々によってねじ曲げられた情報を述べたもの」に過ぎないという。彼はレイドチャペルのかつての教区民たちが捏造した話は自分の行動を語ったというより、教会の組織を侮辱したものだと言った。ゴフ師の横に座っている牧師の中にはうなずいている者もいた。

ゴフ師は用意してきた原稿を読みながら、エマニュエルの元秘書も激しく非難した。教会が家族宛の手紙を開封していることや寄付の扱いについて不安を訴えた秘書だ。「彼女が私的な郵便物を開封するのを手伝っていたのかどうかは知りません。それをするのは限られた人数の選ばれた人だけです」彼はそう言った。これではじっさいに手紙は開封されていたと発言したことになる。

「彼女が被害者の遺族に宛てた郵便を見たというなら、中を見ていないのにどうして内容がわかったのでしょう?」彼は続けた。しかしその後自分で、中身は「祈りや善意の言葉が書かれたカード」などだったと説明した。そしてそれはまとめて箱に入れ、遺族に送ったという。

四五分にわたって激しくまくし立てたあと、最後にようやく寄付金の基金について触れた。教会はムービング・フォワード・ファンドの対応を会計事務所に依頼したという。ゴフ師は会計事務所の従業員をマイクの前に呼んだ。教会の職員たちは協力的です、と居心地悪そうなその男性は言った。しかし彼は教会が受け取った金額や分配方法などについては何もしゃべらなかった。

ティローンは話を聞いているうちに、ゴフ師の周りにいる牧師たちに嫌気がさしてきた。彼らはゴフ師を支援しているが、被害者の家族には一度も手を差し伸べていない。そして真ん中にいるゴフ師には特に失望した。

ゴフ師はゆっくりと歩きまわり、腰に片手をあて、話しながらもう片方の手を動かしていた。自信に満ちた態度で、気取っているようにさえ見えた。ゴフ師が聴衆に質問を求めたので、ティローンは立ち上がった。彼はティローンに気づいていたのかどうか、マイクを渡そうとしなかった。しびれを切らしたティローンの低い声が聖域に響き渡った。

「この百日のあいだ、AMEのネットワークの中から我が家にやってきて祈ってくれる方を探していました。まだ誰にも会えていないので。そしてそちらにいらっしゃる聖職者の皆さん方のなかに……」

「ええと、いいですか——」ゴフ師が割って入った。

ティローンはあきらめなかった。

「規則を変えなければならないかどうかは知りませんが……」

「いや」ゴフ師はティローンのほうに向かって通路を進みながら言った。「それについては私にお話しさせてください」

「私はなぜだろうと思っているだけです」ティローンはさらに言った。

ゴフ師はティローンの前に立ち止まった。「私が対応します」彼はジェスチャーでマイクを渡すよう指示し、ティローンとは目を合わせずに取り上げた。それからその場を離れながら話を続けた。

「あちらのご家族もそうなのですが、我々がどこかのご遺族に手を差し伸べるとしたら、教会を訪ねてきていただくか、または教会の行事に参加していただくのを歓迎する形になります」

ゴフ師はそう言った。

「しかし現在も必要が続いているなら、我々はいつでも対応しますし、そうしたつらさに手を差し伸べるためにできることはすべて全力でやります」ゴフ師はそう付け加えると、前部の聖書台のところに戻った。

つまり、ティローンとフェリシアが相談に乗ってもらうなどの支援を望むのならば、みずから教会に来るべきだというのだ。

「次の質問をどうぞ」


ゴフ師は聖書勉強会をフェローシップホールで開催しつづけた。フェリシアは日曜日でも、教会の中に座ってゴフ師の説教を聞いていることができなかった。心に悪い感情が芽生えてきて、気持ちがふさいでしまう。エマニュエルをとても愛しているから、この聖なる場所で悪意を抱き、そのせいで魂を失うのはいやだ。

ある日、彼女は聖霊の声を聞いた気がした。「慰めをあたえてくれる人を頼るのです」

教会はただの建物に過ぎない。牧師も彼女と同じ欠陥のあるただの人間だ。フェリシアは神の導きを求めている。だから神を探して他の教会に行くようになった。それは第二長老派教会であることが多かった。孫娘はここの子ども向けの聖書勉強会が、フェリシアは大人向けの勉強会が気に入った。そしてフェリシアはクレス・ダーウィン師と定期的に話した。

感謝祭が近づくころ、フェリシアは第二長老派教会で宗派を超えた行事に参加していた。白人の牧師と黒人の牧師がいて、たくさんの信徒たちとともに、優美な聖域でともに礼拝をする。それからみなでフェローシップホールに移動し、懇親会が行われる。

フェリシアは地元でツアーガイドをしている年配の黒人男性と話をした。彼はアフリカ系アメリカ人の歴史とグラー文化を専門にしているという。グラー文化というのは、西アフリカと中央アフリカから奴隷として連れてこられた祖先たちによって伝えられ、現在も生きている現地の伝統の名残を指す。フェリシアも含む、この街の多くのアフリカ系アメリカ人は今も早口ではっきりとした歯切れの良い話し方をするが、これもその名残なのだ。

フェリシアとツアーガイドはデンマーク・ヴィージーの話になった。一八二二年にチャールストンで大規模な反乱を計画するが失敗し、悲劇的な最後を遂げた人物だ。彼やともに処刑された人々はエマニュエルに通っていた。白人の奴隷所有者や聖職者たちが聖書を奴隷制の正当化に利用していたこの時代に、ヴィージーは聖書を教えていた。当時、サウスカロライナでは奴隷が読み書きを覚えることは法律で禁止されていたが、ヴィージーは読むことができた。そしてイスラエルの奴隷解放について、それまでとはまったく異なる解釈を教えていた。

「彼の出発点がここだったことは知っていますか？」彼はフェリシアに訊いた。

「いいえ。デンマーク・ヴィージーの最初の教会はエマニュエルでしょう?」

「違うんですよ」男性は笑顔で言った。「デンマーク・ヴィージーの最初の教会は第二長老派教会なんです!」

ヴィージーは今まさにフェリシアがいる、白人がほとんどを占めるこの教会を信仰していて、その後他の者たちと一緒にエマニュエルに移ったのだ。第二長老派教会に残る古い信徒名簿には正会員の欄にヴィージーの優美な手書きの名前があり、そのすぐ横には「黒人」という注釈がついている。

帰宅したフェリシアの頭の中は、奴隷から謀反人になったヴィージーのことでいっぱいになった。彼女は神に、自分と彼らの人生の結びつきについてもっと知りたいと祈った。

一九 私の席を用意して

銃乱射事件は九人の人々の命を奪っただけではない。彼らの家族は打ちのめされた。そしてさらに、さまざまな人たちに波紋がひろがっていく。警官、医療関係者などのファーストレスポンダー、聖職者、友人、同僚、近所の人、弁護士、精神医療の関係者、エンバシースイートホテルの従業員、救急処置室で働く人。街じゅうすべての人が傷ついているように見える。しかし九人の家庭では事件の前からあった小さな亀裂が広がっていた。関係した人たちはみな人間らしく嘆き悲しんでいた。みながいつも聖人のように反応するとはかぎらない。故人の大切なもの、墓石、遺産の管理に至るまで、多くの家庭であらゆるものに関して対立が起こった。

シンシア・ハードの家庭も例外ではなかった。事件後すぐに夫と彼女のきょうだいの間に対立が生まれた。彼女がその生涯のほとんどを過ごした家が原因だった。カラフルで実用的、感じもよく、彼女の人となりがとても表れた家だ。だからこそ、対立が起こったのかもしれない。

彼女が母譲りの園芸の才を発揮して育てていたプランターは、今も赤い煉瓦造りの農場の白い柵に下がっているし、生け垣には燃え立つ夕日のように赤いバラが白い格子が見えないほど咲き乱れている。チャールストンの中心地の短い通りにあり、隣にはカトリックの教会とその教会学校がある。シンシアが笑顔で来訪者を迎えていた図書館の分館からも近い。

事件のあとすぐに、兄のメルヴィン・グラハムがこの家に立ち寄った。彼はシンシアと四人のきょうだいとともにこの家で育った。長身でメガネをかけた六二歳のメルヴィンはきょうだいの中でも特にシンシアとはずっと仲が良かったから、この家にある思い出の品をいくつかもっていって身近に置きたいと思っていた。子どものころのアルバム、柱時計、姪のウェディングドレス、退職記念の銘板、銀器をいくつか。

彼はこれらの品々がとても欲しかったが、この家に来るのが恐ろしくもあった。シンシアの夫スティーブは短気で、しばしば高圧的な態度を取る。一家はシンシアのためにスティーブの態度に耐えていたのだ。それに、そもそも彼は一年のほとんどを海の上で過ごしていて不在だった。そしてシンシア亡き今、一家とスティーブをつないでいた細い糸が切れた。メルヴィンはできるだけ早く目的のものをもって帰りたかった。

メルヴィンはバラの花の横を通って玄関に行くと、ドアをノックした。スティーブがドアを開けた。家の中には一家を担当している弁護士もいた。メルヴィンは家の中に入ると、もっていきたいと思っている品々について説明した。

「あなたが望んでいらっしゃるものは妥当だと思います」弁護士は言った。

しかしスティーブは拒否した。

メルヴィンは助けを求めて弁護士を見たが、弁護士はスティーブにはこの家のすべてのものに対する権利があると説明した。メルヴィンが何をもち出していいかはスティーブが決めることだと。スティーブが同意しない場合、メルヴィンがその品物を入手するには訴訟を起こすしかない。

スティーブにしてみれば、シンシアの家族がこの家やここにある品物に思い入れがあるのは自分たちだけだという態度を取るのが気に食わなかった。彼とシンシアは結婚以来ずっとここで暮らしてきたのだ。妻との生活も思い出も習慣も夢も、この家で築き上げたのだ。

メルヴィンは弁護士のアドバイス通りに数日待ってから電話して、もう一度頼んだ。スティーブは先日よりも心を開いてくれているようだった。メルヴィンが望んでいるうちのいくつかの品を揃えて、二日後かもう少し後にこちらから電話すると言った。しかし電話はかかってこなかった。メルヴィンはついに激怒した。

彼はスティーブに家族の思い出の品を渡すように要求しようと車で家に向かった。家の前に車を停めると、バラが咲き乱れる白いトレリスの前を通りすぎた。片手には野球のバットを握っている。最初はドアを普通にノックし、やがて激しくたたきはじめた。スティーブはドアを開けようとしなかった。

メルヴィンは玄関のポーチに立って甲高い声で叫んだ。

「お前はうちの実家を盗んだ！　妹からすべてを盗んだんだ！」

スティーブは鍵のかかったドアの内側にいたが、バットが怖いわけではなかった。シンシアは銃を嫌っていたが、スティーブは狩が好きだ。だから必要とあらば、家の中には銃が数挺ある。けれど彼はこう考えていた。どうしてシンシアのきょうだいは、この家が自分たちのものであるかのように振る舞うのだろう？

騒ぎに驚いた近所の人が警察に通報した。到着した警官は眼鏡をかけた長身の男性がバットを手にして立っているのを発見した。メルヴィンは怒りのあまり涙を流しながら、シンシアのこと、家族の思い出の品がこの家の中にあること、スティーブのこと、家のことを説明した。そしてこんな混乱した精神状態でやってくるべきではなかったと認めた。

「帰りなさい」警官が言った。「あなた方はもう十分つらい思いをした」

警官はこの件を起訴しなかった。

メルヴィンは恥ずかしくなって家に帰った。

スティーブは激怒したまま、鍵のかかった家の中にいた。

毎年一二月初めのチャールストンは、まるで地上に本当の平和が実現したみたいに見える。たいていの年はまだ雪が降っていないが、由緒ある屋敷や一戸建ての家の錬鉄製の門には赤いリボンが飾られている。街頭には常緑樹のリースが結びつけられ、白い灯りがオークのねじ曲がった枝や椰子の尖った葉の輪郭を照らし出している。

銃撃事件後初のクリスマスまであと二週間ほどというある夜の午前二時ごろ、スティーブはツリーを手に入れなければという強い思いとともに目を覚ました。彼とシンシアは毎年ツリーを二本買っていた。一本は自分たちの家用で、もう一本は彼の母の家用だった。妻を亡くした今年、彼には誰か一緒にいる人が必要だった。電話でタクシーを呼ぶと、オペレーターに玄関のポーチにあるブランコで横になっているから、必要なら運転手に起こしてもらいたいと伝えた。タトゥーが入っていてスキンヘッドの船乗りである彼は、ジャケットを羽織ると外に出て待った。ポーチのブランコで夜の静けさに耳を傾けているうちに眠ってしまった。夢の中でシンシアの声が聞こえてきた。

「見つけたわ。私はあなたの一番のファンよ」

「知ってるよ、シンシア」彼は答えた。

驚いて目を覚ますと、タクシーの運転手が暗闇の中で彼を見下ろしていた。

暖かい車内に入ると、スティーブは運転手に近くの二四時間営業のウォルマートに行ってほしいと頼んだ。車中で釣りのこと、エマニュエルのこと、休暇のことを話した。シンシアのことや事件のことも話した。誰かと一緒にいるのはいい気分だった。ウォルマートに着くとスティーブは急いで店内に走り、クリスマスツリーを一本選んだ。運転手はタクシーの屋根にツリーを載せるのを手伝ってくれて、それからスティーブの母親の家に向かった。スティーブは八七歳の母親を起こすと、ツリーを運んでおいたからすぐに戻ってきて設置するよと言った。

「明日までちょっと待ちなさいよ」彼女は言った。

「もう明日だよ！」

スティーブは運転手に再びウォルマートに行ってもらい、そこでもう一本ツリーを買った。またタクシーの屋根に載せると、自宅に運んだ。タクシーが走り去ってから、スティーブはツリーを玄関から運び込み、リビングの隅に転がした。それから骨まで凍りそうになりながら八ブロックを歩いて母親の家に行った。スティーブは家族にかわいがられていて、母親の健康状態は悪かった。なぜ歩いていくのか。母親にまた会う前に静かな時間が必要だった。車で行くと、お気に入りのラジオ局の放送を聞くことになり、そうすると一日に数回、チャールストン・ナインを追悼するために九人の名前が読み上げられるのを聞かねばならない。それがいやだった。「チャールストンは忘れない」アナウンサーがそう言うのだ。

母親の家に到着したのは午前三時三〇分だった。彼はまた母親を起こすと、ツリーを丁寧に設置してから帰路についた。母は彼が一人で暗い中を歩いて帰ることを心配したが、その心配は彼をいらつかせただけだった。

二〇 最前列からの眺め

ホワイトハウスのイーストルームは、同じ悲しみをもつ人々でいっぱいだった。アメリカに蔓延している銃撃事件の生存者や遺族が、オバマ大統領のこの問題への取り組みについて聞くために集まったのだ。

シャロン・リッシャーは五列目の通路沿いに自分の席を見つけた。一番前の演台は白頭鷲とその周りを囲む「アメリカ合衆国大統領」という黄金の文字で飾られている。シャロンにはチャールストン初の黒人女性市長になりたいと夢見た頃もあったが、自分がホワイトハウスで大統領を待つ日がやってくるとは想像もしなかった。膝の上の母の写真の縁を指でなぞる。この場所にいることに興奮しているにもかかわらず、目には涙がたまり、唇はきつく引き結ばれたままだった。

銃撃事件の被害者である元アリゾナ州下院議員ガブリエル・ギルフォーズもこの席にいた。ギルフォーズは五年前、一月はじめの今日に近い日（一月八日）に頭部を撃たれた。コネティカット州サンディフック小学校銃乱射事件の被害者の親たちもいた。そしてコロンバイン高校銃乱射事件。それにアムクワ・コミュニティ・カレッジ銃乱射事件。

シャロンの四列前の席、最前列にはクレメンタ・ピンクニーの二人の娘たちがいた。ジェニファー・ピンクニーは小さなステージの上でこちらを向いて立っている。薄いグレーのパンツスーツを着て、ジャケットの右の襟にクレメンタの写真をピンで留めている。左側の襟には九人の写真が留めてあった。しかしエマニュエルの銃撃事件は他の多数の事件に比べると新しかったが、もう最新ではなかった。一カ月ほど前、カリフォルニア州サンバーナーディーノのクリスマスパーティで男女二人組の犯人が一四人を射殺したのだ。

演壇に中年の白人男性がのぼると人々は静かになった。彼は驚くほど落ち着いた調子で、三年前にサンディフック小学校銃乱射事件で七歳の息子を亡くしたと話した。

「私たちはこんな目に遭わなくてもいいはずです」彼は訴えた。

それから彼はオバマ大統領とバイデン副大統領を紹介し、二人がやってくると、拍手が湧き起こった。演壇に着いたオバマはサンディフック事件がどのように自分を変えたかを話した。そして国全体も変わってほしいと強く願っていることも。彼は他の銃乱射事件が起こった町の名を挙げた。アリゾナ、サンバーナーディーノ、チャールストン。

「多すぎる」

「多すぎる！」聴衆が同意した。

「多すぎる」オバマは静かな口調で繰り返した。彼の左肩の後ろで、ジェニファーはうなずいた。

オバマは続けた。「この部屋にはたくさんのストーリーがある。たくさんの悲しみがある。たくさんの回復がある。たくさんの強さがある。けれどたくさんの痛みもある。そしてここに集まっているのはほんの一部分でしかない」

オバマは銃を売る際の身元確認の強化や銃の安全のための技術の進歩、現行の銃規制法の強化を進めていくとともに、銃による死亡事件の三分の二が自殺であるため、精神衛生医療の改善を実現したいと説明した。オンラインショップや銃のショーも含む「銃販売業界」の人々は免許を取り、身元確認を行わなければ刑事訴追されるようにするというのが、オバマが概略を述べた大統領権限による計画だ。

しかし彼の任期はあと一年を切っている。彼一人の力では法を変えることができない。

オバマの訴えを聞いたシャロンは誓った。病院の外傷センターのチャプレンとしてアメリカの銃暴力をその目で見てきたが、自分はその解決のために十分行動していなかった。これまでの自己満足の人生はもう終わったのだ。

オバマはサンディフック小学校の事件について述べている途中、一瞬無言になった。

「一年生の子どもたちが」

左目からもう少しでこぼれ落ちそうになった涙を指先でぬぐった。シャロンの目にも涙がたまってきた。大統領を失望させはしない。

ジェニファーも同じ思いだった。彼女は普通なら、シャロンのように公の場に出ることに興味はない。図書室での仕事に戻ったおかげで日常の感覚をいくらか取り戻せたし、娘たちの宿題や家事やダンスレッスンなどで忙しくしながら、家族三人みながさきるかぎりいつも通りに暮らしていた。クレメンタが知っていた三人の男性が、エマニュエルでの対立や際限なくやってくるインタビューや講演の依頼から守ってくれていた。ジェニファーはそうした依頼はほとんど断っている。けれど今日は違う。クレメンタはアメリカの銃に関する法を変えるために、ジェニファーにここ、大統領の隣に立ってほしいと望むだろう。

ジェニファーは小柄だったので、ホワイトハウスの補佐官にオバマのすぐ後ろに立つよう指示されたとき、長身の大統領の陰になってあまり見えないだろうと思い、ほっとした。各ネットワークのテレビカメラが、大統領の肩越しに彼女のどんな表情やうなずきも見逃さない角度で撮影していることを彼女は知らなかった。

しかし、地元サウスカロライナ州では銃規制に人々の支持があまり得られないのをジェニファーは知っていた。田舎の州であり、野生動物や泥棒から自分で自分の身を守らなければならない土地柄なのだ。もし他人の敷地に許可なく立ち入ったら、撃たれても当然だし、実際に撃たれるだろう。

人々は州にひろがる美しい豊かな沼地で鴨を狩り、鬱蒼とした森林地帯では鹿を撃つ。大人の男性や青年が多いが、最近は若い女性も増えている。夜明け前に起きて狩のためにトレッキングし、森林地帯の静けさの中に何時間も身を置いて、シカ猟に必要な辛抱強さを身につける。ルアーの仕組みや波について学び、その夜の夕食の片づけのときに魚に噛まれる痛みを知るのだ。サウスカロライナ州では六割近くの住人の家に銃があり、銃は完全に生活の一部になっている。

エマニュエルでの惨劇の一年前、ある州議会議員は選挙戦中のイベントでAR46セミオートマティックライフルを景品にし、ヘイリー知事はある年のクリスマスに夫がプレゼントに銃を贈ってくれたことをツイートした。「サンタがベレッタPX4ストームをくれたっていうことは私はいい子だったのね」人々が銃は生活の一部だと言うのは、文字通りの意味だ。銃の所持はこの州の住人たちにとって危険なことや攻撃的なことではないのだ。NRA（全米ライフル協会）が率いる共和党が議会を掌握しているので銃所有の支持者が多く、憲法修正第二条による権利を制限するようなどんな動きも退ける。身元確認の強化でさえそうだ。

チャールストンの事件があってもそれは変わらなかったし、オバマ大統領のスピーチもそれを変えられないことをジェニファーは知っている。

二〇一六年のはじめ、チャールストンはつねにニュースに登場していた。ヘイリー知事はオバマ大統領の一般教書演説対して共和党を代表して反対演説をした。ヘイリーは南部で近所の人たちとは違う見かけの子どもとして育った経験を話した。エマニュエル教会についても、そこで起こった恐ろしい銃撃事件についても触れた。そして被害者の遺族たちが憎しみや復讐ではなく、慈悲と赦しの心をもったことをみなに思い出させた。国全体がそれを見習わなくては。「今日の我々は近年類を見ないほどの脅威の時代を生きています。不安な時代、もっとも怒りに満ちた誘惑の声の訴えに耳を傾けたくなるかもしれません。我々はその誘惑に抵抗しなければならないのです」ヘイリーは警告した。ほとんどの人がこの言葉を共和党の第一候補トランプ氏の差別的な発言に対する批判ととらえ、トランプ支持者の怒りを引き起こす結果となった。そしてすぐに共和党と民主党がこの街で大統領選のディベートを行うことになった。

被害者の遺族の中にはニュースを詳しく追っている人もいるが、ジェニファーはそうではない。彼女はルーフの審問にも行かなかった。フェリシアとポリーは自分たちがこの件を乗り越えるための手段として、またルーフの責任能力を確実なものにするために意を決して出席した。それとは対照的に、ジェニファーはちゃんと生きていくための手段としてできるかぎり娘たちとの日常の生活に引きこもっていようとしていた。ジェニファーはディラン・ルーフと直接会っていないし、会いたくなかった。夫の代わりにスピーチをして敬意を受けとってほしいという依頼が際限なくくるなか、彼女はときどき応じることもあった。死してなお、クレメンタの一部をみなは感じたがっているし、彼女にも会いたがってくれる。しかし彼の名前を自分たちの栄誉に利用したいだけの者が多すぎる。それには腹が立つ。

ときどきなにかが彼女を、苦労して維持している静かな生活から呼び出す。あるときはオバマ大統領の銃に関するスピーチだった。またあるときは、クレメンタが出席するはずだったが果たせなくなってしまった行事に。シングルマザーになってからはじめての母の日、ジェニファーはワシントンD.C.のしゃれた地域のホテルに到着した。ジーンズと白いTシャツという服装で化粧はしていない。そのほうがよかったからだ。彼女に気づいた人もいたかもしれないが、誰もそれを口にしなかったのでありがたかった。ジェニファーは今、奪われたと感じていた。人生の伴侶を、二人で一緒に築き上げてきたすべてを。彼女がこの日コロンビアからはるばるやってきたのは、クレメンタが他のこと、そう家庭も含めたいろいろなことをどうにかやりくりしながら、数え切れないほどの時間を勉強や課題に費やしてきた成果の頂点になるはずの行事に出るためだった。

そのために、翌朝、彼女は娘たちを起こした。今日はクレメンタ・ピンクニー師が故人になってからドクター・クレメンタ・ピンクニー師になる日なのだ。クレメンタがワシントン・ナショナル・カテドラルのステージの上を歩くのを観客席から応援するのではなく、彼女が代理でそれを受け取るのだ。


ジェニファーが乗ったタクシーはすぐに高くそびえ立つ尖塔のあるワシントン・ナショナル・カテドラルに到着した。ここはエピスコパル教会のカテドラルなのだが、多くのアメリカ人がアメリカの国の教会であり、大統領の記念行事や国葬が行われる場所だと見ている。マーティン・ルーサー・キング・ジュニアは最後の日曜日の説教をここで行い、そのすぐ後に、ここで彼の追悼の礼拝が行われた。そしてそのほぼ五〇年後、キング牧師と同じく白人に殺された黒人牧師の名誉を称える学位授与式が行われるのだ。

広いカテドラルの内部でジェニファーは母と一緒に最前列に座っていた。母とジェニファーの間には娘たちがいる。二人ともかわいい白いドレスを着ている。母親が優しくたしかにそこにいてくれるおかげでジェニファーは安心できた。母クレオ・ベンジャミンとはクレメンタの死後同居していた。ジェニファーはエリアナとマラーナの前では必死に平静を装っていたが、母と二人になると泣いていた。しかもクレオは癌で、あまりよくない。ジェニファーはそのことを思うと耐えられなかった。クレメンタを失った今、また母を失うなんて考えられない。

マラーナのブラウスの大きな白いリボンと、エリアナのそれより小さいピンクのリボンの後ろには何列にも卒業生の親族が並び、その後ろには一四二人の卒業生たちがもうすぐやってくる。ステージ上では紫の布の上に学位記が用意されている。

ジェニファーはホテルからもってきたペンとプリントアウトしたスピーチ原稿を握りしめた。もうすぐ、この広大な場所を埋めつくす人々の前で、たった一人でスピーチしなければならない。もちろんテレビ中継もカメラもある。人前でしゃべるのは苦手なのに。カテドラルは満員のようだし、ステージはとても広い。神学校の学長デイヴィッド・マカリスター＝ウィルソンは開会を宣言するとすぐに、届いている卒業生へのある祝福の手紙を読みはじめた。

「あなたたちの誇らしい模範となる人が同じ卒業生の中にいます。牧師で議員でもあったクレメンタ・ピンクニー師です」その手紙にはクレメンタの論文について、神への奉仕を現実の行動に移すことの必要性が述べられていた。

「――心から　バラク・オバマ」

客席が一瞬ざわめいた後、拍手が広がっていった。

すべてが素晴らしかった。しかしジェニファーは聞いていてなにか違和感があると思った。クレメンタの大切な瞬間になにかが足りないと感じたのだ。彼女は膝の上でこっそり友人の州議会議員であり弁護士でもあるジェラルド・マロイにメールをした。彼はすぐ後ろの席に座っている。

「ステージに上がるとき、娘たちも連れていったほうがいいと思う？」

彼はしばらく考えた後、こう返信した。

「予定とは違うけど、あなたがいいと思うようにするべきだ。連れていくといい」

ジェニファーは卒業生たちが立って並びはじめると、エリアナとマラーナにそっと耳打ちをした。プログラムが神学博士の学位記の授与まで進むと、一人の男性がジェニファーをステージにエスコートするためにやってきた。ジェニファーは母を最前列の席に残して、彼についていった。その後ろに娘たちも続く。観客は三人をスタンディングオベーションで迎えた。

そして静まりかえる。会場に期待が満ちる。学部長がクレメンタの学位記とフードを彼女に手渡した。ジェニファーはマイクに向かってスピーチ原稿にはない言葉を発した。

「今日は私一人がここにきて夫の栄誉を受け取るはずでした。けれどクレメンタは家族を大切にする人でした」

人々の間からつぶやきが起こる。「アーメン」

「そして精霊が娘たち、エリアナとマラーナもこの記念すべき場に、母の隣に立っているべきだと告げてくれたのです。二人が父の学位を受け取るべきだと」

さらに大きな拍手が湧き起こる。

ジェニファーは向きを変えると、エリアナにクレメンタのフードを、マラーナにクレメンタの学位記を手渡した。それから一瞬止まって息を整える。彼女は自分の声が震えているのがわかった。

「家族にとって、私にとって、今日はうれしくて悲しい日です。数年前、クレメンタが今日のことについてこう言っていたのを覚えています。パパが卒業する日には家族みんなで授与式に行こうねと。長女のエリアナは学校を休むのがいやなので、父親にこう言いました。『学校を休まなくてもいいよね、パパ？』」

人々は笑った。

「ああ。人生とは本当に一瞬で変わってしまうものなのです」

日々の生活に追われ、一学期間ほぼ休学状態になってしまったときのことを思い出して、ジェニファーは涙ぐんだ。クレメンタはそれでもやりとげたのだ。

「クレメンタ」ジェニファーはささやき声で言った。「あなたはやったわ」

二 悲しみのどん底

通常、妻のほうが夫より長生きすることが多い。一人残されて襲ってくる孤独に耐えねばならない夫は一〇人に一人ほどしかいないが、その夫たちの悲しみは特別につらいものだ。夫たちは妻以外の人付き合いがないことが多く、悲しみを打ち明けられるほど信頼できる人がいない場合も多い。妻をなくした男性が結婚生活を続けている男性よりも寿命が短いのは、夫婦間において女性が相手をケアしていることが多いからではないかと多くの研究者が推測している。

だから妻に先立たれると、残された夫は誰かに面倒を見てもらうことが一番必要なつらいときに一人きりになってしまうのだ。

スティーブ・ハードはまさにこの通りの状態だった。妻シンシアが五五歳の誕生日を数日後に控えて聖書勉強会で亡くなって以来、途方に暮れていた。彼女は典型的な世話焼きタイプの女性だった。家にいるときも、海に出ているときもスティーブを落ち着かせてくれた。ときには自分で自分の面倒を見るようにうながし、自信をなくしたときはそれを取りもどさせてくれた。彼女がいない今、彼は時間の感覚も場所の感覚も失っていた。

クリスマスツリー騒ぎからほぼ二カ月経ったスーパーボウルの試合がある日曜日、スティーブは四六歳の誕生日を一人で過ごしていた。彼とシンシアは大のアメリカンフットボールファンというわけではないが、毎年スーパーボウルはバッファロー・ウィングやポテトチップス、ソーダを用意し、オードブルのトレイも毛布の上に置いて、試合を一緒に観ていた。今年は観ない。ただベッドに横になって、ポップタルトとポテトチップスを少し食べ、電話には出ず、留守番電話の応答メッセージに入っている彼女の声を聞いていた。

商船の乗組員という仕事に復帰できていなかったし、銃撃事件の親族の中でこれほど孤独なのは自分だけだと思っていた。子どももいないから、彼一人になった煉瓦造りの家は不気味なほど生気がない。彼女の存在が感じられるのは、クローゼットに今もかけられている服や、彼の周りの本棚に今もぎっしり並んでいる彼女の本を見たときだけだ。

いつもの夜と同じように、今夜も眠れない。彼はわざわざ車を少し離れたところに停めて、自分が自宅にいることを母や姉妹に知られないようにしていた。海軍のどこかの基地にいる兄からの電話も避けていた。

彼はまた、もしもあの聖書勉強会の夜に自分が家にいたらどうなっていたかを考えていた。それからディラン・ルーフの独房に入り込むことを想像する。彼はルーフに皮肉たっぷりの甘い声で、刑務所の看守たちが君をよく扱うことを願うよと言うのだ。さらに、お前が少しでも快適さを感じることを望まない人がたくさんいるのだと告げる。「お前が生きている人たちからそれを奪ったからだ」と。

それから彼はルーフにものすごく近寄ってこう言うのだ。「白人を憎む黒人たちがお前の母親や姉妹を殺したらどうする？」

そしてノーベル・ゴフの顔が急に頭に浮かんできた。そしてハムスターが駆ける回し車のように想像が加速し、怒りに満ちてくる。ゴフが遺族たちに神の愛の手を差し伸べていたらどうなっていただろう？

「哀れな、人間以下の男」スティーブは考えた。「あのいくじなしの弱虫の軟弱者は、うまい言い方がないが、詐欺師野郎だ。店先で説教してる男と変わらない聖職者もどきだ！　鯨の糞のほうが奴よりもまだ尊敬できる。鯨の糞はこの惑星で最下層の糞なんだ。なぜなら海底に沈んでいるからだ。あの男は俺たちの魂が前に進むための助けを何もしない……」

スティーブはまだ誰のことも赦していない。

男性のほうが配偶者の死を乗り越えるのが難しいという研究者の説は、事件で妻を亡くしたもう一人の男性アンソニー・トンプソンにはそれほど当てはまらない。マイラ亡き後、アンソニーは悲しみをやりすごすためにとにかく忙しくしていた。牧師の仕事に復帰し、コミュニティに戻った。そして彼女の死の意味を見つけ、彼女に先立たれた自分の、これからの人生の神の計画をやりとげるために、これまで以上によく働いた。

白髪交じりの几帳面なアンソニーは毎日、やるべきことを少年のように元気に駆け足でやりとげる。しかしある日、彼は胸にちょっとした違和感があるのに気づいた。夕食のころには焼けつくような痛みがあごから片腕にひろがっていた。翌朝医師に会うと、その医師はすぐに彼を病院に搬送した。彼は行きたくなかったが、痛みが激しくて耐えられなかった。

病院でなにか薬をもらえば帰れるのだろうと思っていた。いつものように、やらなければならないことがいっぱいある。

病院では検査着に着替えさせられ、一連の検査を受けた。アンソニーは言われた通りにしながらも、家に帰らなければとやきもきしていた。

「帰らないでください。入院してもらいます」医師が言った。

アンソニーはうなった。「え、そんな」

入院など五歳のとき以来だ。幸い、これまでの検査では心臓に問題はなかった。しかし医師は明日の午前中に心臓に負荷をかけた状態での検査を受けるようにと言う。それによく休むようにと。

この病院ではアンソニーの姉妹が働いていて、面会に来てくれた。ありがたかった。それから医療機器や働いている病院のスタッフに囲まれて、ベッドで眠ろうとした。家で鳴りつづける電話から離れ、彼は深い眠りに落ちた。

翌日の検査でも問題はないようだった。心臓の調子はいいが、体のそれ以外の部分には少し運動と休養が必要だと言って医師は彼を解放した。実際、以前は体に気をつけていたのに、最近はまったく省みていなかったことをアンソニーは認めた。

痛みの原因としてもっとも考えられるのは、胃食道逆流が少しあるのとストレス、そして不安のせいだと医師は言った。アンソニーは心臓に問題がなかったことを神に感謝し、もっと健康を気遣いますと誓って病院を離れた。

数日後、彼はアレルギーで鼻がつまり、頭がぼうっとしていた。運動をしようと思ってはいたが、忙しすぎる。土曜日にコロンビアで開かれる重要な会議のことで監督らたくさんの人たちから連絡がくる。その翌日の日曜日には自分の教会で礼拝をしなければならない。さらに、際限なく続くやらねばならないことのリストが、慈悲深く、彼の気を紛らわせてくれていた。

三三　すぐに耳を傾けて

エマニュエルでは毎年、その一年間にＡＭＥの地区で亡くなった人を追悼する礼拝を行っている。今年、ゴフは教区監督としてその役割を果たしていた。

礼拝が終わりに近づいたころ、彼はこう発表した。

監督選挙に立候補する。

被害者の家族のほとんどが、彼の指導力や善意の人々から贈られた寄付金の管理人としての能力に疑問を抱いていたが、外部の人たちは違った。ゴフ師を、今や有名になった赦しの言葉を口にした人々を導いている、尊敬すべき聖職者と見ていた。彼はいくつかの栄誉を授与されていて、その中にはサウスカロライナ州の民間人が得られる最高の栄誉、パルメット勲章も含まれていた。事件のすぐ後にヘイリー知事が授与したのだが、その際に知事は彼の役割について非常に感動的に述べた。「彼は私たちの州を癒してくれました。そしてこれからアメリカ全体を本当に癒した人として歴史に残るでしょう」市長が彼に栄誉を表す市の鍵を贈った。

ほどなく遺族たちの間に歓迎すべき噂が流れはじめた。ノリス監督がゴフのエマニュエルでの牧師との兼任を解き、彼がより自由に活動したり、資金を集めたりできるようにするというものだ。教区監督の職は変わらないので、こんどは新しい牧師をゴフが監督することになる。

遺族と生存者たちにとっては、新しい熱心な聖職者を迎えることができるかもしれない。

ゴフの後にやってきたのはベティ・ディーズ・クラークというベテランの牧師で、エマニュエルの二百年の歴史上はじめての女性聖職者だった。クラークはチャールストンから少し南の海沿いの小さな町からやってきたので、教会の指導部と被害者の遺族や生存者との間に亀裂が入っていることは知らなかった。開封された手紙について疑惑がもたれていること、個人のケアの要望が放置されていたこと、寄付の扱いについて不審な点があり、スティーブ・ハードの弁護士がムービング・フォワード基金のすべての領収書を調べるまで寄付金が凍結されていることなども知らなかった。

クラークは着任して数日のうちに、ゴフが葬儀の後、七カ月経ってもやっていなかったことをした。被害者の遺族を訪問しはじめたのだ。彼女は死亡者のうちマイラら数人を生前から知っていた。だから訪問するのは当たり前のことだと思っていた。彼女はアンソニー・トンプソンに電話して、お悔やみを伝えた。クラークと話した後、アンソニーは驚きながら電話を置いた。「ほう！」七カ月の間、彼はエマニュエルの牧師からこれだけの連絡さえもらっていなかったのだ。

クラークはスティーブ・ハードにも電話した。「お悔やみの気持ちを伝えさせていただきたくて」もしよかったら、会ってお話しましょう。クラークはシンシアとは知り合いだった。スティーブは考えてみると答えた。

シャロン・リッシャーにも連絡し、AMEの聖職者同士である二人は電話越しにともに祈った。シャロンは涙を流し、新しい牧師に感謝した。そして、エマニュエルのスタッフはこのほぼ八カ月の間、誰一人、祈りの電話さえかけてこなかったと伝えた。

「うーん」クラークは言った。「そうなのね。でも今は私がいるわ」

クラークはフェリシアとポリーの弁護士であるアンディ・サヴェジにも電話をかけた。フェリシアもポリーも今は違う教会に通っている。二人に伝言をお願いできますか？　アンディは興味を引かれながら電話を切った。そのすぐ後に、フェリシアとポリーは事件からちょうど一年の日に行われるさまざまな行事について話し合う会議に参加した。クラークもそこに出席していた。

クラークはこの二人の生存者に訊いた。エマニュエルの日曜日の礼拝にまた来ませんか？

事件から九カ月のあいだ、フェリシアは黒ばかり着ていたが、最近はまたいろいろな色を選ぶようになった。その日曜日、彼女は黒いワンピースの上に鮮やかなピンク色のセーターを着てエマニュエルに戻った。礼拝の時間が近づくと、フェリシアはティローンとアンディ・サヴェジの間に挟まれて、長年祈りを捧げてきた聖域に向かって歩いていった。孫娘、アンディの妻であり事務所のマネージャーであるシェリル、それに親族と続く。フェリシアは足早に通路を進んで二列目の信徒席に座った。人々が振り向いて彼女を見る。

フェリシアは我が家に帰ってきたのだ。

信徒席を埋めている人々の約三分の一は白人だった。真ん中あたりの数列にはどこか遠くの大学からやってきた団体がいた。いつものように銃をもった制服警官がバルコニーから監視している。クラークは前に進み出ると、フェリシアのすぐ前に立った。

「アーメン！」クラークの豊かな声が聖域に響きわたる。彼女は大柄な女性ではない。一六〇センチをそれほど超えていないだろう。カールした髪はショートカットにしていて、丸い頬となめらかな肌のせいでどこか少女めいて見える。しかし説教壇から響く彼女の声は力強く、ベルベットの波のように聖域を満たした。「この場所には本当にすばらしい精霊がいます！」

人々は立ち止まった。古い巨大なオルガンが鳴る。信徒席から声があがる。

「すべての恵みの源である神を讃えよ……」

髪をシニョンにまとめたフェリシアの華奢な孫娘は、アンディとシェリルの間に座っていた。エマニュエルの人々が歌っているとき、孫娘はささやき声で言った。「おばあちゃんが泣いてる」

「おばあちゃんはうれしくて泣いてるのよ」シェリルがささやき返した。

歌が静まり、聖職者が祈りを必要としている人を祭壇に呼び出しているとき、フェリシアは人々に混ざって信徒席を離れると、祭壇と会衆のエリアを囲む腰の高さの木製の柵のところに行ってひざまずいた。エマニュエルの信徒仲間が彼女を囲んだ。そのうちの多くは彼女がそもそもなぜエマニュエルに来なくなったのかを知らなかった。エマニュエルの指導者たちに見捨てられたと彼女が思った理由も、多くの人は知らなかった。

会衆がそろって歌いはじめると、クラークが両手を大きくひろげて歩み寄ってきた。フェリシアは立ち上がった。二人は何秒間か抱き合っていた。フェリシアは元の席に戻った。その途中で一人の男性が手を差し伸べ、彼女をハグした。

クラークは言った。「我らの父である神、創造主であり、支援者でもある。我々は今日の朝、今このとき、立ち止まって考えよう。神よ、我々にまた新たな一日をあたえてくれたあなたに感謝を伝えたい」

「イエス！」

「私はいま立ち止まり、サンダース家の人々がここにいることを神に感謝したい」クラークは言った。「立たなくてもいいですよ。楽にしていてください。私たちはただ神にあなたがここにきてくれたことへのお礼を言いたいだけなのです」この言葉に大きな拍手が起こった。「私たちはただ、我々の愛はあなたたちの一人ひとりに流れていって、あなたの苦しみは私たちの苦しみであることを伝えたいのだと、繰り返し言いたいのです。そしてもっと良い日が来ると。それが私たちの信仰で一番大切なことなのです。アーメン」

すぐに聖歌隊が歌いはじめた。そして人々も生き生きとしたリズムで歌いはじめる。

フェリシアは頭を揺らした。座席に座ったまま体を揺すった。やがて立ち上がり手をたたく。目に見えそうなほどの喜びがマザー・エマニュエルの壁を揺らし、信徒席を揺らした。人々は足を踏み鳴らし、今日も目覚めさせてくれた神のために両手を高く上げた。これがエマニュエル教会だ。観光地でも単なる聖堂でもないエマニュエルだ。礼拝が終わると、聖歌隊も一緒に歌った。「主は私の羊飼い、私には不足がありません……」

クラークは説教台の上のマイクを引き抜いた。みなと一緒に歌いながら、数歩階段を降り、木製の柵を抜けて、通路にやってきた。信徒席の最前列で足を止めると、フェリシアのところへやってきた。優しく抱きしめる。聖域に拍手が鳴り響いた。

クラークは次にティローンをハグした。それから孫娘を。信徒席を移動しながらサンダース家全員をハグした。

「私はいつまでもこの家に住まいましょう」

フェリシアは微笑んだ。クラークが会衆の前でしてくれたことは深く心に響いた。礼拝が終わると、人々が彼女たちを囲み、抱きしめ、笑いかけ、泣いてくれた。ティローンは丸い帽子を手にして、自分よりも年上の女性にキスをした。聖歌隊のローブを着た少女が孫娘のところにやってきてハグしてくれた。

人々が去っていくと、クラークは後ろのドアのところに立ってさよならと挨拶をし、フェリシアのグループが出ていくときは一人ずつハグしてくれた。外に出ると、訪問者たちが歩道に立って正面の扉や、柵に咲き乱れている色鮮やかな花を携帯電話で撮影していた。通りの向こうには白いバスが停まっている。

クラークはつぶやいた。「あら、ツアーが来るのね」

フェリシアはエマニュエルがあたたかく迎えてくれたことを感謝していたが、第二長老派教会も彼女が一番教会を必要としていたときに信仰と精神を豊かにしてくれた。第二長老派教会の人たちも好きだ。牧師クレス・ダーウィンも好きだ。彼は今でも毎週一対一の面談をしてくれている。それに教会の聖書勉強会と信徒席で感じるみなのあたたかい歓迎が特に気に入っていた。

だから棕櫚《しゅろ》の主日《しゅじつ》〔復活祭直前の日曜日〕に、フェリシアは第二長老派教会の聖域の前で数人の正会員たちと一緒に立っていた。

他の新入会員たちは教会の正会員になる。しかしフェリシアは臨時会員だ。つまり第二長老派教会にもエマニュエルにも籍を置くのだ。

礼拝が終わりに近づくと、フェリシアは後ろのドアから抜け出して、二つの教会の間の広い駐車場を横切った。エマニュエルはまだ彼女の心の奥深くにある。ティワンザとスージーとの思い出の場所であり、惨劇の前の彼女の人生のすべてが詰まっていた。エマニュエルはまだ我が家だった。彼女はそこへ急ぎ足で向かっていた。

外では、エマニュエルの前のカルフーン通りの車線一本を黄色いコーンがふさいでいた。白いツアーバスが予約済みのスペースにゆっくりと停車すると、非営利団体フェイス・アンド・ポリティクス・インスティチュートの人々を下ろした。彼らは毎年、議員の代表団を連れて公民権ツアーを行っているが、今年はエマニュエルが目的地なのだ。警察とＦＢＩの捜査官が武装して警備している。

教会の中に入った信徒や訪問者は、ＶＩＰのために聖域がテープで立ち入り禁止になっているのを見ることになる。その専用エリアでは連合旗撤去のために熱のこもったスピーチをした白人女性議員ジェニー・ホーンが、南部の再編入以来はじめての黒人議員である連邦議員ジム・クライバーンに挨拶していた。ティム・スコットがやってくる。公民権運動の象徴的存在ジョン・ルイス議員も到着した。

バルコニーまで満員だった。案内係が人々に詰めるようにうながしている。ドキュメンタリーを撮影しているカメラクルーが大きなブームマイクを掲げて通路を行き来している。訪問者たちは携帯電話を使って撮影していた。

フェリシアは信徒席にいるティローンに合流した。ポリーも静かにすべり込んできて、クラークが大きな身ぶりで聖域の前方にのぼっていくあいだに、後ろのほうの席に気づかれずに座った。聖歌隊の前にひざまずき、人々が緑の椰子の葉を振っているところをカメラクルーが撮影している。

「カメラのことは忘れて」クラークが注意した。「見学者のことも忘れて。ここは教会です」

彼女はすぐに、イエスの性格の強さや彼が他人に定義されるのを拒んだことや彼を変えた自己批判などについて語りはじめた。

クラークの話が終わると、フェリシアはまた立ち上がった。外に抜け出すと、第二長老派教会に戻る。朝の礼拝の二回目がはじまっていて、ダーウィン師は先ほど前に立っていた数人の新会員をまた会衆に紹介していた。信徒全員に紹介するためだ。そのときフェリシアはそこにまだたどり着いていなかった。駐車場を横切っている途中で、エマニュエルの友人に挨拶をしているところだった。

二三　悲しみの競争

エセル・ランスはエマニュエル教会の建物から一〇分ほどのところにある墓地で、永遠の眠りについている。ここはチャールストンの「首」と呼ばれる半島の上の部分で、マザー・エマニュエルのあるノースチャールストンがずっと黒人の貧困地区であるのに対し、高級化された地域だ。ここには二〇以上の墓地がタペストリーのようにひろがる墓地地帯がある。人種や民族によって分かれた小さな墓地がパッチワークのように組み合わさっていて、この街の人種隔離や不平等の歴史をはからずも映し出している。

この地区でもっとも有名な墓地マグノラ・セメタリーには、エリート階級の人々の墓石が高くそびえ立っている。一方で煉瓦の壁を挟んだ反対側の小さな銘板にはこう書いてある。AMEエマニュエル教会墓地。曲がりくねった小道や庭園や凝った記念碑や美しい海岸の景色など、訪問者を長く惹きつけるものはない。シンプルな墓石だけが埋葬場所を示している。一八〇〇年代にさかのぼるものも多い。岩の山だけで墓の位置が示されているものもある。ミドルトンやドレイトンといった裕福な奴隷所有者の姓があちこちに刻まれている。

エセルは同じ銃撃の被害者ティワンザ・サンダースとそのおばのスージー、それに図書館司書のシンシア・ハードの近くに葬られている。静かな場所だが、事件から一一カ月が経っても争っているエセルの娘たちは、いまだにきちんと話し合うことができず、母の墓石についても意見が一致していなかった。そしてその結果、それぞれが墓石を立てた。

長女シャロン・リッシャー師は三女と共同で墓石を買い、それは四月に完成した。シャロンは四女ナディーンの許可を得ずに、その墓石を母の墓に立てた。

一カ月後のある暖かい春の日、ナディーンは、青いクレーンを載せた白いピックアップトラックから彼女が注文した墓石がやわらかい土の上に下ろされるのを誇らしげに見ていた。墓石は姉たちが先に立てた墓石のすぐ前に立てられた。まるで墓石同士が互いを無視し合っているかのようだった。

しかもナディーンはエセルの墓石を買うだけでは終わらなかった。大きな黒檀のなめらかな石板がエセルの墓全体を覆い尽くし、その隣の次女の墓も覆った。その表面には白い文字でこう刻まれている。

あなたの子ども、
孫、ひ孫全員より

その言葉の下には一〇人の名前が刻まれている。まずはナディーン。二番目は唯一の男子ゲイリー・ワシントン。その次には、エセルの孫たちのほぼ全員とひ孫たちの名が長く続く。最後から二番目が三女エステル。ノースチャールストンに住んでいて墓石に関してはシャロン側につき、購入を助けた。第一子である長女シャロンは最後だった。シャロンの子どもたちの名前は載っていない。泥が片づけられ、作業員が去ると、ナディーンと彼女に近い数人の人たちは人目を引く墓石の様子をほれぼれと眺めた。ルーフの保釈審問の際、遺族の中で最初に赦しの言葉を口にしたナディーンは、ついに母と姉のためにちゃんとした墓石を立てられたと、いい気分で墓地を後にした。

エセルの墓があるのは墓地の中心の区画なので、姉妹の争いが死者たちの真ん中に展示される形となった。

すぐに、エステルの耳にこのことが届いた。彼女は急いで見にいき、シャロンに数枚の写真を添付したメールで、一家の辛辣なやりとりが世間に公開されていることを伝えた。シャロンは成人した子どもたちが住むシャーロットへ引っ越すためにダラスのアパートで荷造りをしていた。彼女は確信していた。神は自分に、外傷センターのチャプレンの職を離れて聖職者になり、人種差別や銃規制について国じゅうのあちこちで語る役目をあたえていると。それに彼女は赦しについての取材に応えていた。遺族の中で、ルーフをまだ赦していないと公に認めている一人だった。

エステルからのメールを見て、シャロンは荷造りの手を止めた。携帯電話の画面上で写真を何度もスクロールする。怒りが爆発したシャロンは、これから梱包しようとしていた大きな額入りの母の写真に詰め寄って、金切り声で叫びはじめた。母が遺言書か墓についての指示を遺しておいてくれたらよかったのに。あるいは生前、性格の違う姉妹をあんなにうまく取りもったりしないでくれていたら、私たちは自分たちの努力で、お互いなんとかうまくやる術を学べていたかもしれないのに。

「ママの努力が無駄になったのよ。こんなことには耐えられない。絶対に！」彼女は怒り狂った。

ナディーンはディラン・ルーフをあんなにすぐに赦したのに、どうして自分の身内に対してはこんな仕打ちができるのだろう？　自分もいつかはルーフを赦したい。けれど今はこの件で妹を決して赦せないことがわかっていた。

第二部

真相が明るみに出る

二四　善き人々の沈黙

銃撃事件のほんの数週間前、二一歳になったばかりだったルーフは警察に逮捕された容疑者の顔写真を集めたウェブサイトで古い友達の顔を見つけた。さっそくフェイスブックで彼を探し、連絡を取ることにした。フェイスブックでは友達をずっと八八人にしている。のちにマザー・エマニュエルに持っていった銃弾と同じ数だ。

古い友の名はジョーイ・ミーク。中学生のとき以来二人で過ごしたことはなかったが、ミークの返信にあった住所は、母親と弟たちと住んでいるトレーラーハウスから変わっていなかった。すぐに二人はまた一緒に大麻を吸うようになった。ウォッカも飲んだし、コカインをやることもあった。ミークは友達に再会できて喜んでいた。それにルーフは車を持っている。

数年振りだったが、ルーフは最初、ミークや弟たちが覚えている通りの内気でぎこちない少年のままに見えた。しかしすぐにどこかが違うことがわかった。彼は以前よりさらに口数が少なくなっていた。髪をマッシュルームカットにし、重いブーツでどたどたと歩きまわっている。顔に短剣のタトゥーを入れようかなと話していた。あるとき、ミークにアメリカ国旗を燃やすところを写真に撮ってほしいと言ってきた。愛国者が多いこのあたりでは奇妙に感じられる頼み事だった。

「え、やだよ」ミークはそう返答した。

彼らはちゃんとした仕事のあてもほぼない二〇代の青年で、毎日をなんの目的もなくぶらぶらと浪費していた。ミークの近所に住む黒人クリストン・スクリヴェンはときどき二人と一緒に過ごしていたが、後に、ルーフが黒人を見下していると感じたことはないと語った。ただし、事件の一週間前に人種間戦争を起こすのだと言うのを聞いたという。スクリヴェンはルーフが本気だとは思わなかった。実際、銃撃事件の後、彼はBBCに、ルーフは自分を人種で差別することはなかったと話している。「みなで彼を人種差別主義者に仕立て上げようとしているけれど、今あんたの目の前で黒人の俺が、先週と今日で彼への見方は変わらないと言ってるんだ。彼は俺には差別的なことはなにも言わなかったからね」

子どものころの友達でテキサスに引っ越していた二人種の血を引くケイレブ・ブラウンも同じ意見だ。事件後いくつかのニュースメディアに、ルーフが人種差別主義者だったとは知らなかったと語っている。「僕が知っていたころは彼も、彼のお母さんも全然そんなことはなかった。そんな人たちではなかったよ」と彼はCBSに応えている。ルーフの母親は自分が今まで会った中で一番いい人だ、とも言っている。ケイレブの母親は捜査員に、息子がルーフを家に呼んだこともあると語った。そのとき彼女はルーフを痩せっぽちで内気な少年と感じたそうだ。人種差別主義的だとは思わなかった。

しかしミークは、ルーフが白人至上主義に傾倒している様子を垣間見ていた。ある日、二人だけで近くをドライブしていたとき、ルーフがローデシアの話をはじめた。現在ジンバブエという名前になっているローデシアは、かつて白人の支配者たちが多数派の黒人たちに圧政を強いていた。そのせいで白人至上主義者が好む象徴になっているのだ。ルーフはそのローデシアの国旗をリサイクルショップのグッドウィルで買った黒いジャケットにつけていた。

さらに、ルーフは人種隔離が今も行われていればいいのにとミークに言っている。おかしな発言だと思ったが、ミークはあえてその話には触れなかった。ルーフがそれ以前にそうしたことを口にしたことはなかったという。しかしルーフは酔っていた。それに彼にはどんなときでも暗いユーモアがあった。冗談のつもりでなにか言うが、けっして笑わない。本気なのか冗談なのかよくわからないのだ。ミーク自身が精神的な問題を抱えていたこともあり、友人にあえて反論はしなかった。

六月一七日の一週間ほど前のある夜、ルーフがウォッカを一瓶もって現れた。二人はその四分の三ほどを飲みながらコカインや大麻をやり、Xボックスでゲームをした。ルーフはなんの脈絡もなく、人種差別の暴動を起こすのだと狂気じみたことを言いつのった。黒人による白人への犯罪があまりに多く、たくさんの白人女性が黒人男性にレイプされていると彼はまくしたてた。

それから、チャールストンにあるマーティン・ルーサー・キング・ジュニアも演説したAME教会にこのあいだ行ったと打ち明けた。黒人を何人かそこで殺したいのだという。人数が少ない水曜日に襲撃したいのだ、とまで。計画の邪魔になる人が少ないのがその理由だった。彼は新たに人種間の緊張を起こしたがっていた。自殺も計画していた。

ルーフが酔いつぶれたあと、ミークはルーフと共通の友達が以前、兄弟に自殺すると言って、その後本当に自殺したことを思い出した。ルーフはいつも態度がおかしいし、他人と目も合わせられないほど内気だ。誰かに危害を加えるより自殺するほうがありそうなことに思えた。それ以外のことは酔った上での単なる戯言に違いない。

ミークはルーフが早まってしまうのを非常に心配し、ヒュンダイの車内にあった自動拳銃グロックをもち出し、トレイラーの換気口の下に隠しておいた。しかし翌朝ルーフがしらふに戻って目を覚ますと、ミークは銃をヒュンダイに戻してしまった。

ルーフが書いたマニフェストの最初の行には、「私が育った家庭にも周囲の環境にも人種差別主義はなかった」とある。まるで自分で自分の犯罪を分析しているかのようだ。彼はＦＢＩ捜査官の聴取に対し、両親には自分の信念について話さなかったと語り、事件に対する両親の反応を気にしていた。

彼の両親は離婚しているが、どちらもリッチランド郡に住んでいる。リッチランド郡の郡都コロンビアは共和党が優勢な州のなかでも頑固に民主党支持者が多い都市だ。大きな公立大学があり、市長はアフリカ系アメリカ人で、住人の五人に二人は黒人だ。父親はコロンビアに、母親は三〇分ほど離れたイーストオーバーに住んでいる。ひろがってきた郊外が終わり、田舎がはじまるところだ。どちらも多様性のユートピアというわけではない。

年配者だけでなく、多くの黒人住人が今もなお、この州で起きた人種隔離廃止への激しい反対とクランによる恐ろしい制裁の記憶を忘れていない。今日でさえ、白人住民と黒人住民は別々の地区に住んでいて、根深い差別的文化のせいで深刻な格差が悪化するままに放置されている。そしてルーフの父親の家から車ですぐのところに、サウスカロライナ州ではじまった「人種分離学校」がある。一九六〇年代と七〇年代に学校における人種隔離を廃止する裁判所命令が出たため、子どもを黒人と一緒に通学させたくない白人たちのために作られた私立学校で、今でも生徒はほぼ全員が白人であり、繁栄し、存続している。

しかしルーフはその学校には行かなかった。同地域のより多様性のある公立学校に行き、いい生徒だったころもあったが、家族の目の前で成績は急降下していった。両親について言えば、エイミーとベンは息子が人種差別思想にはまっていっていることに気づいていなかったかもしれないが、彼がちゃんとした学校や仕事や人付き合いからいつも逃げつづけていることには気づいていた。非常に長い時間ネットを見て過ごしていることも知っていた。

それでもエイミーは息子が望めば寝室で食事をとらせていた。息子が生まれてからずっと、彼の不安と強迫的な行動をなだめようとしてきた。自分の手ではどうにもできなくて、専門家の助けを仰いでもいた。父親ベンのほうは、息子を元気づけ、一人前の男として世に出させたいと願い、特に仕事に就かせようとしていた。

ベンとエイミーは親としての接し方がお互いにまったく違った。エイミーは華奢で、身長もやっと一五二センチぐらいと小柄、長いブロンドの髪という見かけもか弱げであったが、精神的にもろかった。一九八八年にベンと結婚し、その四カ月後に第一子アンバーが生まれた。

二年後、二人は「結婚生活を続けるのが困難」と申し立てて別居し、その翌年に離婚した。一九九四年に一時仲直りしているあいだに彼女はディランを妊娠、出産した。そしてそのすぐ後にまた別れた。

長年、ディランは主にエイミーと暮らしていた。幼いころ、彼は母に三回キスをして、三回大好きだよと言っていた。そうしたら今度は母が大好きだよと言う。絶対に三回言わねばならないのをエイミーはよくわかっていた。多すぎても少なすぎてもいけない。頭から足に向かって洗われるのを好むのもわかっていた。体を洗うタオルが先に足に触れてはいけないのだ。洗濯も彼が気に入っている洗剤でしなければいけなかった。仕上がった衣服が好きなにおいにならないから。どこの母親もそうであるように、エイミーは息子に幸せでいてほしかった。

一方ベン・ルーフは保守系独立政治勢力のような考え方で、事件後すぐの大統領選挙ではドナルド・トランプに投票した。ワシントンの「腐敗」を軽蔑し、ヒラリー・クリントンを激しく嫌っていた。もしもヒラリーが大統領になったら、夫を「ファーストビッチ」と呼んでやろうと言っている。タトゥーを入れた建設請負人で、誇り高く荒削りな人物である彼は政治的な正しさ《ポリティカル・コレクトネス》が大嫌いだ。自分に丸くなれと命令するようなエリート主義はなんであれ嫌いだった。人を傷つけるような冗談も口にした。あるときディランに、お前のクラスメートのペニスは小さいだろう、あの子はアジア人だからと言った。銃撃事件の少し前にも息子に、黒人に対する差別用語が入ったラップの曲を歌えと言っている。とはいえ、ベンのクローゼットでKKKの白いフードを発見した人はいない。

日常的にディランの孤独な生活をもっともよく見ていたエイミーは、同じ状況の親ならみなそう思うように、息子に普通に、社会にとけ込んでほしいと願っていた。頭の大きな幼児だったころ、内気で他の子どもたちから離れ一人遊びをしていたときから心配していた。自分は見かけが変なんだと不平を言ったり、額が広すぎるとひどく気にする息子を彼女はなだめた。のちに小学校高学年になって、家から出ることすら恐れるようになると、彼女はもっと心配した。

中学に進むころには、彼に友達がいないのを危惧するようになった。ある日、家の近くでスケートボードをしている少年を見かけた彼女は声をかけた。一緒に来て、息子に会ってみてくれない？　ディランには友達がいないの。それにあまり外に出て遊ばないのよ。彼女はそう説明した。

ジョーイ・ミークは同意した。育った環境が厳しく、虐待もされていた彼は、なじめないというのがどういうことか知っていた。ミークは義理の父に首を絞められた赤い痕をつけたまま中学に登校してきたこともあった。ミークとディランはなんとなく意気投合し、エイミーはその様子を見てほっとした。二人は一緒にスケートボードをするようになったが、ジョーイは新しい友達が気まずくなるほど無口で、額とにきびをものすごく気にしていた。ディランは泥嫌いだった。外がいやなのだ。一方で大麻を吸うのは好きだった。二人は一緒に吸うようになった。かなり頻繁に。

小学生から中学生になるにつれディランはさらに不安に囚われていくが、そのころにベン・ルーフがまた結婚した。彼と新しい妻ペイジとの間にはモーガンという娘が生まれた。当時べンの建設業は繁盛していた。彼はペイジとともにフロリダ州キーウェストに引っ越し、そこで一〇年続いた結婚は最終的に破綻した。離婚裁判でペイジは、ベンが「怒っていて不安定」であると述べ、裁判所の記録によると、二〇〇八年に彼は地面に彼女を突き倒し、後頭部を殴ったとペイジが申し立てている。彼のほうはペイジが浮気をしたと反論し、その証拠だという私立探偵の調査報告書を提出した。二人とも糾弾された行為はしていないと否定した。

ベンは離婚後コロンビアに戻ってきた。一〇代前半のディランはこの間ずっと母親とコロンビアにいて、学校に行き、ルター派の教会に通って、堅信クラスにまで通っていた。そのときの牧師トニー・メッツェは手を差し伸べようとしたが、ディランには感情が乏しく、友達付き合いをするのは無理そうに感じられた。ディランは教会に数年間通っていたが、友達は一人もできなかったようだ。メッツェはベンと話したときにも、息子さんとコミュニケーションを取るのが難しいと告白している。

ディランが一五歳になった二〇〇九年の春、エイミーは息子の抱える不安やマリファナ使用、成績の急落などすべてを心配し、地元の精神衛生センターに助けを求めた。医師はディランを「とても不安」な状態だと言った。エイミーも医師も本人も、彼がマリファナに依存していて、不安障害であることに同意した。ルーフは数カ月間治療に通い、不安に対処するための薬が処方されたが、彼がそれを飲んだかどうかはわからない。

進学した高校を一年で中退し、それから五年間引きこもりつづけ、さらに不安な状態になっていった。その間、何度か甲状腺の問題で自分から病院に行った。彼は甲状腺に問題があるためにテストステロンが体の片側にたまっているのだと信じ込んでいた。じっさい甲状腺疾患にかかっていたが、軽度のものだったので、診断した内分泌科の医師は薬は必要ないと判断した。しかしディランは診療後にまた病院を訪れて、なにかすぐに薬を飲みたいと訴えた。「自分の甲状腺が肥大していると考えているんです。とても不安な状態なので患者に電話してくださったほうがいいと思います」二〇一四年に病院の助手が医師に宛てたメモだ。銃撃事件はこの翌年に起きた。

このころには、ディランはほぼ一日じゅう寝室でコンピューターの前に座っているようになっていた。ベンは息子をなだめすかして仕事に就かせようとした。二一歳になるときには、仕事に就くなら銃をもつのに必要な費用を払ってやると言った。ウォッカで酔っぱらった夜にミークが隠し、そして翌朝戻したあの銃だ。

ルーフの計画を聞いたミークが警察に通報しなかった理由はわからない。もし通報していたら、九人の死は防げたのかもしれない。わかっているのは、通報しなかった代償を世間からの非難と法的な罰によってミークが支払うことになったということだ。

事件の一〇カ月後、被害者の遺族たちはルーフの裁判を待ちかまえながら、ミークが「重犯罪の隠匿」、つまり大量殺人の計画を知りながら故意に隠していた廉で有罪になるのも待っていた。ミークは事件の翌日ＦＢＩ捜査官に対して故意に偽証したことを認めており、連邦刑務所に懲役八年という刑を求刑されていた。

出廷したミークは頭を丸刈りにしていた。丸顔でダークスーツ姿。事件後、ルーフについてマスコミのインタビューに答えていたときの迷彩柄サンバイザーとカロライナゲームコックスのぴったりしたシャツを着た、日焼けした気さくな若者らしい姿とはかなり違う印象だ。今は彼が裁かれる立場だ。静かにきちんとした口調で、ルーフからAME教会の聖書勉強会で複数の人を射殺する計画を立てていることを聞いたと認めた。しかし弁護士は、身体的虐待を受け、精神疾患を抱えていたミークの生育歴について話し、友人は酔ってばかげたことを言っているだけだと考えていたと主張した。しかしそのどれも、彼の決断を正当化する理由にはならない。フェリシアとポリーは傍聴席の最前列で厳しい顔をして聞いていた。二人は事件に関係するすべての裁判を傍聴することを、自分たち自身にも、亡くなった人たちにも、誓っていた。

ミークの弁護士は彼の判決が出る前に、ミークが有罪を認め、ルーフの裁判に協力するという申し立てを行った。申し立てが終わると、生存者たちはすぐに法廷を後にした。弁護士は裁判所の外でマスコミに向かって用意してきた宣言を読んだ。

「ジョーイ・ミークの代理人として、まず彼の有罪の申し立てがAME教会で起こった残虐な殺人事件の被害者の家族や友人のみなさんの癒しの第一歩になることが彼の真摯な願いであることを述べさせていただきます」デボラ・バービアーは冒頭にそう言った。それから彼女は、ミークが被害者の家族に謝罪していることを述べた。ルーフとは違い、彼は赦しを求めていた。

彼女はその場では触れなかったが、ミークは九人全員の家族に謝罪の手紙を書いていた。裁判の手続きが終わったら送るために。彼には学習障害があるので、一通一通書くのは時間がかかったが、遺族みなに名前で呼びかけ、故人について知ったことを綴っていた。

クレメンタの遺族に届いた手紙には、ルーフに父を奪われた二人の娘たちに宛てたメッセージもあった。彼は二人をつらい目に遭わせていることを謝罪した。フェリシアに対してはこう書いている。

あの日、ティワンザはヒーローでした。彼が勇敢にもおばさんを守ろうとしたことはずっと忘れられるべきではありません。過去のことを知るうちにあなたの息子さんが優しく器が大きく、いつも人のことを考えている人で、家族を愛していたばかりでなく、神へのとても大きな愛も示していたことがわかりました。

ミークはフェリシアと孫娘のために祈ると書き添えていた。みなさんがこんな目に遭わないですめばよかったのにとも。手紙の最後で、彼は赦してほしいが、「赦してはもらえないと思っている」と書いている。

二五　一年後

事件からちょうど一年となる日を三週間後に控え、遺族と生存者たちは米司法省の担当者とスピーカーフォンで通話をつなぎ、連邦がルーフにどんな求刑を考えているのかを聞くことになっていた。ルーフは三三の容疑で起訴されていた。ヘイトクライム、宗教行為の妨害、銃法違反。そのうちの多くの最高刑が死刑だった。じっさい、ルーフは二件の裁判を受けていた。連邦法によるヘイトクライムの裁判と州法による九人殺害および三人の殺人未遂だ。

州裁判を行うチャールストン郡検察局のスカーレット・ウィルソンは可能なかぎりもっとも重い刑を求刑するだろう、とずっと言われている。ウィルソンは裁判の予定は七カ月先の一月と決めていた。被害者の家族たちは連邦の裁判がいつ行われるのか、そして彼らの生活をそのためにいつ停めることになるのかを知りたかった。

遺族の中でもシャロン・リッシャーやアンソニー・トンプソンらはこの電話を恐れていた。二人とも聖職者であり、死刑には反対だった。イエスが説いているのは愛と赦しであり、地上での復讐ではない。生命は神からの聖なる授けものであり、神は自分が創造した存在に悔い改め、救われてほしいと願っている。そう考えていた。長い懲役刑になったほうがそれは実現される可能性が高いはずだった。

通話がはじまると、生存者たちと遺族たちは回線上で互いに親しく挨拶をした。生涯の友人や親戚もいたし、事件がこういう機会に引き合わせなければ見知らぬ同士だった者もいた。

きびきびした実務的な声がスピーカーから聞こえてきた。

「こんにちは、みなさん。アメリカ司法省サウスカロライナ支部ジェイ・リチャードソンです」

急なことだったのに電話に参加してくれてありがとうございますと彼は言った。オバマ大統領が遺族の赦しの言葉のすばらしさを取り上げてから一一カ月後、ロレッタ・リンチ司法長官が決定を下した。

「公式に発表される前にみなさんにお伝えしたかったんです。司法長官のロレッタ・リンチの指示で、ディラン・ルーフに最高刑である死刑を求刑できないか検討していました」

リチャードソンは連邦裁判の主席検事だ。責務を遂行しようとする彼のゆるぎない声が、静まりかえった回線に響く。

「みなさんもいろいろと聞いていらっしゃる通り、これからお話しする決定は非常に慎重に検討を重ね、みなさん全員のさまざまな考えも考慮してのものです。しかし最終的に長官は、本件はヘイトクライムであり、その及ぼす悪影響を鑑みた結果、死刑を求刑せざるを得ないという結論に至りました」

連邦政府は四〇年近く前に死刑を復活させたが、想定されうるケースが何千件とある中で、司法省が検察に極刑の求刑を認めたのは五〇〇件のみだ。そのうちじっさいに死刑を執行されたのは三人で、直近の死刑執行は一三年前〔二〇〇三年〕だ。

リチャードソンは質問も意見も求めなかった。もうすぐ判事が裁判の日程を決めるだろう。

ディラン・ルーフが二つの裁判で死刑を求刑されるというニュースが町じゅうにひろまるなか、連邦主席弁護人のデヴィッド・ブルックが興味深い要求を提出した。迅速な裁判を望むというものだ。この要求が認められれば、ルーフの連邦裁判が州の裁判と抜きつ抜かれつ進行することになる。となれば、もし州の裁判で死刑判決が出ても、刑の執行を免れられる可能性が上がる。サウスカロライナ州はこの四〇年間に四三人の死刑を執行してきた。それに対し連邦政府は一九七二年以降、二〇一五年までのあいだに三人にしか死刑を執行していないのだ。

ブルックはサウスカロライナ州出身の六七歳で、現在はヴァージニアで仕事をしている。世間から嫌われている依頼人の弁護を恐れずに引き受けることで有名だ。二〇年前には、サウスカロライナ州郊外の湖で幼い息子二人を溺死させた若い母親スーザン・スミスの弁護を引き受けた。最近では二〇一三年のボストンマラソン爆弾テロ事件の共犯として死刑を宣告されたジョハル・ツァルナエフを弁護している。弁護士として立派な業績を残しながら、死刑を求刑された殺人犯を何百人も救い、州最高裁判所に七件の反対意見を主張した。

検察当局に異論はなかったので、判事はすぐにブルックの迅速な裁判をとの要求を認めた。そしてルーフの裁判は一一月の第一週、連邦裁判の開始予定日の二カ月前に決まった。

この日程により興味深い展開が生まれた。ルーフの連邦裁判が、ノースチャールストン市のウォルター・スコット殺害事件の容疑者である警官マイケル・スレジャーの州裁判の時期が重なることになったのだ。チャールストンの近代史上もっとも人々を刺激した、人種問題にかかわる二件の有名な事件の裁判が、通りを挟んだ両側でほぼ同時に行われるのだ。

地元住民たちにとっては、二倍の圧力で襲ってくるメディアの報道にさらされるということだ。警察にとっては、大規模な警備案件を二件なんとかやりとげなければならないということだ。フェリシア・サンダースにとっては、この二件の裁判が重なるのは個人的に大打撃だった。この日程ではアンディ・サヴェジと妻のシェリル、つまり法律に関する相談役兼親友である二人がルーフの裁判のあいだ、一緒に法廷にいられないことになる。彼らは通りの向こうでスレジャーを弁護しているのだから。

「サンダースご夫妻」エマニュエルからの手紙はそうはじまっていた。

フェリシアは思った。「変ね。なんて格式ばってるのかしら」

「ご存知のように、二〇一五年六月一七日の悲劇的な事件の後、AMEエマニュエル教会にはたくさんのカードや手紙やメモや聖書の言葉をプリントした小さな布など、同情と支援の気持ちを表す品が届きました」手紙は教会の便箋にタイプされたもので、差出人はクラーク師だった。配達証明郵便で送られてきた。

フェリシアがエマニュエルに戻ってから二カ月が経っていた。彼女はその間エマニュエルと第二長老派教会の両方に通っていた。物心ついてからずっと信仰してきた教会との関係はよくなってきたと感じていたし、新しい牧師がエマニュエルを離れた人たちと和解したがっていることもよく伝わってきていた。だからこそ、その牧師からこんな堅苦しい手紙が突然届くとは冷たいなと感じた。

　手紙はその後にこう続いていた。事件後エマニュエルに届いた何千通もの手紙を教会の信徒とボランティアが確認した。寄付が入っているものがたくさんあったので、それを納めるためにムービング・フォワード基金を創設した。教会の指導者たちは何カ月も前にこの寄付金を分配したかったが、スティーブ・ハードが起こした訴訟が進行中だったため動かせなかった。

　最近教会の職員がファンドに入れた金の領収書を提出したので、スティーブは訴訟を取り下げた。もっと広範囲に教会の金の流れを調べるのには多額の費用がかかるし、教会には合衆国憲法修正第一条が適用されるので不確実だった。よって、根強い疑いの核心の部分は解決していなかった。ムービング・フォワード基金以外に流れた金はあったのかどうか。それは今もわからない。

　クラークの手紙はさらに続いた。その文章は牧師が教区民に宛てて書いたものというより、弁護士が依頼人に書いたもののようだった。ムービング・フォワード基金からフェリシアとティローンに支払われる金額は、事件の「被害者と生存者」が家族に何人いるかで決まる。二人に支払われる金額は一五万三四〇〇ドルだった。

　クラークの上司たちは数カ月前に、善意の人たちから教会に約三四〇〇万ドルが贈られたと発表している。しかしフェリシアは自分たちの家にそんな具体的な額の数字が示されるとは思っていなかった。息子の生命の価値が数字で示される。そんなもので自分が感じている圧倒的な喪失感を表すなんてまったく不適切だ。無味乾燥なコンピューターのフォントで記されていたことも事態をさらに悪くした。

「私はAMEエマニュエル教会の牧師として、AME教会マザー・エマニュエルという家族の一員として、二〇一五年六月一七日に失われた生命を具体的な数字で示すことがお気持ちにそぐわないことは承知しております。我々がいつもみなさんを思い、祈っていることをどうかお心に留めてください」

形式通りの手紙だ。個人的なところがほとんどない。電話はなかった。訪問もなかった。教会が用いた算定方法は説明されていない。ただ機械的に「思いと祈り」を約束しているだけだ。数カ月前に教会自体が寄付の半分以上にあたるほぼ二〇〇万ドルを取ると発表していたこともさらに悪かった。

フェリシアは手紙の文章とその中で触れられている人について考え、もっとひどいことに気がついた。彼女はポリーと同じ額を受け取ることになっている。ということは孫娘の分はないということだ。エマニュエルのリーダーらは寄付金の一ペニーたりともフェリシアの孫娘には分けないのだ。彼女は虐殺を目撃し、誰よりも長くあの夜の記憶を抱えて生きていかなければならないのに。

事件からちょうど一年という日が近づくころ、エマニュエルでもっとも積極的に活躍している人たちに関するゴシップが電話越しに流れていた。クラーク師はだんだん前任者と同じ轍を踏みはじめているようだった。有名な教会を困難なときに導くことに伴う個人的な栄光に、じっさいに導くことそのものより強い関心をもつようになったのだ。ホワイトハウスに招かれ、ファーストレディのミシェル・オバマから賞を授与されたかと思えば、マーサズ・ヴァインヤードのイベントに参加する計画をしているという。事件から一年後のイベントも同じ時間に行われるというのに。

記者会見で配られる資料にも手を入れていた。おそらく新たなCOS《チーフ・オブ・スタッフ》（補佐官）が作ったようだが、ところで牧師の補佐官とはいったいなんだろう？　資料はクラークの新しいイメージを世に広めるためにデザインされていた。エマニュエルの悲劇的な事件の後で、彼女は「アメリカの牧師」と呼ばれているとそこには書かれていた。

アメリカの牧師？　五カ月間ずっとエマニュエルにいたのに。

「彼女はライト、カメラ、アクションだけだ」長年の信徒が不平を漏らした。また新たな人物が人々の悲しみの裏で脚光を浴びようと活動している事実が、信徒たちの抑えている痛みをさらに刺激した。

しかしアンソニー・トンプソンにとっては、クラークは友人であり、応援したいと思っていた。彼は寄付金の分配に関する彼女の堅苦しいやり方は気にならなかった。保護観察司と仮釈放指導官をつとめていたこともあるアンソニーは、こういう大きな金額を扱うときには弁護士や法律用語を使う必要があることを理解していた。それにアンソニーには、他の人たちとは違ってエマニュエルとの間に個人的な深い絆がなかった。エマニュエルは亡くなった妻マイラの教会であって、彼の教会ではない。それにクラークがいま直面している仕事には前例もなにもなく、その大変さにアンソニーは牧師として同情していた。それにクラークとアンソニーには事件から一年目の聖書勉強会を特別なものにしたいという共通の目標があった。彼女からアンソニーに、マイラを愛していた人たちみなが参加できるようにするため、一緒に主宰しないかと提案があったのだ。

アンソニーは同意した。チャールストンの人々みなに愛を示せるような、二つの教会の合同礼拝を行えるのではないかと考えた。そうすれば事件後のチャールストンの人々の団結を示すことができるだろう。その希望が示せれば、六月一七日をまた迎えねばならないという恐怖をやわらげることができる。

一周年の聖書勉強会の三日前、ヘイトによる残虐な犯罪がまたアメリカを襲った。オーランドのゲイナイトクラブに入ってきた男が四九人を殺したのだ。単独犯による銃乱射事件としては最悪の死者数で、LGBTコミュニティに対する暴力犯罪としてもアメリカ史上最悪の事件だった。

被害者の家族はまた同じような事件が起こったことに呆然とした。

すぐに、クラーク師がホワイトハウス行きを中止してオーランドの人々のケアに向かったという知らせがアンソニーに届いた。クラークは聖書勉強会の準備に間に合うようには帰ってこられないかもしれない。アンソニーは聖書勉強会の主宰を降りようとも考えた。彼はAMEの聖職者ではない。クラークと一緒でなかったら、彼がエマニュエルでイベントを行うのはおかしいと思われるかもしれない。エマニュエルには適任な聖職者たちがたくさんいるのだから、でしゃばりだと思われたくなかった。

けれどクラーク師は勉強会の本番には間に合うよう帰ってくるかもしれない。

一周年の勉強会前夜、アンソニーは明日の準備のために自分の教会から重い足取りで帰宅した。疲れ切っていたし、風邪で体調が悪かった。この数日、眠れない夜が続いていた。六月一七日が近づいてくるにつれ、ちょうど一年目のその日を迎えるにあたってこみ上げてくる強い思いと、聖書勉強会を実り多いものにしなければというプレッシャーで押しつぶされそうになっていた。

かつてマイラとともに過ごしていた寝室で革張りの聖書を手に取ると、すぐに種の寓話のページを見つけた。マイラがあの夜、はじめて主宰する聖書勉強会でテーマに選んだ箇所だ。アンソニーはクスッと笑った。彼女が最初にこの節を読んだとき、ひどく腹を立てて彼のところにやってきたのを思い出したからだ。

「意味がわからないわ」彼女は言った。

「そのうちわかるよ」彼は保証した。

「意味がわからないのよ！」

「そうか、全体を読んでごらん」

「全部読んだわ！」

「いや全部じゃないだろう」彼は彼女に微笑みかけた。

アンソニーはマイラならわかるはずだと確信していた。完璧主義の彼女は聖書を粘り強く勉強している。今回はただ単に途中でやめてしまっているだけだ。

「問題の箇所だけじゃなくその後も読むんだ。章全体を読むといい」

彼は寓話の最後に答えがあるのを知っていた。イエスは自分の話の意味をストレートに説明しないことも多い。しかしこのエピソードでは弟子たちに個人的に説明している。「いばらの間に落ちた種というのは、その言葉を聞いてはいても、生活の心配に邪魔されたり、富に目を眩まされたりして、その言葉を意味あるものにできなかった人のことを意味している。しかし良い土壌に蒔かれた種というのは、その言葉を聞いて、それを理解した人のことだ。こういう人が作物を育て、蒔いた種の一〇〇倍、六〇倍か三〇倍を収穫することができるのだ」

マイラはこの日はぷいっと踵を返すと、木の階段を上って二階の、かつての娘の部屋で今はマイラの聖域になっている部屋に向かった。部屋にこもって数時間読み、勉強し、祈っていた。彼女が読んでいるあいだ、家の中は静まりかえっていた。

アンソニーは彼女の声が階段の上から降ってくるまで微笑みをこらえ、待っていた。

「ねえ、びっくりした」彼女は階段を駆け下りてきた。「どうして言ってくれなかったの？」

アンソニーは少年のような笑顔で彼女を迎えた。

「言ったよ。全部を読みなさいって」

この寓話を自分が教えることになった聖書勉強会のことを心配している今も、あのときのことを思い出して笑みが浮かぶ。マイラはこのときから章句を詳細に調べ、岩だらけの土壌と信仰の種を窒息させるいばらについて熟考した。神の言葉という種が芽生え、生い茂る豊かな愛の土壌を作り上げることについて考えはじめていた。

アンソニーは彼女が理解したことにほっとした。マイラはずっと彼の豊かな土壌だった。

そして今、彼も同じことをしようとしている。覚悟を決めて聖書勉強会を主宰することにした。一年前、ディラン・ルーフの保釈審問で彼と他の遺族たちが述べた赦しの言葉をさらに補強するのだ。それには自分が説教してきたことを実践しなければならない。だから勉強会を一人で主宰しなければならなくなったことについて、クラーク師を許そうと心に決めた。彼女は他の場所で傷ついた人たちをケアするために出かけたのだ、その結果、彼一人がエマニュエルで聖書勉強会を開くことになったのは神の決めたこと。だから傷ついた人たちでいっぱいの教会に豊かな土壌を育てよう。たとえどんなに疲れて、具合が悪くてもやりとげるのだ。彼は午前三時までかかって翌日話す原稿を書いた。

聖書勉強会の日、当選したばかりの新市長がエマニュエルにやってきて、マイラの大家族も含む聴衆と一緒に席に着いた。アンソニーの教会の信徒も後ろの信徒席に座っていて、励ますように微笑んでくれていた。

教会が満員になると、前部の木製の聖書台の前にアンソニーが進み出た。

「今週はとてもつらい日々でした」

彼は九人と生存者のこと、それから事件の影響を受けたたくさんの人々のことを振り返った。彼自身もその一人だ。「私には神の言葉しか頼るものがありませんでした」

アンソニーはメモを見下ろした。それはマイラのメモから書き写したものだった。彼は神に対して閉ざされている、石のような心と物質主義といういばらについて話した。それから自分の考えたことに移った。事件の二日後に行われたディラン・ルーフの保釈審問の話をした。あの日、彼はなにも発言しないつもりだった。何も言わなくていいからと子どもたちに注意してさえいた。しかし神は別の考えをおもちだった。そして妻の名前が読み上げられ、彼は立ち上がって前に歩いていった。彼は赦しの言葉を口にし、ルーフに悔い改めるよう語りかけた。

「私の心はすぐに穏やかになった」彼は振り返る。

アンソニーは人々に、種の寓話では肥沃な地面に落ちた種がたくさんの果実を実らせたことを思い出させた。今日ここに集まっている人たちの誰か、あるいはみながその種になることができる。ディラン・ルーフだって、本人が受け入れ、大切に育てることを選択すれば、その種になれるかもしれない。

「神の言葉を聞くことで、それが可能になるのです！」

聴衆はうなずき、同意のつぶやきをする者もいた。アンソニーは最後に同じメッセージを捧げるための祈りをした。

「愛の中で種を育てはじめましょう。ディラン・ルーフとその家族のために祈りましょう！」

人々は喝采した。そして彼は続けた。

「誰かを抱きしめ、神がその人を愛していることを知らせてあげましょう」

彼の妻が愛した教会の人たちが、スタンディングオベーションで彼への感謝を伝えた。


人々の姿がほとんどなくなると、アンソニーはゆっくりと家族のいる階下に下り、みなで夕食をとりに出かけた。マイラの末の弟ＪＡ・ムーアとその妻のヴィクトリアは教会の横の駐車スペースで足を止めた。去年の夏、クレメンタ・ピンクニーの葬儀でオバマ大統領が「アメージング・グレース」を歌ったことを思い出したのだ。二〇代の若い二人には、惨劇の衝撃の真っ只中で希望のメッセージを語ったオバマ大統領のスピーチは、彼らの世代の「私には夢がある」［マーティン・ルーサー・キング・ジュニアによる有名な演説の一節］のように感じられていた。

あの夜、ＪＡはヴィクトリアにプロポーズしたのだ。

二人が一年前の記憶とマイラの思い出に微笑むと、若い妻はエマニュエルのはるか上の夕暮れの空を指さした。虹がかかりはじめていた。カルフィーン通りの木々の上からはじまって、見ているうちにどんどん色が鮮やかになり、教会の茶色の尖塔の上にきれいにアーチを描いた。

「あれは神様だ」ＪＡが言った。

「あそこを見て！」ヴィクトリアが聖なる街の空にかかった美しい虹のすぐ向こうを指した。

「二重の虹だわ」

彼は二番目の虹で空が明るく輝くのを見た。

「あれが信仰だ」

二六 通常営業

六月一七日が目前に迫っていたある日、ジェニファー・ピンクニーは娘たちと話し合った。チャールストン市と教会は事件を追悼する一二日間のイベントを計画している。ジェニファーはエリアナとマラーナに、チャールストンの人々がパパと他の亡くなった八人の人たちを追悼するために行う行事について説明した。大行進、教会での礼拝、この地区の大きな教会での行事、エマニュエルでの追悼の祈り。いいと思わない？

人々がしてくれることにジェニファーが感謝しているのは本当だった。しかしこうした公の行事に参加すれば、どっと注目が集まるのが心配だったし、なによりもまたあの夜を再体験しなければならなくなるのが恐ろしかった。しかし自分たちの生活が今やとても公的なものになっているのはわかっていた。人々は彼女たちの姿を見て、彼女たちの話を聞きたいのだ。

エリアナがまず返答した。細身でまだ一二歳ながら、父譲りの威厳を感じさせる。

私は行きたくない。

「みな泣いてばかりなんだもの。みなで泣いて、『かわいそうに』って言うだけなの」

ジェニファーはエリアナの声に耳を傾けた。彼女の言うことにも一理ある。あまりに多くの行事で、善意にあふれた人たちが、みなこう言うのだ。

「ああ、かわいそうなお嬢ちゃんたち」

「ああ、お父さんがいなくてさみしいね」

「ああ、悲しいでしょう」

エリアナとマラーナはもちろん、感謝を込めて微笑むだろう。しかしこうした言葉を何度も何度も聞いていれば気持ちは沈んでくる。父を失ったことをそこまでして思い出させてもらう必要はない。

ほんの数日前、事件後に同居して毎日の生活を安定させてくれていた二人の祖母クレオ・ベンジャミンが、長い癌との闘いの末に亡くなっていた。ジェニファーは母の死が特につらかった。母を亡くした深い悲しみの中でまたなんとかして日常を取り戻していかなければならない。日常。ジェニファーはエリアナが答えをくれたことに気づいた。

「うちは行くのをやめましょう」ジェニファーは言った。

行事に行く代わりに、三人はクレメンタの姉妹であるおばさんとクレメンタの墓に行くことにした。娘たちはカラフルな風車をもっていった。ジェニファーは花を携えて。一人ずつクレメンタの墓に歩み寄り、話しかけた。ジェニファーは花を供えた。娘たちはやわらかい土に風車を刺し、熱風にくるくる回るのを眺めていた。

追悼行事の一環として、何百人もの人々がマリオン・スクエアに集まり、エマニュエルまで行進し、さらに亡くなった人たちを記念して円形に木が植えられたゲイラード・センターまで歩いた。そのあと彼らは白いテントの下で、マーティン・ルーサー・キング・ジュニアの妻コレッタ・スコット・キングとその末娘であるバーニス・イングの話を聞いた。一九六九年、白人の人種差別主義左派にキング師が射殺された翌年、コレッタはエマニュエルで三〇〇人を前にスピーチをし、さらに翌日、ストライキをしていた市立病院の職員たちを率いてデモ行進をした。

バーニスは、人々が互いを恐れるのは互いのことをよく知らないからだと父親が言っていたと語った。今、この行進のあいだ人々はこの公的な場所で互いの結びつきを示している。けれど各自家に帰ってからはどうだろう？ 夕食やビールをともにする相手として誰を招くだろうか？

「プライベートな場でも、ともに過ごすようになるための方法を見つけなければなりません」コレッタは言った。

そして、メッセージが浸透するように少し間を置いた。

「それがあなたたちに課せられた仕事なのです」

じっさい、数日前、サウスカロライナ州の世論調査でこの事件が人種間の関係にどう影響したかについて、黒人住民と白人住民でははっきりと考えが違っていることがわかった。白人住民のほとんどが人種間の緊張は事件後、大幅に改善したと考えていた。それは同じように感じている黒人住民の二倍に相当していた。

黒人住民の三分の一は正反対の見方をしている。彼らは白人は積極的にハグしたり、大行進に参加したりはするが、教育から収入から司法組織まで、州全体のさまざまな場所に根強く残る大きな格差の是正には手をつけようとしないと考えている。

白人住民は手を取り合おうとする自分たちの行動が思いやりに満ちた真摯なものだと感じているが、そう思っているだけだ。しかし黒人住民はそうした行動についても、食事の後、本当は代金を支払うべきなのに「ごちそうさま」とお礼のメモだけ書いて去っていく人のようなものだと感じている。

この結果は、サウスカロライナ大学が八〇〇人の成人に対して行った、エマニュエル教会乱射事件とウォルター・スコット射殺事件の事件後の人種間関係に関する世論調査でわかったものだ。人種間の関係を「悪い」と考えている黒人住民は三二パーセントで、これは三〇年近く前に同大学が調査を開始して以来最高の数値だ。

それぞれどのくらいの割合の人々が、現在も人種問題が存在していると考えているのかという問題になる。平等になっていると考えている白人住民の割合はアフリカ系アメリカ人の割合よりはるかに多い。前者は八〇パーセント、後者は四五パーセントだ。お互いに、人種間の緊張の原因をそれぞれ違うものと考えている。黒人住民たちのなかには、分断をあおるような大統領選挙や長年州議会議事堂に掲げられていた南軍旗を原因と考える者が多い。白人の多くは、この問題をメディアが取り上げることが原因だと考えている。

チャールストンでは六月一七日以来、人種に関するたくさんの対話が交わされてきたのに、分断は今も残っている。エミー賞を受賞した映画監督ケン・バーンズとヘンリー・ルイス・ゲイツ・ジュニア〔黒人研究の第一人者〕は、人種についての講演の全米ツアー第一回の場所にチャールストンを選んだ。A&Eネットワークスはここで三時間におよぶ人種についてのフォーラムを実施した。公共放送PBSのジャーナリスト、グウェン・アイフィルはテレビを使った対話集会を開催した。

アイフィルの集まりで、「ニューヨーカー」誌のライターで歴史家でもあるジェラーニ・コブが人種についてまた同じ議論をするのは難しいと述べた。「我々は二つのことを過大評価しすぎている。一つは対話のもつ力、二つ目はアメリカに住む白人の善意の程度だ」彼は白人の半数以上が、人種問題で主に不利になっているのは白人のほうだと感じているという調査結果に注目した。それにもかかわらず、こうした対話集会では、ディラン・ルーフが積極的に残虐なやり方で示した「黒人が本来はもっていないはずの権利を得ている。さまざまな場面で白人たちはそれを奪われている。白人であることの価値が減らされている」といった考えについての話は出てこない、とコブは語る。

それはこうした議論の場にやってくるのは、アメリカの黒人社会の苦しみを直接知らない人々ではなく、もともと同情的な白人であることが多いからだ。アファーマティブアクションなどに憤慨し、人種問題の現状に関するアフリカ系アメリカ人の不満を理解しない白人は、こういう場に決してやってこないし、自分たちがいなかった時代の人種差別について知ることも、調べることもない。

AMEの教区監督であり、全米黒人地位向上協会（NAACP）のリーダーであるジョセフ・ダービー師のようなチャールストンの黒人市民は、サウスカロライナ大学の調査結果にも驚かなかった。ダービー師は事件後人々が着てみせた、「チャールストン・ストロング」のロゴが派手にプリントされたTシャツを嘲笑することをためらわなかった。

「『チャールストン通常営業』のほうがぴったりだと思いますね」と彼は言った。「カースト制度と表裏一体の善意であり、無自覚にカースト制度を支えている」

しかし彼は少し変化が起こっている様を目にしたという。最近友人である牧師とともにエマニュエルの聖書勉強会に立ち寄った。勉強会が終わって参加者が帰っていくなか、年配の白人女性たちのグループがキッチンを片づけていた。ダービーにはそれが正しい方向への小さな一歩だと思えた。じっさい、チャールストンの分断を超えて、違う人種が相手のもとへ親しく歩み寄っている。

こうした努力の中でも最大で、もっとも組織だっているのがチャールストン警察のチャールズ・マレン署長が考案したイルミネーション・プロジェクトだ。マレンはエマニュエルの事件が起こる前から警官による射殺事件への怒りが国じゅうで盛り上がり、彼の街も呑み込まれるのではないかと心配していた。ウォルター・スコット射殺事件は彼の管轄外のノースチャールストンで起きたが、その緊迫した状況が自分の町にもおよぶ可能性があるのを彼は知っていた。マレンは射殺事件よりもさらに前から、警察の考え方を「戦士」から「守護者」に変えようと働きかけていた。戦うのではなく守るという意識をもつのだ。

エマニュエルの事件直後のある夜、マレンは深夜に警察と住民を結びつけるアイデアを思いついて目を覚ました。それは彼がイルミネーション・プロジェクトと名づけたものだった。違う立場の人々からなる会議で、それぞれがテーマとなった人種の関係をとても異なる目で見ているのがわかった。

会議がはじまってすぐ、白人警官が立ち上がって自己紹介をした。「自分についてお話しするとしたら、『出身はオハイオです。妻と娘がいます。走るのが好きです』と言います」と彼は言った。「人懐こいほうです」彼は制服やバッジ以外の自分も見てほしいと強調した。

しかし次に発言した主任看護師の黒人女性はこう言った。自分には、彼はまさに制服とバッジの人であり、人を殺せる人にしか見えないと。彼女は子どものころ、自分の兄弟が単に黒人の若い男だというだけで警察にいやがらせをされていたのを見ていた。「残念ながら、あなたのことは知りません。私にはあなたは銃をもった男にしか見えないんです。そして銃をもった男は私を撃とうと思えば撃てるんです」

警官は驚いていたが、彼女の見方を否定しないように努力した。彼は警官になってもう一〇年だ。違反記録はないし、人助けをするという評判を得ている。では彼や他の警官たちはこう思われるのをどうすれば変えられるのか？　それからの数ヵ月で、彼と女性は親しくなった。大きな目的の中の小さな一歩だ。事件から一年目の日がついにやってきたとき、第二長老派教会では同じようなことが起こっていた。

六月一七日の夜、一年前に聖書勉強会がはじまろうとしていたのと同じ時間に、フェリシアは第二長老派教会の聖域の隣にある教育ビルに向かって歩いていた。彼女は白人市民ばかりのこの教会で信仰心が育てられるのを感じていた。ここに来ることでなんらかの人種的な意見を表明するつもりはなかったけれど、神は彼女をこの場所に導いた。そして彼女はここで、十字架の上のイエスや聖書勉強会で彼女の大切な人たちが流したのと同じ赤い血が、信心深い人々なら肌の色にかかわらずみなに流れているのだということを、新たな熱意とともに悟った。

つらいこともある。第二長老派教会に入っていくと今も「訪問ですか?」と訊かれることがある。それに最近、大規模な低所得所帯の生徒たちへの支援活動のボランティアに参加したとき、ボランティアの人々のいるほうではなく品物を受け取る側の列に案内されそうになった。フェリシアはなにも言わず、目的の場所に向かって歩きつづけた。

一方で、彼女と姉妹のうちの何人かはこの教会の聖書勉強会に参加している。二五人ほどの常連メンバーの半分が黒人で半分が白人だ。毎週水曜日に週に一度の勉強会が終わった後、みな少し残って話をしている。この場所とこの時間がなかったら、互いの人生について知ることもなかったはずだ。

クレス・ダーウィン牧師は暖かいハグで彼女を迎えた。二人が一緒にぶらぶらと歩きながらおしゃべりをし、静かなチャペルの中に入っていくと、教会の追悼ミサにやってきたたくさんの人々から少し離れたところに、同じ生存者であるポリー・シェパードや被害者の遺族たちが集まっていた。フェリシアはポリーとハグをした。ポリーもうエマニュエルには通っていない。ポリーはエマニュエルの近くにある、エマニュエルから派生したAMEマウント・ザイオン教会に移った。そこで彼女はカイロン・ミドルトン師によってよりよく宗教上の対応をしてもらっている。

みなが礼拝に向かっていると、カイロンも到着した。クレスとカイロンは事件の後に知り合った。チャールストン市の宗教全体で行われた人種や宗派を超えて連携しようという活動に参加したからだ。クレスは今夜カイロンを第二長老派教会に招いて説教をしてもらう。第二長老派教会では信徒たちが立ち上がって歌うようなエネルギッシュな礼拝はめったに行われない。長身でカリスマ性のあるカイロンは、AMEの伝統に則った信徒との掛け合いのある説教を行った。彼は説教壇には必ずハンカチをもっていく。すぐに額の汗をぬぐわなければならなくなるからだ。

アンディ・サヴェジとシェリルもやってきた。その後、この事件と言えばすぐに思い出されるあの赦しの言葉を最初に言ったナディーン・コリエールがやってきた。お互いを理解し合う新しい家族がチャペルに集まったのだ。

礼拝の時間が近づくと、クレスは教育ビルから聖域のほうにさらに多くの人々を案内し、礼拝がはじまる前に席に着いてもらった。生存者と被害者の親族はクレスに呼ばれるまでロビーで待っていた。彼らは黒人も白人も一緒に円になって互いに手を取り合っていた。彼がこの一〇年思い描いていた、立場を超えた集まりだった。彼は神が彼らと、そして聖域で待っているみなとともにあることを祈った。

「アーメン!」

「さあはじめよう！　はじめよう！」彼は呼びかけた。

クレスはカイロンの説教の時間まで礼拝を進行した。カイロンはこの分断された街で育ったので、白人教会の説教壇に黒人牧師が立つことの重要性をよくわかっていた。彼はしっかりとした足取りで説教壇に向かう。説教壇にのぼると、にこやかに笑った。「第二長老派教会に来るなんて想像もしませんでした！」日曜日は今も、もっとも人種が分断されている曜日だと彼は言った。

しかしなぜ？　みな同じキリスト教の神、今夜みなをここへ導いた同じ神を信じているのに。「信仰で人々を平等にするのです！」

これはいろいろな意味で、事件後に起こった人種間の関係のうちでもっとも重要な変化だ。「我々のコミュニティが人々の共通点に基づいて再集結するとは誰も想像していませんでした」カイロンは厳粛に言った。「これは神の子みなにとってのすばらしいチャンスなのです」

彼が説教壇を降りて近づいてくると、白人と黒人の信徒からなる聴衆は立ち上がって歓声をあげた。しかし人々が主の祈りを唱えているなか、カイロンは自分の信徒席に戻らず、聴衆の間を通り、後ろのほうの席に座っている長い茶色のあご髭を生やした白人男性のところへまっすぐに歩いていった。男性は立ち上がってカイロンをハグした。カイロンが自席に戻ったのではなくそんなやりとりをしていたことに気づく人は少なかった。ほとんどの人は祈りの言葉に集中していたからだ。

我らに罪をなす者を我らが赦すごとく
我らの罪も赦したまえ

カイロンが抱擁した男性はディラン・ルーフのおじ、ポール・ルーフだった。カイロンはポールとその妻を招いていたのだ。二人に、歓迎されていると感じてほしかった。ポールはチャールストン大学の教授で社会学を教えている。彼の写真がビールの缶に使われたことが問題になりキリスト教系の大学から解雇された件で、地元では多くの人に知られていて、彼には「ビール缶教授」というあだ名がついている。この件で彼はチャールストン大学に移り、そこでカイロンに出会ったのだ。

事件後のある日、ポールは友を失って悲しむカイロンのオフィスに家族を代表して謝罪をしに現れた。カイロンはそれに感銘を受けた。カイロンはその謝罪を受け入れ、ポールやその家族の様子を訊き、そのときに甥ディランがどうしているかも尋ねたのだ。カイロンは自らが大切にしているキリスト教の赦しと和解の精神からそうした。それに彼は一人の行動でルーフ家全体を非難しようとはしなかった。このとき以来、カイロンとポールは友達になった。カイロンの知るかぎり、ポールが被害者の遺族と同じ行事に出席するのはこれがはじめてだった。

二人が抱擁していると、聖歌隊が歌いはじめた。この一年のあいだ、ディラン・ルーフはたくさんの人が彼に差し出している赦しを受け取ろうとはしなかった。しかしポール・ルーフは今夜ここに来た。カイロンは目に見える行動をとってくれたことに感謝した。

二七 魂は救われた

三日後、さまざまな一周年の行事が続くなか、フェリシアにエマニュエルの友人たち何人かから同じ内容の電話があった。「クラーク師のこと、聞いた?」

着任からまだ五カ月しか経っていないのに、ノリス監督がクラーク師を海岸沿いに約九〇キロメートル北にあるジョージタウンの教会に異動させたのだ。代わりに、その教会の牧師がエマニュエルにやってくる。日曜日には、この悲しみに暮れる一年のうちに、三人目の牧師を迎えることになる。監督は理由を述べていないが、述べる義務はない。今やとても有名になったクラーク師の経歴には不都合だろうし、追悼行事が続く中でいなくなるのは筋が通らず、彼女としても納得のいかない異動かもしれない。しかし理由がなんであれ、オーランドーから戻ったばかりのベティ・ディーズ・クラークにとってこれは降格だということはみなわかっていた。

フェリシアは彼女の行動すべてを認めていたわけではない。けれど、少なくとも生存者や遺族に手は差し伸べていた。自分をエマニュエルに戻るよう招いてくれた。信徒たちが苦しんできたトラウマに立ち向かうことを応援し、彼らに泣いていいんだよと言い、必要ならば専門家の助けを得るように勧めた。この一年間、悲嘆に暮れるエマニュエルの信徒たちは、なぐさめられるのではなく、逆にとてもたくさんの訪問者たちの涙を乾かす役目を何度となく負わされてきた。そのことを知る人はあまりいない。

だから牧師の突然の異動にフェリシアは考え込んだ。どんな事情があろうと、クラーク師が教会に人生を捧げていることは間違いない。

フェリシアはクラークに電話をかけた。そしてこの異動は今はいいことに思えないかもしれないが、恵みなのだと思ったほうがいい、と伝えた。

「きっとあなたの魂を救うのよ」フェリシアは言った。

監督のこの決定によって、三つのことがいよいよ明確になった。まず、AMEの運営側は牧師のことを考えていないし、信徒のことも考えていない。それから一周年の行事が続くエマニュエルを混乱に陥れる可能性についても気にしていない。そして被害者の遺族や生存者たちがこの間にどれだけ苦しんできたかにも関心がない。

フェリシアはもうたくさんだった。

一年間ずっと決断できず、二つの教会の間を行ったり来たりしながらも、生まれたときから信仰してきた教会でやり直したいと願ってきたが、もう別れを告げよう。今やはっきりした。神は彼女に第二長老派教会の正会員になるように告げている。デンマーク・ヴィージーは二世紀前に、尊厳と魂の成長の糧を求めて第二長老派教会からエマニュエルに移ったが、彼女がそれとは反対の行動をして環《わ》を完成させるのだ。

意を決してクレス・ダーウィンに電話をした。

「ダーウィン牧師」彼女は言った。「そちらの正会員になりたいのです。気持ちの整理がつきました。丸一年かかりました。私は成長したいんです。前に進む準備ができました。私は大丈夫です」

ＡＭＥの監督選挙は翌月、フィラデルフィアでのＡＭＥ国際会議の中で行われた。警官による射殺事件や銃暴力があった一年のあいだに、ＡＭＥ教会は二〇〇周年を迎えていた。信徒に暴力や不平等、社会や権利の侵害から避難する場所を提供するために創設された組織としては痛ましい現実だ。ＡＭＥ教会は今や五つの大陸、三九の国にまでひろがっている。

ノーベル・ゴフ師も新監督候補者の一人だった。多くの遺族と生存者たちが彼の立候補に抗議して集まっていた。こんなことをしても寄付金に関する不安は一向に解決されないだろう。しかしゴフ師が彼らに対するケアを怠たり、透明性を欠いた行動をとってきたと自分たちが感じていることを世界に示せる。

彼らは一人ずつ地元紙「ポスト・アンド・クーリエ」の記者の取材に応えた。ナディーン・コリエールは自分たちの不満をこうまとめた。「彼らは、あなたたちは家族だと言ったのに、私たちを家族のようには扱わなかった。『あなたたちにはなにが必要か？　なにを望んでいるのか？　あなたたちを助けるために我々にはなにができるのか？』そんなの、なにもしてもらっていない」

フェリシアはその意見に賛成だった。彼女はゴフ師やノリス監督に対する自分の不信感は、決してエマニュエル全体におよぶものではないことも知ってほしかった。「教会の人たちみなにそう思っているわけではないのです。問題は指導者二人です。彼らはキリストの言葉よりも人間を優先しています」彼女は彼らを赦すだろうか。すでに赦しているけれど、傷ついた気持ちは消えない。

ＡＭＥ教会は最初の投票を行い、三〇人の候補者のうちゴフ師は二三位だった。彼は立候補を取りやめた。

二八 二つの裁判の物語

ダークスーツに身を包んだ人たちが、弁護士事務所や銀行に向かって急いでいる。配達のトラックがしゃれたレストランの外を通りすぎる。ラッシュアワーの車の列を清掃車が抜いていく。ホテルから観光客が出てくる。一一月はじめの月曜日、チャールストン中心街のいつも通りの一日のように見える。

しかし「法の四つ角」まで来ると、いつも通りではなくなる。この交差点には四つの歴史的な建造物がある。市庁舎、郡裁判所、連邦地方裁判所、そして英国王チャールズ二世にちなみチャールズタウンと呼ばれていたころの教会法の荘厳な象徴、セント・マイケルズ監督派教会だ。武装した警察と国土安全保障省によって、すべての方角から厳重に警備されている。武器をもたない黒人の運転者を射殺した白人警官の裁判と、黒人教会で武器をもたない信徒九人を射殺した白人至上主義者の裁判が同時期に行われるからだ。

郡裁判所では元警官マイケル・スレジャーの裁判がちょうどはじまったところだったが、以前から裁判手続きの公正さについては疑問の声があがっていた。陪審席に並ぶ陪審員一二人のうち黒人は一人しかいなかったからだ。古いメルセデスを運転していたウォルター・スコットを、ブレーキランプの故障を理由にスレジャーが停車させ、揉み合って追跡後に射殺した顛末が述べられた。

そのころ、通りの向かい側の連邦地方裁判所では、連邦地方判事リチャード・ゲルゲルがディラン・ルーフの裁判を行う準備をしていた。この裁判は彼の数ある業績の中でももっとも著名な案件だ。地元住民の多くは彼のことを、最近サウスカロライナ州での同性婚への扉を開いたことで知っていた。ただ、彼が長年サウスカロライナの人種問題の歴史を研究してきたことはよく知られていなかった。銀色の髪をしたユダヤ人であるゲルゲルは六〇代前半で、この州の歴史の中で忘れられた黒人住人たちに深く興味をもち、彼らやその業績についての本を多数書いてきた。

ゲルゲルの尊敬する法律家である故J・ウェイツ・ウェアリング連邦判事がサウスカロライナ州の学校における人種隔離への反対意見を書いた同じ建物の中で、ルーフの裁判で裁判長をつとめることにより、彼自身もその歴史に名を連ねる。ウェアリングの反対意見は、一九五四年のブラウン対教育委員会の裁判の大きな拠り所となった。ウェアリング判事は人種隔離に関する意見の中で「人種隔離の癌」と名づけたことにより、殺すという脅迫を受け、嘲笑を浴びせられ、彼の家の庭で十字架が焼かれた。六〇年後、エマニュエル銃乱射事件のわずか数カ月後に、この裁判所の建物には彼の名前が冠された。

法律家になった当時、ゲルゲルは生まれ故郷のコロンビアで仕事をしていた。同時に自分のシナゴーグ〔ユダヤ教の会堂〕の日曜学校で教え、歴史学の教授である妻ベリンダと共著でユダヤ人の歴史の本を書いた。アフリカ系アメリカ人は会員になれないという規則がある地元の社交クラブに入会するのを夫妻は拒否した。そしてサウスカロライナ州最高裁判所歴史学会を創立し、会長をつとめたゲルゲルは、長年アメリカ初の黒人上訴審判事であるジョナサン・ジャスパー・ライトの業績を世に知らしめてきた。ゲルゲルと妻は、逃亡奴隷の息子だったライトが一八八五年に埋葬されたチャールストンのウェストサイドに行き、その場所に墓石を立てている。

ディラン・ルーフの被告人席はまだ空で、弁護側傍聴席の最前列と次の列にもまだ誰も座っていない。この二列の席は通常被告人の家族のために空けておくものであり、残りの席は報道陣や一般の傍聴人で半分ほど埋まっていた。反対側の検察側の後ろの席は生存者や被害者の遺族のための席になっていた。フェリシア・サンダースが最初に到着し、続いてポリー・シェパードとその夫、それに続いて静かに悲しみに暮れる親族が入ってきた。検事席の後ろである右手の席はすぐに遺族やエマニュエルの信徒でいっぱいになった。

ゲルゲル判事は入廷すると大きなマホガニーのベンチに座った。床から三段上がったところだ。横のドアからストライプのつなぎの囚人服を着たルーフが静かに入ってくるのをみな緊張した様子で、黙って見つめた。ルーフの薄茶色の髪はテレビの報道と同じマッシュルームカットだった。彼は二人の弁護士に挟まれて弁護人席に座り、唇を軽く噛んだ後になめ、検察官たちのほうを眺めた。

先月、陪審員の選出が行われているあいだ、ルーフは弁護士たちと盛んに話していた。それが今は二人を認識している様子さえ見せない。

ゲルゲルは用意してきたらしい原稿を簡潔な口調で読みはじめた。

「今朝この件に関して、ただちに対応せねばならない申し立てがありましたので、被告人と被告側の弁護人だけで審問を行いたいと思います。この審問の内容は政府にも一般にも開示されることはありません」

生存者と遺族たちは顔を見合わせると、ゆっくりと立ち上がり、考え込みながら法廷を出た。判事はなぜルーフと弁護人だけで審問を行うのだろう？

彼らはのちに知ることになるのだが、弁護団がルーフには精神疾患と自閉症があると主張して死刑を免れようとしていると知り、ルーフが激怒していたのだ。そんなことは絶対させるわけにいかなかった。自分の名前を汚し、自分のしたことが無駄になってしまう。ルーフは弁護団の計画を阻止するために手紙を書いた。明確な意図をもった巧みな文面だった。

そしてそれを検察側に送った。

検察側のみなさん

私は、私の弁護士たちが私を弁護するために主張しようとしていることが嘘であり、私の同意や許可を得ていないことをお知らせするためにこの手紙を書いています。彼らは私の弁護士なので、私と協力したうえで、弁護の方針をともに決定していると考えられるかもしれません。しかし実際はそうではなく、彼らが述べようとしている内容を私は支持しません。

弁護士たちは意図的に私を弁護する内容をぎりぎりまで隠しています。私がなにもできないようにするために。だから私はこの手紙を書かざるを得ません。

彼らはおどしの戦術を使い、脅迫し、ごまかし、見えすいた嘘までついて、私のではなく、彼らの計画を進めようとしています。たとえば、彼らは私を精神科の専門家と面談をさせるために何度も嘘をついています。甲状腺の薬をもらうためには彼らと話をしなければならないと嘘をつきました。この専門家たちについて、それから検査を受けなければならない理由として告げられたことは完全に嘘であり、彼らが本当は何科の医師なのかさえ教えられませんでした。

法廷の閉め切られたドアの向こうで、ルーフは手紙を送った理由をゲルゲル判事に説明した。

精神疾患による責任能力のなさを弁護の根拠にされるぐらいなら死んだほうがましだと彼は言った。

弁護団はルーフが猛烈に抗議した通りのことを確かにした。彼には精神疾患と発達障害があるので裁判に耐える能力がないと主張したのだ。法律ではルーフは自分に対して行われる手続きの性質とそれがもたらす結果を把握し、それに適切に協力する必要がある。ルーフがその条件を満たしていないことをこの手紙がまさに示していると弁護団は主張した。

聞き取りが終わると、ゲルゲルは公判を延期してルーフの精神鑑定を行うよう命じた。裁判所はこの被告に裁判を続けていく能力があるかどうかを見きわめる必要があった。

ルーフが裁判に耐えられるかどうかが問われ裁判が止まっているあいだにチャールストン郡刑務所に面会にきた彼の両親は、ずっと前に離婚していた。しかし世界じゅうに同じ気持ちを抱く者は他に誰もいないという固い絆は今もあった。その思いとはディラン・ルーフへの愛情だった。

エイミーとベンは息子の犯罪とそれが家族に及ぼした多大の損害にもかかわらず、息子に会いたがっていた。事件があった後も、それは元々の関係性を強めただけにしか見えなかった。エイミーは息子が受けるストレスの大きさや刑務所が彼をどう扱っているかを心配しながらやってきた。ベンはいつものように、息子を外の世界と関わるようにさせたいと思っていた。外の世界といっても、現在のルーフにとっては彼の生命を救おうとしてくれている弁護士との関係のみだが。

刑務所の規則では面会は三〇分間、電話を使った会話のみが許される。刑務所が忙しくなく、看守の機嫌がよければ時間が二倍に延びることもある。エイミーとベンはこの一年のあいだに何度かディランを訪ねていた。今では手順もよくわかっている。金属探知機を通り、IDをもらってから、面会エリアに歩いていくと隣り合わせに置かれた空の折りたたみ椅子が二脚ある。このエリアを映しているカメラの画角に二人が入り、事件以来抱きしめることのできない息子に見えるように、その椅子をできるかぎりくっつける。

彼らの横には古めかしいヘッドセットが長く太い灰色のコードでぶらさがっている。目の前にあるテレビ画面には小さな部屋というよりもブースに近いような場所が映っている。ここはルーフがもう一八カ月ほど過ごしている拘置所の、厳重に警備されているエリアなのだ。

面会はうまくいかないこともある。ベンは普通の会話をしようとする。エイミーがディランに必要な世話をされているかどうかを確認しようとする。二人は帰る前に、売店でなにかを買う金が十分あるかと訊く。

今日ルーフがドアを通ってビデオ画面の中に登場すると、エイミーはにっこり微笑み、身を乗り出して、ヘッドセットを耳に押しつけた。

「こんにちは、ディラン！」彼女は呼びかけた。

ルーフは彼の側のヘッドセットを取り上げると、ジャンプスーツでのろのろと拭いた。残り時間はどんどん減っていく。母親が彼に会えてあきらかにとても喜んでいるのに彼はまったく急ぐ素振りもない。ようやくカメラの前の椅子に腰を下ろす。ヘッドセットからエイミーの熱心な高い声がまた聞こえると、彼は右の耳にヘッドセットを当てた。

「ねえディラン。こんにちは！」彼女は言った。明るい声だった。彼の機嫌が悪いときはこうして元気づけようとするのだ。

ディランが生まれてからずっと、彼のこだわりに配慮し、彼の不安をなぐさめるのが彼女の役割になっていた。彼はそのお返しのように彼女と目を合わせ、ハグすることもあった。他の人は彼の強度の社会不安障害の壁にぶつかってコミュニケーションを取ることができないのに。このやり方の悪い点は、ルーフが母親を操る方法を覚えてしまったことだ。エイミーは今とても元気に挨拶したが、彼は返事をしなかった。

「聞こえる？」彼女は訊いた。

うなずく。

「ねえ、調子はどう？」

「いいよ」彼はぼそぼそと言った。

息子の反応を引き出すために、彼女は少しくしゃくしゃに見える彼の髪について訊いた。髪を切ったの？　耳の周りを揃えたのかな？　彼女はまた微笑んだ。愛情深い母親が、心配で仕方がない我が子に話しかけているのだ。

「いや」彼は答えた。効果はまだない。

「それでどんな調子なの？」

「いいよ」

「会いたかったわ」

それに対する返答は、無表情にじっと見られただけだった。ひょっとしたら、ベンならもっと息子と話せるかもしれない。

「パパと話したい？」

エイミーは息子の返答を待たずにヘッドセットをベンに渡した。ベンはヘッドセットを握ると、返答を要求するようにもっと力強い口調で言った。

「ディラン、調子はどうだ？」

「すごくいいよ」

「そうは聞こえないな。裁判所かなんかのところに行ったんだろう？」

「裁判所ってなに？」ルーフはにやにやしながら訊いた。

「みんなが座って、判事や弁護士の話を聞く場所――」

ルーフがさえぎった。「判事ってなにする人？」

彼はそう訊きながら目を大きく見開き、わざと退屈そうな表情をしてみせた。彼は父親をからかっていたが、ベンは息子が本当に興味を持っているのだと理解を示すように、裁判所に必ずいる人物について答えた。ルーフは明らかに、自分は両親よりも賢いと感じるのを楽しんでいた。

彼は大きな声で笑うとさえぎった。「シャツを着てるね？」

またベンはディランの思い通りになってしまう。息子が出したシャツという話題について話した。ルーフはそのシャツは嫌いだと言った。ベンは会話を裁判のことに戻した。

「月曜日にまたなにかのことで裁判所に行くんだろう？」

「そうだね」

「月曜日にはなにするんだ？」

「なにも」ルーフは答えた。

「政府の金を浪費するのか？」ベンは訊いた。この言葉にディランは笑った。

ベンは笑いを返し、一瞬くつろいだ雰囲気になった。これは外さない話題なのだ。汚職や隠蔽について不平を言うのはこれまで何度も繰り返してきた会話で、ほとんどいつも通りの感じになった。ルーフも両親も連邦政府がルーフの死刑を求めるのは大きな無駄だと考えていた。ルーフは有罪を認める代わりに終身刑に減刑されるという司法取引を申し出ていた。そうすればみなの時間も金も苦しみも減らせる。ベンにとっては、政府はどれだけイカれていて、自己保身しか考えない為政者たちはどれだけの税金を無駄にしているのか、という不満があった。

「そうだね、たくさん浪費する」ルーフは言った。

「そんなことだろうと思ってたよ！」ベンは満面の笑みを浮かべた。「トランプがいま腐敗を掃除している。NPR〔アメリカの公共ラジオ局〕を聴いてるだろう？」

ルーフは笑った。

ベンは聞きとがめた。「なんだ？」

「トランプは腐敗を掃除してなんかいないよ」

「本人がそう言ってたんだ」ベンが付け加えた。「少なくとも意地悪なヒラリー・クリントンをホワイトハウスに入れなくてすむ」

ルーフは父親の言葉を却下した。「そんなの信じるなよ。奴は腐敗を掃除なんてしない。みんな嘘だ」

ベンは口論になるのを避けるためにまた話題を変え、祖父母が最近面会に来たときのことを訊き、最近ルーフの姉の赤ん坊を見に泊まりがけで行ってきたことを話した。しかしルーフは甥のことをなにも訊かなかった。その代わり、売店に預けてある金がいくら残っていると思う？と訊き、それから弁護士の話をもち出して、一人を「邪悪」だと言った。

「あの人たちは邪悪じゃない。お前を助けようとしているんだよ」ベンは言い聞かせた。弁護団が本当に彼を助けようと試みていることを息子がわかってくれさえすればいいのだが。

「いや、違うよ。あいつらは邪悪だ」とルーフは答えた。「父さんはなにもわかっていないんだ」

この言葉に顔をしかめたベンは、「おい、もう一度言ってみろ」と疲れた声で言った。「いいか、そもそも俺は最初から訳がわからないんだ。そうだ、何一つわからない。これでも全力でやっているんだ」

「そんなに難しくないはずだよ！」ルーフは笑い声をあげた。「誰だってわかる」

「いいや」ベンは食い下がった。「みんなじゃない」

うんざりしてきた。この会話は録音されていて、二日後の感謝祭前の月曜日に行われるルーフの責任能力の審問で使われることを彼は知っていた。彼は息子に審問でばかなことをしてほしくなかった。ディランには、陪審が死刑と評決することにつながるようなことはなにもしてほしくない。

「そうか。でも俺は裁判に行く前に、さらに悪いことになるようなことをするよ」

彼は気を落ち着けようと、エイミーにヘッドセットを返した。

するとこんどは、ルーフが彼女に難癖をつけはじめた。法廷に履いていく靴を頼んだのに、間違えてバックルのあるワニ革の靴をもってきた。セーターをもってこなかった。ポロシャツが大きすぎた。エイミーが当惑した顔をすると、彼は両手をひろげ、わざと笑ってみせた。彼はどうすれば母に自分は愚かで無能だと感じさせることができるかを知っている。だから彼女は無理をしてでも彼の機嫌を取ろうとするのだ。彼女が必死で涙をこらえ、囚人服のつなぎではなくて自分の服を着ていくようにうながすと、彼は笑ってつなぎが好きなんだと言った。

面会時間の三〇分はすぐに終わりそうだった。両親がもう三〇分延長したいと頼むと、看守は忙しくなかったのかオーケーが出た。モニターにつながっているタイマーが更新された。

ベンはエイミーの椅子の後ろに腕を伸ばしていて、ストレスのせいで目の周りに皺が刻まれている。疲れ切っているようだった。それは彼女も同じだった。

ルーフはそれから母が飼っている猫のことを訊いた。そうすれば彼女の気がそれるのを知っているからだ。じっさい、エイミーはにっこりして猫の美しい毛皮やおやつが好きなことや一匹が裏口の網戸を開けることなどを話しはじめた。それでも、話しているあいだじゅう、彼女は震える手でヘッドセットを握りしめていた。

ルーフはそれに気づくと突然言った。「遅発性ジスキネジアだな」彼女がその言葉を知らないとわかると、彼は笑った。抗精神薬の副作用で起こる不随意運動の名前だ。ここにはたくさんいるんだ、とルーフは言った。

エイミーは最後の五分間のためベンにヘッドセットを返す前に言った。

「毎日法廷に行くわ」彼女はまじめに約束した。

突然ルーフは本当に驚いた顔になった。「法廷には来ないでくれ！」彼は叫んだ。「そんなことしたら悪くなるだけだよ」

「そうね、でも行くわ」

彼がそれ以上抗議する時間をあたえずに、彼女はベンにヘッドセットを渡した。ルーフは心配そうに身を乗り出して懇願した。「ママはすべてを悪くしてしまう！　きっといやな思いをするよ。本当だよ」

ベンは身を乗り出した。「ああ、それならわかってるよ。信じてくれ、俺はわかってる」

「本当に。二人が考えているより悪いことになるんだ」

「ああ、わかってるよ。ああ、ディラン、ディラン、ディラン」ベンは疲れた声で言った。

「どんなものかわかってるよ。信じてくれ！」

「ああ、でも俺は裁判がはじまる前にもっと悪くなるようなことをするんだ」ルーフは付け加えた。

沈黙。

「なんだって？」ベンは訊いた。見るからにいらいらしていた。

ルーフはにやりとした。ジョーカーのように唇をめくり上げ、父親に向かって眉を上げて見せた。「言っただろう、来ないでくれ。きっと気に入らないから」

そう言われ、ベンはもう限界だった。彼はしばらくヘッドセットを耳から離した。

それから耳に戻す。

「いったいどうしたんだ、ディラン？」彼は詰問した。これはあらゆる意味でまさに究極の質問であり、その答えは両親にはわからなかった。二人ともカメラや看守なしの場所で息子が犯した罪について彼自身と話し合っていない。だから、昔は従順で痛々しいほど引っ込み思案だった子どもがどうしてこんな信じられないほど破壊的なことをしでかしたのか見当もつかなかった。

「べつに、ただ――」

「お前はいったいどうしたんだ？」ベンはもう一度詰問した。言葉の端々に怒りがにじみ出ていた。「お前はふざけたことばかりしている。頼むからなにも馬鹿なことはしないでくれ！いいか、馬鹿なことならもう十分しただろう」

ルーフは目をこすり、嬉しそうに笑った。

「ああ、ちくしょう！」ベンは大声を出した。怒りと不満で上唇がめくれ上がっていた。目に涙がたまってくる。エイミーがヘッドセットを奪って耳に当てた。

「なにを言ったの？」彼女は詰問した。「お父さん泣いてるじゃない。あなた、なんて言ったの？」

「なにも！」ルーフはにっこりした。

「あなたはお父さんを泣かせたわ」

たいしたことじゃない、とルーフは主張した。ただふざけてるだけだと。

両親にとってこの事態がどんなつらいか、彼らの人生にどれだけの打撃をもたらしたのかを彼はわかっていないようだった。我が子が死刑を宣告されるかもしれないという現実は両親にとっては耐えられないほどつらい。それなのに本人がそれを冗談にしている。

ベンは目をこすった。立ち上がって部屋を出ていくあいだ、息子はまだ笑いつづけていた。

父親がいなくなると、ルーフは急にまた母親に怒りをぶつけはじめた。この場を台無しにしたからという理由だった。なぜ自分が父親を泣かせたと責めつづけるのか。

延長した面会の時間も終わりに近づいていた。

エイミーは息子の攻撃を無視した。「じゃあ、愛してるわ」彼女は言った。

ルーフはにらみ返した。「わかったよ」

「じゃあ、そうね、お父さんがあなたの口座にお金を入れてるかもしれないから、私も行ったほうがいいわ」

「入れていないかもしれない」ルーフはまたにやにやしながら言った。

しかしベンが突然戻ってきて、椅子にまた座った。エイミーは黙ってヘッドセットを手渡すと、その気持ちを探るように彼の顔を見た。

「おい」

「なに」

ベンのしっかりした声は今は震えていた。「お前のしたことが我々家族に影響を及ぼしているのはわかっているんだよな。大馬鹿者にならないでくれ」彼は言った。「聞いてるのか？ もう十分に馬鹿なことはしただろう！」ベンはそう言うと不満げに息を短く吐くと、首を振った。「いいか……なんだっけ？ さらに悪くする？ 馬鹿なことはするな、ディラン」

ルーフはぶつぶつ言った。「冗談だよ」

「いや、あれは冗談じゃなかった」

「冗談だったんだよ！」

タイマーの音が響く。この音がやんだら面会は終わりだ。

「わかった」ベンは言った。「そうか、愛しているぞ、また来るからな。それからどうなるか見守っている。けれどさっきのが冗談じゃなかったら怒るぞ。もう怒ってるけどな。やめるんだ、絶対に……どうやったらこれ以上事態をもっと悪くできるのか、俺にはわからないけどな、ディラン。しかしそんなことは絶対にするな」

ルーフは微笑み返した。しかし父親は面会をもっと和やかな言葉で終わらせようと決めていた。

「愛している。母さんに代わるぞ。またすぐに話そう。愛してるぞ、いいな？」

「俺も愛しているよ」ルーフはつぶやいた。ベンは立ち上がると出ていった。

エイミーはヘッドセットをつかんだ。ルーフはまた彼女に怒りをぶつけはじめた。

「金のことなんて言うなよ。父さんがいないあいだに俺が母さんに頼んだと誤解されるだろ。まったく！　そのことを考えなかったのか？」

タイマーが最後の時を刻む。

エイミーは大きな目に弱々しい表情を浮かべて見つめ返した。「ディラン、わたし……」

言い争いになったのは自分が悪いと母親に思い込ませられることをルーフは知っていた。彼はさらに母を攻撃した。『ねえ、あの子の口座にお金を入れた？』そんなこと訊いたら、俺が頼んだんだと父さんは思うだろう？」

「そんな、そんなことない！」

「どっちにしてもあと五秒で終わりだ」彼は手のひらを目の前のプラスチックの窓に置いた。

「愛してるわ！」エイミーが叫んだ。

タイマーが進む。

「愛してるわ、さよなら！」彼女はもう一度叫んだ。そして画面が暗くなった。

二九　雲をなす証言

三週間の延期期間を経て、みな六番法廷に戻ってきた。ゲルゲル判事は弁護側が用意した精神科の専門家から聞き取りをし、ルーフが不安に悩まされている一匹狼で、白人に向けられていると思い込んでいる脅威によって己の行動を支配されている、という意見を聞いた。何ヵ月にもわたるルーフとの面談の結果、さまざまな精神疾患を認め、その中には不安障害と自閉症も含まれるとした。

しかし驚いたことに、この若い殺人者はＩＱが平均より高く、言語理解力の検査では九六パーセンタイル〔小さいほうから数えて任意のパーセントにまで至る値を指す〕をマークした。しかしそれだけでは全体像はわからない。情報処理速度は一四パーセンタイルと低く、ワーキングメモリーも弱かった。意思決定や思考や行動を変える際に混乱しがちで、それがインターネットのヘイトサイトを発見したとき人種差別のプロパガンダへの対応に影響をあたえた可能性がある。弁護側の専門家は、この障害のせいで今、自分の弁護に適切に協力することができないのかもしれず、少なくとも現時点では裁判に耐える能力がないと断を下した。

一方で、ゲルゲルは公選の専門家に自ら依頼し、そちらの話も聞いていた。ルーフと三回面談したジェームズ・バレンガー医師は、彼が手続きを理解し、弁護士に協力することが十分可能であると言った。ルーフは自らの意志でやらないだけだと。

二日間の審問の後、ルーフには裁判に耐える能力があるとゲルゲルは判断した。

陪審員の選出が再開し、被告人席に座ったルーフは、このあいだの両親との面会でちらつかせた法的な爆弾を投下するタイミングを今か今かとうかがっていた。

「全員起立!」

判事は席に着いた。いつものように笑顔でみなに挨拶したりせず、いきなり本題に入った。昨夜遅く、被告からある申し立てがあった、と彼は説明した。

ディラン・ルーフは自らの弁護を行う。

傍聴席ですべての動きが止まった。集まっている記者たちはノートに猛烈になにかを書きはじめた。ゲルゲルは殺人者に前へ出るように命じた。

ルーフは被告人席から立ち上がると、判事のほうへ進み出た。相変わらず猫背だったが、すばやい動作だった。書見台のところで止まり、黙って判事のほうを見ている。法定にいた約九〇人の目がその背中を穴があきそうなほど見つめた。ゲルゲルはまず申し立てを思いとどまるよう、「戦術的に賢くない」と非常に強い言葉でアドバイスした。しかしそれでも判事はルーフには裁判を進めていく能力があると判断したので、憲法上の権利を行使することを許可した。

裁判で同じ方法を取った大量殺人者はこれまでにもいたが、本人に有利に働いたことはあまりない。少なくとも厳しい刑罰を免れるという意味では役に立っていない。一九七〇年代に三〇人の女性を殺したと自供した連続殺人犯テッド・バンディは自らの弁護を行ったが、電気椅子で処刑された。もっと最近では、カンザス州のユダヤ人コミュニティセンターの外で三人の人を殺したフレイザー・グレン・クロスが二〇一五年の裁判で自分の弁護を行い、白人至上主義者の扇動による被害者であると自称し、ユダヤ系への憎悪を爆発させたのだと述べた。クロスはルーフと同じように、裁判の結果よりも注目を浴びる場所で自説を発表することのほうに関心があった。

ゲルゲルの決定に満足したルーフはくるりと背を向けた。弁護士席に戻るとき、床を見下ろしていた彼の唇の端はきゅっと上がり、あごにえくぼができて、満足そうな笑みを浮かべていた。デヴィッド・ブルックは仕方なさそうに席を移ると、主任弁護人の席を開けた。ルーフはそこにさっと腰を下ろした。

ルーフとマイケル・スレジャーの裁判が同じ時期に行われることがわかって以来、地元の人々は新たな抗議活動が行われたり、暴動が起きたりする可能性もあると心配していた。調子づいた白人至上主義者たちがルーフの支援にまわり、反対意見の集団と衝突するかもしれない。しかし、ルーフの裁判がはじまろうというときにはスレジャーの裁判はすでに進行中だったので、こうした不安は杞憂に終わった。

郡裁判所の外に抗議者は三人しかいなかった。二人はニュージャージーから来た白人で、ウォルター・スコット追悼と黒と赤の文字で書いた額入りのポスターをもっていた。二人はスコットの家族を支援したいとチャールストンまではるばるやってきた。そのうち一人の黒人男性がやってきて、二人をハグした。みなで笑顔で写真を撮った。

その近くで、少し距離を置いて一人の男性がメッセージを書いたボードをもっていた。彼は警察官の擁護を訴えていた。ボードには「警官の命は大切」と書いてある。三人の抗議者たちはそれぞれのボードを通りに向かって掲げていたが、厳しい言葉のやりとりはなかった。車で通りすぎる人たちは彼らにほとんど反応を示さなかった。

どちらの裁判も重要だったが、大方の予想とは違って、ほとんどの人々はどちらにも怒りによる大きな運動を起こすほどの関心はもたなかった。大量射殺事件にもっと抗議するべきだろうか？　人種差別に？　警官の暴力に？　死という結果を見れば同じ問題であることはわかるが、違う原因による違う問題でもあり、解決策も違うのだと考えている人もいる。ほんの数週間前、シャーロットでは地元警察の警官が黒人を射殺したことで暴動が起こった。さらにサウスカロライナ州北部の小さな町タウンヴィルでは一〇代の白人少年が小学校で銃を乱射し、六歳の白人の男児が亡くなった。チャールストンでもどこでも、そこらじゅうに暴力があるように感じられるが、地元住民たちに今こそと心をかためさせ、裁判開始とともに通りへ出ようと思わせるような原因も解決策もなかった。

ウォルター・スコットやエマニュエル教会の被害者それぞれの遺族の意思を尊重しようと思っている人たちもいた。また同じ苦しみに耐えねばならない人を出さないように、騒ぎを起こさないようにと、彼らはコミュニティに繰り返し呼びかけた。重要なのはルーフとスレジャーがどちらも拘留され、裁判にかけられるということだ。チャールストン市民はこの歴史に残るであろう二つの事件が正しい結末を得ることに希望をかけている。連邦の検察官たちはルーフの死刑を狙っているが、州の検察官たちも激しく追い上げていた。チャールストン郡の賢明で有能な検察官スカーレット・ウィルソンはスレジャーを殺人罪で追及すると誓っており、今のところその通りに事は運んでいた。

著名な黒人の州議会議員で弁護士でもあるジャスティン・バンバーグはウォルター・スコットの弁護士をつとめていたが、本件のここまでの経過について、警官による殺人のその後の展開の望むべき例の「原型」とまで言っている。ビデオ公開後にすぐにスレジャーが逮捕されたこと、地元社会が平静な反応をしたこと、ノースチャールストン市が遺族の賠償請求に対してすぐに六五〇〇万ドルを払ったことをその要因に挙げた。だから少なくとも当面のあいだ、住民は法の裁きを信じて任せているのだ。「私たちは司法制度がきちんと働くかどうかを見極めることになる。正当化できない銃撃が撮られたビデオはあるとしても、遺族やコミュニティに正義がもたらされるのかどうかを見届けなくては」バンバーグは付け加えた。

マイケル・スレジャーは三五歳とまだ若く、黒髪で目の色は茶色だ。彼は注目の裁判の法廷に立つ準備をしていた。街全体の雰囲気はバンバーグが述べた通り、経過を見守ろうという感じだった。

スレジャーは証言のはじめに、二〇一五年四月四日の出来事を彼の視点から語った。あの日、ウォルター・スコットの車に目を留めたのは、真ん中のブレーキランプが壊れていたからだ。スレジャーは運転者に警告だけするつもりだったのだが、スコットが保険書類をもっていいなかったので、報告しなければならなくなった。連絡のためにパトカーに戻ろうとすると、スコットが車から降り、走って逃げた。そして追跡がはじまった。

「ブレーキランプのことでなぜ逃げなければならないのかわからなかった」スレジャーは陪審員たちに語った。

スレジャーはテーザー銃〔電極を撃ち出す銃型スタンガン〕を背中に向けて発射し、スコットは倒れた。立ち上がろうとしたので、もう一度引き金を引いたという。ウォルター・スコットは五〇歳だががっしりした体格で、揉み合いになったとき自分よりも大きく強かったとスレジャーは説明した。スレジャーはテーザー銃を右手にもち、左手で無線のボタンを押して応援を呼んだ。しかしそのとき、スコットの手が自分のテーザー銃をつかんで奪い取った、とスレジャーは言った。

「彼がテーザー銃をもっているのが見えた」

それからスコットが自分のほうに倒れ込んできたと震える声で述べると、傍聴席からスレジャーの遺族の悲鳴が上がった。「スコット氏が止まらず、何度も襲撃しようとしてくるので、私はパニック状態になりました。銃を構えると、引き金を引きました」

検察側は今や有名になったビデオをスレジャーの頭上のテレビ画面に映し出した。最初の銃声が法廷に響きわたると、検察官はスコットとスレジャーの距離は約五メートル半あったし、スコットはスレジャーとは反対の方向に走っていったと言った。彼は目盛りのついたテープを法廷内で伸ばし、スレジャーが発砲したときのスコットとの間の距離を示した。

スレジャーはそのときは距離を誤認していたと述べ、スコットと揉み合っていたときに身の危険を感じ、相手を殺そうと決めたと言った。「決断したときスコット氏の爪先は自分の爪先から七〇センチしか離れていなかった。そのとき私は最終手段を用いようと決めた。彼はまだ危険だった」何発撃ったのかと訊かれると、スレジャーは泣きながら答えた。「わかりません。危険がなくなるまで……習った通りにやりました」

この決定的瞬間を撮影していた勇気ある目撃者は傍聴席の最前列で聴いていた。その後ではウォルター・スコットの母親が祈るように両手を強く合わせていた。事件後、子どもが生まれて自身も親になったスレジャーは感情を抑えきれないようだった。証言の終わりにこう言った彼の声は震えていた。

「私の家庭はこの件で崩壊しました」彼は言った。「スコット家もこの件で崩壊しました。恐ろしいことです」

裁判での証言がはじまる三日前、ディラン・ルーフは刑務所で判事へ宛てた短い手紙を書いていた。この日は日曜日で裁判所は休みだったが、それでも彼には要求したいことがあった。

ゲルゲル判事様

私の弁護人たちが私を弁護するのは、事実審理に限定していただきたいと思います。

事実審理のときだけ彼らに戻ってきてもらって、その後の量刑審理では私自身が弁護人をつとめさせていただくことはできませんか？

許可していただけるなら、そうしたいと思っています。

ディラン・ルーフ

二〇一六年一二月四日

連邦裁判において、死刑を求刑されている事件で、被告人が自らを弁護することは珍しい。しかも裁判のある部分では自らが弁護人をつとめ、残りの部分では弁護団に任せるというのはまったく聞いたことがない。しかし弁護団が自分たちが担当する部分で彼の無実を主張してエネルギーを浪費したとしてもルーフは気にしなかった。彼が有罪なのは誰もが知っている。彼の目的はルーフが自閉症と精神疾患を抱えていると弁護団が主張して、その証拠を示すのを止めることだった。その証拠は量刑審理で提出される。彼はその段階の弁護を自分が行うことで、自分が行動によって示したメッセージの意味を弁護団が損なうことを阻止しようとしていた。

ゲルゲルはこの変更に同意した。それにより、すでに混乱していたこの裁判はさらに奇妙な展開になっていった。

スレジャーの裁判の陪審団は三日間評議したが、評決に至らなかった。一人だけ反対意見の者がいるという噂が流れた。陪審はすでに何週間も証言を聴いて疲れ切っていた。それは裁判の様子をずっと追ってきた一般の人々も同じだった。膠着状態にあるがこのまま評議を続けたいと陪審長が発言すると、スコット家の支援者たちの間に、声にならない悪態をもらし首を振る様子が見られた。驚きと不安の表れだった。

判事は陪審団に週末のあいだ休むようにと言った。

法廷の外では、ナショナル・アクション・ネットワークの州支部長ジェームズ・ジョンソンが、チャールストンが舞台の真ん中の目立つところにいて、街全体の忍耐が試されていることについての地元の人々がこう感じていると述べた。「世界が我々の行動を見ている」

月曜日、陪審団は再び集まり、評議を再開した。

弁護士アンディ・サヴェジは自分が置かれている状況を痛いほど意識しながら、スレジャーとともに弁護側の席に座っていた。一八カ月のあいだ、彼は依頼人でありいい友人たちでもあるフェリシア、ポリー、シャロン、ナディーンがディラン・ルーフの犯罪によって苦しむ様子を一番近くから見てきた。彼女たちは彼がスレジャーの弁護をすることを喜んでいなかった。しかし彼は多くの人々とは違い、スレジャーの裁判について、人種問題が主な原因の事件ではないと考えていた。それは性急に貼られたレッテルだ。この事件は警官の訓練や容疑者の正当な扱い、警官の瞬時の判断などの問題なのだと彼は思っていた。

判事がスレジャーの陪審員たちがさらに数時間の評議の末にメモを送ってきたと述べると、アンディは耳をそばだてた。判事はメモを読み上げた。

「陪審の大半はまだ結論を出せていないので、助けを求めたい」評議をさらに続けよ、と判事は返答した。

それからほどなく陪審団から再びメモが送られてきた。「全員で全力を尽くしましたが、評決に至ることができません」

四日間、何度も白熱する議論を続け、ほとんどの陪審員がスレジャーの罪状は殺人ではなく、故殺（計画的でない殺人）というより軽度の犯罪で有罪だと考えていたが、その場合は計画的犯行でないと示す証拠が必要だった。陪審長をつとめる唯一の黒人男性もこの意見に賛成だった。しかし全員一致にすることがどうしてもできなかった。

仕方なく、判事は無効審理を宣言した。陪審員たちに向かって、本件は出発点に戻りますと告げると、頭を垂れた者もいた。うなずいた者もいた。泣きだす女性もいた。検察官はスレジャーの再審理を誓った。

「これで終わりにはしません」スカーレット・ウィルソンは約束した。

ウォルター・スコットの遺族は裁判所を出ると、待ち構えていたたくさんのマスコミのマイクのほうへと進んだ。母親のジュディは裁判のあいだ支えていてくれた人々に感謝し、息子を殺した男に裁きが下るまで闘いつづけると言った。「たくさんの目撃者に囲まれているんですもの！」彼女は目の前のカメラと数は少ないが頼もしい人々に向かって叫んだ。「彼は正しい報いを受ける。私は神を待っている」

チャールストンの黒人住民の多くが望んだ評決ではなかったが、驚きを示す人はいなかった。

それにがっかりするような結果でもない。これは休止にすぎない。ウォルター・スコットの遺族やニッキー・ヘイリー知事をはじめとする市当局は平静さを保つよう訴えた。暴力で反応することはなんの助けにもならないし、スレジャーを再審理で有罪にする機会をそれで損なってはならない。

裁判所前でウォルターの兄弟アンソニー・スコットは言った。「私たちは街を引き裂いてはならない。この結果はうれしくはないけれど、悲しんではいない」

有罪であるという評決はたしかに前に進み、スコット殺害によってノースチャールストンの警官に不当に標的にされていると感じていた黒人コミュニティの生傷を癒す一助になるかもしれないという声も出た。彼らは長年警官による暴力行為を主張していたが、ビデオはこれまで見た中でもっとも強力な証拠だった。それでも一二人の陪審員にスレジャーの犯罪を殺人だと納得させるには十分ではなかったが、その経過の中で、たくさんの黒人の住人たちが長いあいだいつも起こっていると主張していた、警察の横暴な行動の証拠が明確に示された。この証拠は無効審理でもなくならない。

「しばしば、隠されていることに光が当たる」弁護士のジャスティン・バンバーグは言った。さらにこう付け加えた。「我々は光を見た」

三〇　憎悪に満ちた冷たい心

ジェニファー・ピンクニーは目覚めた途端、不安にとらわれた。彼女はミーティング通りにあるザ・ミルズ・ハウスに泊まっていた。このホテルは南北戦争時に連合軍の基地として使われていた歴史をもつ場所だ。以前宿泊客が南軍の兵士の幽霊が廊下を歩きまわっているのを見たというが、ジェニファーはそんなことは気にならない。彼女が恐れているのは、二時間ほど後に四軒隣の連邦裁判所ではじまる公判で見ることになる怪人だった。

夫を殺されてから一八カ月が経つが、彼女にとってディラン・ルーフは今も幽霊かはたまた概念か、悪や憎悪のシンボルのようにしか感じられない。生身の人間とは思えなかった。ジェニファーはまだ彼と実際に顔を合わせたことがなかった。だから今それを一番に恐れていた。ジェニファーはこれからずっと関わっていくことになる遺族のほとんどのことをよく知らなかったが、それも助けにはならない。フェリシアやポリーとこの目で見た恐ろしい出来事を話し合ったこともない。あの夜なにが起こったかを詳しく知らなかったし、できれば今も聞きたくなかった。聞かないでいることで、夫を亡くし、さらに一年後に母を癌で亡くすという悲しみを乗り越える強さを保てたのだ。

昨日、娘たちを見ていてもらうために親しい友人に家にきてもらい、毎晩電話して裁判の様子を報告するからと娘たちに約束してジェニファーは家を出てきた。クレメンタの近しい家族たちとは裁判所で合流する。ジェニファーはクレメンタの姉妹ジョネット・ピンクニー・マルティネズと特に親しく、裁判の際も同じ部屋に泊まっている。ジョネットもルーフと顔を合わせるのは今回がはじめてだった。

二人で身支度をしているあいだ、ジェニファーは自分の学校の生徒たちのことを思った。子どもはみな、ディラン・ルーフでさえ、無邪気に生まれてくるのだと思う。生きているあいだに経験することや受けた影響でその人の考え方が決まってくるのだ。ルーフは若いうちに人種差別を知ってしまったのだろう。おそらく家庭か地元の社会で。以前、ジェニファーの学校の白人の生徒が黒人の生徒を「ニガー」と呼んだことがあった。そんな言葉をどこで聞いたのかと詰め寄られた生徒は「パパから聞いた」と言った。のちにクレメンタがジェニファーを訪ねて学校にきたとき、その白人生徒と会った。クレメンタは彼と話し、一緒に笑った。その後、その彼はジェニファーに言った。「旦那さんのこと大好きだよ！」彼の頭の中では二つのことが結びついていないのだ。

ディラン・ルーフもあの男の子と同じなのだろうか？

ジェニファーは考え込みながらグレイのジャケットを着て、ホテルを出た。チャールストン上空には静かに雲が集まりやわらかなドームのようになっている。テレビ局のトラックのタイヤが敷石の上を音を立てて進む横を、ジェニファーは気づかれずに急ぎ足で通りすぎた。不安に押しつぶされそうになっていた彼女は計画を立てた。冒頭陳述は出席するが、その後は証言に呼ばれるまで別室にいよう。そのまま残って傍聴していたらあの夜クレメンタに起こったことを詳細に知ることになる。耐えられるとは思えなかった。

ジェニファーが歩いているころ、大型の二階建て観光バスが九人の遺族である何十人もの人をエマニュエルも含む中心部のあちこちで拾い、厳重に警備されている連邦裁判所まで運んでいた。バスが到着すると巨大な金属の門が開いた。

エレベーターに乗り、一般の人々の目に触れない「ファミリールーム」と彼らが呼ぶ部屋に上がっていった。小さなテーブルで受付をしてから、幼稚園の教室ぐらいの広さの部屋に入る。長方形の白い長テーブルを囲む席につくと、淹れたてのコーヒーと朝食の家庭的な匂いが彼らを包んだ。部屋中に飾られている故人の写真が彼らに笑いかけている。

ジェニファーはそのすぐ近くにある、裁判のあいだ生存者が静かに過ごせるように用意されていた部屋に案内された。青色の柔らかい革張の椅子が部屋じゅうにある。そこにはすでにフェリシアがいて、ジェニファーに歩み寄るとハグした。二人はほとんど話をしなかった。言葉は必要なかった。二人は互いをあまりよく知らないが、心の中に同じ大きな葛藤を抱えているのはよくわかっている。このあとすぐ、二人とも法廷にいっぱいの人々、それにディラン・ルーフの前で人生最悪の瞬間を再び生きねばならない。二人ともそれが怖かった。それでもルーフが殺した大切な人たちに正義がもたらされるよう、重要な役割を果たすことを強く望んでいた。

やってきた女性が、検察側の傍聴席の半分を遺族と生存者の優先席として取ってあると知らせてくれた。ジェニファーは最前列に座るフェリシアとポリーの後ろ、二列目がいいと言った。自分はそこがいいのだと。

そして時間がきた。

彼らはみなで一緒にエレベーターに乗り、今日の舞台、六番法廷へと向かった。この建物で一番広い法廷だが、ここまで注目を集める裁判を行うことは想定されていなかった。両端には八人ほどが座れるマホガニー製のベンチが六列並んでいる。それぞれの列の端には通路に出して使える補助席がついている。有線カメラが廷内を映し、下の法廷に中継して、さらに多くの家族や教会の信徒が見られるようになっていた。廊下の向こうにも映像は送られていて、アメリカじゅうからやってきたマスコミが最新の記事をツイートし、ブログに書き、サイトにアップする。

ポリーと夫が最初に法廷に入ってきた。記者たちは弁護人席の後ろの列から、彼らが最前列の席に着くのを見ていた。次にやってきたのはフェリシアの娘で、クレス・ダーウィン師も一緒だった。アンディ・サヴェジと妻のシェリルがそれに続く。静かに雨の降った昨日は、スレジャーの裁判とルーフの裁判の間の日だったので、夫妻はフェリシアを昼食とスパに連れていき、一八カ月待ちつづけてきた今日という日にリラックスして、集中できるようにした。フェリシアはアンディがスレジャーを弁護していることを喜んではいないが、自分が責めることではないとも思っていた。アンディにも仕事がある。なによりも彼女は彼が今ここに、彼女のためにいてくれることがありがたかった。混雑した通路を歩くとき、彼は彼女の手を取って歩いた。アンディは前を見ていたが、フェリシアはうつむいていた。クレスが彼女の隣に座り、反対隣にはアンディが座った。この一八カ月のあいだ、嵐の中で守ってきてくれてた二人だ。ティローンはその後ろの席に静かに座った。

主任検察官ジェイ・リチャードソンは痩せた男性で、とても頭が切れる。彼はフェリシアのところにやってきてハグした。ラベンダー色のネクタイをしている。アンディは紫色のストライプのネクタイだ。ティローンはラベンダー色のシャツを着ていた。

紫色。忠誠を表す色だ。

彼らはティワンザのために紫色を身につけていた。そして、今日犯人と対面するフェリシアのために。

次に入ってきたのはカイロン・ミドルトンだ。そのうしろにジェニファーとジョネットが続く。ジェニファーは首を動かさずに、目だけで被告席のほうをこっそり見た。ルーフはまだいない。

彼女の後ろのどの列も、悲しみと恐れを共有する遺族で埋まっていた。

それからジェニファーも気づかないくらいすばやく、静かに、弁護人席の近くのドアからルーフが入ってきた。つなぎの囚人服を着ていたので、ジェニファーは驚いた。彼は誰の顔も見ず、急ぎ足に入ってきて席に着くと、椅子の背にもたれかかり、まっすぐに前を見つめた。ジェニファーはその虚ろな表情にも驚いた。彼女が考える悪人のイメージとは違い、うぬぼれているようでも怒っているようでもない。なんの罪もない黒人九人を、白人至上主義者のプライドのために殺した男には見えなかった。ただ彼がいかに若く、従順に見えるかが強く印象づけられた。

この男が強い憎悪を抱き、自分の人生からクレメンタと過ごす時間を奪ったのだろうか？本当だとは思えない。まるで別人の裁判に迷い込んでしまったようだ。

突然、小鳥のように小柄な女性が案内され入ってきた。髪は金色のロングヘアで、バッグを手に、まるで顔を隠すかのようにかがみ込んで歩いてきた。彼女は通路を前のほうへ進み、ルーフの後ろの二列目の、ほとんど人がいないベンチのほうへ曲がると着席した。

ルーフの母親だ。

母がやってきたことに気づいていたとしても、ルーフはそんな素振りは見せなかった。彫像のようにじっと座ったまま、目の前のテーブルを見つめている。

ジェニファーはその様子を眺めながら、彼は自分がたくさんの人にどれだけの苦しみをもたらしたのか理解できているのだろうかと考えていた。彼の無表情な顔からはまったく読み取れない。

判事が裁判長席にのぼると、その近くのドアから一二人の陪審員と六人の交代要員が入ってきた。遺族たちは陪審員らの面持ちを緊張しながら見つめていた。マイケル・スレジャーの裁判の陪審員には黒人が一人しかいなかった。また同じような構成になっているのではないか。最初、白人の中年女性ばかりが続いたので、緊張感は否応なく高まった。

しかし、じっさいには陪審員と交代要員合わせて一八人のうち五人がアフリカ系アメリカ人で、これはチャールストン郡全体の人口構成とほぼ同じだ。一同はとりあえずほっとした。しかし通常と違い、この一八人の人々の誰が陪審員で誰が交代要員になるのかまだ決まっていない。

リチャードソンは四〇歳の筋金入りの主席検事だ。陪審席を囲む黒っぽい木の柵に歩み寄ると、すぐに冒頭陳述をはじめた。よく響く声が聖書を勉強するために若者から年配者まで一二人が集まったあの蒸し暑い夜の様子を詳細に述べた。彼は目の前の陪審員たちを厳しい目で見つめた。

「彼らは被告ディラン・ストーム・ルーフを歓迎したのです」

教会の牧師はやってきた青年に聖書を手渡し、自分の横の椅子を引いてやりさえした。

「彼がどんなに憎悪に満ちた冷たい心をもっているか、みな知らなかったのです」リチャードソンは厳粛な声で言った。冷静で秩序だった話し方だった。

「この裁判のあいだ、ルーフがどのように人種差別に満ちた暴力的なイデオロギーに染まっていき、その末にマザー・エマニュエルを標的に選び襲撃計画を着々と進めていったかを知ることになります。被告が、思いつくかぎりもっとも罪のないアフリカ系アメリカ人の人々を殺すために聖書勉強会にやってきた様子についても」

「彼は望み、想像したのです。この犯行が他の者たちを刺激し、不和を起こし、長年続いている分断をさらに深め、人々の心の中で憎悪の触媒となることを！」

傍聴席でシャロン・リッシャーがすすり泣いている。彼女の妹エステルは立ち上がると、法廷から走り出ていった。他の人々の頬にも涙が伝っていた。リチャードソンの冒頭陳述は彼が意図した通りに力強く衝撃的で、みなの心を揺り動かした。

そして、簡潔にこう締めくくった。「長く困難な裁判になることでしょう」


主席弁護人デヴィッド・ブルックは豊かな白髪のまじめな人物で、その物腰にはどこか疲れた感じが漂っている。彼は弁護人席から立ち上がった。スレジャーの裁判でのアンディ・サヴェジと同じく、彼も弁護した被告のことでよく非難される。しかしアンディと同じく彼も、どんなに憎むべき犯罪の被告であっても、すべての人に弁護を受ける資格があると堅く信じている。彼は死刑に断固反対だった。

陪審席の前に立つと彼は穏やかかつ控えめな口調で、まるで本当はこの冒頭陳述をしたいとは思っておらず、ルーフの犯罪の弁護を望んではいないのだけど、という感じで話しはじめた。その様子からは遺族への同情と陪審団への感謝が滲み出ている。

「あなた方は今、私たちはなにをしているのだろうと思っているかもしれない。この事件にどうして裁判が必要なのだろうかと」

陪審団の数人が身を乗り出した。

「この裁判には二つの段階があります。検察側がまずルーフの有罪を証明する段階」彼はわかっていることを念のために付け加えた。ルーフは死刑を免れる代わりに有罪を認めると申し立てたが、検察側は拒否した、と。連邦政府はルーフの死刑執行を求めているので、彼本人が犯行を認めていたとしても、検察側は法廷でそれを立証しなければならない。弁護側は「おそらくそれほど証人を呼んだり、反対尋問をしたりはしないでしょう」とブルックは言った。

「その次が量刑審理です。陪審は二つの選択肢から一つを選びます。死刑か保釈なしの終身刑。この審理は少し複雑です」とブルックは述べた。

「問題はディラン・ルーフがこの罪を犯したか否かではないのです。そもそも彼は何者なのか？　なぜ彼はこの事件を起こしたのか？　彼の生い立ちは？　彼についてわかることは？」ブルックはほとんどささやき声のような小さな声で問いかけた。陪審団に向かって、これからたくさん聴くことになる恐ろしい詳細にとらわれず、よく考えてほしいと言った。

陪審団は耳を傾けているようだった。ブルックが話すあいだ、裁判所から支給された黄色いメモ用紙になにかを書く者もいた。

「この人物についてもっと理解したくなることでしょう」

ブルックはこの段階ではまだ陪審団に伝えなかったが、現時点では後の、弁護側が精神疾患など減刑の理由になるような要素をあげるべき量刑審理で、その考えを述べることはできそうになかった。ルーフはまさしくブルックが陪審団にそれを述べるのを阻止するべく、量刑審理では自分が弁護をすると言っているのだ。だからブルックは、冒頭陳述で述べられる限界を超えて、心を病んだ青年が自らの精神病によって流されたという自分が見せたいルーフ像をほのめかした。ブルックはたった一人の陪審員でもいいからじっくり考えてほしかった。やっと二一歳になったばかりだが精神年齢はそれより幼く、孤独で、高校を中退し、半分は車で寝泊まりしていた男が、いったいなにに衝き動かされて会ったこともない、何の罪もない九人の人々を殺したのか？

「政治的課題を進めるために、この上なく親切かつ誠実で、『高貴な』ともいうべき九人の人を殺さねばならないと考えるような人がどこの星にいるのでしょう？　まったく筋が通っていません。筋が通っていないということから、いったいなにがわかるのか？」彼は陪審団に問いかけた。

ブルックがルーフの精神状態についてのほのめかしを紛れ込ませようとするたびに、リチャードソンが立ち上がって異議を申し立てた。ゲルゲルがその異議を認め、ブルックに被告が有罪か無罪かに関することのみ述べるように勧告する。

しかしブルックはあきらめなかった。「この襲撃の激烈さを考えると、そこには激しい怒りがあるものと推測されるでしょう。しかし注意しなければなりません」被告人の服装に注目しましょう。彼の態度に注目しましょう。

「これからディラン・ルーフを見て、彼がどんな人か考えてみてください」ブルックは陪審団を見ながらそう付け加え、話を締めくくった。ゲルゲル判事が昼食のための休廷を宣言する。

陪審団がまず退出した。傍聴人はみな静まりかえって、六列分の座席にいる遺族たちが出ていくのを待った。しかしその敬意に満ちた静けさは突然、エイミー・ルーフのすすり泣きが響きわたって中断された。彼女は体を震わせ、激しい雨に打たれて倒れる苗木のように、ベンチに倒れ込んだ。人々は助けようと彼女に駆け寄った。

その前の弁護人席にいるルーフは何の騒ぎかと後ろを振り返ったが、母親のほうへ動くことはなかった。その顔は無表情なままだった。彼女が座り直し、まだ泣いているのを見ても、その苦しみを心配する様子はない。

「ごめんなさい、ごめんなさい」エイミーは小さな声で言っていた。

彼女の恋人が身体に腕を回し、誰か医者を呼んでくれませんかと頼んだ。すぐに、車輪つきの担架を押した救急隊員がやってきて、ルーフが無表情に座っている二列後ろの席から、彼女を近くの病院に運んでいった。

昼食休憩の後、ジェニファーは家族とともに六番法廷に戻った。午後は弁護側がいろいろと手続き関係の対応をして、それで今日は終わりだから、彼女が聞かないようにしようと思っていた事件当日についての証言は、明日になるだろうと考えていた。しかし弁護側は証拠について少し話し合っただけだったので、そこで終わりにはならなかった。

ゲルゲルは言った。「検察は最初の証人を呼ぶように」

「裁判長、我々はフェリシア・サンダースさんを呼びます」リチャードソンは答えた。

ジェニファーはパニックになった。フェリシアのこの裁判での役割ならよく知っている。フェローシップホールでなにがあったかを詳しく証言するのだ。彼女はここから出ていきたかった。しかしそれには、フェリシアも含む法廷中の人たちから見られながら、何人かの人を乗り越えて通路まで出なければならない。今が重大な瞬間であることを思うと、ジェニファーはベンチから動けなかった。そして気がつくと身動きすらできなくなっていた。

彼女はジョネットのほうを見た。ジョネットもまったく動かなかった。

フェリシアが腰の高さの傍聴席と法律家や裁判所の職員との間を隔てるスイングドアを抜けていくのを二人は見た。フェリシアはルーフのそばを通るとき、彼に目を向けなかった。なめらかな黒っぽい髪は肩のところでカールしていて、彼女が裁判所の職員のところで足を止め、聖書に手を置き、それから証人席に入るあいだ、その軽い足取りに合わせて揺れていた。フェリシアは覚悟を決めているようだった。

フェリシアは傍聴席側を向いて座るとき、身体をわずかに陪審員のいる左側に向けた。ディラン・ルーフのいる右側とは反対側を向いたのだ。彼にではなく、陪審団に話すのだと示しているようだった。ティローンと娘、アンディ・サヴェジ、ダーウィン師はみな最前列から勇気づけるように微笑みかけた。彼女は紫色の前開きのニットジャケットを引っ張って、薄い防護壁を築くかのように、体にさらにぴったりと巻きつけた。

遺族たちが信頼し、深く尊敬するようになったリチャードソンが彼女に歩み寄った。まず彼は基本的な経歴を聞くような質問をして、彼女を落ち着かせると同時に陪審団に紹介した。抑揚のある南部なまりで話すきびきびしたリチャードソンは、サウスカロライナ州最高裁判所の裁判官で連邦最高裁の裁判長の補佐役もつとめたウィリアム・H・レンキストの孫だ。同僚の法律家たちは彼が法律家として強い心をもっているのを知っているが、今、ティローンを夫にもつのはさぞかし世話が焼けるだろうとフェリシアをからかっている彼は、優しく愛想がよく見える。

フェリシアが幸せだった日々を振り返ると、傍聴席の最前列からティローンがいたずらっぽく笑ってみせた。彼女には、銃撃で亡くなった人や今この法廷内にいる人の中にも子どものころから一緒にエマニュエルに通い、近所で育った人たちがいた。彼女は美容学校に通い、二度チャールストンを離れたが、我が家のような場所は他には見つからなかった。だからこの街に戻ってきて美容院を開き、家庭をもって子どもを育てた。

リチャードソンはそれから事件の夜、聖書勉強会に集まった一一人について一人ひとり彼女に語らせた。彼女は、勉強会を主催していた引退した無愛想な牧師ダン・シモンズが、いつも五冊か六冊の本を持ってきていたこと、聖書の重要なポイントはテーブルをたたいて強調していたこと、フェリシアのことを間違えて「フェリタ」と呼んでいたことを語った。普段はシモンズ師が勉強会を主宰していたが、あの夜はフェリシアの友人マイラが担当した。フェリシアはあの夜、時間が遅くなってしまったから中止しようかと話し合ったが、デパイン・ミドルトン・ドクターが「三〇分だけやりましょう」と提案したと説明した。

しかしマイラが担当では三〇分では終わらないだろうとみなわかっていた。マイラは聖書を愛していたし、話し好きだった。人々がマイラのことを「化け物」と呼んでいたことを思い出し、フェリシアはくすっと笑った。マイラがエマニュエルに関するすべてのこと、すべての人に関わっていたからこそついた名前だった。

陪審団の数人もフェリシアに応えて笑った。法廷の画面に映し出されているマイラの写真も笑っていた。

フェリシアが被害者一人ひとりの愛すべき思い出を語っているあいだ、廷内の右半分を埋めている人々はみな彼女の味方だった。みな自分たちも知っている大切な思い出に微笑み、あらたな悲しみに泣いた。けれど、図書館司書シンシア・ハードの笑顔がスクリーンに映し出されると、フェリシアの目にこれまでこらえていた涙があふれだした。シンシアはあの夜、聖書勉強会に参加する予定ではなかったのだ。

「シンシア・ハードのことをお話ししていると申し訳なさでいっぱいになります。私が彼女に残ってほしいと言ったからです」フェリシアは言った。

それからティワンザの写真がスクリーンに映った。フェリシアは母親としての誇りをもってその写真を見つめると、目に涙をためて微笑みかけた。

次は、フェリシアが今こうした思い出を語っている理由を話さなければならない。

「会議が終わった後、一二人が集まったのですね。勉強会がどんなふうにはじまったのか教えてください」リチャードソンが言った。

フェリシアは説明した。あの夜、みなで訪問者を歓迎した。彼はピンクニー師の隣に座り、勉強会のあいだずっとうつむいてテーブルを見つめていた。一二人が終わりのお祈りをしているときに、男はまずピンクニー師を撃った。

傍聴席のジェニファーは顔をしかめた。ルーフがクレメンタの隣に座っていたことを今まで知らなかったのだ。

クレメンタが最初に撃たれたことも知らなかった。

フェリシアの話を聴いているとまぶたにその様子が浮かんでくる。ジェニファーはあの夜最初の銃声の後に聞いた「ああ！」という声が夫のものだったことを悟った。誰の声なのかこれまでずっと知らずにいたのだ。

ジェニファーが頭の中に浮かんできたその瞬間のクレメンタの姿を必死で押し退けようとしているあいだも、フェリシアの話は続いた。彼女は「銃をもっている！」と叫んで、孫娘をつかまえるとテーブルの下に押し込んだ。

テーブルの下に潜ったフェリシアの両脇には、撃たれたスージーおばさんとティワンザが倒れていたと語る。彼女はティワンザに死んだふりをしていてほしいと懇願した。しかしティワンザは負傷して出血しているのに必死で身を起こし、殺人者を説得しようとした。

ジェニファーの後ろの傍聴席からすすり泣きが聞こえる。フェリシアは黒い瞳から涙を流し、ついにこの凶行を行った男のほうを向くと、じっと見つめた。フェリシアはルーフに自分を思い出してほしかった。自分がもたらした苦しみを理解しているというなにかの仕草が欲しかった。しかし、彼は頭を垂れたまま、ただ目の前のテーブルを見つめている。

フェリシアの声が怒りのあまり大きくなった。「あちらにいる、今は下を向いていて、私を見ようとしない被告は私の息子に言いました。『黒人たちが白人の女をレイプして、世界を乗っ取っているから、俺はこうしなければならないんだ！』と」

それからフェリシアは夢に見ていたこの瞬間に、ティワンザの言葉を言った。この言葉を言うために一八カ月生きてこられたのだ。

「息子は言いました。『そんなことはしなくていいんだ。そんなことしなくていい。我々はなにもしない。我々は何もしないよ』」

フェリシアは自分を無視しようとしている華奢な男から目を離さずに言った。

「すると、彼が息子に五発ぐらい銃弾を撃ち込んだんです。私は床に伏せていましたが、このとき脚がちくちくしました。ちくちくしただけなんです。私は動けませんでした。じっと自分の番が来るのを待っていました。自分は撃たれてもいいけれど、孫娘を撃たれたくなかった。私は自分の番を待っていた。とてもたくさんの銃撃がありました。あの部屋に神を求めてやってきたと私たちが思っていた男が、七七発撃ったんです。けれどいま彼は、ずっとそこにただ座っている。邪悪です。邪悪。ありえないほど邪悪です!」

フェリシアの声は法廷中に響きわたった。ルーフはまだ顔を上げない。彼はほっそりとした指一本でテーブルをたたいた。

フェリシアはルーフが逃走した後の様子を話しはじめた。ティワンザは身をよじらせてスージーおばさんにじり寄ると、彼の指がやっとおばさんのカールした髪に届いた。「それから私の見ている前で彼は息を引き取りました。私は息子がこの世に生まれてくるのを見守り、こんどは彼がこの世を去っていくのを見たのです!」

そう言うと、彼女は体を震わせてすすり泣いた。

廷内の遺族も陪審団も記者も、ルーフ以外の誰もが彼女と一緒に泣いた。

ゲルゲルは短時間の休廷を宣言した。

休廷のあと戻ってきた遺族の中には、ジェニファーの姿もあった。ベンチにきちんと座り、悲しみに暮れる人たちとともに裁判の最後までここにいて、なにか助けられることがあったら手を差し伸べようと決意していた。フェリシアの証言が続いた。

彼女は息子と最後に交わした言葉を振り返って証言を締めくくった。

「愛してるわ、ティワンザ」

「俺も愛してるよ、母さん」

その言葉の余韻が続くなか、リチャードソンがフェリシアにありがとうございましたと言った。検察側からの質問はこれで終わりだった。

弁護側のブルック弁護士が立ち上がった。彼は敬意をこめて深々とお辞儀をすると、穏やかな声で、本当は気が進まないのだがという感じでフェリシアに語りかけた。まるで友達同士ができれば避けたい話題を話し合うときのようだった。

「この事件の犯人が自分はまだ二一歳だと言い、これからなにかするつもりだと現場で話しているのをあなたは聞きましたか？」

「はい」

「彼が何と言ったかを教えてもらえますか？」

「彼はこのあと自殺すると言いました」いつもは優しい口調のフェリシアがこのときは嘲るように言った。「そして私はそれを本気にしていました。彼は邪悪です。地獄の奥底以外、彼に居場所はありません」

傍聴席から同意のつぶやき声がいくつも聞こえた。

ブルックは再び自分が望むルーフ像をほのめかしはじめた。「彼は二一歳だと言ったんですね？　それからこれが終わったら自殺すると？」

「地獄の奥底に彼を追い戻したい」フェリシアは質問を無視して言った。

「でも彼はそれは言ってませんね。地獄のことは。自殺するとだけ言ったんですね？」

「彼は地獄へ行くべきなんです」

ブルックはルーフが銃乱射の後、自殺傾向があったことを示し、その精神状態に対する疑問を植えつけたかったのだが、フェリシアは彼の思い通りには発言しない。フェリシアに強く迫りすぎて陪審団の心象を悪くする危険は冒せない。そしてルーフの唇の端がごくわずかに嘲笑で上がる。

「そうですね。すみません。ありがとうございました」ブルックはそう言うと、素早く背を向けた。

フェリシアは証言台から降りると、頭を高く上げ、背筋を伸ばし、目の前のスイングドアをじっと見つめると、決然とした様子で法廷を出ていった。

ゲルゲルが明日までの休廷を宣言すると、ジェニファーはジョネットとともにホテルに帰った。ルーフをはじめて見て、フェリシアの証言を聞き、その信じられないほどの苦しみを目にしたことですっかり疲れ切っていた。ルーフがあまりに若く、おとなしそうに見えたことが信じられなかった。被告人席にいたあの人物と、フェローシップホールを恐怖に陥れた男が頭の中で一致しない。フェリシアの証言で聞いた事件の経過と、秘書の机の下に隠れていたときの記憶と聞こえてきた音を、時をさかのぼって考え直してみる。

廊下から聞こえたうめき声は瀕死の状態で横たわっていたシモンズ師の声だったことがわかった。自分は狂っていないと言う知らない人の声はルーフのものだった。そしてルーフが最初の銃弾を発射したときに聞いた「ああ！」という声を何度も思い出す。あれはクレメンタの声だったのだ。

ジェニファーは自分はほかにどんなことを知らないのだろうと思った。ホテルの部屋でジョネットも同じぐらいいつらそうに見えた。

「ここで帰るわけにはいかない」ジェニファーは言った。

「私もここに残る」ジョネットも同意した。

その覚悟を胸に、ジェニファーは約束通り娘たちに電話した。マラーナとエリアナは、ジェニファーが裁判の第一日目の基本的な説明をし、パパを殺した男が公判にいたこと、陪審が一日じゅうよく話を聴いていたことを伝えると、静かに聞いていた。

「フェリシアさんが証言したの」彼女はそう言うと、詳しいことは話さず、彼女がとても勇敢だったことと、証言でわかったことだけを話した。

そしてついにジェニファーは、ルーフに関する一番つらい事実を話した。

「犯人はパパの隣に座っていたの。そして最初にパパを撃った」

彼女はそこで言葉を切ると、自分の心を落ち着け、娘たちが質問できるように間を置いた。娘たちがどの程度詳しく知りたがるかわからなかった。二人ともなにも言わなかったので、ジェニファーはこのままチャールストンに残って明日も証言を聴きに裁判所へ行くと伝えた。

それでも娘たちはなにも言わなかった。ジェニファーは、娘たちにとってもうこれで十分なのだと感じた。詳しいことは話さなくていい。二人に必要なのは日常だ。

「それで、今日はなにをしていたの？」彼女は訊いた。


翌日の公判に、ルーフの母親とその恋人は現れなかった。父親のベン・ルーフは今日も来ていない。代わりにその両親であるジョセフ・ルーフとルーシー・ルーフがやってきて、とても遠慮した様子で弁護人席の後ろに座っている。彼らはこれまでと変わらずに息子の家庭を安定させ、愛情を注ごうとしていた。コロンビア出身のジョーは引退した不動産関係の弁護士で、多くの人に尊敬されている。薄くなった銀色の髪と眼鏡のせいでイギリス人の教授のように見える。今は片側の頬にガーゼの包帯をし、心配のせいでやつれていた。彼の妻は孫と同じく小柄で痩せていて、行儀良く膝の上に両手を重ねて座っている。二人は肩が触れるほど身を寄せ合い、満員の法廷の中でそこだけがひっそりとしていた。

孫であるルーフがどうしてそんな恐ろしい人種差別思想をもつようになったのか、二人には理解しがたかった。二人はそんな考えをもっていない。裁判がはじまる数カ月前、被害者の家族にジョーからルーフ家を代表して悔恨を述べた手紙が届いた。「あなたの苦しみを少しでも減らすために私にできることはないかと必死で考えました。なにかできることがわかれば必ずします」と書いてあった。際限ない後悔を抱きつつ、彼はいつの日か彼らとともに祈りたいとも書いていた。手紙の最後には「心底から申し訳ないと思っています」とあった。

この手紙で少しなぐさめられた人もいた。しかし多くの人たちは、手紙が届いたのが裁判がはじまる直前だったので、タイミングに疑問をもった。同情を買って、検察官に死刑求刑をやめるようプレッシャーをかけさせるための工作なのだろうか？　ジェニファーは手紙を読むことを拒否した。

ディランはというと、祖父母が来ていることに気づいている様子はなかった。

そして遺族たちはゲルゲルの警告に耳を傾けていた。この先の数時間はとくに厳しいだろう。検察側が事件現場の画像を提示するので、見たくなければ外に出ることも恥ずかしいと思わないでほしい、と。

しかし、法廷は満員のままだった。ジェニファーも廷内に残った。フェリシアもポリーもシャロンもアンソニーも残った。ただ、じっさい今日は来ていない者がいたとしても、混み合った傍聴席ではそれはよくわからなかった。

事件現場の写真を撮った捜査員が証言台に立ち、目の前にあるモニターに映る画像を見ている。廷内の他の人々は傍聴席に向かって置かれている二つの大きなスクリーンに同じ画像が映写されているのを見る。最初の画像では、夜のエマニュエル教会の前に停まっている車が数台と、その後ろの駐車場にも車が停まっているのが見えた。なにも変わったことはない。しかしカメラがエマニュエルの脇の入り口から中に入ると、閉め切られた秘書室のドア前の細い廊下に敷かれた緑色の絨毯にひろがる血溜まりが見えた。ダン・シモンズが瀕死の状態で倒れていた場所だ。

数歩進むと、短い廊下からホワイエに出る。木製の書棚の上にトロフィーが並んでいる。白い床の上に茶色いベルトが渦を巻いて落ちている。血染めの足跡がカメラを先へといざなう。ホワイエの先にある長方形のフェローシップホールには、血と銃弾と真鍮の薬莢が散らばっている。クレメンタ・ピンクニーが訪問者のために椅子を引いてやったテーブルの上には、一冊の聖書の横に黒い弾倉が歩哨のように立っている。部屋の隅には弾倉と銃弾が散乱していて、犯人の動きが読み取れる。

四つ並んだテーブルには、それぞれ明るいライムグリーンと黄色の布がかけられている。テーブルの上には日常の名残があった。開いた聖書、飲み物、書類。

テーブルの下にあるのは、遺体だった。

廷内のスクリーンにクレメンタ・ピンクニーの姿が映る。彼はおしゃれなダークスーツを着て、部屋の開けた場所に横向きに倒れている。頭は二メートルほど向こうの祭壇のほうを向いていた。首から血が筋になって白いリノリウムの床を流れている。その血の筋はジェニファーが閉め、鍵をかけてマラーナと隠れた秘書室のドアのほうへ続いていた。ジェニファーは自分たちが隠れていた秘書室からとても近いところでクレメンタが亡くなったことを知った。

隣のテーブルの下には、数人の女性の遺体が身を寄せ合うように並んで横たわっていた。

そして、おそらくもっともつらい画像が映し出された。

三番目のテーブルの下に、スージー・ジャクソンがカメラに背を向けて横向きに倒れていた。青い花模様のシャツが見える。その横の、テーブルから出たところにはティワンザが仰向けに倒れている。右手は胸の上に乗せ、長い左手は年老いたおばの髪に触れていた。彼の周り一面が血塗れなのは、致命傷を負いながらも生きようと闘った証拠だ。

傍聴席で一人の人が立ち上がり、出ていった。もう一人が続く。しかし多くの人が、この試練を受ける遺族に同席しようと静かに決意してそこに残った。フェリシアとティローンは大きなスクリーンからわずか二メートルたらずの最前列の席でじっと写真を見ていた。フェリシアは亡くなった九人に正義をもたらすため審問のすべてに出席し、この裁判を一秒たりとももらさずに見届けることを誓っていた。その誓いは守るつもりだ。

陪審団の数人がメモを取っていた。数人は涙をぬぐっている。

ルーフの祖父母は写真が進むにつれ、スクリーンから何度も目をそらしていた。祖母はあごをなで、細い指を目に当てていた。弁護側の席ではルーフは依然としてまっすぐに前を見つめ、無表情なままだったが、椅子に座ったままわずかに体を前後に揺らしていた。

三一　罪の告白

ルーフのマニフェストを読んだり、サイトが発見されたころにその最悪な部分をニュースなどで耳にした人は多い。しかし、被告席で虚ろな目をして彫像のように座っているこの人物の内面について、それ以上のことを知る人は少ない。今、証言の三日目を迎えた法廷では、再びモニターが用意され、三人の白人男性が楕円形の会議テーブルを囲んで革張りの事務用椅子に座っている様子が映し出された。ルーフが身柄を拘束された当日、シェルビー警察での最初の事情聴取の様子だった。

遺族は法廷のスクリーンの一つで、FBIの捜査官マイケル・スタンスバリーがテーブルの短辺に座り、クレイグ・ジャヌチョースキ刑事がルーフの向かい側に座っているのを見た。

画面の中のルーフは犯行時のままの服装で、平然とした様子で捜査官が容疑者の権利を読み上げるのを聞いていた。九人の人を殺した容疑で連れてこられたにしては、神経過敏になっているようにも警戒しているようにも見えない。最初の緊張をほぐすような質問の後、スタンスバリーは本題に入った。

「では、昨夜なにがあったか話せるかな?」彼は訊いた。

ルーフは彼らから目をそらした。捜査員たちは身を乗り出した。

「えーと、うーん、そうだね、いや、ただね、チャールストンの教会に行って、それで、うーん、ほら、俺は……」彼は一秒か二秒置いて言った。「俺がやった」

「なにをやったって？」スタンスバリーが念を押すように訊いた。

ルーフはまるで声に出して言いたくないかのように黙り込んだ。それから息を吐くと、突然捜査員たちに向かって笑いかけた。まるで自分がプライドをものすごく抑えようとしていることを褒めてくれてもいいよ、というように。

「えーと」彼は言った。「俺がやった。俺が彼らを殺した。そうだ、そう思う。いや、よくわからないけど」

スタンスバリーはさらに訊いた。「何人撃ったのかわかっているかな？」

「考えてみるよ、五人かな。正確にはわからないんだ」ルーフは答えた。その声は平板でがらしていて、思春期を迎えたばかりのような見かけとはそぐわない。

ルーフは教会に入る前にタクティカルポーチを買い、そこに弾倉を詰めて、ベルトの前にウェストポーチのようにつけたと説明した。「教会に入っていったとき、俺の前のところにこれがちょうどあって、前だ、わかるよね。だから俺はああ、これ見られちゃうって思ったんだ。そしてこの大きなやつのせいであきらかに見られたよ。重かった！」彼はなにかやんちゃなことをした子どものように笑った。「だって弾倉が七つも入っているんだぜ、弾倉一個につき一発の弾丸が入ってるんだ」

彼は銃撃のことをまるで誰かの家に卵を投げつけた話をするような軽さで説明した。

「ただ、俺はやらなきゃいけないと最終的に決心したんだ。それでだいたい全部だよ」

法廷では、数人の遺族が怒りと信じられない思いに満ちた目を見交わし、嫌悪感をつぶやいた。一人が立ち上がり、出ていった。


続いてFBIの捜査官はルーフに当然訊くべきことを訊いた。なぜやったのか？

ルーフはテーブルに身を乗り出すと片手を椅子の肘掛に置き、もう片方の手を動かしながら話した。

「俺はやらなければならなかった。理由は……」ちょっと黙って、しっくりする言葉を探していた。「誰かがなにかをやらねばならなかった。それはあの、街では毎日黒人が白人を殺し、レイプしてる。白人の女をレイプしてるんだ。一日に百人の女をね。FBIの二〇〇五年の統計によるとそうなんだ」

自分のしたことは、黒人が白人にしていることに比べたら本当に些細《ささい》なことだ。黒人の悪行は報道されないだけだ。ルーフはそう言った。

ジャヌチョースキが次の質問をはじめたが、ルーフはそれをさえぎった。「誰もやらないから俺がやらねばならなかった。勇気をもって行動する奴が誰もいなかったからだ」

白人を代表してなにかを宣言したかったのか？

「うん、そんな感じかな」ルーフは言った。

このひどく無頓着な言い方を聞いて、ルーフの声がアニメの主人公である犬のドルーピーにどこか似ていると思った人がたくさんいた。まるで水中を伝わってくるようなくぐもった声だ。

彼はある日、エマニュエルの外で車に乗り込もうとしている黒人女性に話しかけて、この教会ではいつ礼拝をやっているのかと訊いたことを語った。このとき相手が聖書勉強会のことを話したので、計画を思いついた。聖書勉強会の参加者は少人数だと彼は知っていた。人数が少なければあまり警備されていないだろう、それに黒人教会ならやってくるのは黒人だけだ、そう考えた。「他の教会には行かなかった。白人もいるかもしれないから」

「それは白人は殺したくないから？　白人を撃つのはいやだったってことかな？」

「そんな、いやだよ！」彼はなんと愚かな質問だというように笑った。


被害者の遺族の中には、すでにこの二時間のビデオを見ていた者もいたが、多くの人はこのときはじめて目にした。どちらの人もすでに知っていたことをあらためて痛感させられた。ディラン・ルーフは自分のしたことをまったく後悔していない。

捜査官たちはルーフにフェローシップホールのレイアウトを詳しく話してほしいと言った。彼は言われた通りに、アメリカンフットボール中継のアナウンサーが試合を実況しているみたいに現場を説明した。彼は指でテーブルに線を引いて示していた。

線の片側を指して言う。「女が一人ここに座っていた。でも俺はこの女を撃たなかった。俺を見てたっていうか、そういう感じで、とにかくこの女は撃たなかった」

「その人が君を見ていたから撃たなかったんだね？」

ルーフは、頭が悪いのかというように笑った。答えはわかり切っているだろう。スタンスバリーは調子を合わせた。「そうか、自分を見ている人のことは撃ちづらいよな、そうだろ？」

それに対しルーフは訳知り顔で笑った。「誰かを撃つこと自体、難しいけどね」

後に彼は、装塡済みの最後の弾倉である八つ目の弾倉を使わず取っておいたことを話した。外に警察がいたら自殺するのに使うつもりだったのだ。

「正直言って、あんなに撃った後なのに、誰もいないのには本当に驚いたよ！『ああ。ここのおまわりたちはなにをやってるんだ？　自分の仕事さえちゃんとやってないじゃないか！』って感じだったね。どれだけ撃ったか聞いていたら……じっさいに何発撃ってたのかわからないぐらいだよ」彼は声に出して計算した。「ええと、なんだ、七かける一一は、いくつだっけ？」

「七七だね」スタンスバリーが答えた。

「七七発だ。それなのに外には警官一人いなかったんだ」

ティローン・サンダースが立ち上がり、怒ったようになにかつぶやきながら走り出ていった。ルーフはそれに気づいていたとしても、振り向こうとはしなかった。

廷内のスクリーンの中で、スタンスバリーが続けた。「じゃあ、そうだな、君は黒人が好きじゃないってことなのかな？」

この質問にルーフは少し考えた。「そうだな、黒人がやっていることがいやなんだ」彼は続いて、犯罪者はゲットーに住んでいると思うが、そこに一人で乗り込んで世間をあっと言わせるようなでかいことを自分ができるわけではないと付け加えた。

「簡単なことだ。俺はそういう人々は教会にいると思ったんだね。犯罪者でもなんでもない人たちだ。けれどそこは問題じゃない。問題は黒人の犯罪者が無実の白人を毎日殺しているということなんだ」

「彼らを狙った目的は？」

ルーフは息を吐くとまた言葉を選びながら続けた。

「あそこには、えーと、必ず、えーと、少人数の黒人が、えーと、一カ所に集まっているとわかっていたから」彼はブラックフェスティバルかなにかに行くことも考えたが、警備員がいるだろうし、決まった日まで待たねばならず好きな日に決行できないと思った。そして教会ならもっとも無防備で、もっとも入りやすいからちょうどいいと考えたのだ。

チャールストンを選んだのは、この街が好きだったからだ。美しい街並みとかつて奴隷制と人種隔離の象徴だったところが気に入った。奴隷制の最盛期、チャールストンはアメリカで一番白人住民に対する黒人住民の割合が高かった。それにエマニュエルは歴史的なＡＭＥ教会だったからだ。ここなら自分の襲撃が十分に注目を集めるだろうと考えた。

「革命をはじめようとしたのか？」スタンスバリーが訊いた。

「俺は妄想してるわけじゃない。そんなことは考えてないよ、人種戦争をはじめられるとか、そんなようなことは」

彼はしばらく黙っていた。そしてこれまで無関心だった口調に少し熱がこもった。

「人種戦争はとても恐ろしいだろ」彼は付け加えた。

「そうだな」スタンスバリーが同意した。

「人々がつねに死んでいる」

「そうだな」

「俺はただ、えーと……」ルーフはまた黙り込んだ。膝の上で指先をいじりまわしている。

「ただ人種隔離を復活させるとか、そのくらいでいいんだ。人種戦争にならなくても」


「昨夜の死者は九人だったと言ったら、どう思う？」

「信じないね」

「九人だったんだ」

「そもそも九人もいなかった！」

「人数は九人より少し多かったんだよ」

ルーフはテーブルを挟んで自分の前に座っているＦＢＩの捜査官二人を見返した。「俺に嘘をついてるのか？」

現場で八人が死亡し、一人は病院に搬送されてから死亡した、二人はそう説明した。ルーフはさらに彼らを見つめ、テーブルに手を置いて、集中している様子だった。部屋は静まりかえっていた。

「ああ、そうか」彼はついにそうつぶやくと、指先で会議テーブルをこすった。

「どんな感じだ？　正直に聞かせてくれ」スタンスバリーが訊いた。

「ああ、悪いことをした感じがするよ！」ルーフは手の平でテーブルを払った。

ジャヌチョースキが厳しい声でルーフがこれまでに言ったことをまとめた。エマニュエルに行き、聖書勉強会があることを知り、銃と大量の銃弾を買い、武器をもたない黒人を狙って、その人たちを撃ち、逃げた。その結果、九人の人たちが死んだ。

「ディラン・ルーフという人物をどういうことで記憶してほしい？」彼はさらに訊いた。

この質問にルーフはかすかにうなり声をあげた。数秒間、額をこすりつづける。

「うーん、わからない」

さらに数秒が経った。こんなにもたくさんの死者を出したのに、ろくな目的がなかったのだという事実が明らかになった。ついにスタンスバリーが被害者の遺族になにを言いたいかを訊いた。

「さっき我々に話した理由で家族を撃ったというのか？」ジャヌチョースキが訊いた。

ルーフは顔を上げると、座ったまま背筋を伸ばした。「そんなこと言わないよ！」彼は言った。「そんなこと言えるわけないだろう。俺はたぶんその人たちを見ることもできない」

じっさい、この事情聴取の二時間のテープが流れるあいだ、彼は身動きもせずにまっすぐに前を見るか、床を見つめるかどちらかの姿勢で座っていて、遺族のほうを見ることはなかった。

ビデオが終わると、ゲルゲルが休廷を宣言した。ルーフは被告席の横のドアから看守とともに静かに出ていった。

満員の法廷内では立ち上がると素早く出ていく人も何人かいた。しかし多くの人たちは席に座ったまま動かなかった。ルーフの驚くべき冷酷な無関心さが頭から離れず、動けなかったのだ。ジェニファーもその一人で、こう考えていた。いま聞いたのは九人の人を殺した男の自白だろうか？　それとも学校で馬鹿ないたずらをした生徒が自分のしでかしたことをおろかにも笑っているのを聞いたのだろうか？

三二　岩場に落ちた種

検察側はルーフ有罪の証拠をさらに提示しつづけ、二〇一五年六月一七日以来みなが知りたがっていた、ディラン・ルーフとは何者なのかという問いの答えを追求した。

検察側が提示した写真に映っているのは、寝室に引きこもり、一人で白人至上主義のサブカルチャーの暗い裏道に迷い込み、その後積極的にその思想を追い、熱心さのあまりなんの罪もない人々を殺す計画を立てたルーフの姿だった。捜査員たちは発見した手がかりを解説した。

ルーフの車の中にあったメモ、プランテーションや奴隷地区で撮影した写真、彼が読んだＫＫＫの歴史の本、彼が観たスキンヘッドの映画。それによって彼がどれだけ急速に人種差別主義者へと変貌していったのかが示された。彼の人種差別思想の根拠になるようなものは現実生活にほとんどない。有色人種の人との間のいやな経験を挙げるように言われても、一つも思いつかないほどだ。社会に対する不安、孤独、健康不安を超えるなにかアイデンティティになるものが欲しいという強い欲求が人種差別に収斂し、なにも目標がない生活を乗っ取っていったのだろう。ルーフ自身、精神科の専門家に、「覚醒」の前は人種についてあまり考えたことがなかったと語っている。

それはある日、トレイボン・マーティン事件についての好奇心から、「白人の犯罪における黒人」という言葉をグーグル検索したことではじまった。検索結果から、彼は当時アメリカ最大の白人民族主義者の団体だと言われていた白人保守会議のサイトを訪れた。そこに書かれていたのは「すべての人種を混ぜ合わせようという動きに抵抗する」というスローガンだった。このサイトにはアフリカ系アメリカ人が白人に対して行ったという残虐な行為の描写や、メディアによって大掛かりな隠蔽が行われているという主張が書かれていた。このサイトはつねに不安に苛《さいな》まれているルーフの捌《は》け口となった。長年苦しんできた不安の原因として攻撃する対象を見つけたのだ。黒人は白人の文化を破壊し、白人の未来を脅かしている。自分が不安になるのも当然だと。

もしもこの日、ルーフが検索結果の中から、白人保守会議のサイトではなく本物のＦＢＩの犯罪統計のページにアクセスしていたらどうなっていただろうか？　南部貧困法律センターは事件後、「ディラン・ルーフへの誤った教育」というビデオの中で、そう問いかけている。ビデオでは、グーグルのアルゴリズムがルーフを白人至上主義に導いてしまったこと、彼がたどり着かなかった正当なデータを含むサイトには、白人の殺害事件のほとんどの犯人は白人であるという事実が示されていた。

しかしこの疑問とそれが示すことについては、また別の機会に考えねばならない。現実にルーフは白人保守会議からスタートして、その後ネオナチのデイリーストーマーやかつてのKKKのグランド・ウィザードが創設したストームフロントを発見した。ストームフロントのトップページの挨拶には、アメリカ初の黒人大統領誕生についての言葉が書かれている。「ここをはじめて見る白人の方の多くはオバマ（左翼の過激派で突然現れた出自のあやしい謎めいた人物）が大統領になってしまったことに当然動揺していらっしゃるでしょう。またオバマの勝利に黒人たちがどれだけほくそえんでいるかもご覧になっているかと思います。そうした白人たちはそれに対抗するために強い手段を望んでいるのです」

ルーフは他のサイトも漁り、実生活で誤解を正してくれる人に打ち明けることもないまま、人種についての誤った情報を取り入れつづけた。彼は両親にも祖父母にも話さなかった。彼らは彼の思想を知ろうとしなかった、と本人は捜査員に語っている。それどころか彼は自分のしたことを周りの人々が知ったらどんな反応をするかと心配していた。

それにもかかわらず、逮捕後、事情聴取を行ったＦＢＩの捜査官に、今どこに行きたいかと訊かれ、彼はこう答えている。「家だ」
母の家のことだった。

検察側は次に、捜査員が撮影したエイミー・ルーフの自宅写真を提示した。ディランは裏庭の木でよく射撃練習をしていた。植木鉢、ピクニック用のテーブル、ボートがごちゃごちゃと置かれている庭には薬莢が散らばっている。近くにある赤い煉瓦色の小屋には古びた缶が何列にも吊り下げられていて、そのうちの一つに、二挺の銃を銃身のところでX印に重ねた絵と「我々の自由と権利を蹂躙するな（Don't tread on me）〔直訳は私を踏むな〕」という文字が書いてある。憲法修正第二条後に使われはじめた古い植民地時代のガスデン旗だ。この旗は自治の象徴として、最近はティーパーティーなど保守系独立政治勢力のメッセージを好む者に重用されている。この庭の雰囲気はサウスカロライナ郊外では珍しくない。しかし法廷で写真を見ると、ルーフの環境はまるで彼が犯した銃暴力の訓練場だったかのようだ。

ルーフの家族が、犯人はディランだと通報した後この家にやってきた警官が証言台に立ち、そのときの詳しい状況を述べた。エイミーの恋人ダニー・ベアードは両手を上げて出てきて、こう言った。「彼はここにいない！　彼はここにいない！」

二人は警察の質問に答えようとしたが、すぐにエイミーが倒れてしまった。法廷で倒れたのと同じようだった。彼女は回復すると、保安官補をきちんと片づいた家の中に招き入れ、息子の寝室まで案内した。「お見せしないといけないものがあります」彼女は言った。

彼らは部屋に入った。クイーンサイズのベッドがあり、くすんだ青いチェックのベッドカバーがきちんとかけてあった。部屋の壁ぞいには木製の家具が並び、楽器のキーボードがあり、木製の机の上には大きな液晶モニターがあった。小さなボートがビーチに上陸する小舟を描いた大きな絵が壁にかかっている。一見、ごく普通の一〇代の少年の部屋だ。

エイミーはアブラハム・リンカーンの小像や弾薬の箱の近くの机の端に載っていた、鮮やかな青色のコダック製デジタルカメラを手に取ると、中に入っている数十枚の画像をスクロールした。捜査員はそれを彼女の肩越しに見ていた。最初はルーフが可愛がっている三毛猫の写真だった。しかしルーフはこのカメラで白人至上主義のシンボルを身につけた自分の写真も撮っていた。ローデシアの旗をつけたジャケットを着て、「1488」という数字の横に立ち、銃を振りかざしている。こうした写真を寝室でも庭でもたくさん撮っていて、棒についた南軍旗と一緒に撮っているものもあった。それからいつも一人で出かけていった先、チャールストンで撮ったものもあった。

検察側はルーフが自ら過激思想に染まっていったことについて解説する証人を召喚した。写真を陪審団に見せる。陪審団の多くの人は、ルーフが自撮り写真のポーズを取っているその場所に行ったことがあった。そこはかつて何百人もの奴隷の人々が住んでいたプランテーションで、今は世界じゅうから観光客がやってくる。彼はここで終始旅行者のふりをしていた。奴隷船での航海を生き延びた何千人もの人が、恐ろしい新大陸に向けて上陸する前に隔離されたサリバン島のビーチにも立ち寄っている。こうした写真の何枚かでは、ルーフは脅すような表情をしていたが、他のものは一〇代の少年が強がって見せているだけの写真だった。

捜査員たちは陪審団に、ルーフの移動経路をGPSの記録を使って示した。彼は六月一七日までの半年間に六回チャールストンに行っていた。毎回南部観光に来た旅行者のふりをしながら、エマニュエルの近くを車で通っている。最初にやってきたのは二〇一四年一二月二二日、クリスマスの三日前のラッシュの時間帯で、マイラ・トンプソンが最初の説教を行った時期だ。

FBIの捜査官はルーフが立ち寄った他の場所も明かした。地元のスターバックス、チックフィレイ、シェルのガソリンスタンド。ルーフがチャールストン周辺をうろついていた詳細が明らかになると、住民たちは彼がどれだけ頻繁に近くに現れていたのかを知り、あらためて落ち着かない気持ちになった。私は彼とすれ違っていなかっただろうか？ そう思わずにはいられなかった。スターバックスでコーヒーを飲んでいるときに隣にいたのではないだろうか？

ルーフは襲撃を計画しながら、さらに深く人種差別主義に傾倒していった。母親の家のコンピューターを調べると、彼がアメリカ最大の白人至上主義サイト、ストームフロントに入会し、「lil aryan」というユーザーネームを登録していたことがわかった。

ルーフはこの新しいコミュニティでつながりを探していた。検察側は陪審団にルーフが他のメンバーに送った個人的なメッセージを読み上げた。それはだいたいこういう感じだった。「はじめまして。投稿を読んで、あなたが私と同じく、コロンビア地区に住んでいると知りました。同じ州の人に会ってみたいと思っています」しかし彼が実際に誰かと会ったという証拠は残っていない。

ストームフロント入会の八日後、ルーフはエマニュエルの近くを数時間かけて偵察している。三日後、もう一度やってきて、さらに偵察している。

それと同時に両親との間にトラブルが起こる。両親は彼にそろそろ職に就くようにうるさく言いはじめたのだ。彼は地元警察に警戒されるようになり、二月には父親の家の近くのショッピングモールで、店にいる従業員の数や閉店時間など不審な質問をする男がいると通報され、逮捕されている。ルーフは大麻依存症の治療に使う鎮痛剤サボクソンを所持していたが、処方箋をもっていなかった。彼は一年間、モールに出入り禁止になった。

数週間後、彼は二一歳になり、ビールや拳銃を合法的に買えるようになった。そして父親は彼の誕生日に、拳銃を買う金をプレゼントした。

陪審団はルーフがグロックを買った店の監視カメラの映像を見た。それからルーフが自分で撮影した射撃を練習するビデオも。チェックのパジャマのようなズボンを穿き、ゴールドジムのぴったりした黒いシャツを着て、丸眼鏡をかけ、コンバットブーツを履いたルーフが、母親の家の裏庭にカメラを設置して、自分の練習を撮影したものだ。小鳥がさえずり、通りすぎる車の音が聞こえる。ごく日常的なそんな背景のせいでかえってシュールに見えるビデオを、彼が殺した人々の遺族が厳しい顔で見つめていた。

ルーフは裏庭を少し歩きまわってから、カメラから四、五メートルほどの地点に立ち、銃の撃鉄を起こし、狙いを定めた。レーザー照準器の赤いライトがカメラのすぐ上に向けられ、彼は四発撃った。銃声の轟音が響きわたる。彼は左腕で額をぬぐうと、また狙いを定め、撃った。

難易度を上げるため、近くにあった分厚い電話帳を手に取り、ぎこちなく二メートルほど投げ上げ、撃った。重い音とともに命中した。

電話帳が地面に落ちると、グロックでそれを狙い、さらに二発撃つ。銃撃の反動で細い手首が押し戻される。

法廷内の人々にとっては、大切な家族に起こったことと同じような出来事にしか見えなかった。

三三　暗号の指輪

その朝、シャロン・リッシャーは年老いた盲目の飼い犬パフに行ってきますと言って、ホテルの部屋を出ると町の中心部に向かった。公判がはじまるのを待つあいだ、彼女は連邦裁判所の玄関の脇で、赤いジャケットを着て、片手にコーヒーを、もう片方の手にはタバコをもって立っていた。タバコもコーヒーもセキュリティチェックを通れない。寒さに身をかたくしながら、行きすぎる人を眺めている。まだ和解していない妹ナディーンがたくさんの通行人に混じってブロード通りをこちらに向かって歩いてこないだろうかと考えていた。

ルーフの弁護団は昨日、弁護側は一切証拠を提出しないと宣言した。そうなると今日は最終弁論および陪審の評議がはじまる可能性が高い。ナディーンは法廷に来ないのだろうか？

シャロンはナディーンと何カ月も会っていないが、今日の裁判に現れないことには驚いた。今ナディーンがここにいたら、ちゃんと対応するのに。前回接触したのは一週間前のフェイスブックで、非難の応酬になってしまった。残念ながらループに母を殺されてから、そうなることがあまりに多かった。ナディーンは裁判へやってくる代わりにエセルの墓参りに行き、新しく作った墓石の前で撮った自撮り写真をフェイスブックにアップしていた。ナディーンの墓石の後ろに少し見えるのが、シャロンの立てた墓石だ。それを見て怒りが倍増したシャロンは「コメント」のバーをタップした。

「ママとテリーのお墓にお花をありがとう」テリーというのは二年前に亡くなり、母の隣に眠っている妹エステルのことだ。「あなたとナジーが裁判所で家族みなと一緒にいるところをママは見たいでしょうね。メリークリスマス！」

メディアの襲撃を逃れ、一人で母を悼むことを選んだナディーンは、こう切り返した。「記録のために言うと、ママには毎月お花を供えてます。ああ、ごめんなさい、姉さんは今はじめてこれを見たのね。裁判なら、ママはあなたたちみなをテレビで見て喜んでると思うわ」これはシャロンの姿がいくつかのメディアに出たことに対する皮肉だった。

シャロンは南部特有の昔ながらの親切めかした嫌味でやり返した。「じゃあ、あなたは生きてるのね！　神のお恵みを！」

「ありがとう」ナディーンは返答を重ねた。

公判開始の時刻が近づいてもナディーンは現れなかった。シャロンは激しい怒りを感じていたが、心の奥ではまだナディーンを深く愛していた。このさき、再び普通の姉妹のようになれるだろうか。休みには一緒に過ごしたり、特に用事はなくても様子を聞くために電話をし合うような。戻れる可能性はさらに遠くなった気がする。ときどき、とても身近な存在であるはずのナディーンを許すのは、邪悪なディラン・ルーフを赦すよりも難しいと感じる。

シャロンは煙草の端を押しつぶすと法廷に向かった。家族がばらばらになってしまっていることを考えないようにしながら、ブーツを脱いで警備員のチェックを受けた。そしてルーフが今日有罪になることを望んだ。もう二度と自由の身にならないように。シャロンは死刑には反対だったから、彼女にとっては裁判のこの段階が地上であたえられる正義の頂点なのだ。

彼女が席に着いた後、ゲルゲル判事が入廷し、ネイサン・ウィリアムズが最終弁論を行った。金色がかった灰色の髪をしたウィリアムズは、熱心に見ている陪審団の前に厳粛な表情で立った。

「教会は聖域であり、安全であるべきであり、信徒のための場であり、誰もが歓迎される場所です」

彼が話しているとルーフの祖母がそっと法廷に入ってきた。品がよくエレガントな感じで、牧師のカラーをした男性と一緒だった。ウィリアムズが孫のことを「激しい憎悪を抱えた男」で、虐殺のあいだ、弾丸を充填するときしか休まなかった、と述べているところだった。

「彼らを動物と同じだと思っているから殺したのです！」

ルーフは相変わらず虚ろな表情で前を見つめていた。ウィリアムズが人種差別の憎悪についてて述べているあいだに事件現場のむごたらしい写真がスクリーンに映し出される。白いリノリウムが血で真っ赤に染まっている恐ろしい画像だ。今回は遺体の写真の隣に、それぞれの生前の姿が並んでいた。笑顔の写真が遺体の写真の横に並んでいるのはぞっとするような眺めだった。フェリシアはティローンの身体に腕を回した。ルーフの祖母は手で涙をおさえ、片手を頬に当てた。ウィリアムズは話し終えると検察席に戻り、座った。

ルーフの弁護人デヴィッド・ブルックが誰からも感謝されることがないとわかっている仕事をはじめた。死刑反対論者のブルックは陪審席のほうにゆっくりと歩いていくと、さきほどのウィリアムズよりも少し離れた場所で止まった。彼は物静かな自身のしゃべり方について少し冗談を言ってから、またもや法的な制限をかいくぐって依頼人の精神状態について印象づけるために、異なったルーフ像をほのめかそうとした。

「本件のそもそもの問題は、なぜ？　です。ウィリアムズ氏は『そうですね、それはとても単純です。答えは憎悪です』と言いました。これまでのところそれでいいでしょう。けれど考えてみると、同じことについて別の訊き方ができるでしょう。『なぜ、どうしてディラン・ルーフはこれをやったのか？　どうしてそういう動機をもったのか？　その理由はなにか？　どんな説明ができるのか？』そう訊くべきなのです」

これから検討するすべての件で、陪審団は動機を検討しなければならない。そう、ルーフの動機は人種差別思想だ。しかしそれではその背景は説明できない、とブルックは主張した。

「ここにいる二一歳の青年、本当のところはほとんど少年ですね。彼は、白人と黒人の間に争いがあり、大きな陰謀が隠蔽されているという考えに命をかけたのです」

真の理由がわかるのはルーフだけだった。一九歳のとき、彼はネット上で差別主義者による痛烈な非難の文章を読み、突然世界じゅうのすべてのことの意味がわかったと思ってしまったのだ。

「その瞬間になにが起こったのか。彼は暗号を解読できる魔法の指輪を手に入れたのです。この世のすべての間違っていること、すべてのいやな気持ち、彼の頭の中で起こっているすべての訳のわからない、耐えられないようなことの意味を教えてくれるような。それは人種戦争で、すべての人によって、すべての人の目から隠されていて、それがインターネット上で自分だけに明かされたと思ったのです」

ブルックは彼の依頼人がまったく後悔していないことは認めたが、ウィリアムズに何度も異議を申し立てられながら、ルーフの有罪というわかりきったことの裏側を考えてみるようにと陪審団にうながした。彼はまた、ルーフが人種差別主義に傾倒していった経過を述べ、ルーフが自分の行動を説明するときに、自分自身がなにに衝き動かされて行動したのかわかっていないかのように言う、「俺はやらなければならなかった」というシンプルな言葉が唯一の説明なのかもしれないと述べた。

三四　一二人の友達

一八人いる陪審団のうち誰が陪審員に、誰が交代要員になるかが判明した。アフリカ系アメリカ人を三人含む一二人の陪審員は、法廷を出ると小さな部屋に移動した。部屋には長い会議テーブルがあって、その周りには革張りの事務用の椅子が並んでいる。彼らはこれまでにも証言のときの休廷のあいだなどにここで過ごしたことがあり、お互いに顔見知りになってきていた。しかしこれまでは裁判の内容については話せなかった。多くの人がそれが一番つらかったという。トラウマになるような証言にたくさんさらされながら、それについて話せる相手がいなかったのだ。

陪審員たちもゲルゲル判事も満場一致でジェラルド・トゥルースデールを陪審長に選んだ。トゥルースデールは五三歳の白人男性で、父親らしい顔つきをしている。企業の役職者で、キャリアのほとんどの期間を世界じゅうを旅して、人々に多様性などについて教えてきた。彼は最後に選ばれた陪審員で、偶然、これまでの裁判のあいだ証人席にもっとも近い、陪審長が座る席に座っていた。

一二人は会議テーブルの周りの席に着き、トゥルースデールがみなにお疲れ様ですと挨拶をした。これまで注意深く耳を傾け、メモを取り、少なからず想像を絶するような内容の証言に耐えてきた。最年長は七五歳の黒人男性で、介護付き住宅で働いている。看護師が数人。教師が一人。ソーシャルワーカーが一人。トラックの運転手が一人。警察署の管理部門勤務。歯科衛生士。

ようやく裁判について話せるようになった陪審員たちは、自分たちの印象を勢いよく話した。ある陪審員は気づいた者たちがみなショックを受けた瞬間のことを話した。「あの野郎がフェリシアさんを嘲笑ったの見たか？」

トゥルーステデールもその瞬間を見て、衝撃を受けていた。彼は裁判のあいだメモを取っていた。後で思い出せるようにするためと、自分を守るためだった。彼がその瞬間に書いたメモがある。「後悔ゼロ。敬意をもつことができない。精神的な問題がある」

続いて彼はこう書いている。「陪審にこのことを思い出させる」

しかし、誰にも思い出させる必要はなかった。

トゥルーステデールは証拠についての検討に移る前に、公判中に抑えていた気持ちをみなが解放し、気づいたことを伝え合うべきだと考えた。一人ひとり順番に数分間、言いたいことを言う時間を設けようと提案した。祈ってもいいし、泣いてもいい。

みなの反応はそれぞれの立場によって違った。

「あんな恐ろしいことをできる人がいるなんて絶対に信じられない」ある女性は言った。

「なぜ私が陪審に選ばれたのだろう？」別の人が問いかけた。

「私は一分間、完全な沈黙が欲しいです」また別の人が言った。そこでみなは話をやめて、沈黙を提供した。

ある陪審員は証人が語るつらさを聞いているとき自分の無力さを感じたという。「遺族を少しでも楽にするためになにか私にできることがあるのか。わからないけれど、なにかしなければ」

すると別の人が提案した。裁判が終わったら、エマニュエルに行くのはどうだろう？ 会衆や遺族を支えたいという気持ちを表明できるかもしれないから。「教会をこの目で見て、そこでしばらく過ごすのです」

みな後でそうしようと賛成した。しかし今はやらねばならないことがある。トゥルースデールが思い出させた。

トゥルースデールはルーフより三一歳年上で、成人した娘が二人いる。彼はルーフの後ろのベンチがほぼ毎日空いているのに気づいていた。彼の両親はどんな人たちなのか？ 自分たちの息子がしたことを気にしているだろうか？ ルーフは彼らの注意を引きたくて必死だったのかもしれない。いや、やはりルーフは完全におかしいのかもしれない。

自ら白人至上主義の思想に進んで没入し、凶行を犯すまでに過激化した青年だとトゥルースデールはルーフのことを考えていた。彼を犯行に駆り立てたのが邪悪さであれ、憎悪であれ、精神疾患であれ、じつのところそれほど問題ではない。法律により、彼らはこの時点でそういうことは検討できないのだ。彼らの仕事は単にルーフが有罪かどうかを決めるだけだ。

自分たちの立場を明らかにするために最初の投票が行われた。トゥルースデールは評決用紙に書かれている起訴内容を読み上げた。ルーフは連邦法により三三件で起訴されている。そして彼らは席を立つと、投票をした。

有罪、有罪、有罪、有罪……。

評議をはじめたのは午後一時一二分だった。二時間後、彼らは評決に達した。


評決が発表されるという知らせを受け、遺族たちはいつもともに祈り、ともに泣いていたファミリールームから法廷に急いだ。遺族の多くは裁判がはじまる前は知り合いではなかったが、今では一つのコミュニティとして六番法廷に詰めかけ、司法制度が本当に正義をもたらしてくれるのかを見極めようとしていた。

フェリシアとポリーは裁判のあいだずっと最前列に座っている。かたわらにはサヴェジ夫妻がいた。その後ろにはジェニファーとジョネットとカイロンが座っている。クレメンタの父親は車椅子を使っているので、他の家族と一緒にかなり後ろのほうに座っていた。

生存者と遺族のほとんどが信仰上の理由から死刑を支持していなかったが、ジェニファーはそれについて特に強い意見はない。神はご自身のやり方とタイミングでルーフを扱うだろうから、彼が今後自由の身になってまた誰かを傷つけることさえなければ、どういう刑になっても別によかった。

いま身の回りに集まってしんと静まりかえっている人々と同様に、ディラン・ルーフはこの世に生のあるかぎり刑務所にいてくれるのが一番いいと彼女は思っている。陪審員が有罪以外の評決をすることは想像できなかった。FBIの捜査官に自分の犯罪の話をしながら笑っていたあのビデオが運命を決めたと彼女は思っている。ジョネットがジェニファーの片手をしっかりと握っている。もう片方の手はカイロンが握っていてくれている。

ジェニファーの後ろにいるシャロン・リッシャーはスラックスを穿いた脚をこすり、ざわざわする気持ちを落ち着かせようとしていた。彼女も有罪以外の評決が出る理由は想像できなかった。しかしそもそもここに座っていること自体が、以前は想像もつかなかった。

その一列後ろにはアンソニー・トンプソンがマイラの娘デニース・クエールスと肩を並べて座り、静かに真剣な声で話し合っていた。デニースとは血はつながっていないが、よちよち歩きのころから育ててきた。だから彼女がいつものように「お父さん」と呼んでくれただけで、彼の心は愛とプライドでふくらんだ。彼女は実の父とも良い関係を続けていたが、その実父は数日前に亡くなった。そこらじゅう悲しみだらけだ。デニースはとにかくこの裁判を乗り越えたいと思っている。アンソニーもそれは同じだ。精神医療関係者がティッシュとなだめの言葉を用意して、周囲の人々の間に待機している。

陪審員たちが入廷した。

ゲルゲル判事がルーフに起立するよう指示する。判事自身も立ち上がると、アフリカ系アメリカ人の女性である事務官が陪審席のトゥルースデール陪審長のところへ歩いていき、薄い青色の紙の束を受け取った。評決用紙だ。彼女は、それをゲルゲルに渡した。

ゲルゲルが読み上げはじめる。ルーフは無表情に両手を脇に垂らして立っていた。

「最初の起訴項目、シャロンダ・コールマン＝シングルトン師の死に関して、被告人ディラン・ルーフを『有罪』とします」

ルーフの無表情は変わらなかった。廷内にルーフが命を奪った人の名前が順に響きわたるあいだ、傍聴席は静まりかえっていた。フェリシアは「有罪」という言葉が聞こえるたびにうなずいていた。デパイン・ミドルトン・ドクターの姉妹は座ったまま体を揺らしていた。シャンパンの泡が弾け出してくるみたいにシャロンの膝は細かく揺れた。シャロンの周りでは人々が微笑んでいた。目を閉じている人もいる。ルーフが自由の身になる恐れがこれでなくなり、みな果てしなくほっとしていた。

ゲルゲル判事は三三件の起訴事項の後に「有罪」と読み上げてから評決用紙を置いて、陪審のほうを見やった。「みなさん、まずはあなたがたが果たしてくれた役割に感謝いたします。しかしまだこれで終わりではありません」次の裁判が一九日後の一月三日、休暇の後にはじまるのだ。

判事と陪審が退廷したあと、フェリシアとポリーは最前列に立って、きつく抱き合った。ジェニファーはジョネットの手をぎゅっと握ったまま、静かに通路を抜けた。遺族たちはエレベーターに満員になって乗り込んでファミリールームに戻り、リチャードソンが話をしにくるのを待った。

ファミリールームに入っていくと、亡くなった人々が写真の中から笑いかえしてくる。大人用の塗り絵のページなどから取ったカラフルな絵が壁に色を添えている。この部屋で待っているあいだ、ストレスを紛らわせるために描いたものだ。この部屋はこれまで悲しみの涙を流す場所だったが、今は歌声や笑い声でいっぱいになった。多くの人が近くにいる誰かを抱きしめた。友達、親戚、かつては見知らぬ人だったがこの裁判で一緒になった人。今やみなが家族だった。

リチャードソンら検察チームが戸口に現れた。彼らも家族のメンバーだ。

喜びの盛り上がりが落ち着くと、リチャードソンが話しはじめた。家族との時間を過ごしてきてください。リラックスして、休暇を楽しんでください。みなこの裁判の次の段階で必要な人たちだ。さらに多くの人が証言することになっている。

遺族たちはそれぞれの生活に戻っていった。

数日後、アンソニー・トンプソンは自分の教会に急いでいた。この一週間、邪悪な存在と同じ場で時間を過ごしてきたから、アンソニーは愛と、その究極の形とも言える赦しとの闘いについて述べようと決めていた。

彼の車は季節外れの暖かい空気のなか、夜のうちに降った雨で濡れた路面チャールストンの中心街に向かって走っていた。エマニュエルから数ブロック離れたところでブル通りへ曲がると、デンマーク・ヴィージーが当時の人口の多数を占めていた奴隷たちを解放しようと計画していた住宅街が広がっている。アンソニーはホーリー・トリニティ・リフォームド・エピスコパル教会に車を停めた。

居心地のよい白い建物の中に足を踏み入れた途端、鼻がむずむずした。天井が明るい青色のペンキで塗られたばかりで、用意してある資材であたりはまだ埃っぽかった。前向きだった気分が一瞬、いらいらにさえぎられた。作業はクリスマス前にかからないよう、もっと早くに終わっているはずだった。彼はどうしても今日、愛について話したかった。しかしすっかり鼻がつまり、声もかすれてきた。

説教用の白いローブを着ると、ささやかな数の会衆に会うため進み出た。数十人の男女が座っている。子どもたちもそのあいだにいる。エマニュエルとは違って、この教会には大きなオルガンもバルコニーも二階分の高さのある見事なステンドグラスもなく、トランペットも聖歌隊さえもない。だが、歌声が聞こえる。純粋で飾り気のない声が信徒席から聞こえてくる。

アンソニーはまずオバマ大統領のために、次期大統領のために、エマニュエル・ナインのために、銃暴力から生き延びた人たちや他の人たちのために祈った。人々と一緒に主の祈りを暗唱する。

我らに罪をなす者を我らが赦すごとく
我らの罪も赦したまえ

説教をはじめるころにはアンソニーの鼻はすっかりつまり、喉はいがらっぽくなって声も出づらかった。彼はイエスの誕生と、それがキリスト教徒にとってどんな意味をもつのかについて語った。「あの飼い葉桶にやってきたとき、彼は一つの大きな愛の塊でした。私たちは愛について多くを語らず、多くを見せないのです」アンソニーは言った。

数人の教区民が微笑みかえした。

神は人々に愛し合ってほしいと頼んだわけではない。そう命じたのだ。しかし自分に害をなした人を愛せるだろうか？　アンソニーはその難業に自ら挑んでいる。それはディラン・ルーフを愛さねばならないということだ。あの殺人者も神の創造物であり、今は悪魔に奪われているものと考えなければならない。ルーフの「自分のしたことを後悔していない」という言葉にとても傷ついたとしても。

しかしルーフにもまだ希望はあると確信しているし、自分がこのメッセージを発信するのを誰も止められないとアンソニーは語った。神は、あのルーフの保釈審問で彼に道を示してくれた。

「神とはなにか？」アンソニーは問いかけた。その唇が微笑みの形になる。黒い瞳が輝いた。

「愛である」

二〇一七年を迎える直前の大晦日《おおみそか》、時計の針が真夜中に向かって進んでいるとき、マザー・エマニュエルのバルコニーから、ある男性の声が階下に座っている約一五〇〇人の会衆に向かって響いた。

「見張り番、見張り番、今は夜の何時？」

チャールストンの白人住民の大半は、今エマニュエルで行われていることが、アメリカじゅうの黒人教会の昔からの伝統行事であることを知らない。除夜の礼拝は少なくとも一八六二年一二月三一日までさかのぼることができる。南北戦争で多数の死者が出た年で、アフリカ系アメリカ人たちは南部連合州でアブラハム・リンカーンの奴隷解放宣言を待っていた。信心深い人たちは北部諸州では教会に、南部では秘密の場所に集まって見張りをし、待ち、神と神が遣わした大統領が自由を求める自分たちの祈りを聞いてくれた証となる兆候を望んだ。

当時エマニュエルの信徒たちは地下で信仰していた。教会の建物は白人たちに焼かれ、教会は法律で禁止された。戦争が終わり、教会を再建し、「神は我々とともにある」という意味のエマニュエルという名前をつけるのは、それから三年も先のことだった。

暗いバルコニーから別の男性の声が聞こえた。

「見張り番、見張り番、今は夜の何時」

リンカーンの奴隷解放宣言は、待っている人々に間に合うようにやってきた。真夜中になると、南部連合州の奴隷の人々は法律で自由だと宣言された。連合国政府統治下にあった人々はもちろん、すぐに本当の意味で自由になったわけではなかった。南北戦争はまだどんどん前進していた。しかし言葉の上だけでも、可能性だけでも大きな救いだった。

エリック・S・C・マニング師は聖なる白をまとってこう答える。

「時刻は夜の一二時」

その言葉とともに拍手が湧き起こる。まぶしい明かりがつく。長い歴史の中でも、またフェローシップホールに死が忍び込んだ日からの一八カ月間ものあいだ、苦しい目に遭ってきた人々は、立ち上がって互いに抱きしめあった。新しい一年がはじまった。

三五　九つの美しい命

休暇のあいだに、ルーフは再び裁判に耐える能力があると判断された。ゲルゲルはルーフの考えや行動には驚かされつつも、被告は状況を理解していると裁定した。弁護団は七ページにわたってぎっしりとルーフの問題を述べるとともに、裁判の最初の段階で彼の奇妙な言動が「観察された例」を列挙した。

彼は自分の額に執着している。ある弁護士に、自分は特別な存在だから死刑にはならないと言った。フェリシアが自分を邪悪だと言ったせいで、陪審は自分に同情している、とも。ある日はセーターのにおいに固執し、女性弁護士に洗ったときの洗剤の量が多すぎたせいだと言った。手触りがとてもおかしい。洗剤が残って膜のようになっている、と。

「俺を殺そうとしている」彼は彼女を責めた。

そしてほんの数日前、ブルックが拘置所を訪ねたとき、彼とルーフは言い争いになった。ルーフはブルックに嫌いだと言いかえした。刑務所を出たらブルックの家に行って、殺してやると。

ゲルゲルは不穏さを感じたが、そのどれもルーフが裁判に耐える能力がないという結論にはつながらないとした。ついに量刑審理がはじまっても、まだルーフは自分を弁護するつもりでいた。


裁判が再開すると、ジェニファー・ピンクニーははじめて最前列に座った。最初に証言することになっていたからだ。ルーフに反対尋問されるかもしれないという可能性に彼女は怯えた。最初の証人であるということは、彼が反対尋問をするつもりがあるかどうかが彼女の証言の際にわかるということだ。彼が遺族のほうをまったく見ない状態でも、同じ部屋に入るだけでぞっとして耐えがたいのに。証人席に座り、彼と対面することなど考えられなかった。

この日はまずネイサン・ウィリアムズ検察官が検察側の冒頭陳述を行った。彼はルーフの恐ろしい犯行の規模と計画性、殺された人々の無防備さ、ルーフの腹立たしいほどの後悔のなさについて述べた。ルーフは最年長で八七歳の被害者スージー・ジャクソンにもっとも多い一一発の銃弾を撃ったと話した。傍聴席でスージーの遺族がすすり泣くと、怒りに満ちた彼の声は大きさを増した。

九人の中に殺される正当な理由のあった人など一人もいないとウィリアムズは主張した。しかし陪審が「評決できるもっとも重い刑」を課してくれれば、みなに明らかな正義が行われると。

続けて、事件の六週間後に看守がルーフの独房で発見した日記の一部を、人種差別思想が変わっていないこと、犯行を後悔していないことの証拠として読み上げた。「俺は完全に明確にしたい。俺は自分のしたことを後悔していない。悪かったと思っていない。俺が殺した罪のない人々のために一粒の涙も流さなかった」

この言葉の酷さが人々に伝わると、ウィリアムズは陪審にありがとうございましたと言って席に戻った。

全員の目がルーフを見た。今日はチャコールグレイのセーターとスラックスという服装だ。祖父母が彼の後ろの席に座っている。彼はガーゴイル〔ゴシック建築の屋根などで雨樋の機能を果たす怪物を模した彫刻〕が命をあたえられたかのように立ち上がった。弁護席のテーブルを回り込んで陪審席から一八〇センチぐらい離れた木製の書見台に立った。裁判所の職員がそこに設置したのだ。陪審は彼をそれ以上近づかせなかった。陪審員たちは警戒した目で彼を見つめた。ある白人男性はきつく腕組みをしていた。

ルーフは前に進み出ると、まるで手錠をかけられているように両手を身体の前で合わせた。陪審長のトゥルースデールはルーフが書見台のところに止まるのを見ていた。ルーフの爪まではっきり見える。ルーフはまず証人席を見て、それからトゥルースデールに目をやると、すっと顔に透明なフィルムがかかったように無表情になった。目の前の人たちに関心を失ったかのようだった。果てしなく長く感じる数秒のあいだ、彼はただそこに立ってあたりを見回していた。トゥルースデールはルーフが事件以来ずっと求めていた、スポットライトを浴びながらら自分の考えを述べ、仲間に呼びかける究極の舞台に、ついに立ったことを悟った。

ルーフは単調な声で話しはじめた。これまでの裁判よりは穏やかに聞こえる声だった。

「私の冒頭陳述は検察側の後では少し場違いに感じるかもしれません。それでも私はこれを述べます。まず言いたいのは、私が裁判のこの段階の弁護を自ら行うことを希望した理由は、ええ、精神的問題による減刑を求めようとする弁護士を阻止するためだと聞いているかもしれません。完全にその通りです」

ルーフは華奢な身体に服がぶら下がっているかのようで、二一歳という年齢よりも若く見える。内気な高校生が保護者たちの前でスピーチをしているみたいで違和感があった。彼の奇妙に平板で感情のこもらない声は、これまで人々が強い気持ちを表明してきた裁判の中で、よりその感情のなさが際立って聞こえた。

「しかしそれは私に、あなたたちに知られたくない精神疾患があるからではありません。あなたたちにそれを隠そうとしているからでもありません。弁護士たちは私に二度の責任能力の審問を行わせました。審問で彼らが述べたことすべてのせいで、私は自分を弁護することに決めました。弁護の言葉は公の記録に残るのです。その意味でも、私が自分を弁護することは、なににもつながらないのです。だから『それで何が言いたいの?』と言われるかもしれません」

陪審員たちはじっと見つめていた。ほとんどが信じられないという表情をしていた。数人は椅子に寄りかかり、できるだけ彼から離れていようとしているかのようだった。一人の男性は首を傾げ、ルーフが先を続けると顔をしかめた。

「言いたいことは、私はこれからあなたたちに嘘をつかないということです。自分でも他の人の言葉を通してでも」彼の言葉の途中で、デパイン・ミドルトンの姉妹が席を立ち、怒ったようになにかをつぶやきながら法廷から出ていった。

「私が信じるべきではない人々を信じてしまったという事実の他に、私はこれまで存在した誰よりもつねに自分を困らせることに長けているかもしれないという事実があり、私には何も問題はありません。論理的でないということ以外は。そして最後にお願いしたいのは、もし私の弁護士がこのあいだの審問で言ったことを思い出してしまったら、それにはまったく思い出す価値がないのですが、でもなにか思い出してしまったら、忘れてくださいということだけです。これで終わります」

この衝撃的な短い冒頭陳述を終えると、ルーフは向きを変え、被告人席に戻ってほっと息を吐いた。彼はそうしながら少し口を開いた。なにか変わった匂いを嗅いだときの猫のような表情だった。ゲルゲルが休廷を告げるまで法廷は静まりかえっていた。

証人として名前を呼ばれると、ジェニファーはすばやく祈りの言葉を口にし、深呼吸をしてから立ち上がった。

ジョネットやカイロン、それに彼女の弁護士でありクレメンタの同僚である民主党の上院議員ジェラルド・マロイという、新生活を支えてくれている大事な人たちから離れて前に出る。法廷の通路を通り、腰の高さのスウィングドアを抜ける。黒いスーツとピンク色のシャツという服装の彼女は、ルーフが冒頭陳述をしたばかりの場所をなんとか通りすぎ、証人席に向かった。豊かでやわらかな髪が彼女を暖かい感じに見せているが、顔をしかめ、唇は固く結ばれていた。

ジェニファーは証人席に座ると陪審席のほうに体を向け、リチャードソンを見た。彼は今日も紫色のネクタイをしている。クレメンタの好きな色でもあった。

リチャードソンは本題に入る前にいくつか質問をし、ジェニファーははじめて未来の夫に会った日のことを優しい口調で語った。ある友人が二人を引き合わせたあと帰ってしまい、二人きりになった彼女とクレメンタはぎこちなく会話をするしかなかった。二人は礼儀正しく握手をしたが、目をそらして座り、こんな目に遭わされたことをそれぞれひそかに怒っていた。数日後その友人にうながされ、ジェニファーは彼に電話を返した。そして二人は二時間も話したのだ。

「あとはよくある話です」彼女は硬い表情で微笑んだ。輝くように鮮やかなステンドグラスを背にしてエマニュエルの説教台に立っているクレメンタの写真が法廷のモニターに映し出されている。それを優しく見つめながら、ジェニファーは震える声で続けた。「私は彼が愛してくれていると間違いなく知っていました。そして彼は私が愛していることを知っていました」

リチャードソンは六月一七日の話に彼女を導いた。これまで公の場でほぼ話さずにきたことだ。今はもう避けられない。ジェニファーは深呼吸をすると、その任務に備えた。

彼女はあの夜、牧師室で授業の準備の作業をしていた。そのあいだマラーナはアニメを見ていて、クレメンタは聖書勉強会に出た。そしてフェローシップホールで爆発音が響いたのだ。それから彼女は小さな音を聞いた。ほとんどうなり声のようで、誰かがみぞおちを殴られたときのうめき声のようだった。発電機が故障したのかしら。彼女は確認しようとドアノブに手をかけたまま少しドアを開き、フェローシップホールをのぞいた。と、爆音が続いた。そしてさらにもっと。

「なんの音？」マラーナに訊かれたのを覚えている。

「シー、静かにね」

彼女はさらに述べた。音を立てないようにドアを閉め、六歳のマラーナの腕をつかむと、つながっている秘書室にそのまま連れていった。二つの部屋の間のドアを閉め、マラーナを机の下に押し込むと、二メートルも離れていないところにある、廊下に通じるドアの鍵をかけた。部屋の中は真っ暗になった。さらに銃声が聞こえる。ジェニファーは幼い娘の隣にひざまずいた。

「あれはなに？」マラーナがまた訊いた。

「なにも言わないで」ジェニファーはマラーナの震える手をつかむと、あなたが大好きよ、エリアナのことも大好きよ、でもここから逃げて助けを呼んでこなくちゃと言った。

ひざまずいているあいだに、ほんの一メートルほどしか離れていない壁を弾が貫通し、部屋を横切り飛んでいった。

ジェニファーも机の下に飛び込んだ。

「パパは死んじゃうの？」

「静かにして、マラーナ」

彼女は机の上にある電話を手探りで探した。さらに銃声が轟く。受話器を見つけると本体からもち上げ、９１１をプッシュしようとした。しかしうまくいかない。部屋の中は真っ暗で、自分の手元すら見えないのだ。

うまく電話をかけられないでいるうちに、受話器から大きな音が出はじめた。

ジェニファーは受話器を戻し、机の下に戻ってさらにぎゅっとマラーナに身を寄せながら、銃声が近づいてきたことを告げた。彼女は手で娘の口をふさいだ。マラーナも母の口を手でふさいだ。二人とも震えていた。轟音は薄い壁の向こう側の廊下で鳴り響いている。誰かがうなった。うめき声だった。鍵がかかっているドアのノブが回った。

クレメンタが二人のところにこようとしている？

それから知らない人の声が聞こえた。「俺は狂っていない。これをやらなければならないんだ」

ジェニファーは自分がなけなしの勇気を奮い起こしたときのことを陪審に語った。助けを呼ばなければならない。でもどうやって？　どちらに行けば安全なのだろう？　フェローシップホールに近い牧師室に行けば、さっき置いてきた携帯電話があるから９１１に電話できる？　あるいはこの部屋の脇の、さっき知らない男の声がした廊下から外に通じるドアまで走るべきだろうか？　その廊下からは今うめき声がしている。

ジェニファーは厳しい声で娘に言った。「ママにどんなことが起こっても、机の下から出てきちゃだめよ」それから彼女は娘から身を離すと、暗い部屋を横切って牧師室のほうへ行き、間のドアを開けて携帯電話を見つけた。911に電話をかける。

法廷のスピーカーからこのときの電話の録音が流れた。公開されたことのない音声だった。遺族たちも聞いたことがなかったので、みな静かに集中した。数人の陪審員がメモを取りはじめた。

「911です。緊急事態があった場所の住所を教えてください」

ジェニファーは机の下に戻り、ささやき声で言葉を絞り出した。「私は、エマニュエルに、います。マザー、エマニュエル」

「マザー・エマニュエルにいるんですか?」オペレーターが訊いた。

「はい。銃撃事件が起こっています。私はオフィスの机の下にいます」恐怖のあまり浅く速い呼吸の合間に挟まれる言葉は聞き取りづらかった。しかしこの言葉ははっきりしていた。

「急いでください!」

すでにポリーがフェローシップホールのテーブルの下から911に連絡し、別のオペレーターに伝えていたことをもちろんジェニファーは知らなかった。

ようやく警察に発見され、保護されたところまでジェニファーが話し終えると、リチャードソンはこれで質問を終わりますと言った。ジェニファーをほっとさせようと微笑みかける陪審員が数人いた。

けれどジェニファーは次になにが来るかを知っていて、それを恐れていた。

証言のあいだ、彼女はルーフのことを一度ちらりと見ただけだった。落ち着きを失わないためにずっと存在感のあるリチャードソンのほうを見ていたのだ。そしてルーフはその間一度もジェニファーを見なかった。しかし今、殺人者は被告席から立ち上がる。

彼は完全に立ち上がる前に言った。「質問はありません」

そしてすぐにまた座った。ジェニファーはゆっくりと息を吐いた。

検察側は審問を進め、数人の証人を呼び、被害者の人生とその死について訊いた。ほとんどが被害者の家族だったが、友人や同僚も呼ばれた。

アンソニー・トンプソンはマイラの死の直前に、孫の家に近いシャーロットに家を買い、もっと旅行をしようと夫婦で話し合ったことを話した。「私の生きる目的だった人は逝ってしまった。どうすればいいかいまだにわかっていません」

それからシャロンダ・コールマン＝シングルトンとデパイン・ミドルトン・ドクターの遺族が呼ばれた。どちらもまだ小さい子どもがいて、そのうちの数人が母親がいなくなってからの生活について証言した。次にダン・シモンズの遺族がぶっきらぼうな老説教師をどれだけ愛していたかを語り、また悲しみを誘った。

残りの遺族を呼ぶ前に、検察側は地元保安官事務所の情報捜査官ローレン・クナップを呼んだ。彼女はルーフの郵便のチェックを担当していて、彼が姉妹に宛てて独房からはじめて出した手紙の日付けを覚えていた。手紙は便箋二枚にわたり、完璧に整った文体で書かれていたので違和感を持った。彼が書いたものではない感じがしたのだ。

クナップはその一部をグーグルで検索し、その文章がゲーテの古典小説「若きウェルテルの悩み」から盗んだものであることがわかった。ルーフは独房にその本を置いていた。報われない愛を描いた小説で、主人公の自殺で終わる。

拘置所の職員はすぐにルーフが自殺をしないよう監視し、独房の中を捜索したとクナップは言った。その結果、ノート二六ページにわたってきれいに書かれた文章と白人至上主義のシンボル、事件から六週間にわたって綴られたある種の日記が見つかった。クラップが読み上げるのを聞くと、おのずと彼の意図した目的が浮かび上がってきた。

最後に俺の意見を書いておきたい。このあいだは早くチャールストンに行かねばならなくて、ちゃんと書けなかった。いくつか明らかにしておきたい点もある。

凶行後に考えていることについて、ルーフはまず他の敵である人種、ユダヤ人への攻撃から書きはじめている。

俺は世界じゅうで白人が直面しているすべての問題に精通していると思う。ユダヤ人がほぼすべての事柄において中心的な役割を果たしていることが、我々白人とその文化、社会に大きな損害をもたらしている。正直な話、今は黒人やイスラム教とヒスパニック系のことについて他の白人に話すほうが、話しやすい話題だから簡単だ。ユダヤ人にはすばらしい業績があるし、世界に本当に大きな貢献をしているのはとりあえず認める。しかし悪行が善行を上回っている。たとえばハリウッドを見てみよう。

ユダヤ人であるゲルゲル判事は、クナップがルーフの考えを読み上げるのを聞いていた。それによるとルーフは、ユダヤ人がメディア業界を支配し、それによって白人の作家や音楽家や映画監督たちが都合の悪い真実に気づくのをさまたげ、さらに彼らを白人の敵にしている、と主張している。次のページではルーフは攻撃の対象をヒスパニック系、イスラム教などに替え、最後には自分自身のことや自分が置かれている苦境について追憶にふけっている。

独房に座っていると、映画を見たり、なにかおいしいものを食べたり、車を運転してどこかに行ったりというのはすごくいいなとときどき思うが、そこで、そういうことをしていたころの気持ちを思い出し、それから自分が行動を起こさねばならないと知ったときの気持ちも思い出す。そしてやる価値があったと悟るのだ。なにもせずに苦しんで生きていくよりは、自分の人種のために行動を起こしたのだとわかった状態で刑務所で過ごすほうがましだ。もう自分の番は終わった。俺はできることをやった。できるかぎりのことをやったのだ。俺は一番大きな影響をあたえられると思ったことをした。そして我々の人種の運命は今も自由の身でいつづけている兄弟たちの手の中にある。

それからクナップはウィリアムズが冒頭陳述で触れた言葉を前後の文脈とともに読み上げた。


俺は完全に明確にしたい。俺は自分のしたことを後悔していない。悪かったと思っていない。俺が殺した罪のない人々のために一粒の涙も流さなかった。


遺族らの証言がはじまって三日目だが、将来の計画を狂わされ、毎日なんとか気力を奮い起こして生きている人々の大きな喪失感は消えるはずもなかった。ただ、その中でどれだけ対処できているかは人によって違いがあった。

シンシア・ハードの兄弟たちは、彼女が事件の二週間前に、ステージⅢの乳癌と診断された妹ジャッキー・ジョーンズを助けるために寄り添ったときのことを尊敬をこめて振り返った。ジャッキーは診断を聞くと最初にシンシアに電話した。「わかったわ」シンシアは約束した。彼女がその言葉通りにするつもりだったことはみな知っている。六月一七日に聖書勉強会に出席することに同意したとき、シンシアは翌週ジャッキーの主治医に会って治療の選択肢について話し合うことになっていた。

シンシアの夫、スティーブは証言していない。妻を殺されてから彼の人生が不幸な変わり方をしてしまったことを陪審は知らない。彼は二七キロも痩せ、今もずっと自宅に閉じこもって、もしあのとき予定より二週間長く船に留まったりしなかったら、どうなっていただろうと考えつづけていた。仕事に復帰しなければならないのはわかっていた。あの夜、シンシアと自分を引き離していた商船員の仕事に。けれど彼は身動きができなくなっていた。なにかを修理したり、分解して組み立て直したりするのが昔から好きだった。しかし今はもうレンチを持ちたいとも思わない。最近ある友人が車に交流発電機をつけるのを助けてほしいと頼んできた。スティーブにとっては簡単なことだったが、どうしてもやる気になれなかった。証人リストに入っているのに、裁判所に姿を現さず、彼の家族は心配していた。シンシアについて語るのは兄弟や同僚の役割になった。彼女は夫にとっても家族にとってもコミュニティにとっても、かけがえのない人だったのだ。

そしてエセル・ランスの家族の番がやってきた。姪が証言したあと、シャロン・リッシャーの名前が呼ばれ、彼女は立ち上がった。

通路に出て、耳が不自由な弟ゲイリー・ワシントンの近くを通るとき、彼は心配そうに悲しげな目で彼女を見上げた。彼女は彼の肩に触れた。母を失ったことを誰よりも彼が強く悲しんでいることを知っていた。ルーフがいるテーブルの前を通るときは足がふらついた。そして証人席に着くと、刺繍の縁取りがある黒いハンカチを握りしめた。七年近く前、聖職者に叙任されたときに母がくれたハンカチだった。彼女は指で刺繍をなでた。

他の遺族たちが完璧だった家庭の様子を証言しているのを聞きながら、彼女は後悔で押しつぶされそうだった。涙がこみ上げてきて目が熱くなる。彼女は妹と普通の関係に戻りたいのに、今は避けられている。恨みが消えず、赦し合うことなどはるか遠くのことに感じる。陪審にそれがわかるだろうか？

事件の前より痩せて小さくなったように見えるシャロンは、証人席に座るとマイクに向かって身を乗り出した。「こんにちは」

リチャードソンはまず彼女に、両親について、それから一族ではじめて大学に行ったことについて尋ねた。シャロンはシャーロットで二人の子どもを育てているときに、娘の言葉を借りれば『神をとらえた』のだ。法廷のモニターに映った神学校の卒業式の写真の中に、シャロンの脇で誇らしげな顔のエセルが立っていた。

リチャードソンはエセルにとってこの日がどうしてそんなに重要だったのかと訊いた。「母は一〇代の未婚の母でした」シャロンは説明した。「私が生まれたときの状況はきれいごとではありません。一四歳で混血の子どもを産むのは、一九五八年にはよくあることではありませんでした」

シャロンは膝の上でハンカチをねじった。

若いエセルは自分で赤ん坊を育てた。それは高校をあきらめなければならないことを意味していたが。夫もなく、彼女は働かねばならなかった。それからほどなくエセルは結婚し、その夫が管理人の仕事でよく働いて、シャロンとその後生まれた四人の子どもたちを養ってくれた。エセルはいつも娘たちにこう言い聞かせていた。「レディはいつも、どんなときでも！　ハンカチをもって、いい匂いをさせていなきゃいけないよ」

シャロンは手にしている黒いハンカチを上げて見せた。

「母が亡くなってからの二年間は、私たちの家族という布に開いた穴のようです！」彼女はハンカチを裂く真似をした。「みなをまとめる人がいなくなって、いま家族はばらばらです。そしてそのことを母がとても悲しむだろうとわかっています」

リチャードソンは彼女に礼を言った。彼女はゆっくりと立ち上がり、ハンカチをつかんだまま証人席から降りるときに少しふらついた。


量刑審理が終わりに近づくころ、サウスカロライナ州議会の議員たちは新たな会期に入った。州の銃法を変えようとあらためて挑戦しようと計画する者もいた。そのうちの一人、ジェラルド・マロイ上院議員はピンクニーの友達であると同時に弁護士だった。彼は昨年と同じように銃を購入する際にFBIが身元調査をするための待機期間を三日から二八日に延長する法案を提出した。通過する望みがこれまでより薄いのはわかっていた。

議会をコントロールしている共和党議員たちには考えがあった。ある者は、銃法違反の罰則を強化すると法を守る市民が銃を買うのに長く待たされるケースが増えてしまうと主張した。現在の許可証も不要とし、誰でも鞄などに入れた状態で携行できるように銃をもつ権利を拡大しようと企む者もいた。

みなすぐに知事に自らの主張を申し立てた。ニッキー・ヘイリーは銃乱射事件への対応が評価されてサウスカロライナ州を離れていた。ドナルド・トランプ大統領の任命で国連大使に就任したのだ。

後任の知事、前副知事のヘンリー・マクマスターは早い時期からのトランプ支持者で、共和党サウスカロライナ支部の元支部長であり、州司法長官をつとめたこともある。ヘイリーが南郡旗の撤去を求めたとき、彼は議会を欠席した。全米ライフル協会の支持者で、九三パーセントというレーティングを得ている。マクマスターは人々が許可証なしで隠しても隠さなくても銃を携行できるようにしようという意見を支持していた。

だから遺族たちがどれだけ悲しみの深さを証言しても、銃法の改正はかつてないほど難しい状況にあった。

次に、フェリシア・サンダースがおばのスージーと息子ティワンザのことを証言するために証言台にのぼった。スージーは彼女の一番の親友であり、ともに祈るときにもっとも頼もしい相手だった。スージーと彼女の姉妹は毎週水曜日に教会で歌っていて、その美しい歌声は街でも有名だった。信仰と家族、この二つがスージーの要だった。ある時期、エマニュエルの裏の通り沿いの家はすべて彼女の親戚の誰かが所有していたこともあった。彼女の家は黄色い、昔ながらのチャールストンらしい一軒家で、そこは家族の集まりの中心になっていた。

それからフェリシアはティワンザの話に移った。三歳ぐらいの彼の写真がモニターに映る。彼女は疲れたような笑顔を浮かべながら、彼にトイレトレーニングをするために、ミュータントタートルズの下着を買ってやったことを陪審員たちに話した。幼いティワンザに、それを穿いたままおしっこをしたら、「亀があなたのアレに嚙みつくわよ」と警告したのだ。法廷じゅうがどっと笑いで沸いた。みなにとってとても必要な笑いだった。

フェリシアはある年のティワンザの誕生日に、ティローンをおだててミュータントタートルズの衣装を着せた話をした。ミュータントタートルズの完璧な仮装をしたティローンの写真に、聴衆はまた爆笑した。

「息子はみなに愛されていました」フェリシアは誇らしげに笑って言った。

数年前、フェリシアが乳癌と診断されると、ティワンザは大学から病院に駆けつけ、九時間の手術のあいだ彼女のそばにいた。彼はどうしても帰ろうとしなかった。のちに、彼は胸にフェリシアの名前のタトゥーを入れる。母親の名前のタトゥーをしている男と結婚してくれる人はいないわよとフェリシアが言ったが、彼は笑っただけだった。

彼女が失って一番悲しんでいるのは、かわいい息子との絆だった。

亡くなった九人全員に関する証言が出そろうと、リチャードソンは最終弁論に取りかかった。二時間におよぶ怒りに満ちた弁論のなかで、彼はルーフを残虐で自らを顧みない殺人犯であると述べた。

ルーフは、他人を刺激して行動を起こさせることが目的だと言った。刑務所で長く生きることを許されれば、人種差別のひどい文章を書きつづけることができる。世界じゅうの白人至上主義者に象徴として崇められるかもしれない。しかし彼を死刑にすれば、チャールストンは過去の罪から前進したと世界に示すことができる。

次はまたルーフの番だった。彼にとっては、陪審員たちに自分の命を消すべきでないと思わせる最後のチャンスだ。一枚のメモ用紙を手に被告席から立ち上がると、再び書見台に向かい、陪審員たちに対面した。マイクを調節し、一度深く息を吸う。

「えー」彼はそう言ったあと、口の周りをすばやくなめまわした。「正常な心をもった人間は教会に行って人を殺したいとは思わないと言えると思います。私がFBIの事情聴取に対して『俺はやらなければならなかった』と言ったことをみなさんは覚えているでしょう。そして明らかに、それは本当ではありません。なぜなら、私はやらなければならなくはなかったからです。やらなければならないことなどなにもなかった。誰かにやらされたわけでもない。それについてはもう検討しましたね。しかし私が言いたかったのは、あのときはやらねばならないという気がしたということです」

「そして今もやらねばならないという気がしています」

「この裁判のすべてを通じて、みなさんは差別や憎しみの話や私の差別感情がどれだけ強いものであったかをたくさん聞きましたね。しかし私のFBIに対する自供の際に、『では黒人が好きではないということかな？』と質問され私はこう答えました。『えーと、黒人がしていることがいやなんだ』」

彼は数秒間何も言わなかった。彼が考えをまとめているあいだ、法廷内の誰もが熱心に次の言葉を待っていた。

「検察側が私に死刑をあたえたがっているということは、私を憎んでいると言ってもいいのではないでしょうか？」

彼はたくさんの人々が自分を憎んでいるのは認めると言った。「けれど私は、この件の検察官たちは、私を憎む他の人々と同じように、彼らこそ誤った考えに導かれていると言いたいのです」

ルーフは再び目の前の紙に目を落とした。

「検察官たちを含む、私が憎悪に満ちていると感じている人たちはみな、本当の憎悪を知らないのです。彼らは、憎しみがどういうものか知らないのです。彼らは、憎しみの本当の姿を知らないのです。知っていると思っているかもしれませんが、本当は知りません。私が聞いたところでは、みなさんは私に死刑を下すことができますが、そんなことをしてもなんになるのか私にはよくわかりません。私が言おうとしているのは、あなたたちのうちの一人でも、他の陪審員たちの意見に反対しなければならないということです。陪審員の選抜のときに、評議の際自分の意見を主張することができますか、と訊かれた人が何人かいたのを知っています。そしてここにいる彼らは、はいと答えたはずです。いいえと言った人は選ばれないはずだからです。以上です。ありがとうございました」

ルーフが被告席に戻るのを陪審員たちは無表情に見ていた。陪審側の後部席に座っていたある女性陪審員は、困惑した表情で頭をかいていた。

陪審員たちが部屋に戻る前に、ゲルゲル判事が説示を読み上げた。

間もなく生死を分ける評議がはじまり、そこでは罪を重くする要素の検討をしてもらわねばなりません。被告が現実的な計画を立てていたこと、無防備な年配者たちを殺したこと、複数の人を殺したこと、教会を標的にしたこと、人種差別という動機、他の暴力を誘発させようという意図があったこと、遺族にあたえた影響、犯行を後悔していないことなどです。一方で、刑を軽減する要素についても同様です。重大な前科や暴力歴がないこと、自供し、積極的に有罪を認めたことなどです。これらさまざまな要因にどれだけ重きを置くか、みなさんの評議はそこにかかっているのです。

「心の中の秤《はかり》に乗せて考えてください」最後にゲルゲルは言った。

陪審室の席に着いた一二人は、再び長い会議テーブルを囲んだ。朝トゥルースデール陪審長が淹れたコーヒーの匂いがする。規則正しいペースと日常を失わないために彼は毎朝コーヒーを淹れていたのだ。

トゥルースデールは裁判のあいだ、この部屋で椅子に座っていることはあまりなかった。狭苦しく冷たく感じるので、だいたい壁によりかかって立っているか、二つある大きなはめ殺しの窓のうち、以前仕事で修復を手伝った歴史的価値のある家が見えるほうの窓から、外をのぞいていることが多かった。しかし今はテーブルの上座に座っていた。

彼はまず、これから行う投票の結果がもつ影響力の大きさについて述べた。その重圧に圧倒されたとしても当然だ。「一〇分間の時間を取るので、何も言わないでください。ただそのことを考えてください」

部屋は静まりかえった。トゥルースデール自身も考えはじめた。彼は死刑に強く賛成しているわけではないし、死刑に票を投じることを考えると苦しい。これまで人生で下してきた決断のなによりもつらい。誰かの死に投票するのはいやだった。それがディラン・ルーフの命でも。彼は遺族のため、いま目にしたばかりの悲しみになんらかの終わりをもたらすための罰なのだと思うことにした。フェリシアやシャロンやアンソニーなど、彼から二メートルも離れていない場所に立ち、証言した人たちが放っていた苦しみが、まだ我がことのように感じる。決して忘れられないだろう。

約一〇分後、彼は再び口を開いた。これから順番に一人ずつ、終身刑と死刑のどちらに投票するかを言ってもらいます。みなの意見を知るためです。トゥルースデールの左隣の女性からはじまり、テーブルを囲む順に述べていった。

死刑。死刑。死刑。死刑。死刑。

六番目の痩身長髪の白人女性はためらった。彼女は陪審員の中で一番若い三三歳だった。死刑に投票したい気持ちは九九パーセントかたまっている。しかし検察側が流したルーフの自供のビデオの中で、FBIの捜査官が殺された人数が九人だと言ったときに、彼女は咳をしたかなにかでちゃんと見られていなかったので、その部分をもう一度見たいのだと言った。

「人の命がかかっているから」と彼女は付け加えた。

トゥルースデールは同意した。彼は全員に完全に納得して結論を出してほしかった。彼女のリクエストに対応する前に、残りの人たちが意見を表明した。次は最年長である七〇代の黒人男性、その次は女性だった。最後はトゥルースデール。

「死刑」一人ひとりがそう言った。

そしてみなでルーフの自供の映像を再び見ることになった。午後三時二五分、彼らはゲルゲル判事にそれを要求し、判事は同意した。陪審員たちは陪審室に戻ってきて待ちながら、もう一度裁判のあいだに示された証拠が入っている箱や封筒の中を見直した。部屋の中はおごそかな静けさに満ちていて、トゥルースデールは教会のお祈りのときのようだと思った。テーブルの上にルーフのグロックがあるのに気づいた彼は、近寄って手に取った。グリップを握ると冷たく重く感じた。鳥肌が立つ。まるでルーフがすぐ目の前にいて、彼がどう投票するか、見ているように感じた。

裁判のあいだも、トゥルースデールは毎朝携帯電話でその日の祈りを読んでいたが、この日の朝は聖書の最初の巻、創世記の章句だった。「人の命を奪う者には、同じく命が求められる。殺人は神に似せて造られた者を殺すことになるからだ」読みながらショックを受けていた。メッセージは明らかだった。ルーフは命の尊厳を侵した。だから同胞である陪審員たちが同じものをもって彼にその責任を負わせるのだ。

この章句について再び考えを巡らせるとトゥルースデールは銃を置き、解放された気持ちでそこから離れた。自分の決定に納得できると感じていた。

そしてようやく、技術者が自供のビデオを流してくれた。あの若い女性陪審員がもう一度見たいと言った部分で、FBIの捜査官はルーフに「それで昨日死んだのは九人だったと言ったら、どんな気持ちかな?」と訊いている。

ルーフは微笑んだ。信じていなかった。「あそこには九人もいなかったよ!」

こうして自供の中からここだけ取り出して見ると、彼のあまりの感情のなさ、得意げな笑いと自分が奪った命のことを何も考えていない非情さが、より一層強く感じられた。

テープの途中で確信できていなかった陪審員が言った。「もう大丈夫です」

再び投票し、問題なく全員一致となった。しかしこの決定はあまりに早く簡単だった気がした。早すぎた? 自分たちの役割を真面目に考えていないと誰かに言われるのは本意ではないので、みなで昼食を注文し、そのまましばらく過ごした。

午後四時二五分、彼らは判事にメモを送った。陪審は評決に至ったと。

遺族たちは検察席の後ろの座席に戻った。ルーフは被告席に戻った。彼の後ろのベンチ二列は空いていた。

最後に陪審員たちが戻ってきた。トゥルースデールが自席で立ち上がり、事務官に青い評決用紙を渡す。彼女はそれを受け取るとみなの注目を浴びながらゲルゲル判事に渡した。判事がルーフに起立を命じた。

ゲルゲル判事が起訴事実の長いリストを読み上げるあいだ、ルーフの両脇には量刑審理で彼に排除されていた弁護士たちが立っていた。すべての起訴項目の後には最大の刑が書かれていた。判事はその言葉を読んだ。

死刑。

遺族からも生存者からも叫び声はあがらなかった。ついに決着したのだという思いが静かに法廷を満たす。

ゲルゲルが三三件の起訴事実を読み上げるあいだ、心の中で声に出さず判決を喜ぶ遺族もいた。死刑には反対だという気持ちと、陪審が現行制度のなかで一番厳しい罰という結論を出してくれたことへの感謝の狭間で、複雑な心境の者もいた。今日はこれで休廷だった。遺族たちは明日、もう一度だけ法廷に来なければならない。ゲルゲル判事が判決を言い渡し、正式に刑を宣告するのだ。

ホテルに戻ったシャロンは、窓からアシュリー川の上に深い赤色の夕焼けがひろがっているのを見た。このホテルは裁判のあいだずっと彼女の避難場所だった。ルーフの弁護団も同じホテルに滞在していて、二度ほどロビーで鉢合わせしたけれど。最初のとき、デヴィッド・ブルックは彼女に挨拶し、名前で呼びかけてきた。「あなたのことをとても心配しているのを知っておいていただきたいのです」彼は言った。彼女は彼と握手をした。有罪の評決の後、また彼とばったり会った。ブルックは銃暴力と戦う彼女の仕事を褒めた。彼の仲間の弁護士からメリークリスマスと言われた。彼らも人間であって、仕事をしているだけなのだと知ることができてよかったが、こんなに近くにいると思うと妙な感じだった。

今ロビーには誰もいない。その代わり料理の匂いがする。ホテルのレストランが六時から無料の夕食を提供しているのだ。今夜のメニューはハンバーガーで、愛犬パフの大好物だ。彼女は小さな容器にハンバーガーを入れると、パフのためにもち帰った。自分の分は取らなかった。なにかを食べる気にはなれなかった。

廊下を歩いて左に曲がると、一一一号室が待っている。レストランでタバコを一服しながらコーヒーを飲むのもとても魅力的だったが、テレビ局のクルーがインタビューに来る前に、数分でいいから一人の時間が欲しかった。ドアを開けると、パフが出迎えてくれた。かがみ込んで白くてやわらかい耳をなでてやる。

「ママがハンバーガーをもってきてあげたわよ！」

ハンバーガーを冷蔵庫に入れると、ソファーに沈み込み、メールの着信音が鳴りつづけている携帯電話は無視した。留守番電話はメッセージでいっぱいで、そのほとんどが記者たちからだった。パフが彼女をじっと見上げている。やわらかいクッションに寄りかかると、飛び上がってきて、白い両前足を彼女の膝に載せた。

まだ実感がない。ルーフが起訴された三三件すべてで有罪となったことも、彼女の母を含む九人の人を殺した罪で死刑の評決が出たことも。

しかし彼の言葉はまだ彼女を苦しめている。「俺は自分のしたことを後悔していない」

シャロンは部屋の大きなテレビをつけた。その瞬間に、ルーフの大きな顔写真が映し出され、死んだような目がまっすぐにこちらをにらんでいた。ぞっとした。ルーフの写真を見て感じる気持ちは以前と変わらないが、今はもうこの男は自由の身になることはないのだと自分に言い聞かせた。裁判は終わったのだ。彼はこれから自分の犯した罪の報いを受ける。それをあらためて理解すると安堵がひろがっていった。テレビは次のニュースに移り、オバマ大統領のホワイトハウス最後の日々の様子を伝えるなかで、ほぼちょうど一年前、黒人初の大統領である彼が大統領権限で行う銃暴力をなくすための方策を発表したときの記者会見の映像が映った。シャロンはあの聴衆の中にいたのだ。

彼女は疲れ切っていた。黒いブーツを脱ぎ捨てた。今日は午前五時から起きている。この一九カ月間、あまり眠れていない。

独学のテロリストについて、危険な白人至上主義がアメリカにひろがってきていることについて、裁判と、それにたくさんの人々が彼女の目を開かせてくれた。銃暴力はディラン・ルーフが選んだ手段であり、彼に罪もない黒人たちを殺したいという欲望をあたえたのは人種差別思想だ。しかし、正義は白人ではなくアフリカ系アメリカ人のグループにもたらされた。少なくとも今回の件ではそうだ。彼女はこの日を生きて見ることができた。

シャロンは母の死以来感じたことのなかった穏やかな気持ちになり、パフの足の下から抜け出すと、部屋の電子レンジで冷凍食品をあたためて夕食をとろうと立ち上がった。キッチンに向かって数歩歩いたところで、急に足を止める。彼女は急になにかを悟った。苦しみを超えたなにかが、今まで緊張や苦しみがあった広い場所に流れ込んできた。神に護られてやってくるような感じだった。

赦し。

裁判が終わったことがわかったのかもしれない。ルーフを裁きの手に渡したからかもしれない。そのせいで彼女の中に神の御業《みわざ》が入る場所が空いたのかもしれない。

「私はあなたを赦せるといま心から言えます」彼女は声に出してつぶやいた。

しばらくのあいだ、ホテルの部屋の真ん中に立ちつくしていた。突然、なにかがわかった。巣へ帰る鳩のように心の中にあるべき場所に落ち着いていく。ルーフを赦せる。少なくとも今は。永遠に赦していられるだろうか？　時間が経ってみないとわからない。しかしそこに立っているうちに、もっと心地良く穏やかな気持ちになった。もう毎日ルーフの名前を聞かなくてもいい新たな生活へと踏み出す出発点にいる、くつろいだ気分になった。

シャロンはネットワークニュースのプロデューサーにメールをした。インタビューには応えられないと。そしてジャケットを手にすると、ホテルの部屋にパフを残し、ひんやりとした夜の中に出ていった。パフは歩くのがとても遅いし、水辺まではけっこうな距離があった。

マリーナに停泊しているボートが、アシュリー川の際限もない波に揺られている。この水はチャールストン港の近くから流れてきている。チャールストン港は、かつて船に詰め込まれアメリカに奴隷として連れてこられたアフリカ人の四〇パーセントが到着した場所だ。塩気を含む湿った風が彼女を迎えてくれた。シャロンは海水と肥沃な土の硫黄っぽい匂いがいりまじる場所に立ち、風の中にたしかな神の息遣いを感じた。

「ママ」シャロンはささやいた。「今日、なにが起こったと思う？」


翌朝、法廷でフェリシアは聖書をしっかりと手にもち、スイングドアを通った。これで最後だ。彼女はこの一九カ月間ずっとルーフに向かって言うシーンを想像しつづけてきた言葉を胸に、しっかりとした足取りで中央の書見台まで歩いた。彼女はこの聖書について、自分の信仰について、ルーフが破壊しようとしたものについて彼に話そうと思っていた。これまで果たせていなかった。

書見台はゲルゲル判事のほうに向けて置いてあったが、フェリシアは被告席にいるルーフのほうに身体を向けた。判事は優しく笑いかけた。

「サンダースさん、自己紹介は必要ないですね」

彼女が書見台に聖書を置き、彼をじっと見ても、ルーフは正面の虚空を見つめたままだった。彼は私を見ないだろう、でも声は聞くかもしれない。

「私はあなたをディラン・ルーフさんと呼びます」彼女はそう切り出した。「なぜならあなたにも敬意を払われる価値があるからです。あなたがミス・スージーやクレメンタ師に払わなかった敬意です。あなたはシャロンダ・シングルトンにも……」彼女は全員の名前を挙げた。理不尽に命を奪われた人たち一人ひとりのことを思い出すと悲しみがこみ上げてくる。

「そして私の大切なティワンザ・サンダースにも！」

今や彼女は花火すら見ることができなかった。風船が破裂しても、どんぐりが木から落ちる音を聞いても耐えられない。「そして一番重要なのは、お祈りのときに目を閉じられないことです！」彼女はつねに警戒せずにはいられなくなった。油断したらまた一瞬のあいだに、大切な誰かを失うかもしれないから。

けれど今日は身を守る最強の武器をもってきた。銃ではない。ナイフでもない。自分の拳でもない。

彼女は震える声で続けた。「私の聖書です。ひどい目に遭って、破れて、撃たれました。私はこの聖書を見たとき、この血はイエスが私のために流してくれた血だと思いました。あなたのために流された血でもあるのです、ディラン・ルーフさん」彼女はそう言うと、聖書を手に取った。フェローシップホールから回収されたあの聖書だ。彼女はそれを信仰の杖のように宙に突き出すと、彼に向けた。皺の寄った、破れて修復されたページを、神の心そのものを目の前の邪悪な男にぶつけるかのように彼女はめくった。信仰が彼女を救ってくれたのと同じように、おそらくいつか、神はその恵みで彼も天国へ導くだろう。しかしそれはまだなのだ。

「そう、私はあなたを赦します」彼女は続けた。「私がしなければならないもっともたやすいことです。けれど助けを求めていない人のことは助けられません。あなたのことです」

その言葉の通り、裁判のあいだずっと無表情に前を見つめている姿は今なお変わらない。彼は今は、彼女を認めないだろう。彼女のすぐそばで殺した九人の人々に、敬意も思いやりもあたたかさもまったく見せなかったのと同様に。だから彼女は数カ月前に保釈審問で言ったのと同じ言葉で発言を終えた。

「あなたに神のお慈悲がありますように」

フェリシアは向きを変えると、聖書を手にスイングドアを抜けた。傍聴席に戻ると、夫が彼女の肩にそっと腕を回した。

それから三〇人以上の人たちが話をした。みなともに悲しみに暮れてきた仲間だったが、その内容にはそれぞれが違う個人であることが表れた。けっして世間が彼らに望むような均一な赦しのグループではないのだ。ルーフに向かって金切り声をあげ、邪悪だと言う者もいた。永遠に地獄の火で焼かれるといいと言う者もいた。彼を臆病者と言う者もいた。悪魔、獣、怪物と言う者もいた。

それでも愛とお互いの強い絆の話をする者もいた。彼らは賛美歌の歌詞が約束しているように、神は彼らとともにあると確信している。

スティーブ・ハードもやってきていた。やつれ果て、無精髭を生やした彼は、かつての堂々としていた声が嘘のように、ようやく聞こえるぐらいの小さな声でしゃべった。クリスマスの朝シンシアにプロポーズをした思い出や、彼女を失った信じがたいほどのつらさについて。

シャロンも話をした。ルーフに向かって、自分はこれからも銃法改正のために戦うと宣言した。そうすればアメリカから人種差別は消えないとしても、憎悪によるこんな惨劇を銃で起こすことはできなくなるから。

最後にゲルゲル判事が、マーティン・ルーサー・キング・ジュニアが引用していた、一九世紀に奴隷制度廃止を唱えた聖職者の言葉を紹介した。

「悪のない世界への道のりは長いが、それは正義のほうに向かってカーブしている。そして正義がなされるだろう」ゲルゲル判事は言った。

「ルーフさん、起立してください。被告は自身の犯罪の報いを命で払うことになりました」

ジェニファー・ピンクニーと義理の姉妹ジョネットは、カイロン・ミドルトンやたくさんの遺族と別れの抱擁をかわし、そしてみな違う街のそれぞれの家へと帰っていった。みな笑顔で、声をたてて笑っていた。ついに裁判の重圧から解放されたのだ。

法廷を出て数分後にはもう州間高速道路に合流していた。あの暑かった六月の夜、クレメンタと少しでも過ごしたくて走ったのと同じ道だ。いま走らせているのも同じトヨタハイランダーだ。隣の助手席に乗っているのは義理の姉妹で、押し寄せてくるお祝いの電話やメールになんとか応えようとしている。

ジョネットはジェニファーを見て微笑んだ。

「終わったね」

ジェニファーはうなずいた。

しかしタイヤが州間高速道路の路面で低く音をたてているのを聞き、前方の空に太陽が沈んでいくのを見ていたら、ジェニファーの喜びは痛みで中断された。それはいつも彼女が感じている、クレメンタを失った、深く、身体を引き裂くような悲しみだった。それでも今は少しやわらいでいる。自宅へ向かって延々と続く松の木々と眠たげな町を走りすぎていくうちに、また強くなってきたけれど。

そして悟った。いま自分はともに過ごした遺族たちのあたたかさが懐かしいのだ。あの裁判所のファミリールームでみなが集まることはもうないし、近いうちに彼らに会うことはなさそうだ。裁判がはじまってから感じていなかったさみしさをいま感じていた。

裁判の前は自分たちの普通の日常生活を取り戻したい一心だった。だから、遺族がどれほど互いに支え合えるかも、お互いの悲しみと嘆きや、この出来事によって降りかかってきた特別なプレッシャーをわかり合える人たちは他にはいないのだということも理解できなかった。しかし、その力はディラン・ルーフと対峙しなければならない恐れや、大切な人を亡くした悲しみを超えるほど大きかったのだ。いつの日か、犯人のいないところでまた悲しみを分かち合いたい。そのときはエリアナとマラーナも連れていってみなに会わせよう。

自宅が近づいてくると、ジェニファーの思いは娘たちのことに移っていった。ちょうど冬休みが終わって、また学校がはじまったばかりだった。ディラン・ルーフがどうなろうと、ダンスレッスンや発表会や宿題や家事や友達や教会は、変わらずそこにある。みな彼女を必要としている。ジェニファーは少し強めにアクセルを踏み込んだ。元の生活に戻らなければ。クレメンタのいない静かな生活になったけれど、自分一人の手で娘たちを育てつづけるのだ。

エピローグ

ディラン・ルーフに下された判決は、打ちのめされた九つの家庭の人々にとっての区切りになったが、彼らの物語もこの街チャールストンの物語も、あの二〇一七年の冬の日に終わったわけではない。二カ月後、ルーフの友人ジョーイ・ミークは、連邦刑務所での懲役二年三カ月の刑を宣告された。さらに二カ月後、元警官マイケル・スレジャーが連邦裁判でウォルター・スコットの市民権を侵害した罪を認めた。逃亡しようとしたスコットから身を守るための正当防衛だったと二年にわたって主張しつづけていた彼にとっては、驚くほどの方向転換だった。スレジャーには懲役二〇年の判決が下った。

翌年、ルーフの妹で一八歳のモルガンが、通っていた富裕層の多い地域の高校にスイスアーミーナイフとペッパースプレーをもち込んだ罪で逮捕された。その日彼女は生徒たちによる銃暴力に抗議するためのストライキに動揺し、スナップチャットにこう投稿していた。「これが罠でみんな撃たれてしまえばいいのに。こんなことしても何も変わらないのに、黒人たちは出歩いている」彼女は無罪を主張した。

一カ月後、トランプ大統領がルーフ裁判の主任検察官だったジェイ・リチャードソンを第四連邦控訴裁判所のポストに指名し、そのニュースは六番法廷に座っていたみなの喝采を浴びた。

彼は今ではリチャードソン判事だ。

その間、ディラン・ルーフに負わされた苦しみとともに生きる人たちはがんばっていた。アンソニー・トンプソンは自分の教会で牧師を続けている。ジェニファー・ピンクニーは職場である小学校の図書室に戻った。シャロンダ・コールマン＝シングルトンの息子クリスはドラフト会議でMLBのシカゴカブスに指名され、さらに男の子の父親になった。シャロン・リッシャーは銃規制法の改正を求めて運動をしている。スティーブ・ハードはシンシアの子ども時代からの家を売り、ノースチャールストンに引っ越して、新たなスタートを切った。ティワンザ・サンダースの遺族たちは彼の遺志を実現するための財団を作った。マイラ・トンプソン、シンシア・ハード、ダニエル・シモンズ・シニア、クレメンタ・ピンクニーらの遺族も同じだ。ピンクニー師の娘たちも公の場での発言を増やしはじめた。銃や人種差別について述べ、自分たちの苦しみが誰かの生命を救うことになればいいと語っている。

チャールストンの街も前に進みはじめた。チャールストンは国際アフリカ系アメリカ人博物館の創立を計画し、二〇年近く資金集めを続けてきた結果、目標額の七五〇〇万ドルに到達した。二〇一九年に予定地であるガズデンの埠頭と呼ばれる場所で建設が開始される予定だ〔二〇二一年開館予定〕。ここはかつて何千人ものアフリカ人奴隷がチャールストンに到着した場所だ。

そして、ルーフが聖書勉強会に紛れ込んだ日から三年近くが経つころ、チャールストン市議会はこの残虐な事件の前には想像もつかなかったようなことをした。市議会のメンバーが投票を行い、僅差ではあったが、奴隷制の中で果たした役割を市として謝罪することを決めたのだ。

多くの人がこの動きを癒しへと向かう重要な一歩だと首肯した。しかし反対票を投じた五人の議員（そのうちの四人は白人男性）のほとんどは、自分がやっていないことについての謝罪はしないと主張した。ある元議員はこう問いかけている。「謝罪しなければならないことの大半がとても昔の出来事なのに、なぜ我々が謝らなければならない？」

彼らはチャールストンにもアメリカ全体にも白人至上主義者が今も存在し、活動しつづけている現状を無視していると多くの人は感じた。それにインターネット上にはディラン・ルーフの差別思想を作り上げたような差別主義者のネットワークがはびこっているうえ、トランプ大統領が分断をあおるような発言をすることで、憎悪をあからさまに表明することに大統領のお墨付きが出たような状態になり、そのせいで白人至上主義者は明らかに勢いを増している。

ルーフの凶行から三年しか経たぬうちに、またもや凶暴な白人至上主義者が信仰の場、礼拝が行われているところに乱入するという事件が起こった。こんどの現場はピッツバーグにあるユダヤ教の礼拝所「ツリー・オブ・ライフ」だった。犯人はルーフと同じように、犯行の直前にインターネットに最後のメッセージを残している。「私は同胞が惨殺されているのを黙って見ているわけにはいかない。見ていろ。乗り込んでやる」そして彼は一一人を殺害した。被害者たちは、ただユダヤ人であるというだけで殺された。

翌日の日曜日、エマニュエルの説教壇に立ったエリック・S・C・マニング師は、二つの銃撃事件が恐ろしく似ているせいで新たに傷つくのも無理のないことだと会衆に語りかけた。そしてどちらの犯人も勢いづかせてしまった分断を招く発言を非難し、そうしたひどい発言によってあおられている者が、今も必ずどこかにいるに違いないと述べた。

「言葉には生死を分ける力がある」彼は警告した。「自分の発言になど誰も注意を払っていないだろうと思ってしまうことがある。しかし、じっさいにはその言葉に影響される者がいるのだ」

弔辞――クレメンタ・ピンクニー師に宛てたアメリカ合衆国大統領による追悼演説

二〇一五年六月二六日　東部時間午後二時四九分
サウスカロライナ州チャールストン・チャールストン大学にて

すべての賛辞と敬意を神に捧げます。

聖書は私たちに希望をあたえてくれます。努力を続け、目に見えないものを信じるよう説いてくれるのです。

「彼らは死のときまで信仰に生きていた」聖書にはそうあります。「彼らは約束されたものを受け取らなかった。彼らはただその人たちを見て、遠くからその人たちを歓迎し、外国人であり、地上では馴染みのない人だと認めた」

今日、私たちは信仰によって生きたある聖職者を偲んで集まりました。彼は見えないものを信じている人でした。彼はこの先にはもっといい日が来るはずだと、遠くから信じている人でした。自分が約束されたものすべてを受け取ることはないと十分にわかっていながら、努力を続け、神に仕えていました。その努力によって、後に続く人たちによりよい人生をあたえられると信じていたからです。

私は残念ながら、ピンクニー師をよく知る栄誉に浴していたとは言えません。けれどうれしいことに彼を知っていましたし、お互いにもう少し若かったころに、ここ、サウスカロライナ州でお会いしたことがあります。私の髪にまだ白いものが見えなかったころです。最初に私が気づいたのは、彼の上品さ、その笑顔、聞く者を安心させてくれるバリトンの声、意外なユーモアでした。重い期待に押しつぶされることもなく、それらが生来のものとして身についていました。

この一週間のあいだに彼の友人たちが、クレメンタ・ピンクニーが部屋に入ってくると、まるで未来がやってきたようだったと語ってくれました。彼が若いころから、周りの人たちは彼が特別な存在であることを知っていたのです。神に選ばれた人だったのです。彼は信心深い人々の長い列の後に続いていたのです。一族は神の言葉を広める牧師の家系であり、南部における選挙権の拡大や人種隔離の撤廃などの変化の種を蒔くことを求める人々の家系でもありましたが、彼はその教えを捨てることはありませんでした。

一三歳で説教壇に立ち、一八歳で牧師になり、二三歳で議員になりました。若さゆえの思い上がりや不安定さは彼には無縁で、その地位の重要さのお手本を示すかのように、聡明さにおいても、その言動においても、その愛情、信仰、清廉さにおいても年齢以上に成熟していました。

上院議員である彼の選挙区は低地地方〔南部ノースカロライナ州、ジョージア州などの海岸低地などを含む地帯」の広い地域にひろがっていて、長いあいだアメリカでもっとも放置されていた地域でした。今も貧困に苦しめられ、学校の整備も行き届かず、子どもたちは空腹にさらされ、病気になっても治療を受けられないことさえあります。クレメンタのような人を必要とする地域なのです。

少数党に属する彼が有権者のためにより多くの予算を獲得できる確率は高くありませんでした。さらなる平等を求める彼の声は無視されることが多く、議決の際には彼の一票しか投じられないこともありました。それでも彼は決してあきらめませんでした。自らの信念に忠実でありつづけました。希望を失うことがありませんでした。議事堂での一日のあと、車を走らせて教会に帰り、彼を愛し、彼を必要としている家族に、聖職者仲間に、コミュニティに支えられていました。そこでは信念をかため、将来を見通していたのです。

ピンクニー師が体現してきた政治はささやかでも、微力でもありませんでした。彼は穏やかに、優しく、勤勉に実行してきました。自分の考えを推し進めるだけでなく、相手の考えを聞き出し、実現のためのパートナーになることで成果をあげてきたのです。共感や相互理解力に優れていて、誰かの立場に立ってものを考え、誰かの目でものを見ることができました。同僚のある上院議員がピンクニー議員が「我々四六人の中でもっとも優しい人だった。四六人の中で最高の議員だった」と彼を偲んでいるのも不思議ではありません。

クレメンタは、なぜ牧師と議員の両方になったのかと質問されることがよくあったそうです。しかしそれを訊いた人たちはおそらく、AME教会の歴史を知らないのでしょう。AME教会にいるみなさんはご存知のように、我々はその二つが違うものだとは考えません。クレメンタはあるときこう言っていました。「我々の使命は教会の中だけに限られない……信徒たちの生活やコミュニティにまで及ぶ」

彼はキリスト教の信仰が言葉だけでなく行動も求めるものであることの見本を自ら示していました。「たのしき祈り」は実際に一週間まるまるかけて行われるのです。我々の信仰を行動に移すことは個人の救済を超えて、社会全体を救済することです。飢えている者に食物をあたえ、裸の者に衣服を着せ、住処のない者に家をあたえることは、それぞれが慈善行為であるだけではなく、公正な社会にとって必要なことなのです。

なんとすばらしい人だったのでしょう。私はときどき、弔辞を述べてもらう人にとって、これは最高の言葉だなと思います。人生のさまざまな事柄を振りかえった言葉が読み上げられたあとに、ただすばらしい人であったと言われることが。

すばらしい人になるには高い地位に就く必要はないのです。彼は一三歳で説教者になりました。一八歳で牧師になりました。二三歳で議員になりました。クレメンタ・ピンクニーはなんという人生を生きたのでしょう。なんという模範だったのか。信仰の上でもなんというお手本だったか。そして我々は彼を四一歳で失いました。自らの教会の聖域で、八人のすばらしい会衆とともに。彼らはそれぞれ人生の異なる段階にいましたが、神への深い信仰で結ばれていました。

シンシア・ハード。スージー・ジャクソン。エセル・ランス。デパイン・ミドルトン・ドクター。ティワンザ・サンダース。ダニエル・L・シモンズ。シャロンダ・コールマン＝シングルトン。マイラ・トンプソン。すばらしい人たち。立派な人格を備えた人たち。神を畏れる人たち。充実した人生を生き、いつも誰かのためを思っている人たちでした。よい人生を送り、たゆまぬ努力を続けていたのです。とても敬虔な人たちでした。

悲しみに突き落とされた遺族のみなさん、アメリカじゅうがあなたと同じ悲しみの中にいます。この事件が教会で起きたことに対し、我々は非常に大きな衝撃を受けました。教会は、これまでも今も、アフリカ系アメリカ人の生活の中心にあります。敵意を向けられることの多い世界の中で自分の場所と呼べるところであり、あまりにも多い苦難から逃れられる聖域だからです。

何世紀ものあいだ、黒人教会は「静かな隠れ家」と呼ばれ、奴隷が安全に信仰を捧げられる場所でした。自由な子孫たちが集まって、「ハレルヤ！」と叫ぶことができる教会を讃えましょう。黒人教会は「地下鉄道」の助けで逃亡した疲れた人々の休憩場所でした。市民権運動の歩兵たちの隠れ家でした。教会はこれまでもこれからも職や正義を求める人のためのコミュニティセンターです。奨学金とネットワークが得られる場所でもあります。子どもたちが愛され、食事をあたえられ、危害を加えられないように守られ、あなたは美しくて賢くて大切な存在なのだと教えられる場所です。そういうことが行われるのが教会です。

それが黒人教会というものです。鼓動する心臓のように大切な場所です。我々の人間としての尊厳が冒されない場所です。そしてこの伝統のもっとも良い例がエマニュエル教会なのです。

エマニュエルは自由を求める黒人たちによって建てられ、創立者が奴隷制を終わらせようとしたために完全に焼かれたあとも再建され、不死鳥のように灰の中からよみがえったのです。

黒人だけで教会に集まることが法律で禁止されていた時代も、不公正な法に反抗し、ここでは礼拝が行われていました。人種隔離政策の撤廃を求める正当な運動として、マーティン・ルーサー・キング・ジュニアはこの教会の説教壇に立って演説をし、この教会の階段からデモ行進が出発しました。この教会は聖地なのです。黒人にとってだけでなく、キリスト教徒にとってだけでなく、この国で人権や人間の尊厳を着実にひろげていこうとしているすべてのアメリカ人にとっての聖地なのです。すべての人にとっての自由と平等の礎《いしずえ》なのです。それがこの教会のもつ意味です。

ピンクニー師と八人の人々を殺害した犯人が、この歴史すべてを知っていたのかどうか定かではありません。しかし彼は自分の残虐な行為の意味を感じていたはずです。教会で行われた爆破や放火や銃撃の長い歴史に続くものです。無意味に行われたのではなく、支配の手段として、恐怖をあたえ、抑圧するための方法として行使されたのです。恐怖を引き起こし、反撃が起こり、暴力や疑いがはびこるだろうと想像して行った行為なのです。我が国の原罪にさかのぼる分断をさらに深めるだろうと思い込んで行った行為なのです。

ああ、しかし神はとても不可解なやり方で事をなされる。神には違う考えがあるのです。

犯人は神に動かされていることを知らなかったのです。憎悪に目が眩《くら》み、容疑者はピンクニー師と聖書勉強会の人々を取り巻いている恵みに気づくことができませんでした。教会のドアを開けた見知らぬ者を招き入れ、祈りの輪に加えた彼らが愛の光に輝いていたことに。容疑者は、突然悲しみの淵に突き落とされた遺族たちが法廷で自分を見たとき、言葉にできないほどの悲嘆のさなかにあるのに、赦しの言葉で応じてくれるとは予想もつかなかったでしょう。それは彼の想像を超えていたのです。

賢明ですばらしい人柄のライリー市長が治めるチャールストンの街の、サウスカロライナ州の、アメリカ合衆国の反応も、彼の想像を超えていました。みな彼の残虐な犯行を激しく嫌悪するだけでなく、大きな心と寛大さをもって、さらに重要なことに、社会ではなかなか見ることのできない深い内省と自己反省をもって受け止めたのです。

憎悪に目が眩んでいた彼は、ピンクニー師が非常によく理解していたものを理解できませんでした。それは神の恵みの力です。

私はこの一週間ずっと、恵みについて考えていました。大切な家族を亡くした人たちに現れた恵み。ピンクニー師が説教で述べていた恵み。私の大好きな賛美歌の一つは恵みについて歌っています。みなが知っている『アメージング・グレース』です。「アメージング・グレース。なんと甘美な響き。私のような哀れな者を救ってくださった。かつては迷っていたが、今は見つけられ、かつては盲目だったが、今は見える」

キリスト教の伝えるところによると、恵みは働きによって得られるものではありません。恵みは功徳によって得られるものでもないのです。我々に報いとしてあたえられるものでもない。それは神の好意によってあたえられる愛であり、罪人の救済や祝福の贈り物という形で表れるものなのです。恵み。

この恐ろしい悲劇に見舞われた国に、神は我々には見えていなかったものを見せてくれるという形で恵みをあたえました。神は我々に道に迷っていたところから、自分のもっとも良い部分を見つける機会をあたえてくださった。我々は恨みや自己満足や先見の明のなさや互いへの恐れによって、この恵みを得たわけではありません。ただ恵みがやってきたのです。ただ神が我々にあたえてくれたのです。神はもう一度、我々に恵みをあたえてくれました。しかしあたえられた恵みを最大限に活かし、感謝をもってそれを受け取り、自分がこの贈り物に値する存在であることを見せられるかどうかは我々しだいです。

あまりにも長いあいだ、我々は南軍旗が多くの市民にあたえている苦しみが見えずにいました。あの旗がこの虐殺事件の原因でないのは本当です。しかしあらゆる立場の人々が、共和党支持者も民主党支持者も、そしてみなが知るように最近この問題について称賛に値すべき雄弁さを発揮しているヘイリー知事も、この旗が単に先祖のプライドを表しているだけではないことを今やわかっています。多くの人たち、黒人にとっても白人にとっても、あの旗は抑圧と隷属の制度を思い出させるものです。それを今、我々は理解しています。

州議事堂からあの旗を撤去することは政治的正しさ《ポリティカル・コレクトネス》のためだけの行動ではありません。かつての南軍兵の勇敢さを侮辱するものでもありません。彼らが戦う大義としていた奴隷制が間違っていたことを認めただけなのです。南北戦争後のジム・クロウ法による罰や、すべての人に市民権をあたえることへの反対運動は間違っていました。アメリカの歴史を正しく語るための第一歩です。まだ癒えないたくさんの傷への、地道にして意味のあるなぐさめです。この州とこの国を良いほうに変貌させた驚くべき変化の表れです。たくさんの善意の人々、もっと完璧に一体化しようと努力したすべての人種の人々の努力の結果だからです。あの旗を下ろすことによって、我々は神の恵みを示したのです。

しかし我々がここでやめることを神が望んでいるとは思えません。あまりに長いあいだ、不公平な状態によって作られた現状に無自覚でありすぎました。それにいま気づいたのかもしれません。この惨劇は我々に、こんなにも多くの子どもたちが貧困にあえいだり、荒れた学校に通ったり、大人になっても仕事やキャリアをもつ見込みをもてないことをなぜ許しているのかという厳しい問いを、自問させたのかもしれません。

この事件は我々が子どもたちの心の中にヘイトをもたせてしまうような、いかなる行動をしているのかを検証させているのかもしれません。道に迷った若者たちへの見方を和らげ、何万人もの人々が現在の刑事裁判制度について知り、それが偏見に汚染されていないことを確認させるきっかけになるかもしれません。そして法執行機関とコミュニティの信頼の絆が深まることによって、より安全と安心が保証されるよう、警察官の訓練や装備を変化させることを受け入れるかもしれません。

我々が今、気づかぬうちに人種的な偏見に汚染されていることを自覚すれば、人種差別的な侮辱発言に注意するばかりでなく、人事採用の面接の電話をかけるときにジャマルではなくジョニーに電話しようというかすかな差別的衝動を排除することができるかもしれません。そして、同じ市民である他の人種の人々の投票を難しくするような法律について考えるときに、自らの心の中を探るのです。肌の色や生まれた環境の違いにかかわらず、みな同じ人間であり、すべての子どもが大切であることを理解し、すべてのアメリカ人に現実に機会をあたえるために必要なことをする、それによって我々は神の恵みを表すことができるのです。

あまりに長いあいだ??

聴衆「長いあいだ！」

あまりに長いあいだ、我々は銃暴力がこの国にあたえている被害を見ずにいました。いま一人ひとりの目が開いたのです。教会の地下では我々の兄弟姉妹九人が殺され、映画館では一二人が、小学校では二六人が殺されました。しかしこの国では毎日、一日あたり三〇の貴重な命が銃によって断たれていることも知ってほしいのです。人生を永遠に変えられてしまう人々は数え切れません。生存者には障害が残り、子どもたちはトラウマを抱え、毎日登校するときには恐怖に震え、夫たちは妻が優しく触れてくれる感触を二度と味わえず、他の土地の事件を見るたびにコミュニティ全体に悲しみがあふれるようになってしまうのです。

アメリカの大多数の人々、それに銃所持者の大半が、この現状をどうにかしたいと思っています。そして私は、他者の苦しみや喪失を理解することで、この国を形作っている伝統や生活様式を尊重しながらでも、変化という人道的な道を選ぶことによって神の恵みを表すことができると考えています。

恵みは働きに応じてあたえられるものではありません。我々はみな罪人です。我々は恵みには値しません。しかし神はそれでも我々にあたえてくれるのです。そして我々はそれをどう受け止めるかを自分で決める。それをどう尊重するかを自分で選択するのです。

人種間の関係が一夜にして変貌するとは思えませんし、そう期待するべきではありません。こういうことが起こったときはいつも、人種についてもっと対話が必要だと言う人が出てくるものです。人種について我々はたくさん話し合っています。近道はありません。対話はこれ以上必要ありません。銃の安全のための基準をいくつかもうければ悲劇は防げると思っていてはいけないのです。それでは防げない。善意の人たちがさまざまな政策の利点について議論し合うでしょう。それは我々の民主主義には必要なことです。アメリカは広く、活発に発言し合う場所です。その議論のどちらの側にも善意の人々がいる。だから必然的に、どんな解決策も完全ではありません。

しかし我々が居心地のよい沈黙に戻ってしまったら、それはピンクニー師が戦ってきたすべてのことに対する裏切りになります。弔辞が述べられ、テレビカメラが去り、通常の生活に戻ったとき、我々は今も社会に偏見が巣食っているという居心地の悪い真実から目をそらしがちです。象徴的なジェスチャーばかりで満足し、その後さらに永続的な変化を求めるための困難な働きかけを行わなかったら、我々はまた道に迷ってしまうでしょう。

我々が単にいつもの悪習に戻ってしまったら、それは遺族が表明した赦しが間違っていたという証明になってしまいます。それに同意しない人は間違っているだけでなく、耳を傾けるべきときに叫んだり、もともともっていた考えや手慣れた冷笑で自分たちを守ったりすることも悪なのです。

ピンクニー師はあるときこう発言しています。「南部じゅうの人たちはみな歴史を非常に尊重しているが、お互いの歴史を同じくらいに尊重しているとはかぎらない」南部について言えることはアメリカ全体にあてはまります。クレメンタは、公正な社会は我々がそれぞれ互いに認め合うことからはじまるのだとわかっていました。私の自由はあなたが自由であることに依《よ》っています。歴史は不公正を正当化するための刃ではなく、過去の過ちを繰り返さないため、悪循環から抜け出る方法を知るためのマニュアルにしなければなりません。よりよい世界への道筋を知るためのものとして。恵みの道には開かれた考えが必要だと彼は知っていましたが、さらに重要なのは開かれた心なのです。

それが、私がこの一週間に感じたことです。開かれた心。どんな政策や分析よりも、今このときに必要とされているものです。私の友人である作家マリリン・ロビンソンが「通常人々が互いに抱くものを超えた、特別の大きな善意」と呼んだものだと思います。「大きな善意」その恵みを見つけることができたなら、どんなことも可能でしょう。その恵みを思う存分引き出すことができたなら、すべては変えられるでしょう。

アメージング・グレース。アメージング・グレース。

（歌いはじめる。聴衆がみな一緒に歌う）

アメージング・グレース
なんと甘美な響き
私のような哀れな者を救ってくださった
かつては迷っていたが
今は見つけられ
かつては盲目だったが
今は見える

クレメンタ・ピンクニーはその恵みを見つけた
シンシア・ハードはその恵みを見つけた
スージー・ジャクソンはその恵みを見つけた
エセル・ランスはその恵みを見つけた
デパイン・ミドルトン・ドクターはその恵みを見つけた
ティワンザ・サンダースはその恵みを見つけた
ダニエル・L・シモンズ・シニアはその恵みを見つけた
シャロンダ・コールマン＝シングルトンはその恵みを見つけた
マイラ・トンプソンはその恵みを見つけた

彼らはその人生というお手本を我々に遺してくれました。命の続くかぎり、我々がこの尊くすばらしい贈り物に値する存在になれますように。恵みが彼らを天国へと導きますように。神がその恵みをアメリカにあたえつづけてくれますように。

午後三時二八分（東部時間）了

謝辞

エマニュエル教会で起きた大量殺人事件が、ごく普通の人々の暮らしにどれだけの大打撃をもたらしたかを伝えるために、私はこの本を書きました。この事件があまりに多くの人々を傷つけたこと、それを描くために非常にたくさんの人たちに力になってもらったことを考えると、感謝すべき人たち全員にはこの場でお礼を伝えきれないかもしれません。まずなによりも、フェリシア・サンダース、ポリー・シェパード、ジェニファー・ピンクニーの三人に、あの夜フェローシップホールで起こったこととその後、生涯続くことになる苦しみについて語ってくれたことを深く感謝したいと思います。この旅の道筋に私を加えてくれた遺族のみなさんにも心からの感謝を捧げます。特にアンソニー・トンプソン、シャロン・リッシャー、ナディーン・コリエール、ダニエル・シモンズ・ジュニア、アーサー・ステファン・ハード、メルヴィン・グラハムとマルコム・グラハム、シーリア・ケイパーズ、ケヴィン・シングルトン、アジャ・リッシャーとブランドン・リッシャー、ベサイン・ミドルトン＝ブラウン、それに故エステル・ランスに。

この本で語ったのは人数だけの問題ではありません。私はそれぞれの人がどれだけ深く苦しんだのかを伝えたいと考えました。洞察に満ちた編集者ティム・バートレットにはいくら感謝してもしたりません。彼はどんな場面やキャラクターについても詳細な説明を付け足して印象づけたり、より詳しい描写やさらなる分析を示唆してくれました。私を作家として成長させてくれ、この本をよりよくしてくれてどうもありがとうございました。

本書の企画を発案した私のエージェント、アルバート・リーはその疲れることを知らない熱意で最後までやりとげさせてくれました。これほど献身的で励みになってくれる代弁者を私は他に知りません。

このストーリーを読んだ第一日目から大切にしてくれたセント・マーティンズ・プレスのすばらしいスタッフのみなさんにもお礼を言わせていただきます。アリス・パイファーは初めての本を書く私を数え切れないほどのやり方でずっと助けてくれていました。プロダクションエディターのアラン・ブラッドショーは原稿をとても注意深く、熱意をもって扱ってくれました。コピーエディターのジェニファー・シミントンは磨きをかけてくれました。スーザン・ウォルシュが優美な装丁をしてくれ、ジョン・ブッシュが心に残るカバーをデザインしてくれました。最後に、最初からこの本のことを重要だと思っていると伝えてくれた出版チームのパブリッシャーのジェニファー・エンダーリン、アソシエイト・パブリッシャーのローラ・クラーク、広報担当のレベッカ・ラング、マーケティング担当のマーティン・クインにも大変お世話になりました。

私が働いている「ポスト・アンド・クーリエ」のニュースルームは、チャールストンのエマニュエル教会から一・五キロメートルしか離れていない場所にあります。ここにいる信じられないほどの熱意をもった記者、カメラマン、編集者、デザイナーらは二〇一五年六月一七日のまだ暗いうちからこの悲劇を伝えてきました。私は本書の企画のために新聞の仕事を離れることも多かったのに、発行人P・J・ブラウニングと編集主任ミッチ・プーは応援してくれました。彼らはこの街で起きたストーリーを伝えることで、より大きな社会貢献ができると信じていたからです。この本は私の名前で出版されますが、うちのニュースルーム全体の報道と組織的な知識によって書かれたものです。計り知れない才能をもった編集者グレン・スミスと記者仲間であるアンドリュー・クナップ、それにダグ・パーデュ、ブライアン・ヒックス、アダム・パーカー、ロバート・ベア、アビゲイル・ダーリントン、アンディ・シャイン、シュイラー・クロップ、シンシア・ロールダン、ハンナ・ラスキン、その他にもたくさんの人にお礼を言います。本書に収録されている写真を見てもらえば、我がチームのフォトジャーナリストがアメリカ一ともいわれることがわかるでしょう。この事件の記事で彼らはピュリッツァー賞の最終選考に残りましたが、それも不思議ではありません。マシュー・フォートナー、グレース・ビーム・アルフォード、ブラッド・ネットルズ、レロイ・バーネル、ポール・ゾーラー、マイケル・プロザト、ローレン・プレスコット、それに美しい表紙〔原書〕の写真を撮ってくれたウェイド・スピーズ。みなさんありがとうございました。デザインデスクチーフのチャド・ダンバーは、今ではこの事件といえば思い出されるようになった、サウスカロライナ州の木、パルメットヤシの繊維を編んでつくったバラを使ってチャールストンの人種をめぐる複雑な歴史を象徴した、九人の被害者を追悼する紙面を作りました。マネージング・エディターのオータム・フィリップスも仕上げの段階で、その優れた書き手としての目で助けてくれました。みなさんと仕事ができて、私はとても光栄です。

ここには名前が出ていなかったり、ごく簡単にしか触れられていない多くの人が執筆中に貴重な指摘をしてくれたり、記憶や手紙やメモやメールや留守番電話のメッセージや動画や写真で、私が直接この目で見ることができなかった場面を再現し、私が見た場面とつながるようにしてくれました。カイロン・ミドルトン、アンディ・サヴェジとシェリル・サヴェジ、ニッキー・ヘイリー、ロブ・ゴドフリー、グレッグ・マレン、ジョン・ライツ、ジェニー・アントニオ、ヴァレリー・ジャレット、ジェラルド・トゥルースデール、エミリー・バレット、マークランド・ジョンソン、ジェラルド・マロイ、ジョセフ・ダービー、アルテア・レイサム、ブレンダ・ネルソン、エルノーラ・テイラー、ジーン・オーティス、エリック・S・C・マニング、ウィリアム・トニーとリンダ・トニー、リズ・アルストン、クレス・ダーウィン、スパイク・コールマン、マーガレット・セイドラー、マリンズ・マクレオド、ミッキー・バクストのみなさんには、特にその観察眼にお礼を言います。私の大切な友人シャロン・プットマンがこの本についてごく最初のころに重要な意見を述べてくれたこと、その父親のロバート・ウィリアムソンが南軍旗の歴史についての豊富な知識を私に教えてくれたことを特に感謝しています。

書き手ならみな知っているように、本を書くときにもっとも使われるのは時間であり、その際もっとも犠牲になるのは書き手の家族です。家族の助けがなかったら私はこの本も、他の読むに値するようなものも書けませんでした。アラン、ローレン、ウェスリー、愛しています。

訳者あとがき

チャールストン教会銃乱射事件（あるいはチャールストン教会銃撃事件）は、二〇一五年六月一七日、アメリカ・サウスカロライナ州チャールストンにあるエマニュエル教会で起こりました。被害者はみな、この教会に通うアフリカ系アメリカ人でした。

アフリカン・メソジスト・エピスコパル（ＡＭＥ）エマニュエル教会は、アメリカ南部の奴隷制と黒人の公民権の歴史に深く関わる教会で、かつてはマーティン・ルーサー・キング・ジュニア牧師が演説を行ったこともあります。この由緒ある教会で、特に信心深い一二人の信徒が集まって、水曜日の夜、毎週恒例の聖書勉強会を開いていました。そこに飛び入り参加者を装いやってきた見知らぬ若い白人男性が、会を締めくくるお祈りで一同が目をつぶった瞬間に銃を出し、人々に向けて乱射したのです。出席者一二人のうち九人が死亡。みな至近距離から執拗に、何発も撃たれました。動機は白人至上主義。インターネットで仕入れた差別思想に影響を受けての犯行でした。「国を乗っ取っている黒人」たちとの人種戦争を起こすため、殺されたら世間にもっとも衝撃をあたえそうな人々である、教会に集う善人たちを狙って大量殺人を行ったと犯人ディラン・ルーフは自供しています。

ルーフの主張する人種差別思想は、あまりに現実と乖離したものでした。事件後すぐに発見された彼のウェブサイトには、凶行に赴く直前に書かれた犯行声明文がありました。彼は実際に黒人との間にトラブルを抱えていたわけでも、また特定の団体に属しているわけでもなく、グーグル検索で見つけたサイトを読みあさっているうちに、「人種問題の真実」に覚醒してしまったという新しいタイプの差別主義者です。

SNSやウェブサイトにはヘイトにまみれた書き込みが数多く見られ、なかには「偏った」というより、あきらかに虚偽のフェイク情報もあふれています。ルーフが信じてしまったのもそうした偽情報でした。彼が白人至上主義者のサイトで見たという、黒人が白人を大量に殺しているというデータにはなんの根拠もなく、実際には、白人が被害者となった殺人事件の大多数の加害者は白人です。嘘の書き込みにあおられて、存在しない白人への攻撃を信じ込んだ孤独な若者が、誰にも止められることなくヘイトクライム（憎悪犯罪）に突き進んでしまったことに、アメリカじゅうが衝撃を受けました。ルーフは犯行前に自分の計画を友人に話していましたが、引きこもりで消極的な彼がそんな大それたことをできるはずがないとみなが聞き流してしまったのです。聖書勉強会の出席者の中で唯一、彼と歳の近い男性だったティワンザ・サンダースは、自身が致命傷を負いながらもなお年老いたおばを守ろうと、ルーフに「なぜこんなことをする？」と語りかけていました。二人の青年はとても対照的です。もしも、このときこの場所でなく、もっと早くにルーフがティワンザのような人物と語り合うことができていたら、この事件を避けられていた可能性もあったかもしれないと思わずにいられません。

この事件はチャールストンの街にもアメリカ全体にも大きな影響をあたえました。ルーフが車に飾っていた南軍旗は、近年では特に、従来の歴史的な意味だけでなく、白人至上主義や人種差別の象徴として用いられることが多く、この事件でさらにその意味合いが強く感じられるようになりました。南軍旗は被害者の一人、牧師で州上院議員のクレメンタ・ピンクニー師の仕事場、州議会議事堂にも掲げられていましたが、事件後、議会での激論の末に撤去されました。

アメリカにおける人種問題に関しては、奴隷制度以来の長い歴史があります。クレメンタ・ピンクニー師の葬儀で弔辞を読んだバラク・オバマ大統領（当時）は、アメリカ初の非白人大統領であり、平等への大きな前進の象徴的存在でした。しかし本文中にもあるように、トランプ政権誕生前から、オバマ政権への反動と分断をあおるようなトランプ氏の発言の影響もあり、公然と差別的言動をする人が急激に増加してきました。

コロンバイン高校銃乱射事件、サンディフック小学校銃乱射事件など、アメリカでは銃乱射事件が多数起こっており、銃暴力によって亡くなる人は年間三万人にものぼります。オバマ前大統領は任期の終わりに近い二〇一七年一月に銃規制の強化（購入時の身元確認の強化）を求める大統領令を発していますが、銃擁護派の強い抵抗に遭っています。

また、この事件はその残虐さや動機の理不尽さだけでなく、逮捕後すぐに行われたルーフの保釈審問で、複数の遺族が彼に向かい、「あなたを赦します」と発言したことで、非常に大きな注目を集めました。

キリスト教においては人を赦すことはとても重要な態度で、もし赦せぬままに亡くなれば、天国に行けなくなるといった考え方もあります。それでも、大切な家族を奪った犯人に面と向かって赦すと発言するのは、特に日本に住む我々にとっては驚異的で、少し不思議な感じさえするかもしれません。

しかし著者が遺族や生存者らに取材を重ね、文字どおり寄り添うようにその心の軌跡を見つめてきたなかで浮かび上がってくるのは、被害者たちのすばらしい人間性、残された人々の深い絶望と悲しみ、それでもそこから前へ進んでいこうとする、とても人間的な姿です。

聖書勉強会には出席していなかったものの、幼い娘と一緒に隣の部屋にいて事件のすべての音を聞いてしまったピンクニー師の妻ジェニファーは、あえて事件の詳細を知ることを避け、娘たちのために日常の生活を続けることを選びました。一度は赦しを口にしたものの、裁判で証言する際には、死刑から終身刑への減刑にもち込もうと証言を誘導する弁護人に対し、「(ルーフは)地獄に落ちるべきだ」とつぶやきつづける人。母を亡くした悲しみに暮れながら、壮絶な争いになってしまう姉妹。ずっと赦せずにいたのに死刑判決が出た後、突然ふっと赦せる気持ちが降りてきたという人。それぞれの姿に尽きせぬ人間の業と葛藤を感じ、彼らの赦しの心情も、より深いものとなって伝わってきます。

著者ジェニファー・ベリー・ホーズはチャールストン在住で、エマニュエル教会の近くにある地元紙「ポスト・アンド・クーリエ」で調査報道を担当しています。ピュリッツァー賞をはじめとする多くの賞の受賞歴があり、全米から寄せられた寄付金の流れの不透明さなど、教会内部の問題について報じたのも著者のチームでした。

ディラン・ルーフは現在死刑囚として服役中です。州裁判と連邦裁判の両方で死刑を宣告されていますが、州法に関しては二〇一七年に有罪を認めて終身刑に減刑され、連邦法での死刑に関しては二〇二〇年に上訴しています。

そして同年五月二五日、ミネソタ州ミネアポリスで白人警官による黒人ジョージ・フロイドの暴行致死事件が起こりました。この事件をきっかけに、「黒人の命は大切（BLACK LIVES MATTER）」という運動がアメリカじゅうで起きました。本書では、白人警官による黒人殺害「ウォルター・スコット射殺事件」の裁判の際に、市民の怒りは爆発しなかったと書かれています。しかし今、人々の怒りはついに限界を超え、この不正義に対し、黒人だけでなく白人たちも一緒に怒りの声を上げました。デモ行進、ＳＮＳなどによる発信・拡散、暴動、それを軍隊で鎮圧しようとするトランプ大統領と、それに対する反発。警察の解体論が俎上に上がり、また別の警官による黒人射殺事件が起こるなど、アメリカ社会はいま大きく揺れています。こうした一連の出来事をめぐるトランプ大統領の対応は、一一月の大統領選挙に影響を及ぼすことになるかもしれません。

自分の生きる社会に差別が存在し、その構造に無意識のうちに自分も加担している可能性があることを認めるのは、その差別がひどいものであればあるほどつらいことです。今まで蓋をしてきた「アメリカの原罪」を直視し、その上に作られている社会を根底からやり直すことができるのかどうか、アメリカ全体が今まさに問われているのだと思います。

二〇二〇年六月

仁木めぐみ

ジェニファー・ベリー・ホーズ
Jennifer Berry Hawes

米国サウスカロライナ州チャールストン在住。ルーズベルト大学シカゴ校卒業。ピュリッツァー賞受賞の地元紙「ポスト・アンド・クーリエ」で十年以上記事を執筆。現在は同紙調査報道のプロジェクトチームに所属。1944年に死刑となったアフリカ系アメリカ人少年の冤罪と真犯人が裕福な白人男性であることを示唆する記事で、自身も2019年のピュリッツァー賞最終候補にノミネートされる。他にジョージ・ポルク賞、ナショナル・ヘッドライナー賞、トラウマに関する優良な報道に贈られるダート賞など受賞多数。本書は2020年J・アンソニー・ルーカス書籍賞の候補となった。

仁木めぐみ
Megumi Niki

翻訳家。東京出身。訳書にスー・クレボルド『息子が殺人犯になった』、デヴィッド・コンクリン『コンクリンさん、大江戸を食べつくす』(以上、亜紀書房)、オスカー・ワイルド『ドリアン・グレイの肖像』(光文社)、ヘレン・トムスン『9つの脳の不思議な物語』(文藝春秋)、ブロニー・ウェア『死ぬ瞬間の5つの後悔』(新潮社)、マーガレット・ヘファーナン『見て見ぬふりをする社会』(河出書房新社)など。

亜紀書房翻訳ノンフィクション・シリーズIII-11

それでもあなたを「赦《ゆる》す」と言う

黒人差別が引き起こした教会銃乱射事件

2020年8月13日　第1版第1刷　発行

著　者　ジェニファー・ベリー・ホーズ

訳　者　仁木めぐみ

発行所　株式会社亜紀書房
〒101-0051
東京都千代田区神田神保町1-32
[電話]03(5280)0261
http://www.akishobo.com
[振替]00100-9-144037

装　丁　木庭貴信+川名亜実(オクターヴ)

印刷所　株式会社トライ
http://www.try-sky.com

ISBN978-4-7505-1653-0